DER GROSSE LIEBESROMAN

FLORENCE HURD

Affären des Herzens

ROMAN

Deutsche Erstveröffentlichung

WILHELM HEYNE VERLAG
MÜNCHEN

DER GROSSE LIEBESROMAN
Band 28/62
im Wilhelm Heyne Verlag, München

Titel der amerikanischen Originalausgabe
SHADOWS OF THE HEART
Deutsche Übersetzung von Elfi Schmidt

Printed in Germany 1983
Umschlaggestaltung: Atelier Heinrichs & Schütz, München
Gesamtherstellung: Ebner Ulm

ISBN 3-453-84062-3

1

Die Treppenuhr schlug vier.

Als der letzte Schlag verklungen war, schlüpfte ich aus dem Bett und zündete mit zitternden Händen eine Kerze an. Das kleine Licht flackerte in dem dunklen Raum auf, und ich wurde von Zweifeln befallen, aber nur einen Augenblick lang. Dann wandte ich mich von der Kerze ab, strich mir das Haar aus dem Gesicht und rieb meine mit Gänsehaut überzogenen nackten Arme.

Auf Zehenspitzen schlich ich zum Fenster, zog den Vorhang beiseite und sah hinaus. Dicker und undurchsichtiger Flußnebel drückte sich an die Fensterscheibe und nahm mir jede Sicht. Nebel! Mein Herz sank.

Doch wie konnte ich aufgeben? Der Nebel war Pech. Ich hatte ihn nicht einkalkuliert, aber nachdem ich die ganze Nacht lang ungeduldig gewartet hatte, konnte ich jetzt nicht mehr ins Bett gehen.

Bebend schlüpfte ich in meine Reitkleidung und knöpfte sie mit klammen Fingern zu. Mein Haar hielt ich im Nacken mit einem Band zusammen. Aus dem Schrank holte ich ein warmes Cape, warf es um meine Schultern und zog die Kapuze über den Kopf. Ich blies die Kerze aus und wartete, bis sich meine Augen an die Dunkelheit gewöhnt hatten. Dann schlich ich mit meinen Schuhen in der Hand zur Tür und öffnete sie einen Spaltbreit.

Tiefes Schweigen hüllte die Galerie ein. Ich hielt den Atem an und schob die Tür weiter auf, konnte das schwache Ticken der großen Mahagoniuhr über dem Treppenabsatz hören. Ticktack, ticktack. Sonst war es still. Alle schliefen. Wenn Papa aufwachen und mich erwischen würde, wäre der Teufel los. Und auch Charles wäre wütend. »Es war ein Fehler, daß ich dir davon erzählt habe«, würde er mit gerunzelter Stirn sagen. »Das sind Männerangelegenheiten, Adelaide.«

Ich schlich auf Zehenspitzen an Papas Schlafzimmertür vorbei. Eine Bettfeder quietschte dahinter, und das Blut stieg mir ins Gesicht. War Papa aufgewacht? In der gespannten Stille erwartete ich jeden Moment, daß seine Stimme tönte. Wenn er es wüßte – oder auch nur ahnte, wäre alles beim Teufel. Er würde toben und den Geist meiner toten Mutter beschwören. »Was würde sie sagen? Eine Schande! Ein Skandal! Du hängst ja noch fast am Schürzenzipfel!« würde er schreien und mich in mein Zimmer zurückschicken.

Vielleicht war es eine Schande, und ich bat darum meine Mutter um Vergebung, an die ich mich kaum erinnern konnte, aber Papa irrte sich, wenn er mich noch für ein kleines Kind hielt. Ich war fast fünfzehn und bereits eine junge Dame. Und wenn es irgendwie in meiner Macht stand, konnte mich nichts davon abhalten, vor der Morgendämmerung in Baker's Wood zu sein.

Am Stiegenende schluckte ich krampfhaft und überquerte dann vorsichtig, mit klopfendem Herzen den Parkettboden. Die schwere Eingangstür quietschte in den Angeln, als ich sie öffnete, ein Geräusch, das mir den kalten Schweiß auf die Stirn trieb. Dann trat ich auf die nebelige Veranda und atmete tief die kühle, feuchte Luft ein.

Ich lehnte mich gegen eine Säule und zog die Schuhe an. Dann ging ich schnell durch das nasse Gras zu dem Obstgarten, wo ich nach dem Abendessen Beau festgebunden hatte. Er wartete mit gespitzten Ohren auf mich. Bevor er einen Laut von sich geben konnte, steckte ich ihm ein Zuckerstück zwischen die Zähne. Dann führte ich ihn zu einem Baumstumpf, stieg auf und ritt davon.

Meine Sicht reichte kaum zwei Meter weit. Die Bäume am Wegrand wirkten alle gleich und sahen aus wie in graue Tücher gehüllte Geister. Über meinem Kopf fingen die Vögel in verborgenen Nestern zu zwitschern an. Bald würde die Morgendämmerung heraufziehen, und jetzt fürchtete ich, daß mir ein Bekannter begegnen und mein Ziel erraten würde.

Als sich die Bäume lichteten, glitt ich aus dem Sattel und führte Beau in ein hohes Gebüsch hinein. Dann kroch ich unter niedriges, feuchtes Blattwerk und legte mich an eine Stelle, die mir einen guten Ausblick auf die Wiese auf der anderen Seite des Weges bot.

Es war hart, in Kälte und Feuchtigkeit zu warten, auf dem nassen und unebenen Boden zu liegen und dabei noch kitzelnde Gräser in der Nase zu spüren. Aber ich konnte es nicht ertragen, kilometerweit weg zu sein und zu überlegen, ob mein Geliebter nun lebte oder tot war. Denn in einer Stunde würde er sich duellieren.

Lewis Cage Norwood.

Ich liebte ihn. Ich liebte Cage heiß und innig. Es war eine Liebe, die mich quälte und doch völlig in den Bann geschlagen hatte. Natürlich ahnte er nichts davon. Überhaupt nichts. Für Cage war ich einfach Charles Carletons jüngere Schwester, die von Papa den Spitznamen ›kleine Prinzessin‹ erhalten hatte, ein mir verhaßtes Kosewort. Cage nannte mich weiterhin ›kleine Prinzessin‹, obwohl ich gewachsen war, einen kleinen Busen bekommen hatte und mein Haar jetzt zu einem Knoten zusammengesteckt trug. Doch ehrlicherweise muß ich zugeben, daß es, selbst wenn er meine Veränderung bemerkt hätte, kaum einen Unterschied gemacht hätte. Ich war viel zu farblos, zu schüchtern und ungeschickt, als daß mich jemand wie Cage als attraktiv empfunden hätte und jemals sagen würde: »Adelaide! Wie hübsch du doch geworden bist!«

Und wie verzweifelt sehnte ich mich gerade danach. Ich sehnte mich nach einer hellen, glatten Haut, nach einer kleinen Patriziernase und nach Wangengrübchen beim Lachen. Wie sehr betete ich doch um Schönheit, so daß mich Cage genauso beachten würde wie die Schönheiten von den Flußplantagen.

Und er verschwendete seine Blicke auf diese grazilen Mädchen mit den rosaroten Mündern, den edlen Profilen und dem trägen, schmachtenden Gehabe. Er flirtete ungehemmt, trieb ihnen die Röte ins Gesicht und brachte ihre Herzen zum Flattern. Wie sie flüsterten und tuschelten, wenn er in ein Zimmer kam! Wie sie mit ihren Wimpern klapperten und mit ihren Fächern herumwedelten, während der geschmeichelte Cage lachte! Aber alle diese Schlagabtausche waren nur belangloses Spiel, denn Cage war zu sehr ein Gentleman, als daß er den Ruf einer Dame durch Versprechen angekratzt hätte, die er nicht hätte halten können.

Aber es gab Gerüchte, die seinen Namen mit anderen Frauen in Verbindung brachten, mit ›schlechten‹ Frauen, die am Rand der Gesellschaft lebten. »Sogar ein Mann aus gutem Hause hat seine Gelüste«, hörte ich Papa einmal sagen. Ich dachte, daß die Gerüchte stark übertrieben waren. Die Leute schwatzten dauernd über Cage und behaupteten, daß er faul wäre, das Geld seines Vaters verschwendete, trank und spielte. Cage lebte tatsächlich etwas leichtfertig, war aber nicht liederlicher als der Sohn irgendeines anderen Pflanzers. Doch das Geschwätz wollte nicht verstummen. Etwas in seinem hübschen Gesicht, seine Gleichgültigkeit stachelte den Zorn der Leute an und veranlaßte sie, immer heftiger auf ihm herumzuhacken.

Ich kümmerte mich nicht darum.

Cage war groß und blond, hatte schmale Hüften, breite Schultern und eine arrogante Kopfhaltung. Er war nur der zweitgeborene Sohn, und da nach dem englischen Recht der erstgeborene das ganze Besitztum erben würde, würde er leer ausgehen. Sein älterer Bruder Thomas würde Riverknoll mit seinen vierzehntausend Morgen Land bekommen, mit den Sklaven, Häusern und Scheunen und allem Dazugehörigen. Wer konnte Cage dafür tadeln, daß er etwas bitter und zynisch war?

Und jetzt würde er sich duellieren, und ich sollte nichts davon wissen. Aber Gerücht, Intuition, Zufall und die Tatsache, daß mein Bruder Charles in der vergangenen Nacht dem Portwein zu stark zugesprochen hatte, hatten mir die Zeit und den Ort des Duelles enthüllt. Sobald ich Charles die Information entlockt hatte, war ich entschlossen gewesen, dabeizusein.

Das Duell fand wegen einer Frau statt, Corinne Hayley, der Frau des Bauern Noah Hayley, der Cage beschuldigt hatte, sie verführt zu haben. Corinne Hayley war eine statuenhafte Juno mit üppigem, braunem Haar und einer ausgeprägten Figur. Sie kleidete sich ziemlich aufreizend und war in ihrer stolzen Art sehr hübsch. Sie hatte zwei oder drei Kinder, und der älteste Sohn war ein junger Mann mit achtzehn Jahren.

Es war mir klar, daß solch eine Frau Liebhaber besitzen würde. Und falls auch Cage dazugehörte, so war ich sicher, daß Corinne Hayley es war, die ihn verführt hatte, und daß es nicht umgekehrt gewesen war, wie Noah behauptete. Ältere Frauen wie Corinne verliebten sich oft in jüngere Männer wie Cage. Und wenn sich Corinne auf ihn geworfen hatte, konnte er kaum dafür getadelt werden. Noah hatte jedoch darauf bestanden, daß Cage schuld war, und ihn am Landungsplatz von Riverknoll angespuckt. Cage hatte nichts anderes tun können, als ihn zu einem Duell herauszufordern. Die Zeugen des Vorfalls hatten angenommen, daß Noah, der nichts von Ritterlichkeit und Duellen hielt, zurückstecken würde. Aber zum Erstaunen der Zuschauer, einschließlich Charles, hatte er die Herausforderung angenommen.

Er stand im Ruf, ein guter Schütze zu sein.

Ein guter Schütze. Während der ganzen Nacht hatte ich wach im Dunkeln gelegen und daran gedacht. Angenommen, er würde Cage töten? Ich hatte mir hundertmal einzureden versucht, es wäre unmöglich, daß jemand in der Gemeinde besser schießen konnte als Cage. Aber jetzt in der Kälte, in der nahenden Morgendämmerung war ich nicht mehr so sicher. Eine einzige

Kugel reichte, eine einzige, verirrte Kugel. Nein, ich durfte nicht daran denken. Ich würde es mir nicht erlauben, daran zu denken. »Bitte, lieber Gott«, betete ich, »bitte, sorge doch dafür, daß er es gut übersteht, bitte, bitte.«

Plötzlich knackte ein Zweig mit einem explosionsartigen Laut, und ich zuckte erschrocken zusammen. Mein Herz fing heftig zu klopfen an. Warum hatte ich diese Angst vor der Stille, diese plötzliche Angst vor einem knackenden Zweig? Die Stille war in den Wäldern genauso normal wie knackende Zweige. Ein Eichhörnchen, ein Hase, irgendein vorbeihuschendes Geschöpf hatte einen trockenen Ast berührt. Warum mußte ich so zittern? Und doch hatte ich dieses seltsame, schleichende Gefühl, daß ein Fuß, ein menschlicher Fuß versehentlich auf einen Zweig gestiegen war, daß sogar jetzt, wo ich auf der feuchten Erde lag, jemand, der nicht gesehen werden wollte, hinter mir stand und mich mit einem kalten, bösartigen Blick anstarrte.

Ich zitterte und zog meinen Mantel enger um mich. Wenn es ein Mensch ist, sagte ich mir, wird er letztlich etwas sagen. Ich lauschte angestrengt, aber da war nichts außer der unwirklichen Stille. Über mir lichtete sich der Himmel, und eine unruhige Brise trieb Nebelfetzen vorbei. Ein plötzlicher Flügelschlag durchbrach die Stille, und ich sah einen Busch erzittern, als ein verängstigter Vogel mit einem rauhen Schrei aufflog. Dann kehrte der Wald langsam wieder zu seinen gewohnten Geräuschen zurück. Erleichtert atmete ich auf. Vielleicht hatte ein Fuchs oder ein hoch oben kreisender Habicht die Waldtiere in solch eine lähmende Stille fallen lassen. Das war alles.

Nach kurzer Zeit war der gedämpfte Klang von Pferdehufen zu hören. Gleich darauf sah ich zwei Reiter auf die Wiese kommen. Es waren Noah Hayley und sein Sohn, die beide ihren steifen Sonntagsstaat trugen.

Ein paar Minuten später kamen Cage und Charles, der als Cages Sekundant agierte. Dr. Meggs folgte ihnen. Der Anblick des Arztes in seinen nüchternen schwarzen Kleidern, mit dem großen Hut, dem ernsten, schnurrbärtigen Gesicht darunter und der schwarzen Tasche, die er bei sich trug, ließ mich erschaudern. Er brachte eine erschreckende Atmosphäre auf die stille Wiese, eine Aura des Todes. Wieder ergriff mich Angst, und ich betete: »Bitte, lieber Gott, nicht Cage, bitte, lieber Gott.«

Cage, dessen große, schlanke Gestalt elegant in eine taubengraue Hose und einen weinroten Mantel gekleidet war, nahm seinen Hut ab, und sein Blondschopf glänzte golden, als die ersten Strahlen der aufgehenden Sonne darauf fielen. Er verbeugte sich vor Noah und dann vor dessen Sohn. Sie standen schweigend da, halb abgewandt, und beachteten ihn nicht. Dr. Meggs stellte die Tasche auf den Boden und öffnete sie. Es war keine Arzttasche, wie ich angenommen hatte. Sie enthielt vielmehr ein Pistolenpaar.

Charles, der junge Mann und Dr. Meggs gingen in die Mitte der Wiese. »Nun werden wir entscheiden«, sagte Dr. Meggs, »wer die Positionswahl hat und das Feuersignal gibt.«

Dr. Meggs nahm seinen Zylinder ab und legte mehrere Papierstreifen hinein. Als erstes griff der junge Mann in den Hut, dann Charles. Der junge Mann öffnete den Streifen in seiner Hand, und sein sommersprossiges Gesicht leuchtete auf. »Papa!« rief er und wandte sich an Noah Hayley. »Wir haben die Standortwahl!«

Dr. Meggs runzelte die Stirn. »Nimm dich zusammen, Bart. Ein Duell ist eine ernste Angelegenheit.«

Bart und Charles zogen erneut Lose. Der junge Mann, der sich wieder nicht beherrschen konnte, lachte, biß sich aber unter dem finsteren Blick Dr. Meggs' auf die Lippen und schwieg. Dr. Meggs sagte: »Mr. Hayley, der Moment des Feuerns liegt in Ihrer Entscheidung.«

Ich fühlte mich krank. Das Duell hatte noch nicht angefangen, und Cage befand sich bereits im Nachteil. Aber Cage schien nicht im geringsten beunruhigt zu sein. Er lehnte mit den Händen in der Tasche an einem Baum. Ein amüsiertes Lächeln spielte um seine Lippen. Er war viel zu selbstsicher, und das beunruhigte mich. »Unterschätze niemals einen Feind«, beliebte mein Vater zu sagen. Eben das wollte ich Cage zurufen. Ich wollte ihn zur Vorsicht ermahnen.

Aber ich konnte nichts sagen. Ich mußte ruhig da liegen, während mein Herz wie wild klopfte.

Noah und Cage hatten ihre Mäntel ausgezogen und traten vor, um die Waffen zu wählen. Ich sah das Schimmern eines langen Laufs, als Noah eine Pistole aus der Tasche nahm. Ihr Anblick und Dr. Meggs' feierliches Gewand trieben mir Tränen in die Augen. Dann nahm Cage seine Waffe aus der Tasche.

Jetzt standen die Duellanten Rücken an Rücken, und Cage grinste noch immer. Dr. Meggs fing an zu zählen – eins, zwei, drei, und die Männer gingen auseinander. Zehn Schritte. Pistolen aus zehn Schritt Entfernung. Wo hatte ich das gelesen? In einem

Buch, in einem Roman. Der Held hatte seine Ehre verteidigt. Aus zehn Schritt Entfernung. Aber dies war kein Roman. Es war wirklich, alles war so schrecklich wirklich.

Sie hatten sich umgedreht. Cage und Noah standen sich von Angesicht zu Angesicht gegenüber. Wegen des Tränenschleiers in meinen Augen konnte ich ihre Gesichter nur undeutlich wahrnehmen. Ich kniff die Augen zusammen. Ich konnte nicht zuschauen. Ich hatte mir fest vorgenommen, Zeuge des Duells zu sein, aber ich konnte es nicht ertragen. Ich hielt den Atem an. »Lieber Gott . . .«

»Feuer!«

Ich hörte das Wort wie aus weiter Ferne. Zwei Schüsse krachten fast gleichzeitig in der stillen Aprilluft. Und einen Augenblick später roch ich den beißenden Rauch. Ich hielt die Augen geschlossen.

Großer Gott! Großer Gott! Großer Gott!

Die Zeit wurde zu einer Ewigkeit voll schmerzlicher Ungewißheit. Die Wälder schienen immer noch vom Klang dieser Schüsse widerzuhallen. Und dann hörte ich durch das Dröhnen in meinen Ohren hindurch, wie Dr. Meggs sagte: »Er ist tot!« Er sagte dies in einem Ton der Verwunderung.

Tot! Gab es je ein Wort mit einer so schrecklichen Endgültigkeit? Tot! Ich stellte mir vor, wie ich in Trauerkleidung gehüllt die Stufen von Riverknoll hinaufstieg, sah mich mit den anderen Trauergästen durch die Wohnzimmertür gehen, sah den Sarg, in dem Cage lag, sein Gesicht so weiß und so schweigsam wie Marmor.

»Du hast ihn getötet!« rief eine wütende Stimme und durchbrach damit das makabre Bild. »Du hast ihn getötet!«

Meine Augen öffneten sich. Ich sah, wie Cage davonging. Sein glänzendes Haar schimmerte wie ein Helm in der Morgensonne. Cage war immer noch lässig, ungerührt und sehr lebendig. Er lebte! Ich wurde schwindlig, konnte es nicht glauben. Er lebte.

Dr. Meggs sagte: »Bart, es tut mir leid. Ich hatte gehofft . . .«

»Faß mich nicht an!« Bart schüttelte die Hand des Arztes von seiner Schulter. »Ihr habt ihn getötet! Ihr Schweine habt ihn getötet!«

Die Wangen des Arztes röteten sich. »So darfst du das nicht sehen. Ich habe deinen Vater gewarnt, aber er wollte nicht auf mich hören. Es ist traurig und unglücklich – aber es war ein gerechtes Duell. Mr. Norwood hätte genausogut sterben können.«

»Nein!« schrie die wütende Stimme, von Tränen unterbrochen. »Nein – er – Mr. Norwood schoß, bevor Vater ›Feuer‹ rufen konnte.«

»Nun, mein lieber junger Mann, das ist völlig falsch!« entgegnete der schockierte Dr. Meggs. »Ich habe alles gesehen.«

»*Sie*!« Barts Stimme überschlug sich. »*Sie* sind einer von denen! Ihr steckt alle zusammen, ihr machtgierigen Plantagenbesitzer in euren feinen Häusern, mit euren Schwarzen, die euch vom Tag eurer Geburt an verhätscheln. Keiner von euch hat je einen Tag in seinem Leben gearbeitet. Keiner! Und ihr wollt mich glauben machen, daß ihr gerecht sein könnt? Ihr habt gesehen, was ihr sehen wolltet. Aristokraten! Pfui Teufel!« Verächtlich spuckte er auf den Boden.

»Lassen Sie mich in Ruhe!« stieß er schluchzend hervor, als ihn Dr. Meggs noch einmal zu trösten versuchte. »Wir brauchen eure Hilfe nicht. Ich würde eure Almosen nicht mit einem zehn Meter langen Stecken anfassen.«

Dr. Meggs gab Charles und Cage einen Wink. Sie bestiegen ihre Pferde, ritten davon und ließen Dr. Meggs allein mit Bart zurück, der mit der Faust drohte und den Reitern nachschrie: »Das letzte Wort ist noch nicht gesprochen! Ich werde auf die Sache zurückkommen, und wenn es das letzte ist, was ich tue!«

Charles sagte etwas zu Cage, der zustimmend nickte. Ich wußte, daß beide für eine Versorgung der Witwe aufkommen würden. Dies war ein ungeschriebenes Gesetz. Ein Gentleman behandelte die Hinterbliebenen des Gegners immer mit großzügigem Mitgefühl.

Cage ritt jetzt ganz nahe an mir vorbei, so nahe, daß ich seine Stiefel deutlich von meinem Versteck aus sehen konnte. Und in den paar Augenblicken, als er vorbeiritt, vergaß ich ganz den weinenden Sohn, den Toten, der sich nie mehr aus dem Gras erheben würde. Ich vergaß diese Szene, die mich in späteren Jahren immer wieder heimsuchen sollte. Cage lebte, und in meiner jugendlichen Unwissenheit fand ich, daß das alles war, was zählte.

2

In dieser Nacht wurde auf Barnabas Neales Geburtstagsball von nichts anderem gesprochen als von diesem Duell.

»Man sagt, du warst der Sekundant, Charles. Stimmt das?« fragte Barnabas, ein kräftiger Mann mit einem langen, rötlichen Schnurrbart, meinen Bruder bei der Begrüßung.

Als wir vor dem hellerleuchteten Haus vorgefahren waren, hatten sich darin bereits die Gäste gedrängt. Papa war schuld an unserer Verspätung. Seine politischen Pläne hatten ihn den ganzen Tag in seinem Arbeitszimmer festgehalten.

»Ich kann mir nicht vorstellen, wer mich mit dem Duell in Verbindung gebracht hat«, antwortete Charles, zog seinen Umhang aus und reichte ihn dem schwarzen Butler Sam.

»Gerüchte«, sagte Barnabas und lächelte.

Ellen Louise, Barnabas' Frau, flatterte durch die Eßzimmertür. »Welche Überraschung! Adelaide! Wie schön. Ich bin so froh, daß du kommen konntest.«

»Danke, Mrs. Neale.«

Dies war mein zweiter Ball. Der erste, der während des letzten Weihnachtsfestes stattgefunden hatte, konnte allerdings kaum als ein solcher gelten, denn er war eine Familienangelegenheit gewesen. Aber heute waren nur Erwachsene eingeladen.

»Möchtest du dich frisch machen?« fragte Mrs. Neale, die ein schmales weißes Gesicht und engstehende Augen hatte. Sie sprach in einem keuchenden Flüsterton und sah dauernd so aus, als würde sie jeden Moment in Ohnmacht fallen.

»Oh – ja, danke«, sagte ich widerwillig und stellte mich auf die Zehenspitzen, um über ihre Schulter hinweg nach Cage Ausschau zu halten.

»Der Tanz hat noch nicht begonnen«, sagte Ellen, da sie meinen begierigen Gesichtsausdruck mißverstanden hatte. »Die Schwarzen stimmen gerade die Instrumente. Wenn du willst, gehe ich mit dir nach oben.«

»Nein, danke, Mrs. Neale. Ich kenne den Weg.«

Der Schlafzimmerspiegel zeigte mir ein dünnes, aufgeregtes Mädchen mit riesigen braunen Augen, geröteten Wangen, einem spitzen Kinn und einem ziemlich großen, unfeinen Mund. Es war kein weltbewegendes Gesicht, dessen Anblick die Männer überwältigte. Aber ich hatte kein anderes. Ich dachte, daß vielleicht ein gewinnendes Lächeln helfen könnte, und probierte ein paar Varianten aus, um die richtige Nuance herauszufinden.

Dann studierte ich einen Seitenblick ein, während ich die Schultern hin- und herwandte, und rückte die Taschentücher zurecht, die ich in mein Dekolleté gestopft hatte. So war es besser. Dann biß ich auf meine Lippen, damit sie sich röteten. Mein Abendkleid hatte nicht gerade die schmeichelhafteste Farbe, ein giftiges, geblümtes Grün. Aber Charles hatte den Stoff als ein Geschenk aus Richmond mitgebracht, und ich konnte mich nicht weigern, als er vorschlug, daraus ein Abendkleid nähen zu lassen, zumal er Papa dazu überredet hatte, mich zu dem Ball bei den Neales mitzunehmen.

Ich war entschlossen, den heutigen Abend erfolgreich zu gestalten. Es mußte mir einfach gelingen. Cage würde mir Beachtung schenken. Seit Weihnachten war ich gewachsen und ein bißchen fülliger geworden. Und mein Haar war zu einer neuen Frisur hochgesteckt. Ich drehte meinen Kopf zur Seite und bemerkte, daß sich eine Locke gelöst hatte. Nachdem ich den Schaden behoben hatte, warf ich einen letzten Blick in den Spiegel, griff eilig nach meinem Fächer und den Handschuhen und war fertig.

Aber mitten auf der langen, gebogenen Treppenflucht hatte ich plötzlich Lampenfieber. Mein Mund wurde ganz trocken, und mein Herz klopfte auf beunruhigende Weise gegen meine Rippen. Dabei hatte ich gar keinen Grund, ängstlich und schüchtern zu sein. Ich kannte alle, die heute abend anwesend sein würden, kannte sie schon so lange, wie ich denken konnte. Ich sagte mir dauernd, daß kein Fremder hier war und daß ich mich nicht verstecken mußte, wenn man mich wegen meiner späten Ankunft anstarren sollte. Sie waren alle meine Freunde. Sogar Cage.

So ging ich weiter, aber ich mußte an der Schwelle zum Eßzimmer wieder stehenbleiben. Ich schluckte krampfhaft und versuchte meine weichen Knie unter Kontrolle zu bekommen. Das Zimmer war so verändert. Tisch und Stühle waren an die Wand gerückt, um für die Tänzer Platz zu machen. Ich biß mir wieder auf die Lippen und setzte dann ein fröhliches, sorgloses Lächeln auf, als ich das Zimmer betrat.

Cage tanzte mit Elsie Young, die sich für die hinreißendste Schönheit am Fluß hielt. Sie hatte eine Wolke aus blondem Haar, eine weiße und rosa Hautfarbe, kornblumenblaue Augen und machte einen gemeinen, selbstsüchtigen Eindruck. Jetzt lächelte sie Cage an. Ihre spitzen Zähne glänzten zwischen den geöffneten Lippen, und ihre Wimpern klimperten, als ob sie einen Fieberanfall hätte. Wie lächerlich sie sich doch machte, dachte ich zornig. Die Männer mochten keine Frauen, die sich auf sie stürzten, hatte mir Charles gesagt. Und dabei konnte ich sogar von meinem Platz aus den gierigen Blick, die unverhohlene Begierde auf Elsies Gesicht sehen. Armer Cage! Als Gentleman konnte er nur höflich sein und zurücklächeln. Dieses schöne, strahlende Lächeln, ein Lächeln, das ich bis zum Wahnsinn liebte . . .

Der Tanz war vorbei. Die schwarzen Musiker in der Nische wischten sich über die Stirn und machten vor dem nächsten Stück eine Pause. Ich öffnete meinen Fächer und wedelte damit unter meiner Nase wie die anderen Damen, die an der Wand saßen. Dabei hatte ich meine Lippen zu einem, wie ich hoffte, diskreten, aber einladenden Lächeln geöffnet. Ich versuchte Cages Aufmerksamkeit zu gewinnen, als er mit Elsie am Arm vorbeiging. Aber sie schlenderten weiter auf die Punschbowle zu, ohne mich eines Blickes zu würdigen.

»Hallo, Adelaide!« rief Mrs. Pettigrew und zog ihren Stuhl näher an meinen heran. Die dürre, melancholische Mrs. Pettigrew und ihr Mann August, ein Tabakhändler im Ruhestand, waren mit den Neales entfernt verwandt. Sie waren vor zehn Jahren zu einem Besuch gekommen und hatten seitdem das Haus nicht mehr verlassen. Die Anwesenheit Mrs. Pettigrews, die im Stuhl hinter mir saß, war mir nur schwach bewußt geworden, und ich hatte gehofft, daß sie mich nicht beachten würde. Eine leere Hoffnung. »Ich habe dich in dieser Aufmachung gar nicht erkannt«, sagte sie und ließ ihren kritischen Blick über mein Kleid schweifen.

»Guten Abend, Mrs. Pettigrew«, antwortete ich und warf ihr einen flüchtigen Blick zu, nur um meine Augen sofort wieder auf die beiden an der Punschbowle zu richten.

»Dein Vater erlaubt dir jetzt also, Bälle zu besuchen.«

»Ja, Mrs. Pettigrew.«

Cage macht sich sicher nichts aus Elsie, dachte ich. Überhaupt nichts. Er hatte mit ihr getanzt, und es war nur anständig von ihm, sie zu einem Glas Punsch einzuladen. In ein oder zwei Minuten würde er eine Ausrede finden und sich davonmachen, um mit den anderen Männern Bourbon zu trinken.

»Nun – ich sage doch immer, daß die Mädchen heutzutage so

schnell erwachsen werden«, maulte Mrs. Pettigrew. »Als ich noch ein Mädchen war . . .«

Sie plapperte weiter, aber ich hörte nicht zu. Ich behielt mein Lächeln bei und hoffte von ganzem Herzen, daß Cage sich umwenden und mich bemerken würde. Ich wünschte so sehr, daß seine Augen in freudiger Überraschung aufleuchten würden.

». . . und da ist dieser Cage Norwood, der sich wegen einer Frau duelliert hat«, keifte Mrs. Pettigrew entrüstet. »Was soll aus dieser Welt nur werden! Zu meiner Zeit . . .«

Die Musik klang wieder auf, und die Männer begannen die Damen aufzufordern. Ich hielt den Atem an und beobachtete Cage wie ein Luchs. Er verbeugte sich vor Elsie, und sie nahm seinen Arm. Wollte er wieder mit ihr tanzen? Ja. O Gott! Warum denn nur? Und gerade jetzt spielten sie einen Walzer. Elsie blinzelte und lächelte albern. Er schickte sich an, mit ihr einen Walzer zu tanzen. Sein Arm glitt um ihre Taille. Ja, natürlich, sie hatte ihn wahrscheinlich darum gebeten. »O Cage, mein Lieblingswalzer – könnten wir nicht bitte . . .?« Und es wäre unhöflich gewesen, ihren Wunsch abzuschlagen. Er drückte sie fest an sich, und sie schaute zu ihm auf. Mein Herzeleid wurde immer schlimmer. Es schmerzte so sehr, daß ich die Tränen aufsteigen fühlte. Aber ich lächelte weiter, fächelte mir zu und mimte heitere Gelassenheit.

»Und wenn seine Eltern aus Saratoga zurückkommen werden«, fuhr Mrs. Pettigrew gnadenlos fort, »dann wird was los sein, sage ich dir. Soweit ich weiß, hat William Norwood ihm ein Ultimatum gestellt . . .«

Wenn mich doch nur jemand zum Tanz auffordern würde . . . Ich sehnte mich wie verrückt nach irgend jemandem, sogar Papa wäre mir willkommen gewesen. Aber Papa saß mit Mr. Benton und Barnabas Neale in der Bibliothek. Und ich konnte auch Charles nirgends entdecken. Es sah so aus, als hätten alle Damen, sogar die verheirateten, Partner gefunden. Cage stach aus der buntgewürfelten Menge wie ein junger Prinz heraus. Und ich mußte da mit den alten Jungfern, den Matronen und Schwatztanten wie Mrs. Pettigrew herumsitzen. Ein Mauerblümchen. Welche Schmach und Schande! Ich wünschte, ich wäre überhaupt nicht gekommen. Es wäre viel besser gewesen, wenn ich zu Hause geblieben wäre, vom Bett aus die Decke angestarrt und von dem Ball geträumt hätte, anstatt hier *unaufge-*

fordert herumzusitzen und mit dem Fächer zu wedeln, um meine glühenden Wangen zu kühlen.

». . . William hat natürlich Glück gehabt, daß Cage nicht sein Ältester ist«, ereiferte sich Mrs. Pettigrew.

Wenn ich nur unbemerkt verschwinden könnte! Wenn ich mich doch in Luft auflösen oder im Boden versinken könnte! Die Musiker machten eine kurze Pause und setzten kurz darauf zu einem neuen Stück an. Noch ein Walzer. Ich konnte es nicht ertragen, zuzuschauen. Mein Lächeln war sauer geworden und dann ganz verschwunden. Ich starrte auf meinen Fächer, den Papa einst Mama geschenkt hatte.

»Adelaide?«

Ich hob langsam meine tränennassen Augen, bis ich in Cages lächelndes Gesicht blickte. Noch nie zuvor hatte er mich Adelaide genannt.

»Adelaide, darf ich um diesen Walzer bitten?«

Die Worte schienen von einem entfernten Stern zu kommen. Täuschten mich meine Ohren? Oder ging vielleicht meine Fantasie mit mir durch?

»Natürlich nur, wenn der Tanz nicht schon vergeben ist.« Er reichte mir seinen Arm, und ich starrte ihn dümmlich an.

»Adelaide . . .?«

Unfähig zu sprechen ergriff ich seinen Arm und nickte stumm. Als wir davongingen, glaubte ich Mrs. Pettigrew nach Luft ringen zu hören, aber mein Herz klopfte so stark, daß ich mir nicht sicher war. *Er* hielt mich umschlungen, mein Körper bewegte sich mit dem seinen im Takt der Musik. Ich hielt den Blick gesenkt, und vor Aufregung war mir ganz schwindlig. Ich konnte Tabak, Rasierwasser und Seife riechen, die berauschenden Gerüche eines männlichen Wesens.

»Macht es dir Spaß?« fragte er in mein Haar.

»Oh . . . Ja, ja, es ist wundervoll!« Und plötzlich stimmte das auch. Das Eßzimmer der Neales war mir nie schöner erschienen, und ich wunderte mich, daß ich die ganzen Blumen nicht zuvor schon bemerkt hatte.

»Sie spielen gut für Laien«, bemerkte Cage.

»Oh . . . Ja, ja!« stimmte ich zu, während mir das Blut in den Kopf schoß, als ich mich endlich getraute, ihn anzuschauen.

»›Meine Liebe ist wie eine rosarote Rose‹«, sang er, während seine Augen über mir ins Leere starrten, »›die im Juni erblüht ist.‹ Robert Burns dichtete das zu einem Walzer von Strauß«, erklärte er.

»Ja.« Cage wußte alles über diese Sachen. Er hatte London und Paris besucht. Er war gebildet und kultiviert. Strauß und Burns . . . Ich hoffte, der Walzer würde nie enden.

»Ich mag Liebeslieder sehr gern«, wagte ich zu bemerken.

»Tatsächlich?« Er lächelte nachsichtig, aber seine Augen waren immer noch auf etwas anderes geheftet.

»Es sind meine Lieblingslieder«, versicherte ich ihm.

»Meine auch«, murmelte er geistesabwesend.

Jemand drängte sich an uns vorbei, und er zog mich etwas näher an sich. Ein paar Augenblicke lang konnte ich seinen harten, schlanken Körper und seine Armmuskeln fühlen, so daß mir gleich wieder schwindlig wurde. »Zu viele Leute, nicht wahr?« sagte er, und dann tanzten wir wieder unbehindert.

»Ja.« Das Stück näherte sich seinem Ende, aber ich wünschte mir sehnlichst, daß es nie aufhören würde. Ich tanzte mit Cage Norwood. Wenn ich doch nur klug und witzig wäre und mir etwas Lustiges einfallen würde, so daß er mich amüsant finden und zum nächsten Tanz auffordern würde . . . Ich zerbrach mir den Kopf, um eine Anekdote auszugraben, aber mein Verstand war völlig leer. Er mußte mich für schrecklich stumpfsinnig halten. Konnte ich denn nichts anderes als ›ja‹ oder ›oh‹ sagen? Einen quälenden Moment lang dachte ich daran, ihm zu gestehen, daß ich das Duell an jenem Morgen beobachtet hatte und wie beeindruckt ich von seiner Tapferkeit und seinem Geschick war. Würde er erfreut und geschmeichelt sein oder erschrecken? Schlimmer noch. Er würde mich für ein kleines Mädchen halten, das sich in ein verbotenes Abenteuer eingelassen hatte. Der Name Adelaide wäre vergessen, und er würde mich wieder ›kleine Prinzessin‹ nennen.

Cage summte: »Oh, meine Liebe ist wie eine Melodie . . .«

Liebe. Er sang über die Liebe. Ich warf ihm einen kurzen Blick durch die Wimpern zu. Er lächelte, aber er lächelte nicht mich an. Ich fragte mich, wem dieses Lächeln wohl galt, und als ich beim nächsten Schritt meinen Kopf drehte, sah ich Elisabeth Gordon, die Frau des alten Mr. Gordon aus Richmond. Sie hatte rotbraunes Haar und die Haut einer Magnolienblüte. Sie tanzte mit ihrem greisen Mann, aber sie erwiderte Cages Lächeln.

Mein Herz sank. Wenn ich doch nur groß, schlank und schön wäre! Und natürlich älter, viel älter. Und wagemutig wie Elisabeth Gordon, die sich nicht darum scherte, was die Leute dachten, wenn sie einen attraktiven Junggesellen anlächelte. Wer konnte sie tadeln? Ihr Mann war mindestens doppelt so alt wie sie, und sie war jung, und Cage war so charmant. Die Frauen lächelten ihn dauernd an.

»Danke, Adelaide.«

Hatte die Musik schon aufgehört? War der Tanz etwa schon vorbei?

»Bitte«, murmelte ich schwach. Ich hatte es gar nicht bemerkt. So ein kurzer Walzer . . .

»Das Vergnügen ist ganz meinerseits«, sagte er und führte mich über die Tanzfläche zu den Stühlen. Gleich würde er sich von mir trennen. Ich würde wieder neben Mrs. Pettigrew sitzen, und sie würde klagen und schwatzen und mir erzählen, was für ein Lump Cage doch wäre. Sie würde wissen wollen, wie mein Vater und mein Bruder so einen Mann nur ihren Freund nennen und wie sie es zulassen konnten, daß ein unverheiratetes junges Mädchen mit so einem Schurken tanzte. Cage würde mich nicht wieder auffordern, sonst hätte er schon etwas gesagt. Ich suchte verzweifelt nach einer Möglichkeit, ihn festzunageln.

Wir waren da. Mrs. Pettigrew warf Cage einen giftigen Blick zu, und mein leerer Stuhl wartete auf mich.

Ich drehte mich zu Cage um. »Ich würde gern mit dir einen Dreher tanzen – das heißt, wenn sie einen spielen«, platzte es mit zittriger Stimme aus mir heraus. Ich spürte, wie mir das Blut ins Gesicht stieg.

Cage lächelte. »Wie du willst, Adelaide. Der übernächste Tanz?«

»Ja«, sagte ich mit glühenden Wangen.

Aber es kam nicht mehr zu diesem Tanz. Papa stürzte wütend ins Eßzimmer. »Wir gehen!« kündigte er an und faßte mich an der Hand. »Mehr kann ich von diesem Benton nicht ertragen.« Papa und Mr. Benton fingen immer zu streiten an. Meist ging es um Probleme wie freie Arbeit gegenüber Sklavenarbeit. Mr. Benton vertrat die Ansicht, daß freie Arbeit wesentlich effektiver wäre, und Papa behauptete, dies wäre eine dumme Yankeevorstellung.

»Papa – nein . . .«

»Komm schon«, brummte er und führte mich am Ellbogen hinaus.

»Papa, ich kann nicht gehen. Ich habe Cage versprochen . . .«

»Hol deinen Umhang, und zwar schnell!« befahl er.

»Papa – kann mich nicht Charles nach Hause bringen?«

»Charles spielt Karten. Er wird die ganze Nacht hier sein.

Nun . . .?« Seine Augen blitzten vor Zorn. Ich kannte diesen Blick nur zu gut und wußte, daß es sinnlos war zu widersprechen.

Während der ganzen Heimfahrt nach Green Springs heulte ich in meinen Schal hinein.

Zwei Tage nach dem Ball bei den Neales erfuhren wir von Sissy, unserer schwarzen Köchin, daß Noah Hayleys Haus in der Nacht bis auf die Grundmauern abgebrannt war. »Sie sind alle tot«, sagte sie, als wir gerade frühstückten. »Mrs. Noah und alle Kleinen.«

»O nein!« schrie ich entsetzt.

»Bist du sicher?« fragte Papa.

»Ja, ich bin sicher.«

Charles wurde bleich, sagte aber nichts.

Ich schaute auf meinen Teller, und mir wurde ganz schlecht. Ich fragte mich, was Charles dachte. Dachte er an die mit Sonnenlicht überflutete Wiese, auf der Noah von einem Moment auf den anderen zu einem verkrüppelten Leichnam geworden war? Glaubte er die schrille, kindliche Stimme von Bart Hayley zu hören, die geschrien hatte: ›Ich werde es dir heimzahlen!‹?

»Wie ist das passiert?« fragte Papa.

»Jemand sagt, eine Lampe wäre umgestürzt«, antwortete Sissy. »Die armen Kleinen.« Sissy verschwendete gewöhnlich kein Mitleid auf Leute außerhalb von Green Springs. Die große, dünne Schwarze mit den hervorstehenden Zähnen und den hohen Backenknochen war die einzige Mutter, die ich je gehabt hatte. Während sie Charles und mir sehr zugetan und manchmal sogar zärtlich zu uns war, zeigte sie doch nur selten Gefühle, wenn es um Außenstehende ging. Da sie es jetzt aber tat, wurde die Tragödie der Hayleys nur um so schrecklicher.

»Die armen Kleinen«, wiederholte sie. »Sie tun mir so leid.«

Ich hatte natürlich die anderen Kinder vergessen. An jenem Morgen hatte ich für Noahs Sohn Mitleid empfunden, aber dann war Cage so elegant vorbeigeritten, daß ich nur noch glücklich gewesen war, weil er das Duell überlebt hatte.

»Wie viele waren es denn?« fragte Papa.

»Ich glaube, drei – ein Mädchen und zwei Jungen.« Bart, der als Noahs Sekundant fungiert hatte, war mit siebzehn der Älteste. Wie alt die jüngeren waren, wußte Sissy nicht.

»Das ist die Tragik von Duellen«, sagte Papa. »Familienväter sollten nicht zur Pistole greifen. Wenn ihr jungen Kerle euch unbedingt erschießen wollt, dann macht mal los, aber ein Mann mit Frau und Kindern sollte die Finger davon lassen.«

Charles ergriff seine Gabel mit einer weißen, verkrampften Hand. »Aber Papa, Cage ist doch beleidigt worden.«

»Traurig – sehr traurig.« Papa schüttelte den Kopf.

»Und er hatte doch nicht im Traum daran gedacht, daß Noah die Herausforderung annehmen würde. Da blieb Cage gar nichts anderes übrig, als sich mit ihm zu duellieren. Immerhin ging es um seine Ehre. Ich habe natürlich auch ein Herz – und die Familie tut mir leid.«

»Ja«, sagte Papa, »schade um die Kinder.«

»Noah war schon immer ein streitsüchtiger Mann«, meinte Charles. »Und es ist nicht Cages Schuld, daß das Feuer ausgebrochen ist.«

»Natürlich nicht«, stimmte Papa zu und fing wieder zu essen an. »Keiner behauptet das.«

»Vielleicht war das Feuer die Strafe Gottes für Mrs. Hayleys Sünde«, meinte ich.

Beide schauten mich erstaunt an, und Papas Gabel blieb ihm zwischen den Zähnen stecken. Ich fühlte, wie ich aus Verlegenheit ganz rot wurde. Ich sollte nichts von Sünde wissen, nicht einmal theoretisch, und meine Erwähnung von Mrs. Hayleys Vergehen war taktlos und schockierend.

»Also wirklich«, rief Papa. »Und das aus dem Munde eines Kindes.«

»Habe ich es dir nicht gesagt?« stieß Charles hervor, der nur sieben Jahre älter war als ich. »Habe ich nicht gesagt, daß du sie in eine Schule schicken solltest? Wo soll sie es denn lernen? Sicherlich nicht von – Sissy«, fügte er mit gesenkter Stimme hinzu. »Sie ist dem allgemeinen Geschwätz ausgesetzt, hat nicht wie andere Mädchen eine Anstandsdame.«

»Ist ja schon gut.« Papa winkte mit der Gabel ab. »Ich werde darüber nachdenken.«

Keiner hatte auch nur einen Gedanken daran verschwendet, mich nach meiner Meinung zu fragen, und dabei war es das letzte, was ich wollte, zur Schule zu gehen. Wenn es Charles ein Jahr früher vorgeschlagen hätte, wäre ich hocherfreut gewesen. Aber jetzt, wo ich doch so in Cage verliebt war, bedeutete es eine Qual, ihn verlassen zu müssen. Ein Unglück, als würde ich in ein Gefängnis gesteckt. Hatte Papa das tatsächlich vor? Warum hatte ich denn nicht den Mund gehalten!

Am nächsten Morgen ritt ich auf dem waldgesäumten Weg zur Hayley-Farm. Die ganze Nacht lang hatte ich unruhig geschlafen und oft an das Feuer gedacht. Im frühen Morgengrauen hatte ich dann endlich beschlossen, Beau zu satteln und den Schauplatz der Katastrophe zu inspizieren. Warum ich wohl ein abgebranntes Haus sehen wollte, bleibt ein Geheimnis, aber dieser Ort zog mich einfach an. War es vielleicht morbide Neugierde? Oder quälten mich Schuldgefühle, weil ich so froh war, daß Cage überlebt hatte? Ich weiß es nicht. Ich fühlte nur dieses seltsame, fast zwanghafte Drängen, dorthin zu reiten, und so war ich nach dem Frühstück aufgebrochen, ohne jemandem etwas zu sagen. Ich brauchte nicht einmal eine Stunde, um die Farm zu erreichen.

Als ich den Kamin der Hayleys erspähte, wie er über den Baumwipfeln emporragte, hoffte ich, daß sich Sissy getäuscht hatte. Aber als ich ein paar Minuten später aus dem Wald ritt, konnte ich das ganze Haus sehen – oder vielmehr, was davon noch übrig war, der Kamin und eine schiefe Wand. Eine schwarze Ruine. Das Feuer hatte die Obstbäume im Vorgarten versengt, und da einige gerade blühten, boten sie einen seltsamen Anblick, ein Paradoxon. Leben und Tod.

»Sie sind alle verbrannt«, hatte mir Sissy gesagt, als ich sie später noch einmal gefragt hatte. Die Leichen waren so stark verkohlt, daß man keine mehr identifizieren konnte.

Langsam ritt ich näher. Ich fühlte mich elend und versuchte nicht an die Kinder, Mrs. Hayley oder Bart zu denken. Vielleicht war Noahs Tod noch der angenehmste gewesen.

Ich zitterte, als ich Beau zügelte, ein paar Schritte von der Ruine entfernt. Da saß ich nun im Sattel und starrte auf die Eingeweide des Hauses, das rauchgeschwärzte Skelett eines Bettgestells, die Asche eines verbrannten Tisches, einen Nachttopf, eine Kinderwiege, und je länger ich darauf blickte, desto schlechter ging es mir. Ein Ort der Trostlosigkeit und der Tragödie . . .

Warum war ich gekommen? Wozu hatte es gut sein sollen?

Ich wollte Beau wenden und davongaloppieren, aber eine schreckliche Faszination hielt mich fest. Als ich so im Sattel saß, wurde Beau unruhig. Die Stille störte ihn, und vielleicht war es gerade die fürchterliche Stille eines zerstörten Hauses, die mich gefangenhielt. Außer einem gelegentlichen leisen Schnauben meines Pferdes war nichts zu hören. Eine unheimliche Stille lag über der Farm, eine Stille ohne Vogelgezwitscher und Heuschreckengezirpe, ohne die Geräusche von Haustieren. Sogar der Wind war still und schien wartend den Atem anzuhalten.

Und plötzlich hatte ich das gleiche, seltsame Gefühl, das ich schon im Wald vor dem Duell empfunden hatte, das Gefühl, daß mich jemand beobachtete. Ich zitterte, und es lief mir kalt den Rücken hinunter. Ich schaute nach rechts und links. Niemand war zu sehen. Nur die Ruine und die blühenden Obstbäume. Nach einem schrecklichen Augenblick schaute ich mich schnell um. Nur der Wald lag hinter mir, der Wald mit seinen keimenden Bäumen. Nichts bewegte sich.

Und doch ließ sich das Gefühl nicht vertreiben. Fluchtbereit hielt ich die Zügel fest in der Hand und spähte zwischen die Bäume. War da jemand hinter jener Eiche? Ein Schatten? Auf dem Heimweg war ich durch diese Eichen geritten und hatte niemanden gesehen. Meine Angst wuchs und ließ meine Hände zu Eis erstarren. Spukten hier die Geister der Toten? Beobachteten mich die Seelen der Hayleys in grauenvoller Feindschaft?

Plötzlich übermannte mich eine wilde Panik, die ich nicht mehr kontrollieren konnte. Ich riß Beau herum, drückte meine Absätze in seine Flanken und floh.

3

Die Norwoods kamen am nächsten Mittwoch unerwartet aus Saratoga zurück. Mrs. Pettigrew hatte ihnen, wie ich später erfuhr, einen Brief geschrieben, in dem sie das in der Nachbarschaft kursierende Geschwätz über das Duell wiedergegeben hatte.

Als sie ankamen, besuchte ich gerade zufällig Cages Schwester Theresa auf Riverknoll. Ich hatte mich an Theresa herangemacht und drängte ihr eine Freundschaft auf, für die sie, wie ich fühlte, wenig Interesse hatte. Die selbstsüchtige Begierde, in Cages Nähe zu sein, veranlaßte mich dazu. Manchmal fragte ich mich, ob sie mein dummes Geschwätz, die versteckte, ungezwungene Weise, in der ich seinen Namen erwähnte, täuschte oder ob sie mich durchschaute. Sie war blond, hatte kalte, blaue Augen und war ganz hübsch, wenn sie sich zu einem Lächeln herabließ. Sonst jedoch war sie für ein sechzehnjähriges Mädchen ziemlich steif, und ich hätte sie unter normalen Bedingungen nicht zur Freundin gewählt. Aber es war nun mal keine normale Situation. Ich war hoffnungslos in Cage verliebt, und sie war seine Schwester. Jeder Brocken, den ich über ihn aufschnappte, schürte nur noch meine hungrige Sehnsucht. Und obwohl mich diese Krümel nie satt machten, genügten sie doch, um mich vor dem Verhungern zu retten.

So war ich gerade an jenem schicksalhaften Nachmittag bei Theresa und half ihr einen Strang Wolle aufzuwickeln, als wir Hufschläge hörten, die sich der vorderen Veranda näherten. Einen Augenblick später dröhnte William Norwoods Stimme durch die französischen Fenster. »Ist Cage zu Hause, Moses?«

Moses war der schwarze Butler der Norwoods.

Ein Stimmengewirr hinter der Tür ließ mich aufspringen, und dann kamen sie auch schon herein. »Ach – da ist Adelaide«, sagte Mrs. Norwood.

Ich lächelte. »Guten Abend, Mrs. Norwood – Mr. Norwood. Haben Sie die Bäder genossen?« Saratoga war für seine heißen Bäder berühmt. Jeder, der etwas gelten wollte, fuhr wenigstens einmal im Jahr hin.

»Ja, sehr«, antwortete Cynthia Norwood. Sie hatte ebenso wie ihre Tochter diese engstehenden, schmalen Augen. »Ich wünschte nur, sie wären nicht so weit weg.«

Mr. Norwood runzelte die Stirn. »Hallo, Adelaide. Wie geht es dir?«

»Gut, danke.« Es entstand eine unangenehme Pause. »Ich wollte gerade gehen.«

Mrs. Norwood bedachte mich mit einem schiefen Lächeln. »Fühle dich bitte nicht verpflichtet, unseretwegen zu gehen.«

Darauf hatte ich spekuliert. Die Gastfreundschaft gebot, daß ein Gast zum Bleiben aufgefordert wurde, egal wie sehr die Gastgeberin es zu einem bestimmten Zeitpunkt vorziehen würde, allein zu sein. »Aber ich möchte nicht im Weg sein – Sie sind gerade erst zurückgekommen«, protestierte ich ziemlich schwach.

Mr. Norwood war in die Bibliothek gestapft. Er fühlte sich sicherlich nicht an die Höflichkeitsgebote gebunden. »Das ist schon in Ordnung, Adelaide«, sagte Mrs. Norwood. »Ich möchte mir nur etwas Bequemeres anziehen. Du und Theresa, ihr könnt euch ruhig weiterunterhalten.«

Mrs. Norwood hatte mich nicht zum Abendessen eingeladen,

aber das wäre wohl auch zuviel gewesen. »Wir waren gerade dabei, Wolle aufzuwickeln«, sagte ich.

»Oh, laßt euch nur nicht aufhalten.«

Theresa sagte nichts. Ich wußte, sie wartete auf meine Behauptung, daß ich nach Hause gehen *müßte*, daß Papa mit meiner baldigen Heimkehr rechnen würde. Aber ich konnte mich nicht dazu zwingen, ihr gefällig zu sein.

»Nun – ich bleibe noch eine Weile«, antwortete ich und legte alle Unwilligkeit, die ich aufbringen konnte, in meine Stimme. »Theresa, du kannst schon mit deiner Mutter nach oben gehen. Ich werde die Wolle fertig aufwickeln und dann verschwinden.«

Ich eilte in den Salon, ohne die Tür zu schließen. Ich hätte meine linke Hand dafür gegeben, wenn ich Theresa und ihre Mutter reden gehört hätte oder wenn ich gar mitbekommen könnte, was William Norwood zu Cage bei dessen Rückkehr sagen würde. Aber ich wußte nicht, wie ich das anstellen sollte. Inzwischen befestigte ich einen Wollstrang auf einer Stuhllehne und fing langsam an, ihn zu einem Wollknäuel aufzuwickeln. Theresa strickte einen blauweißen Schal. Sie hatte ein halbes Dutzend Wollstränge in ihrem Korb, und ich wickelte alle, einen nach dem anderen, auf. Eine Stunde verging. Ich war fertig, und Theresa war noch nicht heruntergekommen. Moses war ein- oder zweimal in die Bibliothek gegangen, um seinem Herrn eine neue Flasche Wein zu bringen. Darüber hinaus konnte ich niemanden hören oder sehen. Ich sollte nach Hause gehen. Ich dachte, daß es nicht anständig war, hier sitzen zu bleiben, wenn die Norwoods so offensichtlich keine Gäste wünschten.

Ich nahm ein Buch aus der Glasvitrine. Noch zehn Minuten, hatte ich mir vorgenommen. Nur noch zehn Minuten. Auf der Wiese waren die Schatten länger geworden, und die Uhr auf dem Sims zeigte Viertel vor fünf. Plötzlich hörte ich ein Pferd die baumbesetzte Abfahrt herauftraben. Ich hielt den Atem an, als es näher kam. Es blieb stehen. Ich stand auf und blickte durch das Fenster. Cage stieg gerade ab. Er warf einem kleinen schwarzen Jungen die Zügel zu, und dann konnte ich ihn nicht mehr sehen, aber ich hörte seine schweren Stiefel auf der Veranda.

»Bist du das, Cage?« erklang William Norwoods Stimme in der stillen Halle.

»Papa!« rief Cage. »Schon zurück?«

Ich wich in den Schatten hinter der halb geöffneten Tür zurück.

»Überrascht dich das?« fragte William Norwood. »Das wundert

mich. Du hättest dir doch denken können, daß ich nach deiner letzten schändlichen ›Heldentat‹ sofort nach Hause kommen würde.«

»Papa – wenn du mir erlaubst, dir alles zu erklären . . .«

»Erkläre es mir! Wofür hältst du mich? Für einen Idioten? Nun, komm in die Bibliothek. Ich will nicht, daß die Bediensteten alles mitkriegen . . .«

Die Tür wurde geschlossen.

Ich konnte mich nicht zurückhalten. Ich schlich in die Halle, lauschte an der Tür und blinzelte gleichzeitig zu den Stiegen hinüber. In der Halle war es dunkel, und wenn jemand kommen sollte, konnte ich in die Dunkelheit verschwinden.

». . . seit ich mich erinnern kann, hast du den Namen Norwood in den Schmutz gezogen«, hörte ich William sagen.

»Papa – das ist nicht wahr. Wolltest du, daß ich mich beleidigen lasse?«

»Beleidigen, ha! Wenn dich Hayley beleidigt hat, dann hast du es wahrscheinlich verdient. Oh, erspare mir deine selbstgerechten Proteste! Ich kenne dich gut genug. Du hast mit seiner Frau geschlafen, und er mochte das nicht – war es nicht so? Antworte mir, du verdammter Dummkopf!«

Cage murmelte etwas, das ich nicht verstehen konnte.

»Er hätte dich sofort erschießen sollen, anstatt dir ein Duell anzubieten. Du bist ein gemeiner Kerl, ein roher Schuft. Es ist egal, ob sie einfache Bauersleute sind oder was auch immer – eine verheiratete Frau ist eine verheiratete Frau. Gibt es denn nicht genug Schlampen in Charles City oder Richmond, die dich reizen können? Oder hast du sie schon alle durchprobiert?«

Es entstand eine kurze Pause, in der ich Gläserklirren vernahm.

»Du machst mich krank«, fuhr William Norwood voller Wut und Verachtung fort. »Bei deinem Anblick wird mir schlecht, hörst du?«

»Ich höre sehr gut, Papa«, sagte Cage mit einer kalten, gelassenen Stimme. »Ich habe dich schon immer krank gemacht, nicht wahr?«

»Du hattest niemals lobenswerte Eigenschaften.«

»Und was gibt es bei dir zu loben? Ein Gut, das dir auf einem silbernen Teller gereicht wurde. Nicht verdient . . .«

»Cage – ich warne dich . . .«

»Wovor warnst du mich? Daß du mich ohne einen Pfennig

rausschmeißen wirst? Ha! Ich bekomme schon jetzt reichlich wenig, einen Hungerlohn von Taschengeld.«

»Mißachte es nicht, Cage! Es ist genug, so daß du dich gut kleiden, deine Spielschulden bezahlen, dir gute Pferde leisten kannst . . .«

»Dafür reicht es kaum. Und es wird mit einem finsteren, grollenden Blick herausgerückt.«

»Du hast deine Chance gehabt. Deine Mutter hat dir Beacon gegeben, und weil du so schlampig und faul warst, mußtest du den Bankrott erklären.«

»Beacon war schon halb heruntergewirtschaftet, als ich es übernahm – das weißt du.«

»Ich weiß nichts dergleichen. Du hättest nur ein bißchen fleißiger sein müssen. Dein Bruder Thomas hätte gewußt, was zu tun gewesen wäre.«

»Ja, Thomas«, sagte Cage bitter. »Thomas, der Mustersohn.«

»Vielleicht kein Mustersohn, aber sicherlich kein Nichtsnutz und Schmarotzer.«

Wieder entstand eine kleine Pause, dann sagte Cage: »Papa, du beschimpfst mich, aber was bist denn du? Ein alter Reaktionär . . .«

»Paß auf, was du sagst!«

». . . ein halsstarriger, gefühlloser, engstirniger, unwissender, unbedeutender . . .«

»Halt den Mund!« schrie William. »Ich werde es nicht zulassen, daß du so zu mir sprichst, hörst du?«

»Du hast nie ein wirklich gutes Gespür für richtige Entscheidungen gehabt. Riverknoll ist ein Erfolg, aber nicht wegen, sondern trotz deiner Bemühungen. Wenn ich ein Schmarotzer bin, dann bist du ein viel größerer, du . . .«

»Raus!« brüllte William. »Raus! Ich will, daß du in einer Stunde aus Riverknoll verschwindest, verstehst du? Verlaß die Gemeinde, verlaß Virginia. Was mich betrifft, ist das letzte Wort gesprochen. Du bist nicht mehr mein Sohn. Erwarte also keinen weiteren Pfennig mehr von mir. Keinen einzigen. Ich will dein Gesicht nicht mehr sehen. Wenn du deinen Fuß jemals wieder hierher setzt, lasse ich dich auspeitschen. Hast du verstanden? Raus!«

Ich wartete nicht, um noch mehr zu hören, sondern schlich mich über das Parkett davon und schlüpfte mit glühenden Ohren aus der Tür. Tränen der Wut verschleierten meinen Blick.

Ich kannte William Norwood gut genug, um zu wissen, daß er

seine Worte niemals zurücknehmen würde. Hatte er Cage einmal verbannt, so würde er den Bann aufrechterhalten. Der alte Dummkopf! Der herzlose Schuft! Wie konnte ein Vater seinen Sohn in die Kälte stoßen, ihn enterben und ihn ohne Geld oder einen Zufluchtsort wegschicken? Nur ein Mann, durch dessen Venen Eiswasser floß, konnte das tun, ein engstirniger, unwissender Mann, wie Cage gesagt hatte. Und Cynthia Norwood, die Angst vor ihrem Mann hatte, würde auch nichts tun, um ihrem Sohn zu helfen.

Ich würde Cage nie wiedersehen.

Mein Hals krampfte sich zusammen, als ich meinen Fuß in den Steigbügel stellte und mich in den Sattel schwang. Dann galoppierte ich die Auffahrt hinunter, ohne zurückzuschauen, und schluchzte auf dem ganzen Heimweg.

Ich traf Charles allein im Salon an, als ich atemlos, mit aufgelöstem Haar hereinstürzte. »Großer Gott!« rief er, als er von seinem Patiencespiel aufschaute. »Adelaide, was ist passiert? Du siehst aus, als wäre dir gerade ein Gespenst begegnet.«

»Mr. Norwood schickt Cage weg!« platzte ich heraus. »Oh, Charles . . .«

»Was?«

»Ja, es ist wahr, es ist wahr! Mr. Norwood ist von Saratoga zurückgekommen. Er war sehr wütend und schrie, und er sagte, daß Cage ihn krank mache, und er brüllte: ›Raus!‹ Und er sagte, daß Cage Virginia nie mehr betreten dürfe.«

Ich lehnte mich keuchend und mit Seitenstichen gegen den Bibliothekstisch. »Du – du kannst nicht . . .«, bettelte ich mit tränennassen Augen. »Charles, du kannst ihn nicht gehen lassen. Er hat kein Geld, er hat . . .« Ich fing zu weinen an.

Charles sprang auf. »Dieser alte Tyrann! Wann ist das passiert?«

»Jetzt – vor ein paar Minuten«, stieß ich schluchzend hervor.

»Weine nicht, Addie! Es ist schon gut. Ich werde sehen, was ich tun kann.«

Papa war an diesem Abend, Gott sei Dank, nicht zu Hause. Er speiste mit Mr. Benton zu abend. Ich glaube nicht, daß ich damals Papa hätte gegenübertreten können. Er hätte wissen wollen, wie ich das über Cage herausbekommen und was ich während eines Familienstreits auf Riverknoll zu suchen gehabt hätte. Hatte ich gelauscht? Es wäre eine Qual gewesen, seine Fragen zu beantworten. Ich setzte mich auf einen Stuhl und wartete auf Charles'

Rückkehr. Ich hatte keine Vorstellung, was passieren würde. Er würde Cage natürlich seine Hilfe anbieten. Charles war Cages Freund, und er konnte gar nicht anders handeln. Aber was würde Papa empfinden? William Norwood war ein alter Bekannter, ein Nachbar. Es wäre eine Beleidigung für William gewesen, Cage in unserem Hause aufzunehmen, und Papa hatte vor dem alten Mann zuviel Achtung, als daß er ihn so verletzen könnte.

Ich wartete. Die Zeit verging, und ich beobachtete, wie der Zeiger auf der Kaminuhr langsam, aber unerbittlich vorrückte.

Schließlich hörte ich die Pferde in der Auffahrt, und ich lief hinaus. Zwei Reiter, Charles und Cage.

»Oh . . . Ich bin so froh!« rief ich, als sie abstiegen.

Charles' Gesicht verfinsterte sich. »Geh nach oben, Adelaide.«

»Aber ich kann nicht. O Cage!« Hinaufgeschickt zu werden wie ein Kind, wenn ich doch unbedingt hören wollte . . .

»Tu lieber, was dein Bruder sagt«, schlug Cage mit einem müden Lächeln vor.

»Aber das Abendessen . . .«

»Wir werden dich rufen, wenn wir zum Abendessen bereit sind«, sagte Charles.

Ich ging hinauf. Charles beobachtete mich dabei von der Halle aus und vergewisserte sich, daß ich seinen Wunsch erfüllte. Er muß angenommen haben, daß ich bei den Norwoods gelauscht hatte. Die Norwoods hätten ihre Familienangelegenheiten niemals vor mir ausgebreitet und mich zu ihrer Vertrauten gemacht, und wie hätte ich sonst über Cage Bescheid wissen können? Und nun wollte Charles sichergehen, daß ich außer Hörweite war, bevor er mit Cage sprach.

Wütend betrat ich mein Zimmer und schloß die Tür. Dann lehnte ich mich an die Wandverkleidung und spannte jeden Muskel an, um etwas zu verstehen. Aber außer Schritten und dem Klicken einer Tür, die ins Schloß fiel, konnte ich nichts hören.

Ich marschierte im Zimmer auf und ab und kaute an meinen Fingernägeln. Was besprachen sie nur? Ich fürchtete, daß Cage ohne mein Wissen weggehen könnte und ich keine Gelegenheit mehr haben würde, ihm auf Wiedersehen zu sagen. Das ertrug ich nicht. Ich stand ein paar Augenblicke lang mit geballten Händen mitten im Zimmer. Es war einfach nicht gerecht. Wenn ich ein Mann wäre, würde ich jetzt mit Charles und Cage in der Bibliothek sitzen, zuhören, von Zeit zu Zeit ein Wort einwerfen und an ihrem Gespräch teilnehmen, anstatt ausgeschlossen und wie ein ungehorsames Kind in mein Schlafzimmer verbannt zu sein.

Aber ich war kein Mann. Ich war Adelaide, ein Mädchen, das in Cage verliebt war, in Cage, der weit, weit weggeschickt wurde.

Ich mußte ihn sehen.

Ich ging zum Ankleidetisch und begann schnell mein Haar hochzustecken. Es war egal, wie ich aussah. Wichtig war nur, daß ich mich beeilte, denn Cage konnte jeden Moment weggehen.

Ich schlüpfte zur Tür hinaus und die Treppen hinunter, erreichte die Halle, und dann war ich in der feuchten, kühlen Dunkelheit.

Ich schlich zum Wohnzimmerfenster und spähte durch den Spalt zwischen den Vorhängen hinein. Die Fenster waren geschlossen, sie saßen am Kamin. Leider konnte ich kein Wort hören. Sie machten beide einen sehr ernsten Eindruck. Charles hatte eine Falte zwischen den Brauen, und auf Cages Lippen lag ausnahmsweise kein Lächeln.

Plötzlich überkam mich ein seltsames, jedoch vertrautes Gefühl. Es ähnelte dem, das ich schon im Wald und bei dem abgebrannten Haus der Hayleys empfunden hatte. Ein Gefühl, als ob mich jemand beobachtete. Ich wandte mich vom Fenster ab.

Ein Halbmond warf dünnes, wäßriges Licht auf die Auffahrt und sprenkelte die Blätter des Lorbeerbaumes, der am Rand der Wiese gepflanzt war. Es war ein alter Baum. Der dicke Stamm war ganz knorrig, und als ich ihn anstarrte, schien der große Schatten unter den Zweigen langsam die Form eines Mannes in einem Schlapphut und langem Umhang anzunehmen, eine geheimnisvolle Gestalt. Ein kalter Schauer lief mir den Rücken hinunter. Wer war er? Warum sollte mich dieses stille, gesichtslose Wesen beobachten? Ich wich zum Haus zurück und holte tief Atem, um zu schreien, falls er sich bewegen sollte. Aber die schattenhafte Figur rührte sich nicht. In der Stille der Nacht konnte ich nur meinen Herzschlag hören, den Wind, der in den Bäumen seufzte, und die raschelnden Blätter. Sonst nichts. Ich kniff die Augen zusammen, um zu sehen, ob sich der Mann mit dem Schlapphut bewegte, trat einen Schritt näher und dann noch einen.

Niemand war da! Nur ein leerer, schwarzer Schatten. Es war nur ein Spiel des Lichts, sagte ich mir erleichtert. Die Mondstrahlen haben mich getäuscht.

Ich ging zum Fenster zurück.

Cage und Charles waren aufgestanden und schüttelten sich die

Hände. Dann ergriff Cage seinen Hut, und ich drückte mich flach in den Schatten der Mauer. Eine Minute später kam er allein aus der Eingangstür.

Eine schreckliche Schüchternheit überkam mich, und ich schluckte krampfhaft. Er steckte etwas in die Satteltaschen. Gleich würde er sich aufs Pferd schwingen, die Auffahrt hinuntergaloppieren und in der Dunkelheit verschwinden.

Panik ergriff mich, und ich lief mit fliegenden Röcken die Verandatreppen hinunter. »Cage! Cage, warte!«

Er drehte sich um. Im trüben Mondlicht sah ich sein Gesicht. Überrascht hob er die Brauen.

»Warte! Ich – ich wollte dir auf Wiedersehen sagen.«

»Kleine Prinzessin«, sagte er mit einem schwachen Lächeln. »Wieso weißt du, daß ich weggehe?«

»Ich weiß es, Cage – ich kann nicht – es wird so schrecklich sein . . .« Ich rang nach Worten. »Könntest du nicht bleiben?«

»Nein, Prinzessin. Ich kann nicht.«

»Aber wohin willst du denn?«

»Ich weiß es noch nicht. Aber du brauchst dir deinen hübschen, kleinen Kopf nicht über mich zu zerbrechen.« Das schwache Lächeln auf seinen Lippen schien zu ersterben.

»Aber – Cage . . . Was hat Charles gesagt?«

»Er meint, daß ich nach New Orleans reiten soll. Ich habe dort Freunde, und ich mag die Stadt.« Er hielt inne. »Je mehr ich New Orleans in Betracht ziehe, desto besser gefällt mir der Gedanke, dorthin zu gehen. Was meinst du, Prinzessin?«

»New Orleans«, flüsterte ich. Er hätte genausogut Timbuktu sagen können. »Ich bin nie dort gewesen.«

»Dann mußt du mich einmal besuchen.« Er machte eine spöttische Verbeugung.

»O Cage! Es ist so weit weg. Was wirst du dort machen?«

»Was ich überall tun würde. Ich werde meinen Lebensunterhalt verdienen, obwohl ich nichts anderes kann, als Karten zu spielen und mich zu duellieren. Vielleicht sollte ich um mein tägliches Brot spielen.«

»Ein Berufsspieler? O Cage.«

»Schockierend, nicht? Ein Berufsspieler. Das müßte Papa richtig wütend machen.« Ein bitterer Zug lag um seine Lippen. »Aber was spielt das schon für eine Rolle?« Er nahm die Zügel in die Hand.

»Cage! Warte!« bat ich. Er brach auf, und es gab noch so viel zu sagen. So viel lastete noch auf meiner Brust, all die unausgesprochenen Qualen der Liebe, und in wenigen Minuten würde er verschwunden sein. »Cage . . .« Ich konnte nicht mehr flüstern als: »Cage – o Cage, bitte, küß mich zum Abschied.«

»Nun, Prinzessin . . .«, sagte er überrascht.

Seine Arme umfaßten mich sanft, er beugte sich herab, und seine Lippen streiften über meine Wange. Bei seiner Berührung durchzuckte mich ein elektrischer Schlag. Ich schlang meine Arme um seinen Nacken, und einen kurzen, unbeschreiblichen Moment lang preßte sich sein Mund auf den meinen. Dann löste er meine Arme von seinem Hals und hielt meine Handgelenke fest. »Sei brav, Prinzessin«, sagte er. »Besuch mich in New Orleans, ja?«

Ich stand in der Auffahrt und sah ihn wegreiten, stand da, bis das letzte Echo der Pferdehufe verklungen war. Tränen liefen mir über die Wangen. Nichts kümmerte mich, außer daß Cage gegangen war und mich mit dem Gefühl zurückgelassen hatte, der einsamste Mensch auf dieser Erde zu sein.

4

Ich war bereits ins Haus zurückgestolpert und hatte mich die Treppe hinaufgeschleppt, als ich merkte, daß ich Cage gar nicht gebeten hatte, mir zu schreiben. Wie hatte ich das nur vergessen können? Was für ein Dummkopf ich war! Briefe waren die einzige Möglichkeit, mit ihm in Verbindung zu bleiben. Und ich hatte keinen Gedanken an Briefe verschwendet.

Dann fiel mir ein, daß Cage wahrscheinlich mit Charles korrespondieren würde und ich Cages Adresse von ihm bekommen könnte. Ich wußte, daß es einer jungen Dame nicht geziemte, mit einem Mann Briefkontakt aufzunehmen, aber die Schicklichkeit spielte jetzt kaum eine Rolle. Der einzige Mensch, auf dessen Meinung ich etwas gab, war weggegangen. Cage würde nicht schlecht von mir denken. Ich hatte ihn um einen Kuß gebeten, und das hatte ihn überhaupt nicht schockiert.

Bei der Erinnerung an seinen Kuß überkam mich ein wehmütiges Wohlgefühl. Ich sank auf das Bett, und meine Finger strichen über meine Lippen, die Cages Mund vor kurzem noch berührt hatten. »Da«, flüsterte ich, »*da*!« Wenn ich die Augen schloß, kam es mir so vor, als ob ich noch immer seinen Arm um meine Taille spürte, seinen männlichen Tabak-Rasierseifen-Geruch einatmete und das herrliche Erbeben fühlte, das meinen Körper durchströmt hatte. Ein Mann, der ein Mädchen so küßte, mußte sicher etwas empfinden, oder etwa nicht? Und auf dem Ball der Neales hatte er mich zum Tanz aufgefordert. *Mich*, Adelaide. Was das doch für ein herrlicher Abend war! Wenn sich Papa doch nur nicht mit Mr. Benton gestritten hätte – die wundervollsten Dinge hätten geschehen können.

Innerhalb einer Woche hatte Charles einen Brief von Cage bekommen. Er las ihn Papa und mir teilweise beim Abendessen vor. »› . . . Freunde haben mich im französischen Viertel untergebracht. Nicht gerade die beste Unterkunft, aber gut genug. Morgen werde ich in einen privaten Klub, in dem man Karten spielt, eingeführt werden. Die Einsätze sind ziemlich hoch. Aber ich glaube, daß ich dank des Geldes, das du mir geliehen hast, mithalten kann.‹«

»Du hast ihm Geld geliehen?« fragte Papa.

»Nicht viel«, sagte Charles. »Was hätte ich sonst tun sollen? Wenn ein Mann jemals einen Freund brauchte – dann war er es.«

»Ich übe keine Kritik an dir, Charles, mein Junge. Aber ich billige nicht, daß Cage spielt, um seinen Lebensunterhalt zu verdienen. Ein Gentleman spielt zwar Karten, als eine Art von Sport, aber daraus einen Beruf zu machen . . .«

»Er hatte keine Wahl, Papa.«

»Nun, was erzählt Cage noch?« fragte Papa.

»Hm . . .« Charles überflog die Seite. »Nicht viel. Oh, er läßt dir und Adelaide die besten Grüße bestellen.«

Mein Herz hüpfte vor Freude.

»Adelaide?« Charles schaute mich seltsam an. »Adelaide, du solltest dich sehen können.«

»Warum? Was stimmt mit meinem Aussehen nicht?« fragte ich verwundert.

»Du siehst aus, als hätte dich der Schlag getroffen.«

»Wer? Ich?« Ich wurde ganz rot. »Du täuschst dich, Charles.«

»Wirklich?« Er starrte mich einen Augenblick lang an. »Ich frage mich, ob du in Cage verliebt bist.«

»Natürlich nicht!« leugnete ich. »Was hat dich denn auf diese dumme Idee gebracht?«

»Jetzt, wo ich es mir überlege, fällt mir ein, daß du bei seiner Abreise wie ein Schloßhund geheult hast.«

»Ich heule immer, wenn Leute abreisen, das weißt du. Du versuchst nur . . .«

»Du hast dich Cage doch nicht an den Hals geworfen?« fragte Papa. »Antworte mir, Adelaide?«

»Nein – sicher nicht«, leugnete ich energisch.

»So etwas darfst du niemals tun! Sollen sich die Leute über andere das Maul zerreißen – über diese dummen Gänse, die ihre hohlen Köpfe zurückwerfen und mit den Wimpern klimpern. Aber nicht über dich, Adelaide. Hast du mich verstanden?«

»Ja, Papa.«

»Es gibt genug nette junge Männer, die bei gegebener Zeit um dich werben werden, meine Liebe.«

»Ja, Papa.« Ich wollte keine ›netten jungen Männer‹, ich wollte Cage.

Als Charles an diesem Nachmittag ausgegangen war, schlüpfte ich in sein Zimmer, öffnete den Schreibtisch und fand den Brief. Der Absender war mit Cages schwungvoller Handschrift geschrieben. ›Cage Norwood, Bourbon Street 26, New Orleans, Louisiana.‹ Das konnte ich mir merken. Die Nummer und die Straße prägten sich fest in mein Gedächtnis ein.

Anstatt die Schublade zu schließen, stand ich da und starrte auf den Umschlag, während mir eine leise Stimme zuzuflüstern schien: ›Warum liest du ihn nicht? Du hast dich so weit vorgewagt. Warum nicht bis zum Ende gehen?‹ Es gab Stellen, die Charles nicht laut vorgelesen hatte, eine ganze Seite, die er nur überflogen hatte. Was mochte da wohl gestanden haben? Das kann ich nicht tun, sagte ich mir, als meine Hand schon nach dem Brief griff.

Meine Finger zitterten, als ich die Seiten aus dem Umschlag nahm. Ich hielt den Atem an und lauschte, aber auf der Treppe näherten sich keine Schritte. Dann begann ich zu lesen. Im ersten Teil des Briefes erzählte Cage von seiner Reise, und Charles hatte bereits einen Teil davon vorgelesen, doch dann kam ich zu der ausgelassenen Seite.

› . . . die Frauen sind hier einfach wunderschön‹, schrieb Cage. ›Du kannst dir gar nicht vorstellen, welche Schönheiten hier leben. Von den hübschen aristokratischen Mädchen der benachbarten Plantagen, den Kreolen mit ihrem spanischen und französischen Blut, dem dunklen Haar, den sprühenden Augen und dem üppigen Busen bis zu den Mischlingen auf der

Marktstraße mit ihrer weichen, pfirsichfarbenen Haut . . . Schön, sehr schön! Ich sage dir, daß ich von all dem fast überwältigt bin.‹

Ich faltete den Brief wieder zusammen und steckte ihn in den Umschlag. Dann schloß ich langsam die Schublade. Ich wünschte jetzt, daß ich den Brief nie gelesen hätte. Aber was hätte ich anderes erwarten können? Cage war ein männliches Wesen. Ein heißblütiger Mann konnte solchen Reizen gegenüber nicht gleichgültig bleiben. Und diese Kreolen und Mischlinge bewunderte er, wie er alle schönen Dinge bewunderte. Sie bedeuteten ihm nicht mehr als eine schöne Landschaft, ein Gemälde oder ein Sonnenuntergang. Egal, wie viele Frauen er in den Armen hielt, sein Herz würde davon unberührt bleiben – und frei, bis er es mir eines Tages schenken würde.

Ich brauchte fast die ganze Nacht, um Cage zu schreiben. Ich kann mich nicht daran erinnern, wie viele Briefe ich angefangen und wieder zerrissen habe. Aber schließlich gelang es mir, ein paar Zeilen zu schreiben, die weder zu forsch noch zu unpersönlich wirkten. Es war nicht leicht, den Brief unbemerkt abzuschikken, aber es gelang mir. Und dann wartete ich auf Antwort. Ich rechnete, daß ich in zwei Wochen einen Brief von Cage erhalten würde. Zwei Wochen vergingen und dann bestimmt noch zwei weitere. Er hatte Charles wieder geschrieben, aber mich nicht erwähnt. Er schickte mir nicht einmal Grüße. Ich hatte wieder heimlich seinen ganzen Brief gelesen. Er handelte nur von den Kartenspielen und den Leuten, die er getroffen hatte.

Hatte er meinen Brief bekommen? Man konnte der Post nicht trauen. Je länger ich darüber nachdachte, desto sicherer war ich, daß mein Brief verlorengegangen war. So schrieb ich einen weiteren Brief, der dem ersten ähnelte. Und wieder begann die Wartezeit.

Ein ganzer Monat verstrich.

Hatte mich Cage schon vergessen? Ich dachte an all die schönen Frauen mit den sprühenden Augen und der pfirsichfarbenen Haut. Und ich war hier – so viele Meilen entfernt.

Zwei weitere Wochen vergingen. Und dann hatte ich eine Idee. Ich verdrängte sie sofort, aber sie kam immer wieder, und ich konnte an nichts anderes mehr denken.

Ich würde nach New Orleans fahren.

Ich würde ganz allein hinfahren und ihm klarmachen, daß ich kein Kind mehr war. Er hatte es in der Ballnacht bei den Neales gefühlt – und auch, als er mich geküßt hatte. Und wenn er geblieben wäre, hätte er es auch gewußt. Ich weigerte mich, ihn den besitzergreifenden Frauen in New Orleans zu überlassen, die ihn ohnehin nur unglücklich machen würden. Er gehörte mir. Und wenn ich erst einmal in New Orleans war und wir miteinander sprachen, würde er erkennen, daß ich für ihn ebenso die einzige Frau war wie er für mich der einzige Mann.

Es kam mir so einfach vor – bis ich mir ernsthafte Gedanken um die Reise selbst machte. Mein Weg schien mit unüberwindlichen Hindernissen gepflastert zu sein. Es war schon ein schwieriges Unterfangen, solch eine weite, heimliche Reise zu einer unbekannten Stadt zu machen. Außerdem war es unerhört, als junges, unverheiratetes Mädchen ohne männlichen Schutz auf Reisen zu gehen. Die Leute würden mich anstarren, sich gegenseitig anstoßen und kompromittierende Fragen stellen. Vielleicht konnte ich das noch ertragen, aber wie sollte ich von Green Springs wegkommen?

Einige Tage lang schlug ich mich mit dem Problem herum, bis sich die Antwort in Form eines Briefes von Tante Tildy ergab. Gott segne Tante Tildy! Die älteste Schwester meiner Mutter, Mathilda Hampton, die seit mindestens zehn Jahren verwitwet war, lebte etwas weiter unten am Fluß bei Brandon. Da sie kinderlos war, hatte sie seit meiner Geburt ein mütterliches Interesse für mich entwickelt. Sie mochte mich gern, und ich erwiderte ihre Zuneigung. Jetzt fragte sie mich, ob ich sie nach White Sulphur Springs begleiten wollte. ›Ich habe Deinen Vater nicht zuerst um Erlaubnis gebeten, denn als ich ihm das letztemal in einer ähnlichen Angelegenheit schrieb, vergaß er mir zu antworten. Deshalb überlasse ich diesen Teil der Sache Dir. Gib mir so bald wie möglich Bescheid.‹

Ich zeigte Papa den Brief und fragte: »Darf ich fahren?«

»Meinetwegen«, sagte er mit verdrießlicher Miene.

Man arrangierte, daß ich mit Mr. und Mrs. Snowden reisen sollte, die mich in Brandon absetzen und selbst nach Norfolk weiterfahren würden, um dort Verwandte zu besuchen. Tante Tildy schrieb ich, daß es mir leid täte, aber ich könnte Green Springs nicht verlassen, da gerade ein Vetter zu Gast wäre. Mir schauderte bei dem Gedanken, wie ich jemals diese Lügen erklären würde. Aber vielleicht würde mich Cage sofort um meine Hand bitten, und ich würde als Mrs. Lewis Cage Norwood zurückkommen.

Diese Vorstellung ließ mich in meinem Innersten erbeben.

Aber zuerst mußte ich nach New Orleans kommen.

Da Papa nie Briefe schrieb, mußte ich nicht befürchten, daß er sich an Tante Tildy wenden würde. Ich reiste also an einem warmen Junimorgen mit den Snowdens ab. Papa und Charles gaben mir einen Abschiedskuß und ermahnten mich, brav zu sein. Die Reise verlief ereignislos. Ich hatte den Snowdens bereits gesagt, daß mich Tante Tildy wegen eines wichtigen Termins bei ihrem Rechtsanwalt nicht abholen könnte. Aber Tante Tildy war natürlich schon mit ihren Bediensteten abgereist. Die Snowdens schauten mir mißtrauisch zu, als ich den Reserveschlüssel, der normalerweise unter einem Blumentopf auf dem Fensterbrett lag, nicht gleich finden konnte. Als ich ihn gefunden hatte, bat ich sie, doch mit einzutreten, aber zum Glück hatten sie es eilig und blieben nur ein paar Minuten. Mit einem Seufzer der Erleichterung sah ich ihren gemieteten Wagen davonfahren.

Am nächsten Morgen ging ich zum Ablegeplatz und erkundigte mich nach einer Fahrt nach New Orleans. Ich hatte Geld. Papa hatte mir vor meiner Abfahrt eine großzügige Summe überlassen, so daß es kein Problem für mich war, eine Fahrkarte zu kaufen. Genau wie ich es erwartet hatte, starrte mich der Fahrkartenverkäufer unverschämt an, und ich hörte auch das schockierte Getuschel einiger weiblicher Passagiere. Aber als ich nach einer Stunde auf den vorbeigleitenden Fluß schaute, konnte ich an nichts anderes als Cages erstaunten Blick, seine hochgezogenen Brauen und die gestammelten Begrüßungsworte denken. Ich stellte mir vor, wie sich die Überraschung in Freude und dann in Entzücken wandeln würde. Er würde meine Hände nehmen, sie küssen und mich dann in seine Arme schließen. »Adelaide, mein Liebling«, würde er flüstern. »Ich hatte nicht zu hoffen gewagt . . . Dein Vater . . . Aber jetzt, wo du hier bist . . .« Und seine Lippen würden die meinen berühren.

Es regnete, als wir an der Kanalstraße in New Orleans anlegten. Auf der anderen Seite des hölzernen Kais war der Boden vom anhaltenden Strom der Wagen und Karren aufgewühlt und von schlammigen Furchen durchzogen, so daß er einer riesigen Schweinesuhle glich.

Ich hatte nur eine Reisetasche bei mir, und als ich den Landungssteg hinunterging, versuchte ich verzweifelt den Eindruck zu erwecken, daß mich jemand erwartete. Auf dem Kai wimmelte es von Leuten, Schiffern, Kaufleuten, Bauern und Reisenden, die alle durcheinanderschrien und gestikulierten. Es war ein verwirrendes Gemisch seltsamer Laute und Stimmen. Ich versuchte, mir an den rumpelnden Wagen vorbei einen Weg durch das Gewimmel zu bahnen, um zu einer Reihe von Wagen zu kommen, die ich bereits vorher vom Schiffsdeck aus gesehen hatte. Aber es herrschte ein so dichtes Gedränge, daß ich mich schließlich vom Strom der an Land gehenden Passagiere mittreiben lassen mußte.

»Kann ich behilflich sein?« fragte eine rauhe, männliche Stimme.

Ich drehte mich um. Ein Mann mit dunklem Bart schielte boshaft zu mir herunter. Sein Zahnlückenlächeln und seine feuchten, glänzenden Augen jagten mir einen tiefen Schreck ein.

»Danke, nein. Ein Wagen wartet auf mich.«

»Oh«, sagte er zweifelnd und ergriff meinen Ellenbogen. »Dann will ich Sie hinführen.«

Bei seiner Berührung tauchten alle geflüsterten Horrorgeschichten in meinem Kopf auf, die ich je gehört hatte, Geschichten von seltsamen Männern, die junge Frauen entführt hatten, von Bösewichten, die unschuldigen Mädchen ein unsagbares Schicksal bereitet hatten.

»Komm mit . . .«, drängte er mit seinem heißen Atem an meiner Wange.

Panik ergriff mich, und ich rammte ihm meinen Ellenbogen in die Rippen. Die Angst gab mir die Kraft, mich ungeachtet der wütenden Blicke und lauten Flüche durch die brodelnde Menge zu drängen.

Atemlos und schlammbespritzt erreichte ich schließlich die wartenden Wagen. »Können Sie mich zur Bourbon Street fahren?« fragte ich keuchend. Der Fahrer war ein älterer Schwarzer mit ergrauendem Bart. Er machte einen verläßlichen Eindruck.

»Ja, Madam. Kommen Sie, ich helfe Ihnen beim Einsteigen, Madam.«

Bourbon Street 16 war ein Mietshaus. Durch eine hölzerne Eingangstür gelangte man in einen Innenhof. Die Vermieterin hatte im Treppenhaus ein kleines Büro. Sie war eine dicke, formidable Frau mit langer Nase. Als ich mich nach Mr. Norwood erkundigte, musterte sie mich von oben bis unten. Ihr harter, fragender Blick war nicht dazu angetan, mein Selbstbewußtsein zu heben, das schon am Kai empfindlich gelitten hatte.

»Ich bin Mr. Norwoods Schwester«, fügte ich hastig hinzu, als sie nicht aufhören wollte, mich anzustarren.

»Schwester? Er sagte nichts von . . .«

»Es ist eine Überraschung«, warf ich ein und lächelte sie nervös an. »Ich bin den weiten Weg von Virginia bis hierher gekommen, um ihn zu sehen.«

»Hm«, murmelte sie und beäugte mich wieder. »Wenn Sie es sagen . . . Sein Zimmer liegt am Ende der Stiegen.«

Ich zauderte an der Tür. Mein Herz klopfte so stark, daß ich in Ohnmacht zu fallen glaubte. Ich schluckte und fuhr mit der Zunge über meine trockenen Lippen. Was würde ich jetzt, wo ich angekommen war, sagen? Eine schreckliche Angst ergriff mich, und ich glaube, wenn mich die Vermieterin nicht beobachtet hätte, wäre ich geflohen.

Ich klopfte an.

»Herein«, forderte mich die vertraute Stimme auf.

Zitternd machte ich die Tür auf.

Er stand an einem kleinen offenen Kamin. Als er mich sah, fiel ihm das Kinn herunter. »Adelaide . . .«

Unfähig, ein Wort hervorzubringen, hielt ich die Tasche an mich gepreßt und lächelte unsicher.

»Aber . . .« Er schaute über meine Schulter, als würde er noch jemanden erwarten.

»Ich – ich bin allein gekommen«, stammelte ich und beantwortete damit die Frage, die in seinen Augen lag.

»Allein?« fragte er ungläubig.

Ich nickte stumm.

»Du meinst – allein – in meine Wohnung hier . . .?«

»Nein«, sagte ich. »Ich bin den ganzen Weg von Green Springs bis hierher allein gekommen.«

Plötzlich wurde es mir ganz flau im Magen, und ich muß leicht geschwankt haben, denn er sagte schnell: »Adelaide – hier – bitte, nimm Platz. Du bist ganz naß vom Regen. Ich hätte das merken sollen. Gib mir deinen Schal und deinen Hut. Möchtest du ein Glas Sherry?«

Als ich in einem Stuhl mit hoher Rückenlehne Platz genommen hatte und ein kleines Glas Sherry in der Hand hielt, ging es mir viel besser.

»Erzähl mir jetzt alles«, bat er. »Du bist allein gereist? Das ist unglaublich. Dein Vater – und dein Bruder – die würden es sicher nicht glauben.«

»Sie wissen es nicht.«

»Aber wie . . .?«

»Ich habe ihnen erzählt, daß ich mit Tante Tildy nach White Sulphur fahren würde.«

»Und du bist den weiten Weg hierhergekommen – nur um New Orleans zu sehen?«

»Ich wollte *dich* sehen, Cage«, sagte ich ernst und schaute ihm ins Gesicht. »Was geht mich New Orleans an? Ich wollte *dich* sehen.«

»Nun, Adelaide . . . Ich fühle mich sehr geschmeichelt. Es tut immer gut, wenn man merkt, daß man von seinen Freunden vermißt wird. Aber meine kleine Prinzessin, solch ein weiter Weg!«

Ein sanfter Vorwurf lag in seiner Stimme. Er verstand noch immer nicht. »Ich wäre den ganzen Weg zu Fuß gegangen, Cage.« Mein Hals war trotz des Sherrys trocken und rauh. »Sogar, wenn es doppelt so weit gewesen wäre, ich wäre jeden Schritt zu Fuß gegangen.«

»Adelaide!«

»Ich habe Papa angelogen, und es hat weh getan, aber ich würde es wieder tun, wenn es sein müßte. Es war ohne dich so – so traurig, und ich konnte es nicht länger ertragen.«

»Meine kleine Prinzessin . . .«

O Gott! Warum konnte er es nicht verstehen? »Cage – ich liebe dich!« rief ich. »Ich liebe dich so sehr, daß ich gestorben wäre, wenn ich dich nicht wiedergesehen hätte.«

»Adelaide«, war alles, was er sagte. Aber seine Augen sagten mehr, und ich weiß nicht, was schlimmer war – das leichte Amüsement oder das Mitleid. Es war schrecklich. Und trotzdem würde ich hartnäckig und verzweifelt fortfahren . . .

»Ich liebe dich«, wiederholte ich, und Tränen stiegen in meine Augen. »Ich liebe dich – und – o Cage, kannst du mich nicht auch ein bißchen lieben?«

»Natürlich mag ich dich, das versteht sich von selbst. Wir sind doch Freunde . . .«

»Ich spreche nicht von Freundschaft, Cage. Ich spreche von Liebe.«

»Meine Liebe – ich würde alles darum geben, wenn ich dir nicht weh tun müßte.«

»Dann meinst du also – nein?«

»Wie kann ich es nur sagen, ohne . . .«

»Es wäre besser, viel besser, wenn du es geradeheraus sagen würdest. Bitte!«

»Ich fürchte – nein, meine Liebe.«

Er liebte mich nicht.

Ich hatte mich zum Narren gemacht. Ich hatte genau das getan, was Papa verhindern wollte. Cage liebte mich nicht.

»Du bist noch so jung, Adelaide«, sagte Cage und brach das unangenehme Schweigen. »Ein Kind.«

Aber er täuschte sich. Ich war kein Kind mehr. Ich mochte eines gewesen sein, als ich dieses Zimmer betrat, dieses schäbige Zimmer, an dessen schmutzigen Fenstern der Regen herablief, aber jetzt fühlte ich mich nicht mehr als Kind. Ich hatte nur einige demütigende Minuten gebraucht, um erwachsen zu werden. Ich schien unendlich viel älter geworden zu sein. Und ich wußte, daß ich keinem Mann mehr mein Herz so offen darlegen würde.

5

Ich weinte nicht. Gott sei Dank, ich weinte nicht, obwohl mir die Tränen in den Augen standen.

»Ich muß sofort deinem Papa schreiben.« Cages Stimme drang ganz schwach zu mir durch. »Dein Vater . . .«

»Papa!«

Mit einem Schlag war ich wieder bei vollem Bewußtsein. »Nein, nein, du darfst Papa nicht schreiben!« rief ich. »Ich werde sterben, wenn du das tust.«

»Aber – Adelaide, sei doch vernünftig. Wie sollst du denn nach Hause kommen?«

Ich hatte nie an die Rückreise gedacht. Meine ganzen Bemühungen, all meine Energie hatten sich darauf gerichtet, nach New Orleans zu gelangen.

Wie dumm ich doch gewesen war!

»Ich kann dich nicht allein gehen lassen«, sagte Cage. »Und ich kann dich auch nicht hinbringen. Ich bin zu Hause *persona non grata*, wie du weißt. Wir müssen das mit deiner Familie organisieren . . .«

»Nein! Nein!« rief ich. »Charles und Papa dürfen niemals davon erfahren. Ich bin allein gekommen, und ich werde allein zurückkehren.«

»Ich kann das nicht zulassen.«

»Aber – du mußt . . .«

»Adelaide, bitte.« Er dachte ein paar Minuten nach. »Es könnte eine Alternative geben. Laß mich überlegen. Es könnte dich vielleicht jemand hinbringen.«

»Nein!«

»Bitte, laß mich nachdenken. Hm . . . Ich glaube, ich hab's. Horton Sands Vetter, Jay Cook, ist hier in New Orleans. Er ist mir noch einen Gefallen schuldig, und ich glaube, ich kann ihn überreden, dich zu begleiten.«

»Wer? Jay Cook? Ich kenne diesen Jay Cook nicht. Ich will nicht mit einem Fremden reisen. Ich will allein gehen!« flehte ich.

»Adelaide! Sei doch vernünftig! Versuch es!« bat Cage.

Mit entschlossener Miene saß ich da, ohne zu antworten.

»Nun gut, dann habe ich keine andere Wahl, als deinem Vater oder Charles zu schreiben und zu veranlassen, daß du abgeholt wirst.«

»Nein!« rief ich.

»Also, dann Jay Cook.«

Wieder entstand ein langes Schweigen.

»Entweder dein Vater oder Jay Cook. Was ziehst du vor?«

Ich sah ein, daß es sinnlos war zu streiten.

»Nun . . .« Ich holte tief Atem. »Also gut«, kapitulierte ich mißmutig.

»Er ist ein netter Kerl. Du wirst ihn mögen, Adelaide. Ich werde sofort mit ihm sprechen. Er wohnt gleich um die Ecke. Macht es dir etwas aus, hier zu warten? Willst du vielleicht etwas essen? Ich kann die Vermieterin bitten . . .«

»Ich habe keinen Hunger.« Für ihn war alles bereits erledigt.

»Ich werde nur ein paar Minuten brauchen.«

Er ging hinaus und schloß leise die Tür hinter sich. Jetzt, wo mich keiner sah, wollte ich heulen. Aber ich fühlte mich seltsam leer und war unfähig, auch nur eine einzige Träne zu vergießen. Ich legte meinen Kopf an die Stuhllehne und seufzte tief auf. Cage schickte mich also nach Hause. Was sollte ich nur Papa, Charles und den anderen sagen?

Ich würde nicht nach Hause fahren, beschloß ich plötzlich. Ich könnte den Skandal nicht ertragen. Ich würde zu Tante Tildy fahren. Ich würde mich von diesem Cook nach Brandon bringen lassen und dort warten, bis Tante Tildy aus White Sulphur zurückkehren würde. Ich würde mir eine Entschuldigung, irgendeine Lüge ausdenken, um den Zeitraum zwischen meiner Abfahrt und meiner Ankunft zu überbrücken. Ich wollte nicht, daß meine Tante oder irgend jemand anderer die Wahrheit erfuhr.

Eigentlich hätte es mir in meiner Verzweiflung egal sein müssen, ob ich einen Skandal entfachen würde oder nicht. Aber die Angst vor Klatschgeschichten war mir tief eingepflanzt worden. Was auch immer passieren mochte, man mußte um alles in der Welt verhindern, daß die Leute darüber redeten. Und trotz meines Elends erschauerte ich bei dem Gedanken an Mrs. Pettigrews geschwätzige Zunge.

Wieder seufzte ich tief und schaute mich um. Ich betrachtete die Einrichtung nun etwas genauer. Es war ein schäbiges Zimmer, wie man es gewöhnlicherweise nicht mit einem so anspruchsvollen Mann wie Cage in Verbindung bringt. Eine abblätternde Tapete, eine rußige Decke und schmierige Fenster, auf die der Regen klatschte. Ein Bett, das teilweise von einem verschlissenen Vorhang verdeckt war, stand in einer Nische, ein Bett, auf dem Cage schlief . . .

Ich fühlte, wie ich rot wurde und mich abwandte. Eine Waschschüssel und ein Kleiderschrank. Ein Tisch und vier schlichte Stühle. Wollte er hier etwa Besucher empfangen? Sicherlich würde keine anständige Dame in die Wohnung eines Junggesellen kommen. Nur ich hatte die Konvention über Bord geworfen – und ich erbebte bei dem Gedanken an Cages mitleidige Augen.

Ich mußte ein wenig eingeschlafen sein, denn ich fuhr hoch und erschrak heftig, als ich die Augen aufriß und mich in einer fremden Umgebung vorfand. Cage war noch nicht zurückgekommen. Aus irgendeinem Grund beunruhigte mich seine Abwesenheit, obwohl ich mir sagte, daß es keinen Anlaß zur Sorge gäbe. Er brauchte einfach länger, als er gedacht hatte. Trotzdem wuchs meine Unruhe.

Ein paar Minuten lang saß ich mit gefalteten Händen da und versuchte meine Nerven zu besänftigen. Da fühlte ich plötzlich einen kühlen Zug an meinem Nacken vorbeistreichen. Kein Laut war zu hören, nur die kühle Zugluft streifte mich wie ein eiskalter Hauch. Und ich wußte instinktiv, daß die Tür hinter mir langsam geöffnet wurde. Es war eine kontinuierliche, furchterregende Bewegung. Ich wollte mich umdrehen und schreien, aber ich war wie festgefroren. Die Kälte kroch mir die Arme, das Rückenmark hoch, ergriff mein Herz, den Hals, meine Nackenhaare sträubten sich. Ein erstickter Laut entrang sich meiner erstarrten Brust, und mit einer übermenschlichen Anstrengung wandte ich mich zur

Seite und ergriff die Armlehne – nur den Bruchteil einer Sekunde, bevor ich einen Schuß hörte. Ich fühlte heiße Luft an meiner Wange, als die Kugel in die gegenüberliegende Wand eindrang.

Ich schrie auf.

Die Tür fiel krachend ins Schloß. Eilige Schritte – ein paar Sekunden Stille – dann der Ruf der Wirtin . . . »Was ist los?«

Ich erhob mich, aber meine Beine zitterten so sehr, daß ich mich wieder setzen mußte. Ich setzte mich ganz steif auf die Stuhlkante und beobachtete die Tür.

Minuten schienen zu vergehen, dann hörte ich einige männliche Stimmen draußen, und bald vernahm ich auch Schritte auf der Treppe. Als Cage eintrat, wurde mir schwindlig, und das Zimmer und sein Gesicht verschwammen bedrohlich vor meinen Augen.

»Adelaide!« rief er. »Du bist so weiß wie ein Leintuch. Was ist passiert?«

»Jemand – jemand . . .«, begann ich und konnte nicht weitersprechen, weil mir wieder schwindlig wurde.

»Lehn dich zurück«, sagte er. »Jay – hol den Brandy aus dem Schrank.«

Ich sah verschwommen, wie ein großer, breitschultriger Mann den Schrank öffnete. »Cage – ich . . .«

»Sprich jetzt nicht. Hier . . .« Er hielt mir das Glas an den Mund. Der Brandy brannte wie Feuer, ich hustete und spuckte, und Tränen traten mir in die Augen.

Cage gab mir sein Taschentuch, und ich betupfte damit meine Augen.

»Jemand«, fing ich wieder an. »Jemand versuchte mich zu erschießen.«

Die beiden Männer starrten mich entgeistert an.

»Die Kugel«, sagte ich und schloß sekundenlang die Augen. »Die Kugel verfehlte mich.«

Jay Cook ging zum Kaminsims hinüber. »Sie hat recht! Hier ist der Einschlag!« Er bückte sich und nahm etwas vom Boden auf. »Die Kugel ist noch warm.«

Cage war ganz weiß geworden. »Mein Gott, Adelaide! Wie ist das nur passiert? Erzähl!«

Stockend schilderte ich, wie ich eingeschlafen und dann wieder aufgewacht war. Kurz darauf hätte ich bemerkt, wie sich die Tür öffnete. »Der Schuß kam nur eine oder zwei Minuten später.«

»Mein Gott!« wiederholte Cage. »Du hättest getötet werden können.«

Jay betrachtete die Kugel in seiner Hand und runzelte die Stirn. »Ich verstehe das nicht. Offensichtlich hat man diese junge Dame mit dir verwechselt, Cage. Von der Tür aus kann man nicht sehen, wer in diesem Stuhl sitzt, weil die Lehne so hoch ist. Oder es war ein Verrückter.«

»Ich weiß nicht«, murmelte Cage. »Ich habe keine Ahnung.«

Es entstand ein kurzes Schweigen. »Du hast uns noch nicht vorgestellt«, sagte der breitschultrige Mann.

»Das tut mir leid«, entschuldigte sich Cage. »Mr. Jay Cook – und dies ist Miß Carleton.«

Jay Cook verbeugte sich leicht. Ich war zu nervös, um viel von ihm wahrzunehmen, aber ich bemerkte, daß er schwarzes Haar und dunkle Augen hatte.

»Man kennt Cage noch kaum in New Orleans«, sagte Mr. Cook. »Er hat zwar wie ich viele Bekannte, aber er ist noch nicht bekannt genug, um Feinde zu haben. Später vielleicht.«

Cage lachte. »Ich bin doch kein schlechter Kerl.«

»Ich sagte nicht, daß du das bist – aber ich glaube nicht, daß Miß Carleton diesen Vorfall so lustig findet.«

»Nein«, sagte ich. »Allerdings nicht.«

»Verzeih, Adelaide«, bat Cage. »Es war ungehobelt von mir, über so etwas Witze zu machen. Aber ich kann mir nicht vorstellen – halt!« Er schnippte mit den Fingern, und seine Augen blitzten auf. »Halt! Ich glaube, ich habe eine Erklärung. Die Wirtin hat mir erzählt, daß dieses Zimmer früher an einen Schmuggler vermietet war, einen berüchtigten Piraten, der seinen Partner ausgetrickst hatte. Und weil der Betrogene dem Schmuggler angedroht hatte, ihn umzubringen, wechselt der Pirat nun ständig seinen Unterschlupf. Dieser Partner hat nun wahrscheinlich Adelaide mit dem Schmuggler verwechselt, den Schuß abgefeuert und ist geflohen.«

Ich erschauerte.

»Ich hätte dich nicht allein lassen sollen«, meinte Cage zerknirscht. »Ich habe ein furchtbar schlechtes Gewissen. Kannst du mir verzeihen?«

»Ja«, sagte ich und schaute ihm zum erstenmal seit meiner unglücklichen Liebeserklärung direkt in die Augen. »Ja.«

Am nächsten Nachmittag verabschiedete ich mich von ihm am selben Landungssteg, an dem ich am Tag zuvor angekommen war. Welch große Hoffnungen ich da noch gehegt hatte! Ein anderes Mädchen, noch ein Kind. War das alles nur einen Tag her? Es schien so weit zurückzuliegen. Jay Cook war weggegangen, um noch etwas zu erledigen, und ich war mit Cage allein.

»Ich werde bei der Polizei eine Anzeige machen«, sagte er. »Aber ich glaube nicht, daß sie den Missetäter finden werden. Er ist wahrscheinlich schon über alle Berge.«

»Ja«, erwiderte ich.

Eine peinliche Pause entstand. Dann sagte Cage: »Du wirst das vergessen – diese Episode. Vergiß mich. Ich wette, in zwei Monaten wirst du nicht mehr daran denken.«

»Sicher nicht«, sagte ich mit gepreßter Stimme. *Ich würde es niemals vergessen.* »Du hast natürlich recht. Es war dumm von mir. Vergib mir.«

»Prinzessin – ich wollte dir nicht weh tun.«

»Es ist schon in Ordnung. Du hast mir nicht weh getan. Und, Cage – bitte, nenn mich nicht Prinzessin. Sag Adelaide zu mir.«

Er lächelte, aber bevor er etwas erwidern konnte, kam Mr. Cook zurück.

»Alles scheint in Ordnung zu sein.«

»Auf Wiedersehen, Cage.« Wir schüttelten uns die Hände. Und ich ging mit hocherhobenem Kopf und unbeweglicher Miene die Gangway hinauf und versuchte mir nicht anmerken zu lassen, daß meine Welt in Scherben lag.

Am ersten Tag blieb ich in meiner Kabine. Auch einen Teil des zweiten verbrachte ich dort, bis mich der Hunger in den Speisesaal trieb. Jay Cook ließ natürlich durch den Stuart fragen, ob ich krank wäre oder ob er mir irgendwie helfen könnte. Doch darüber hinaus versuchte er nicht mit mir in Verbindung zu treten. Als ich in den Speisesaal kam, saß er bereits da und stand auf, um mir den Stuhl zurechtzurücken. »Guten Abend, Miß Carleton«, sagte er. »Ich bin froh, daß es Ihnen bessergeht.«

»Danke.« Ich hatte ihm durch den Stuart ausrichten lassen, daß ich eine Migräne hätte.

»Diese Kopfschmerzen verdammen einen zur Untätigkeit«, sagte er, während er die Speisekarte studierte.

Ich glaubte, einen leichten Sarkasmus in seiner Stimme zu hören, und warf ihm einen scharfen Blick zu. Aber er machte ein unbefangenes Gesicht.

»Es gibt keine große Auswahl«, bemerkte er.

Er war älter als Cage, aber um wieviel, das konnte ich nicht sagen. Er war dunkelhäutig wie ein Zigeuner und breitschultrig. Seine Muskeln schienen sein Jackett zu sprengen.

»Möchten Sie Wein trinken, Miß Carleton?«

»Holunderwein, bitte.«

»Holunderwein?« Sein Mund verzog sich zu einem kleinen Lächeln. »Ich fürchte, man trinkt gewöhnlich keinen Holunderwein zu einem Essen von acht Gängen. Vielleicht Burgunder?«

In diesem Moment schwante mir schon, daß Jay Cook und ich nicht gut miteinander auskommen würden.

»*Sie* trinken vielleicht keinen Holunderwein, aber ich schon«, sagte ich selbstsicher.

Eine kleine Pause entstand. »Nun gut, dann eben Holunderwein.«

Als das Essen kam, war ich fast ohnmächtig vor Hunger, und es kostete mich sehr viel Selbstkontrolle, daß ich mich nicht wie eine Wölfin über die wohlgefüllten Teller hermachte. Der Ober servierte mir Holunderwein – und Jay Cook Rotwein. Wir aßen schweigend. Aber als ich alles aufgegessen hatte, fragte er mich: »Möchten Sie noch eine Portion?« Sein Blick ruhte kurz auf meinem leergeputzten Teller. »Ich kann den Ober rufen . . .«

»Nein, danke«, sagte ich, noch immer hungrig, aber entschlossen, mir nichts anmerken zu lassen.

»Es gibt noch Dessert«, bemerkte er. »Ich glaube, eine ziemlich gute Mousse au chocolat.« Und als ich zögerte, fügte er hinzu: »Ich möchte eine. Sie müssen sie auch versuchen.«

»Nun – ich bin satt, aber wenn Sie mir dieses Dessert empfehlen, werde ich es versuchen.«

Er rief den Ober. Ich fragte mich, wieviel ihm Cage erzählt hatte – ob er wußte, warum ich nach New Orleans gekommen war. Nein – Cage war ein Gentleman. Er würde nichts verlauten lassen, das mich in Verlegenheit brächte.

Die Nachspeise war ausgezeichnet.

»Ich habe mich oft gefragt«, meint Jay Cook und lehnte sich in seinem Stuhl zurück, »warum man es den Herren eher zugesteht, ihr Essen zu genießen, als den Damen.«

»Die Damen haben nur schwachen Appetit«, sagte ich geziert.

»Pah! Ich glaube das keine Sekunde lang.«

Ich wurde knallrot. Er hatte mich durchschaut, er ahnte, wie hungrig ich war und wie gern ich noch eine Portion gehabt hätte. Er schaute mich jetzt mit seinen blitzenden schwarzen Augen an.

»Glauben Sie, was Sie wollen.«

Er nahm ein Etui aus seiner Tasche und entnahm ihm eine Zigarre. »Darf ich?« fragte er mit einer hochgezogenen Braue. Das Streichholz flammte auf und beleuchtete sein dunkles Gesicht. Sein Gesicht hatte katzenartige, beunruhigende Züge. Ich mochte ihn immer weniger.

»Ich finde immer«, sagte Jay Cook, »daß es für Damen viel einfacher wäre zu sagen ›Ich habe Hunger‹ oder gar ›Ich bin am Verhungern‹, und dann sollten sie sich über ihr Essen hermachen.«

»Das wäre vulgär«, sagte ich.

»Kein ehrlicher Appetit – was auch immer er begehrt – ist vulgär.«

Ich errötete noch mehr, sagte aber nichts. Dieses Gespräch brachte mich in Verlegenheit. Ich wußte, daß der Appetit, den er meinte, kaum etwas mit Essen zu tun hatte.

»Sind Sie schockiert?« fragte er.

»Ja, das kann man sagen.« Warum mußte er darauf herumreiten? Merkte er denn nicht, daß ich mich nicht wohl fühlte? Trotz seiner guten Kleidung und seiner gewählten Sprache war er anscheinend kein Gentleman.

»Das finde ich schade«, entgegnete er kläglich. »Ich habe irgendwie geglaubt, daß unter Ihrem strengen Äußeren eine Person von großer Wärme und Ehrlichkeit verborgen liegt, ein Mädchen mit Gefühl, ein . . .«

»Mr. Cook – ich glaube nicht . . .«

»Bitte, lassen Sie mich ausreden. Ein leidenschaftliches Mädchen, das einen Mann sehr glücklich machen könnte. Ich kann nicht verstehen, Miß Carleton, wenn Sie mir verzeihen wollen . . .«

»Mr. Cook – ich muß doch sehr bitten!« rief ich wütend und verwirrt. Leidenschaftlich – was meint er mit leidenschaftlich? »Ich ziehe es vor, nicht zu hören . . .«

»Ich kann nicht verstehen«, fuhr er sanft fort, ohne meinen entschiedenen Einspruch zu beachten, »daß all Ihre jugendliche Glut an einen Mann wie Cage Norwood verschwendet werden soll.«

»Wie können Sie es nur wagen?« platzte ich jetzt wütend heraus und sprang auf. »Sie, Sie – unterstehen Sie sich, ein Wort gegen Cage Norwood zu sagen! Sie sind ja nicht einmal gut genug, um ihm die Schuhe zu putzen.«

Er lachte.

Sprachlos vor Wut drehte ich mich um, stolzierte durch den Saal und stieß bei der Tür mit einem Kellner zusammen. Hinter mir konnte ich noch immer dieses tiefe männliche Lachen hören. Ich murmelte eine Entschuldigung, schob mich an dem überraschten Kellner vorbei und floh in meine Kabine. Dort warf ich mich auf meine schmale Koje und vergoß zum erstenmal seit meinem Debakel in Cages Zimmer bittere Tränen.

Danach schreckte ich mit meinem ganzen Wesen davor zurück, Jay Cook wieder zu begegnen. Er war ein gemeiner Kerl, ein Barbar, ein Monster. Warum sollte ich mich seiner verhaßten Gesellschaft unterwerfen? Ich würde in der Kabine bleiben und eher verhungern, als mich seinem vulgären Geschwätz aussetzen. Aber als ich an sein höhnisches Lächeln dachte, wenn er meinen leeren Stuhl im Speisesaal betrachten würde, stieg Zorn in mir auf. Warum sollte ich ihm die Befriedigung gönnen, mich ausgestochen zu haben? Warum sollte ich vor ihm kapitulieren und ihm durch meine Abwesenheit zu verstehen geben, wie sehr er mich verletzt hatte? Ich würde nicht zulassen, daß er sich hinter meinem Rücken amüsierte und mich für einen Feigling hielt. Nein, es war besser, dem Löwen in seiner Höhle entgegenzutreten. Es war besser, ihn glauben zu lassen, daß ich mich nicht um seine Meinung scherte. So zwang ich mich, pünktlich zu den Mahlzeiten im Speisesaal zu erscheinen, obwohl es mir sehr schwer fiel, mit ihm dreimal am Tag am gleichen Tisch zu sitzen. Ich aß mit ihm, aber ich sprach nicht mit ihm.

Als wir Brandon erreichten, brachte er mich ans Ufer und setzte mich in einen gemieteten Wagen. »Auf Wiedersehen«, sagte er und streckte seine Hand aus, und als ich keine Anstalten machte, sie zu ergreifen, fügte er hinzu: »Können wir nicht als Freunde auseinandergehen – zum Lohn für all meine Unannehmlichkeiten?« Er lächelte einschmeichelnd.

»Auf Wiedersehen«, sagte ich kalt. »Und vielen Dank, daß Sie meinetwegen so viele Unannehmlichkeiten auf sich genommen haben.«

Seine Hand war noch immer ausgestreckt, und ich konnte nicht umhin, sie zu ergreifen. Er hielt sie ein paar Augenblicke lang fest, ließ sie dann los und sagte: »Passen Sie gut auf sich auf!«

Als der Wagen schließlich abfuhr, sank ich erleichtert in den Sitz zurück und hoffte, ihn nie wiederzusehen. Niemals.

Es war Nachmittag, als ich vor Tante Tildys Haus ankam. Mit herabgelassenen Jalousien lag es sanft schlummernd in der heißen Juniluft. Die Rosen im Garten ließen in der Hitze die Blätter hängen. Ich fand den Schlüssel unter dem Blumentopf und schloß die Tür auf. In dem Augenblick, als ich die Eingangshalle betrat und bemerkte, daß die Möbel nicht mehr abgedeckt waren, wußte ich, daß etwas nicht stimmte.

»Adelaide?«

Ich hob den Kopf. Tante Tildy stand mit erstauntem Gesicht am oberen Ende der Treppe.

6

Ich mußte ihr alles erzählen. Es blieb mir nichts anderes übrig. Ich mußte ihr alles von Anfang an erzählen, meine Liebe zu Cage bekennen, ihr berichten, wie ich Papa getäuscht hatte (und sie) und nach New Orleans gefahren war. Ich mußte ihr sagen, was Cage gesagt hatte und wie ich in der Hoffnung, ein leeres Haus vorzufinden, nach Brandon zurückgekehrt war, in Jay Cooks Obhut. Es war eine lange Beichte, bei der ich vor lauter Scham immer wieder ins Stocken geriet.

Tante Tildy hörte schweigend zu, bis ich geendet hatte.

»Das ist eine saubere Geschichte!« sagte sie dann und seufzte tief auf.

Ich wartete mit gesenktem Kopf auf ihre Schelte und wagte nicht, ihr in die Augen zu blicken.

»Wenn das dein Vater wüßte . . .«

»Oh, bitte!« rief ich. »Bitte – sag ihm nichts.«

»Ich nehme an, er würde dir bei lebendigem Leib die Haut abziehen.«

»Ja . . .« Eine Träne rollte mir die Wange hinunter. Ich konnte nicht erwarten, daß sie mein schreckliches Vergehen vor Papa geheimhalten würde, aber ich hoffte es.

»Ich werde dich nicht fragen, ob es dir leid tut. Ich kann sehen, daß dies der Fall ist.«

»Ja«, sagte ich leise. Es tat mir leid, daß ich mich dieser Zurückweisung und Erniedrigung ausgesetzt hatte. Es tat mir leid, daß ich einen Dummkopf aus mir gemacht hatte. Aber es konnte mir nicht leid tun, daß ich Cage liebte. Das würde sich niemals ändern.

»Wenn ich die Zeit doch nur zurückdrehen könnte«, sagte

ich niedergeschlagen. »Wenn ich doch niemals weggefahren wäre!«

»Dafür ist es jetzt zu spät. Betrachte es als dein Glück, daß es nicht noch schlimmer gekommen ist.«

»Cage war wirklich sehr höflich.«

»Das sollte man annehmen. Aber ein Mädchen, das allein auf Reisen geht . . .«

»Oh!« unterbrach ich sie. »Ich habe beinahe vergessen, daß auf mich geschossen worden ist, Tante Tildy.«

»Geschossen? Wo? Warum?«

Ich erklärte ihr, was passiert war.

»Wie schrecklich! Du hättest getötet werden können, Kind.«

»Ja.« Ich hielt es für das beste, ihr nichts von dem Mann mit dem Bart zu erzählen, der mich am Kai belästigt hatte.

»Das kommt alles nur davon, wenn man vergißt, sich wie eine Dame zu betragen.« Sie betrachtete mich eine halbe Minute lang und kaute auf ihrer Unterlippe. »Mein Kind, du scheinst wirklich zerknirscht zu sein.«

»O ja!«

»So sehe ich auch keinen Grund dafür, mit deinem Vater oder Charles über die Angelegenheit zu sprechen. Es würde sie nur aufregen.«

»O Tante Tildy . . .«

»Aber«, fuhr sie ernst fort, »ich hoffe, daß du deine Lektion gelernt hast. Ein Mädchen, selbst wenn es einen Mann liebt, wirft sich niemals an seinen Hals, sie gesteht ihm nicht einmal ihre Liebe. Wenn sie heiratet – dann vielleicht, aber selbst dann nur, soweit es im Rahmen des guten Geschmacks möglich ist. Es ist schon in Ordnung, wenn ein Mann seine Liebe gesteht, wenn er auf die Knie fällt und seine unsterbliche Liebe schwört, aber einer guterzogenen Dame geziemt es sich nur zu lächeln oder mit den Wimpern zu klappern.«

»Das finde ich ungerecht«, sagte ich.

»Nun – wer behauptet, daß es das nicht ist?«

Als ich schließlich nach Green Springs zurückkehrte, wollten Papa und Charles wissen, ob es mir in White Sulphur gefallen hatte, und ich trug meine kleine, auswendig gelernte Geschichte von den heißen Quellen vor, die nach faulen Eiern rochen. Ich erzählte ihnen alles über das Neueste in der Mode und von dem erfundenen Maskenball, den ich mit Tante Tildy besucht hatte.

Zum Glück gingen Papa und Charles nicht über ihre anfängliche, höfliche Frage hinaus. Sie gerieten vielmehr in ein politisches Streitgespräch, das mich nicht weiter interessierte.

Ihre Unterhaltung wurde immer langweiliger, so daß ich mich bald in einen Tagtraum verstrickt fand, eine Fantasie, die ich mir seit meiner Rückkehr nach Green Springs ausgedacht hatte. Sie kreiste natürlich um Cage, und ich sah mich darin, wie ich einen Brief von Cage erhielt, in dem er mich um Verzeihung bat. ›Ich habe vorschnell gehandelt‹, schrieb er. ›Aber ich habe dabei an Dich, meine geliebte Adelaide, gedacht. Du bist so jung . . . Ich liebe Dich sehr wohl – und es fällt mir schwer, darauf zu warten, bis Du sechzehn bist . . .‹ Mein Kopf und mein Verstand, die in New Orleans so schnell gewachsen waren, sagten mir, daß solch ein Traum reinster Blödsinn war. Trotzdem träumte ich ihn weiter, und irgendwie half er mir meinen Schmerz zu lindern.

Mein eingebildeter Brief kam natürlich nie an. Aber Cage schrieb an Charles. »Er geht nach Kalifornien«, verkündete Charles eines Tages bei Tisch. »Zu den Goldminen. Mit Jay Cook.«

Nach Kalifornien! Mein Herz sank. Wenn ich einmal geglaubt hatte, daß New Orleans so weit wie Timbuktu entfernt war, so erschien mir Kalifornien nun wie ein unerreichbarer Punkt im Universum.

»Cage fragte mich, ob ich mitkommen will«, sagte Charles.

»Du?« rief Papa überrascht. »Ich würde meinen, daß du was Besseres zu tun hast.«

»Er schreibt, daß Männer am Fether und American River über Nacht ein Vermögen anhäufen. Es gibt noch immer viel Gold. Täglich wird eine neue Goldader gefunden.«

»Hm«, sagte Papa und stocherte mit seinem Daumennagel in den Zähnen herum.

»Man braucht nicht viel Kapital zu so einem Unternehmen. Wenn man geschickt ist, kann man sich ziemlich preiswert ausrüsten. Und da ist natürlich noch das Geld für die Reise – er empfiehlt das Schiff zu nehmen, den Isthmus zu überqueren und am Pazifik wieder mit dem Schiff zu fahren.«

»Offenbar hat er schon alles ausgekundschaftet.«

»Ja, er wird in Kürze abfahren. Genaugenommen wartet er nur noch auf meine Antwort. Wenn ich nicht mitkomme, wird er mit Jay Cook abfahren.«

Papa stocherte weiter in seinen Zähnen herum.

»Horton Sands geht auch nach Kalifornien«, sagte Charles.

»Tatsächlich?«

»Ja. Es scheint eine sichere Sache zu sein, Papa. Und wenn ich ein paar tausend Dollar verdienen würde – nun, dann müßten wir nicht mehr überlegen, ob wir das Land an der alten Quelle verkaufen sollen.«

Es war das erstemal, daß ich etwas von Landverkäufen hörte. Papa war so stolz auf Green Springs, daß ihn nichts als eine finanzielle Zwangslage dazu bringen konnte, sich von einem kleinen Stück Land zu trennen.

»Willst du nach Kalifornien gehen?« fragte Papa leise, nach langem Schweigen.

»Ja – ich glaube schon. Natürlich nur, wenn du glaubst, ein paar Monate ohne mich auskommen zu können.«

»Es könnte ein Reinfall werden«, gab Papa zu bedenken.

Charles lächelte. »Vielleicht auch nicht. Es ist wie beim Kartenspiel, Papa, nur glaube ich, daß die Chancen hier viel besser stehen.«

»Hm«, sagte Papa. »Ich werde darüber nachdenken.«

Papa brauchte nicht lange, um seine Entscheidung zu fällen. Ich bin sicher, daß die fallenden Tabakpreise seine Antwort wesentlich beeinflußt hatten, denn in diesem Sommer fehlte es uns an Bargeld. Und vielleicht war Papa ein wenig von dem Spielfieber gepackt worden, das von dem kalifornischen Goldrausch ausging. Er gab Charles sechs Monate Zeit. »Höchstens ein Jahr.«

Charles freute sich riesig, aber er freute sich nicht mehr als ich selbst. Charles würde mein Bindeglied zu Cage sein, ein sehr persönliches Bindeglied. Er würde Cage täglich sehen, mit ihm sprechen und mit ihm leben. Und durch Charles würde auch ich ihm nahe sein.

»Du *mußt* mir schreiben«, bedrängte ich Charles mindestens fünfmal. »Ich möchte alles wissen, was passiert, was du siehst und was du tust.«

»Das verspreche ich dir, kleine Prinzessin«, sagte er und lächelte mich glücklich an.

Den ersten Brief erhielt ich nach ein paar Wochen. Er war in Chagres in Panama abgeschickt worden.

›Du kannst Dir nicht vorstellen, welche Menschenmassen auf diesem verrückten Marsch nach Westen sind. Männer aus allen Lebensbereichen, einige mit ihren Frauen, alle bemühen sich, so schnell wie

möglich zu den Goldminen zu kommen. Wir stehen ihnen in unserem Eifer natürlich in nichts nach. Und trotzdem stecken wir jetzt in diesem gottverlassenen Loch und warten auf einen Dampfer, der uns die Küste hinaufbringt. Es regnet ständig. Das Wasser strömt wie aus offenen Schleusen herunter. In diesem feuchten, tropischen Klima bleibt alles naß, die Kleider, unsere Ausrüstung und auch wir selbst. Es gibt keine Unterkunft, und so müssen wir im Freien unter Bäumen kampieren. Das Essen ist knapp, und es ist unmöglich, ein Feuer anzufachen. So leben wir von rohem Schildkrötenfleisch und ein wenig Obst, das wir auftreiben konnten. Viele haben schon Fieber. Aber unsere kleine Gruppe hält sich glücklicherweise noch recht gut. Unser Unternehmungsgeist ist ungebrochen. Wir verbringen die Zeit damit, uns auszumalen, was wir mit unserem gefundenen Gold machen werden. Heute morgen sagte Cage, daß er ein Millionär werden und uns alle Plantagen am Fluß abkaufen möchte. Ich glaube, er leidet noch immer unter dem Verdikt des alten Norwood.‹

Ich war in Miß Fenways Akademie für junge Damen in Richmond, als ich den nächsten Brief von Charles erhielt. Papa hatte sein Versprechen, mich zur Schule zu schicken, ganz vergessen, aber ich nicht. Jetzt wollte ich zur Schule gehen. Zu Hause gab es zu viele Dinge, die mich an Cage erinnerten. Erinnerungen, die wie eiternde Wunden schmerzten . . . Überall, wohin ich schaute, sah ich sein Gesicht, hörte seine Stimme und sein Gelächter. Papa sagte, daß das Haus ohne mich leer sein würde, und ich glaube, er bedauerte, daß Charles jemals die Akademie vorgeschlagen hatte, aber ich ließ mich nicht von meinem Vorhaben abbringen.

Charles' Brief, den Papa weitergeschickt hatte, traf mich wie ein Schock. Horton Sands war ermordet worden. Jay Cook und Horton waren zu einem Camp namens Teufelsschlucht in die Sierraberge gestiegen. Dort hatte jeder seinen Claim abgesteckt, und man arbeitete zusammen, um eine große Waschrinne zu bauen, mit der das Gold von dem Schutt getrennt werden konnte. ›Die Arbeit ist hart‹, schrieb Charles. ›Aber die Bedingungen sind in allen Lagern so ziemlich die gleichen. Solch eine Ansammlung von Halsabschneidern und Schurken habe ich niemals gesehen, Ausgestoßene, zwielichtige Charaktere aus der ganzen Welt. Einige tun nichts, als sich vollaufen zu lassen. Man gerät schnell in Wut. Es ist ein Wunder, daß nicht alle von uns getötet worden sind, daß es nur den armen Sands erwischt hat.‹

Horton war eines Nachts im Schlaf erstochen worden. Keiner

hatte den Mann, der in Hortons Zelt eingedrungen war, gesehen oder gehört. ›Cage glaubt, daß er mit Horton verwechselt worden war, aber ich bezweifle das‹, schrieb Charles. ›Warum sollte sich der Mörder gerade Cage ausgesucht haben! Und trotzdem läßt er sich nicht von seiner Überzeugung abbringen. Ich glaube nicht, daß ich ihn jemals so beunruhigt gesehen habe. Er sprach von einem Schuß, der in seiner Wohnung in New Orleans gefallen war, und fragte sich, ob da wohl eine Verbindung bestand. Aber er wollte nichts Genaueres erzählen.‹

Es sah Cage gar nicht ähnlich, so um seine persönliche Sicherheit besorgt zu sein. Im Angesicht der Gefahr hatte er immer eine erstaunliche Ruhe bewiesen. Ich erinnerte mich, wie gelassen er vor dem Duell gewesen war. Warum sollte er jetzt beunruhigt sein? Hatte er vielleicht Feinde? Hatte sich jemand geschworen, ihn zu töten? Ich sorgte mich um ihn – und auch um Charles. An Jay Cook verschwendete ich keinen Gedanken.

Als der nächste Brief kam, hatte ich gerade Weihnachtsferien und war zu Hause. Die drei Männer waren nach San Francisco zurückgekehrt.

›Die Leute, die behaupten, in den Bergen könnte ein Vermögen gemacht werden, übertreiben‹, schrieb Charles. ›Die Arbeit ist langwierig und anstrengend. Es gab viele Tage, an denen wir nichts verdient haben. An einigen konnten wir uns glücklich schätzen, wenn wir vier Dollar aufschreiben konnten, an anderen waren wir froh, wenn wir unsere Ausgaben decken konnten. Deshalb sind wir in die Stadt zurückgekommen, wo der eigentliche Reichtum zu finden ist, wo man mit wenig Kapital in das Geschäftsleben einsteigen und wesentlich erfolgreicher als in den Goldminen sein kann.‹

Nachdem er verschiedene Möglichkeiten, die ihnen offenstanden, beschrieben hatte, fügte er hinzu: ›Da Cage ein talentierter Kartenspieler ist, möchte er Kapital daraus schlagen. Das Spielen dient nämlich hier als Lebensunterhalt. Es gibt Dutzende von Spielsalons, die sich hauptsächlich um den Portsmouth Square gruppieren, im Zentrum der Stadt. Und obwohl das Glücksspiel am Sonntag verboten ist, findet es an sieben Tagen ununterbrochen statt. Diese Etablissements sind Lasterhöhlen, und ich werde sie nicht genauer beschreiben, kleine Schwester, damit Dir nicht die Schamröte ins Gesicht steigt. Es gibt hier keine anständigen Frauen. Die Frauen, die man hier sieht, läßt man am besten unerwähnt.‹

Am Fluß gab es zu Weihnachten die gewöhnliche Palette von Partys und Tänzen. Ich besuchte die meisten in Papas Begleitung, schüttelte Hände und sprach mit Leuten, aß und tanzte, aber ich war dabei wie in Trance. Ohne Cage waren diese festlichen Zusammenkünfte sinnlos. Das laute Herzklopfen und die atemlose Erwartung, die den Geburtstagsball bei den Neales so unvergeßlich gemacht hatten, waren verschwunden. Es war mir sogar egal, ob ich zum Tanz aufgefordert wurde oder nicht, und weil ich mich nicht darum kümmerte, schien ich mehr Partner zu finden als jemals zuvor. Papa freute sich darüber. Er sagte, daß ich anfinge aufzublühen und daß ich eines Tages sicher eine Schönheit sein würde.

Das bedeutete mir sehr wenig. Wenn ich eine Schönheit sein würde, dann sollte Cage das sehen, zu würdigen wissen und mich anlächeln. Die anderen jungen Männer wirkten unscheinbar und langweilig, wenn ich sie mit Cage verglich. Sie interessierten mich nicht. Der einzige Lichtblick dieser Wochen war die Erwartung eines weiteren Briefes.

Es war Mitte Januar, und ich war in die Schule zurückgekehrt, als ich wieder von Charles hörte.

Wie immer überflog ich das Unwesentliche, die Szenenbeschreibungen von San Francisco, die Ausführungen über das nebelige Wetter und die hohen Preise. Meine Augen suchten den einen Namen, der alles für mich bedeutete.

›Cage hat im wahrsten Sinne des Wortes sein Hemd verloren‹, schrieb Charles. ›Er hat es mit den Spielern in der Bella Union aufgenommen – und sie haben ihn förmlich ausgezogen. Sie sind Kartenhaie und Betrüger. Cage kann nicht verstehen, daß hier keine Regeln gelten, daß Ehre und Ehrlichkeit hier unbekannte Worte sind. Nun, ich kann Dir sagen, er war ein elendes Wrack. Glücklicherweise hat er zwei gute Freunde. Jay und ich haben noch Bargeld, und wir drei haben beschlossen, in den Immobilienhandel einzusteigen. Die Grundstückspreise klettern immer höher. Die Stadt platzt aus allen Nähten, und wir haben das Gefühl, daß unser Plan gar nicht fehlschlagen kann.‹

Und sie waren tatsächlich erfolgreich. Cage hatte eine Bank gekauft, und im nächsten Sommer kam die Nachricht, daß er sich ein Haus baute. ›Ich finde, daß es ein Ungetüm ist‹, schrieb Charles. ›Es ist in diesem beliebten gotischen Stil mit Türmchen gebaut. Wir nennen es Cages Dummheit. Ich habe keine Ahnung, was er mit solch einem riesigen Haus anfangen möchte.‹

Aber ich wußte das sehr wohl. Er dachte nämlich daran, sich zu verheiraten. Ein Junggeselle baut nicht ein großes Haus, wenn er sich nicht mit dem Gedanken an eine Ehe trägt.

›Er hat sich dem Überwachungsausschuß angeschlossen‹, schrieb Charles in einem anderen Brief, ›einer Bande von Männern, die kaum mehr als Halunken sind und deren Ziel es ist, Ruhe und Ordnung in San Francisco zu schaffen. Wenn Du meine Meinung wissen willst, so ist Cage der einzige Gentleman unter ihnen. Aber er behauptet, daß er in die Politik einsteigen will, daß diese Männer viel Einfluß haben und ihm weiterhelfen können.‹

Also ist das Haus zum Empfang seiner politischen Freunde bestimmt, redete ich mir hoffnungsvoll ein. Natürlich. Das war es. Er brauchte einen angemessenen Ort, eine großartige Residenz, mit der er wichtigen Männern imponieren konnte, Männern, die ihn in seiner politischen Karriere unterstützen konnten. Keine Heirat, sondern Politik. Er würde heiraten, aber nicht in San Francisco. Es gab dort keine anständigen Frauen, und Cage würde niemals unter seiner Würde heiraten. Er würde ein Mädchen aus Virginia heiraten, und vielleicht würde sogar ich das sein. Ja, davon träumte ich noch immer, und ich hoffte, daß William Norwood nachgeben und seinen Sohn zur Rückkehr einladen würde, damit sich Cage in mich verlieben konnte.

Ich war jetzt wieder für immer in Green Springs und versuchte mich für Picknicks und das nachbarliche Gerede zu interessieren. Da erreichte mich ein ziemlich beunruhigender Brief von Charles. ›Cage hat einen Privatdetektiv engagiert. Er hat das Gefühl, daß ihn jemand verfolgt. Ich weiß nicht, warum. Es ist so sonderbar. Der Detektiv ist ein großer, dunkler Bursche mit einem herunterhängenden Schnurrbart. Er lispelt und macht einen ziemlich sonderbaren Eindruck. Jay Cook sagt, er erinnere ihn an einen Zauberkünstler, den er einmal im Zirkus gesehen hat. Wir versuchen darüber zu lachen, aber Cage nimmt die Sache sehr ernst. Immer wieder wird er nervös. Zu Hause war er nie so. Ich kann das nicht verstehen. Vielleicht ist er so unruhig, weil er jetzt reich ist.‹

Die nächsten Nachrichten kamen im September an. Ich erinnere mich genau an den Tag. Es war ein warmer Herbsttag mit einem goldenen Schimmer über dem Fluß. Die Bäume färbten sich bereits, und die Rosen standen in ihrer letzten vollen Blüte. Der Brief lag auf einem Präsentierteller in der Halle, als ich von einem Besuch aus Riverknoll zurückkam. Ich erkannte Charles' breite Handschrift und griff begierig nach dem Umschlag.

Ich riß ihn auf und glättete das Papier. Eilig überflog ich die Zeilen, und am Ende der ersten Seite sprangen mir die Worte ins Gesicht.

› . . . Cage hat gestern geheiratet.‹

7

Sie hieß Lillith.

Charles schrieb nicht, wer sie war, woher sie kam, ob sie jung oder alt war, hübsch oder häßlich. Er erwähnte keine Familie, keine Einzelheiten aus ihrem Leben. Er nannte nicht einmal ihren Nachnamen. Nur Lillith. Lillith, die jetzige Mrs. Lewis Cage Norwood.

Ich hätte sterben können. Und das wollte ich auch.

Ich erinnere mich, wie ich mit dem Brief in der Hand die breite Treppenflucht hinaufging und an der großen Uhr vorbei über die Galerie in mein Zimmer gelangte. Ich entsinne mich, wie ich die Türe vorsichtig zumachte und abschloß. Dann setzte ich mich auf das Bett. Hatte ich mich vielleicht getäuscht? Hatte ich etwas in Charles' Brief hineingelesen, was gar nicht darin stand?

Ich überflog die Zeilen noch einmal.

› . . . *Cage hat gestern geheiratet.*‹

Die Worte waren nicht verschwunden. Ich starrte stumpfsinnig vor mich hin. Die Leere in meinem Herzen war erschreckend. Verheiratet. Das war das Ende. Das Ende jeder Hoffnung, der Träume von einem zukünftigen Glück. Er war der Angelpunkt meines Lebens. Er war der Anfang und das Ende eines jeden Tages, der Stoff der Träume bei Nacht und der Fantasien bei Tag. Für ihn lächelte ich, für ihn putzte ich mich, und für ihn wollte ich schön und begehrenswert sein. Und ich hatte ihn verloren, an eine gesichtslose Frau namens Lillith.

Ich stand auf und ging an das offene Fenster. Der Tag war kühl und trist geworden. Wolken bedeckten die Sonne, und die Rosen im Garten wirkten blaß und farblos. Jenseits der Bäume floß ein kalter, trüber Fluß. Das Licht war von allem gewichen, aus dem Himmel, dem Wasser und der Erde. Und die Zeit schloß mich langsam wie eine eiserne Falle ein. Worauf konnte ich mich jetzt noch freuen?

Meine Augen fielen auf das Dach der Veranda, die unter dem Fenster lag. Lange Zeit starrte ich darauf. Nein, dachte ich dumpf, es ist nicht tief genug. Ich würde mir nur ein paar Knochen brechen und müßte dann alles erklären. Der Gedanke, Papa, Sissy oder sonst jemandem von meinem Kummer erzählen zu müssen, kam mir wie eine Schlinge vor, die mir die Kehle zuschnürte. Trotz meiner abgrundtiefen Verzweiflung sagte mir ein kleiner Rest meiner Intelligenz, daß es wahrscheinlich so hatte kommen müssen. Ein schöner Mann wie Cage, aus guter Familie, reich, so ein Mann mußte unweigerlich zur Beute einer schlauen Frau werden. Aber ich war nicht in der Stimmung, auf meinen Verstand zu hören. Der Schmerz machte mich blind, und mein einziger Wunsch war, diesem Schmerz zu entkommen. Warum sollte ich weiterleben und leiden?

Ich ging zu meinem Toilettentisch und kramte unter den Flaschen und Döschen. Eine Salbe gegen Moskitostiche, Handcreme, Rosenwasser, eine Dose mit einem Mittel gegen Kopfschmerzen, die mir Dr. Meggs vor Jahren einmal gegeben hatte. Ich setzte mich hin und begann alles in mich hineinzustopfen. In einer Schublade fand ich ein paar Wasserfarben, und ich stopfte auch die in mich hinein. Sie schmeckten entsetzlich, aber ich zwang mich dazu, sie hinunterzuschlucken. Sollte ich eine Nachricht hinterlassen? Sollten meine letzten Worte Papa mitteilen, daß ich aus Liebe gestorben war? Papa würde Charles schreiben, und dieser würde es Cage sagen, und Cage würde sehr betroffen sein. Es würde ihm leid tun, und er würde es bedauern, daß er diese Lillith jemals geheiratet hatte. Ich sah sein schönes, trauriges Gesicht genau vor meinen Augen. Ja, ich beschloß, diese Nachricht zu schreiben. Vielleicht würde er sogar weinen.

Aber noch bevor ich Papier und Bleistift finden konnte, fingen das Rosenwasser, die Farben, das Pulver und die Salben an, in meinem Magen zu rumoren. Ich spürte den bitteren Geschmack von Galle in meinem Mund, rannte zum Waschbecken und übergab mich, während mein Körper sich in Krämpfen wand. Ich konnte nur noch keuchend atmen, und ich klammerte mich mit kalten, klammen Händen an der Kommode fest. Ich hörte ein Klopfen an der Tür, und dann zuerst Sissys und dann Papas Stimme. Ich versuchte zur Tür zu wanken, aber ein neuer Krampf hatte mich gepackt. Ich war überzeugt, sterben zu müssen. Dies war das Ende. Vorbei – alles vorbei . . . Und plötzlich war ich mir nicht mehr so sicher, daß ich wirklich sterben wollte.

Ich hörte ein Krachen, und dann Papas Stimme. »Adelaide!«

Viel später fühlte ich Sissys kühle Hand auf meiner Stirn.

Sie steckten mich ins Bett. Mir war zu schlecht, als daß ich mich darum gekümmert hätte, ob sie Charles' Brief fanden. Ich bezweifle sogar, daß Papa ihn mit meinem Befinden in Zusammenhang gebracht hätte. Dr. Meggs wurde gerufen, und er wollte wissen, was ich gegessen hatte. »Austern«, sagte ich, »ich habe sie von einem alten Fischer unten am Hafen gekauft.«

Er machte ›tz, tz‹, und fühlte meinen Puls. »Ich habe schon immer gesagt, daß Austern im September schlecht für die Verdauung sind.«

›Lieber Charles‹, schrieb ich, als es mir wieder gutging, ›es hat mich sehr überrascht, daß unser gemeinsamer Freund Cage geheiratet hat. Natürlich bin ich neugierig – Du weißt ja, wie Frauen sind. Du schreibst, daß sie Lillith heißt und sonst nichts. Du mußt mehr schreiben. Beschreib sie – und natürlich auch die Hochzeit. Da Du ein guter Freund von Cage bist, warst Du doch sicher sein Trauzeuge.‹

Charles antwortete, daß Lillith eine Witwe mit einer zweijährigen Tochter wäre, die Cage adoptiert hätte. Sonst erzählte er nichts, und dieses seltsame Schweigen um die Braut gab mir das Gefühl, daß Charles die Heirat nicht billigte. Aber warum, konnte ich nur vermuten. Vielleicht war Lillith älter als Cage. Wenn sie Witwe war, könnte das sehr gut möglich sein. Das tröstete mich irgendwie. Ich stellte sie mir reichlich betagt vor, mit beginnenden Falten in den Augenwinkeln und einer häßlichen Warze auf der Wange. Aber da ich Cage kannte, wurde mir sehr bald klar, daß er sich nur eine attraktive Frau zur Gattin gewählt haben konnte. Doch wie sah sie aus? Groß? Klein? Dunkel oder blond? Meine unbefriedigte Neugierde nahm so zu, daß ich Charles noch einmal schrieb und ihn um weitere Einzelheiten bat. Aber er ignorierte meine Fragen, und Lilliths Gesicht blieb weiter eine Leerstelle in meiner Fantasiewelt.

Ein Jahr verging, ohne daß Cage in den Briefen meines Bruders erwähnt wurde. Charles und Jay Cook waren noch immer gemeinsam im Immobiliengeschäft tätig, und sie waren nach wie vor erfolgreich. Papa wollte, daß Charles nach Hause kam, und hätte mein Bruder nicht regelmäßig Geld geschickt, hätte er es ihm befohlen. Am Fluß war die Tabakproduktion zurückgegangen. Viele Pflanzer reduzierten die Anzahl ihrer Sklaven und verkauften sie Händlern aus dem Süden, wo sie noch hoch im Kurs standen. Andere vermieteten ihre Schwarzen an die neuen Fabriken in Richmond. Papa tat keines von beiden, denn er fand solche Praktiken unmenschlich.

Inzwischen ging mein Leben in einer Art von dumpfer Leere weiter. Stimmen und Gesichter, Neuigkeiten und Geschwätz schienen mich nur durch einen Nebel zu erreichen. Ich stocherte in meinem Essen herum und wurde immer dünner. Kein junger Mann besuchte mich, und ich ging zu immer weniger Partys, bis ich das Haus schließlich gar nicht mehr verließ. Zum Glück merkte Papa nichts, weil er so in die Politik vertieft war.

Dann suchte uns im Sommer 1855 eine Epidemie heim. Gelbfieber und Malaria waren bei uns zwar immer wieder aufgetreten, aber dies war bei weitem die schlimmste Seuche, an die wir uns erinnern konnten. Einige verglichen sie mit der Pest aus dem Mittelalter. Sie trat zuerst in Norfolk auf und war, wie man sagte, von einem Dampfer aus den West-Indies eingeschleppt worden. Ein infizierter Seemann soll vor seinem Tod mehrere Bürger angesteckt haben, und von da an verbreitete sich die Krankheit sehr schnell. Bis Ende August starben die Leute wie die Fliegen, siebzig, achtzig, sogar hundert am Tag. Wir hörten, daß ganze Familien ausgerottet wurden, und da der Vorrat an Särgen bald zur Neige ging, war man gezwungen, Massenbeerdigungen abzuhalten.

Die Seuche zog sich bald den Fluß hinauf, und Papa sollte der erste sein, der krank wurde. Eilig wurde Dr. Meggs gerufen, und ich schrieb Charles und bat ihn nach Hause zu kommen. Green Springs war unter Quarantäne gestellt worden. Trotzdem kam Tante Tildy, als sie von Papas Krankheit hörte, aus Brandon herauf. Dr. Meggs tadelte sie, weil sie solch ein Risiko auf sich genommen hatte, aber ich war froh, daß sie da war.

Ich hatte Angst. Papa war in seinem ganzen Leben keinen Tag lang krank gewesen, und es machte mich nervös, ihn mit fiebrigen Augen im Bett liegen zu sehen. Am vierten Tag sank seine Temperatur endlich auf einen normalen Wert herunter, und ich atmete auf. Aber Dr. Meggs ermahnte Papa, nicht zu früh aufzustehen. »Sie haben das erste Stadium überwunden. Wenn Sie Glück haben, ist das alles – aber wenn nicht . . .«

Papa hatte kein Glück. Am nächsten Morgen, als wir schon glaubten, daß er auf dem Wege der Besserung war, bekam er starkes Nasenbluten und fieberte wieder. Von da an ging es schnell bergab. Seine Haut nahm das entsetzliche Gelb an, das für die Krankheit so kennzeichnend ist. Wir wechselten uns an seinem Bett ab, pflegten und bedienten ihn. Tante Tildy, Sissy und ich gingen auf Zehenspitzen in dem verdunkelten Zimmer aus und ein, um Schüsseln mit kaltem Wasser herbeizuschaffen, mit dem wir seinen fiebrigen Körper abwuschen. Er litt schrecklich, warf sich hin und her, murmelte und schrie manchmal im Delirium. Immer wieder wurde ihm übel, und er hatte schreckliche Kopfschmerzen.

Ich wurde immer unruhiger, und wenn ich an seiner Seite saß, suchte ich in seinem Gesicht nach einem hoffnungsvollen Zeichen. Wenn uns Papa verließe, was würde ich dann tun? Ich hatte die alte Platitüde oft genug gehört, wenn geliebte Menschen verstorben waren. ›Mein ganzes Leben habe ich ihn für selbstverständlich gehalten.‹ Sie hatte bis jetzt keinen Sinn für mich ergeben. Ich hatte Papa für selbstverständlich gehalten. Er war ein Teil meines Lebens, ein Teil meiner Hand, meines Fußes, meiner Augen. Ich wußte nicht, wie meine Tage ohne Papa aussehen würden, konnte mir Green Springs nicht ohne den Klang seiner Stimme, ohne seinen schweren Gang auf der Treppe vorstellen, ich *wollte* mir das nicht vorstellen. »Du darfst nicht sterben!« flüsterte ich im Flackern der Öllampe, während die Standuhr die dunklen, langen Stunden schlug. Zum erstenmal vergaß ich Cage völlig und dachte nur an Papa. Ich weinte leise und betete zu Gott, wie ich es niemals zuvor getan hatte, daß Er ihn doch verschonen möge.

Aber Er verschonte ihn nicht. Im Morgengrauen des zehnten Tages seiner Krankheit tat Papa seinen letzten Atemzug. Als er starb, hielt er meine Hand für die meiner toten Mutter. »Judith«, sagte er, und sein Gesicht leuchtete seltsam und erschreckend auf. »Judith . . .?« Und dann war er verschieden.

Ich saß noch immer an seinem Bett, als Tante Tildy ins Zimmer kam, um sich nach ihm zu erkundigen.

»Er ist tot«, sagte ich und wunderte mich, warum meine Stimme so fremd klang. »Er ist tot.«

Ich hatte ein seltsames Gefühl in der Magengrube, und als ich langsam aufstand, verschwand das Zimmer plötzlich im Dunkeln.

Danach erinnere ich mich an nichts mehr. Ich wußte, daß ich krank war und daß ich vielleicht sterben mußte, daß Tante Tildy bei mir war, und manchmal erkannte ich auch Sissys erschrockenes schwarzes Gesicht. Ich hatte schreckliche Visionen und Alpträume von brennenden Häusern und schreienden Kindern. Manchmal war ich selbst in einem brennenden Haus, und die Flammen umzingelten mich von allen Seiten. Ich konnte die Hitze fühlen und den Rauch riechen, und ich machte den Mund auf, um zu schreien, aber kein Ton rang sich aus meiner Kehle.

Die Träume schienen Ewigkeiten zu dauern, doch plötzlich waren sie vorbei. Aus dumpfer Ferne hörte ich Tante Tildy sagen: »Du wirst gesund werden.«

Ich machte die Augen auf. Mondlicht floß durch die wehenden Vorhänge, und ich konnte das feuchte, taunasse Gras riechen.

»War ich lange krank?« fragte ich.

»Vier Tage lang«, sagte Tante Tildy und schaute alt, sehr alt aus.

Es kam mir wie vier Jahre vor. »Papa . . .«, sagte ich schwach, als ich mich erinnerte.

»Er ist beigesetzt worden, Adelaide. Wir mußten es tun – die Hitze . . . Er liegt in der Familiengruft neben deiner Mutter.«

Anders als bei Papa ist bei mir die zweite Phase der Krankheit nicht eingetreten. Ich fing an mich zu erholen. Aber meine Gesundung war ein langer, langsamer Prozeß. Das Fieber hatte mich sehr geschwächt. Jede Bewegung war eine Anstrengung. Es bereitete mir ungeheure Mühe, meine Haare zu kämmen, die Schuhe zuzubinden oder ein Kleid über den Kopf zu ziehen. Wenn ich das Zimmer durchquerte oder die Treppen hinaufging, hatte ich das Gefühl, mit bleiernen Beinen durch hüfthohes Wasser zu waten. Oft hatte ich keine Lust, etwas anderes zu machen, als stundenlang am Schlafzimmerfenster zu sitzen, auf den Fluß zu schauen und an nichts zu denken. Tante Tildy und Sissy machten viel Aufhebens um mich. Ich würde nur wie ein Spatz essen, sagten sie und setzten mir alle Arten von verführerischen Gerichten vor. Zu ihrer Erleichterung kam ich langsam wieder zu Kräften.

Charles kam einen Monat später nach Hause. Er hatte sich verändert, hatte sich einen Backenbart und einen langen Schnurrbart wachsen lassen. Ich hatte den Eindruck, daß seine Schultern breiter geworden waren. Er sah männlicher und selbstsicherer aus. Vielleicht, weil er jetzt Herr auf Green Springs war.

»Bist du reich?« fragte ich schüchtern.

»Nicht so reich, wie ich es sein müßte, um hier etwas auszurichten. Die Plantage ist in schlechterem Zustand, als ich mir vorgestellt hatte. Ich werde eine Menge Geld hineinstecken müssen, Adelaide.« Er sprach davon, die Erde zu verbessern, Korn anzupflanzen und vielleicht Rinder zu züchten.

Nach einer Weile nahm ich meinen ganzen Mut zusammen und fragte: »Und wie geht es Cage?«

»Nun, ich denke, gut«, antwortete Charles nach einer kurzen Pause. »Wir haben uns im letzten Jahr nicht oft gesehen.«

»Ihr habt doch nicht gestritten, oder?«

»Nein«, sagte er unbestimmt. »Nein, nichts dergleichen.«

Ich wollte fragen, ob Cage Kinder hatte, ob er mit seiner Frau glücklich war, aber Charles' kühle Stimme entmutigte mich.

Als die Wochen vergingen, bemerkte ich, daß Charles zwar Post von Jay Cook, aber nicht von Cage erhielt. Vielleicht hatten sie *doch* gestritten, vielleicht über irgendeine Geschäftsangelegenheit, und ihr Disput hatte sie so erbittert, daß darüber ihre Freundschaft in die Brüche gegangen war.

Es war erstaunlich, wie mühelos Charles in Papas Fußstapfen trat. Für einen jungen Mann, der zu Hause nichts Wichtigeres zu tun gehabt hatte, als seinen schwarzen Hengst zu reiten und Karten zu spielen, bewies er eine erstaunliche Arbeitsmoral. Er stand morgens um halb sechs auf und arbeitete fast den ganzen Tag. Er überwachte die Arbeit auf der Plantage, und im Herbst übernahm er es selbst, den Tabak in Richmond zu verkaufen. In der wenigen freien Zeit, die ihm noch blieb, hatte er begonnen, um Anna May Gordon zu werben. Ein Jahr später heirateten sie. Es war ein schlichtes, aber sehr schönes Hochzeitsfest. Zu der Zeit waren alle Mädchen in meinem Alter schon verheiratet, und die Leute sagten: »Du wirst die nächste sein, Adelaide.«

Ich hatte nicht die geringste Lust, die nächste zu sein. Ich war jetzt neunzehn und auf dem besten Wege, eine alte Jungfer zu werden, aber es störte mich nicht im geringsten. Der Mann, den ich heiraten wollte, war bereits verheiratet, und seine Frau hieß Lillith.

»Ich habe Gordon Woods zum Abendessen eingeladen«, sagte meine Schwägerin Anna May eines Nachmittags. »Dieser nette, junge Mann ist gerade von der Universität zurückgekommen.«

Das war der erste der ›netten, jungen Männer‹, die wir in Green

Springs zu Gast hatten. Anna May versuchte zuerst zurückhaltend, dann ohne Umschweife für die arme Adelaide einen Ehemann zu finden. Bis zum heutigen Tag weiß ich nicht, ob es ihr darum ging, mich loszuwerden, oder ob ihr wirklich daran lag, mich mit einem Mann und einem Haus versorgt zu sehen.

Und so kamen und gingen die Heiratskandidaten. Ich vermute, daß sie vor allem kamen, weil Charles eine ansehnliche Summe für meine Mitgift zur Verfügung stellte. Sie waren sicher nicht von meinem Aussehen oder meinem Charme angezogen. Ich war höflich, aber ich ermutigte keinen. Ein einziger Abend genügte in der Regel – ein langweiliges Abendessen in Gesellschaft von Charles, Anna May und mir, und danach eine Stunde mit unterdrücktem Gähnen und peinlichem Schweigen im muffigen Wohnzimmer. Nur die ganz Hartnäckigen kamen ein zweites Mal, und keiner wagte einen dritten Versuch.

Obwohl Anna May schwanger war, ließ sie nicht locker in ihren Bemühungen. In einen riesigen Schal gehüllt, sogar an den wärmsten Sommerabenden, veranstaltete sie hoffnungsvoll diese Abendessen. Charles sagte nichts, aber es war klar, daß auch er mich unter die Haube bringen wollte. Er saß gewöhnlich mit der Pfeife im Mund in Papas Sessel am Feuer, und wenn ich merkte, daß er mich anstarrte, schaute er in sein Buch oder seine Zeitung und seufzte schwer.

Ich glaube, es waren diese tiefen Seufzer, die mich veranlaßten, eine Entscheidung zu fällen. Ich weiß, daß er in dieser Zeit häufig dachte, wie sehr Papa es gewünscht hätte, mich verheiratet zu sehen. Ich hätte Charles natürlich ignorieren und ihm weiterhin eine Last sein können, aber es hätte uns allen das Leben schwergemacht. Die Angst meines Bruders und meiner Schwägerin war so ansteckend, daß ich mich schließlich gezwungen sah, ernsthafte Maßnahmen zu ergreifen. Ich brauchte eine Weile, aber letztlich kam ich zu der schmerzlichen Erkenntnis, daß es sehr eigensüchtig von mir war, einen Mann zu begehren, den ich niemals haben könnte. Cage war weit weg und verheiratet und unwiderruflich aus meinem Leben verschwunden. Ich könnte ihm zwar einen Platz in meinem innersten Herzen bewahren, aber das tägliche Leben mußte mit anderen Menschen weitergehen. Je früher ich mich der Realität stellte, desto besser.

In dieser Zeit begann ich die ungebundenen Männer unter die Lupe zu nehmen und wurde auf Barnabas Neale aufmerksam. Ich hatte immer gemeint, daß er Green Springs nur deshalb so häufig aufsuchte, weil er Geschäftsprobleme mit Charles besprechen wollte – bis mir auffiel, daß er mich viel öfter anredete als meinen Bruder. Sein Gesicht und seine Gestalt, die bisher nur nebelhafte Schatten am Rande meines anderweitig in Anspruch genommenen Bewußtseins gewesen waren, nahmen plötzlich Form an, und ich betrachtete ihn etwas genauer. Was ich sah, war nicht unangenehm.

Ich hatte Barnabas Neale mein ganzes Leben lang gekannt. Er war ein Freund der Familie und besaß ansehnliche Ländereien. Er stand auf einer Stufe mit Papa, obwohl er jünger war, und ich hatte nie gedacht, daß ich ihn auf der Suche nach einem Ehemann jemals in die engere Wahl ziehen würde. Aber, so fragte ich mich, warum eigentlich nicht? Er war nicht gerade hübsch, aber gesetzt. Er war mittelgroß, ungefähr fünfundvierzig oder sechsundvierzig Jahre alt und hatte bereits eine beginnende Glatze. Aber er hatte warme, braune Augen, und er mochte mich sehr gern, dessen war ich sicher. Was ich jedoch am meisten an ihm schätzte, war seine Gelassenheit. Ich fühlte mich ungezwungen in seiner Gesellschaft und hatte nicht das Gefühl, Konversation machen zu müssen. Sogar unser Schweigen war mir angenehm, und das bedeutete mir eine ganze Menge. Ich hatte nie besonders gut flirten oder nichtssagende Schmeicheleien an den Mann bringen können. Gott sei Dank war Barnabas nicht der Mann, der auf solches Geschwätz hereinfiel.

Er war jetzt fast seit drei Jahren verwitwet, seine Kinder waren erwachsen und verheiratet. Eines Abends, als wir auf den Verandastufen saßen und den Zikaden lauschten, sagte er mir, daß er einsam wäre.

»Ich weiß, daß ich alt genug bin, um dein Vater zu sein«, sagte er, »aber ich möchte dich heiraten. Ich liebe dich, Adelaide. Und ich verspreche dir, daß ich alles tun werde, um dich glücklich zu machen.«

Diese Worte waren sehr kurz und sachlich und entsprachen gar nicht den Vorstellungen, die sich ein junges Mädchen von ihrem ersten Heiratsantrag machen würde. Aber dann dachte ich, daß ich all diese Fragen der Leidenschaft bereits aufgegeben hatte – aufgegeben an dem Tag, an dem ich von Cages Heirat erfahren hatte.

»Ich werde nicht mit Charles sprechen, bevor ich deine Zustimmung habe«, fuhr er fort. Charles hatte als mein älterer Bruder natürlich Papas Stelle eingenommen, und die Etikette verlangte es, daß er seine Einwilligung gab. »Ich hoffe, daß du ja sagst.«

Er hatte nicht gefragt, ob ich seine Liebe erwiderte. Wenn er es getan hätte, ich hätte ihm die Wahrheit gesagt. Vielleicht ahnte er sie und stellte deshalb keine Fragen. Aber ich mochte ihn gern. Und ich war sicher, daß das genug wäre.

»Danke, Barnabas, ich fühle mich geehrt«, sagte ich. »Bitte, sprechen Sie mit Charles.« Dabei bot ich ihm meine Wange zum Kuß an.

8

Barnabas war ein Gentleman. Er hatte ein sanftes Temperament und ähnelte in gewisser Weise Anna May, aber er besaß mehr Tiefe und hatte nicht ihre etwas süßliche Art. Kurzum, er war die Höflichkeit in Person. Ich kann mich nicht erinnern, daß seine Stimme jemals laut geworden wäre. Da er ein Mensch war, muß er wohl hin und wieder wütend gewesen sein, aber er ließ es sich nicht anmerken. Er war das genaue Gegenteil von Papa und Charles, die sogar in meiner Gegenwart geflucht hatten, wenn sie sich ärgerten. Barnabas war immer höflich, ob zu mir, seinen Freunden oder dem unbedeutendsten Landarbeiter. Sogar in unseren intimen Momenten wich er nie von seiner großzügigen und zuvorkommenden Art ab. Wenn unserer Heirat die Leidenschaft fehlte, so bemerkte ich es nicht. Ich war in dem Glauben erzogen worden, daß sich eine Frau den Bedürfnissen des Mannes aus Pflichtgefühl unterwerfen mußte und daß ihre Belohnung für dieses glücklicherweise kurze körperliche Zwischenspiel der Empfang eines Kindes war.

Der einzige Fehler, den ich an meinem Mann entdecken konnte, war seine zwanghafte Ordentlichkeit. Er war ausgesprochen genau in allem, was seine Person oder seine Arbeit betraf. Sein Auge schweifte dauernd umher, ob nicht ein Bilderrahmen schief hing oder ein Buch auf dem Bücherregal hervorstand. Wenn seine Stiefel nicht wie ein Spiegel glänzten, handelte man sich eine Ermahnung ein. Diese wurde zwar leise ausgesprochen, aber es war trotzdem eine Ermahnung. Wenn man von seinem außergewöhnlichen Bedürfnis nach Genauigkeit und meinem Bestreben, nichts herumliegen zu lassen, einmal absah, dann war meine Ehe mit Barnabas sehr angenehm.

Mein Status als Frau eines gutsituierten Pflanzers aus einer angesehenen Familie sicherte mir einen Platz in der Gesellschaft, der über bösartiges Geschwätz erhaben war. Ich mußte nicht mehr vor bedeutungsvollen Blicken oder geflüsterten Bemerkungen –, ›Sie ist farblos, weißt du.‹ – zurückschrecken. Früher hatte ich mir eingeredet, daß diese kleinen Sticheleien mir nichts ausmachten, aber jetzt wurde mir klar, daß sie mich mehr verletzt hatten, als ich mir eingestehen wollte. Das war vorbei. Als Mrs. Barnabas Neale hatte ich das Stigma der alten Jungfer verloren. Ich war nicht länger die unattraktive, langweilige Miß Adelaide, eine junge Frau, von der man nur mit Herablassung sprach, wenn überhaupt. Die gleichen Frauen, die mich zuvor ignoriert hatten, stürzten jetzt auf mich zu und umarmten ich, als ob ich von einer langen Reise zurückkäme, wenn wir uns zufällig begegneten. Sogar Mrs. Pettigrew lächelte und sagte zu mir: »Meine liebe Miß Adelaide.«

Ich war darüber nicht erbittert, vielmehr amüsierte es mich. Ich lud sie zu kleinen Abendessen und Teepartys ein, lächelte gnädig und wunderte mich, was sie wohl sagen würden, wenn sie wüßten, was ich dachte. Außer Kitty Norwood waren sie alle engstirnige Dummköpfe, und ich wunderte mich, warum mir ihr Mangel an Intelligenz nie aufgefallen war. Es war, als wäre ich als Mrs. Neale in eine neue, andere Welt eingetreten, die der alten zwar noch ähnelte, in der aber Männer und Frauen wohnten, die ich jetzt zum erstenmal traf. Ich glaube, mein Kopf war zu voll von anderen Dingen – vor allem von Cage –, um viele Gedanken auf die Nachbarn und Freunde zu verschwenden, die ich ein Leben lang gekannt hatte, zumindest oberflächlich.

Ich wünschte mir ein Kind. Als die Zeit verging und sich keines anmelden wollte, konnte ich meine Ungeduld kaum verbergen. Ich wollte nicht nur ein Baby, weil es von mir erwartet wurde, daß ich meinem Mann ein Kind schenken würde, sondern weil ich mir selbst sehnlichst ein Kind wünschte. Wenn ich auch mit Barnabas zufrieden lebte und als Herrin von Beech Arbor viel zu tun hatte, so gab es doch Momente, wo ich eine seltsame Leere empfand, die mich immer dann wie ein Schlag traf, wenn ich sie am wenigsten erwartete. Ich glaubte, daß ein Kind diese Leere ausfüllen könnte, und ich beneidete andere Frauen, die Babys hatten.

Im Herbst des gleichen Jahres, 1859, fand ein beunruhigendes Ereignis statt.

Obwohl wir Frauen uns nicht für Politik interessieren sollten und selten über politische Angelegenheiten diskutierten, schokkierte uns die Nachricht vom Überfall auf Harpers Ferry am 16. Oktober doch so sehr, daß wir von nichts anderem sprechen konnten. Anscheinend hatte ein Mann namens John Braun, ein verrückter Fanatiker mit einem langen Bart und wilden Augen, eine Bande von Verbrechern um sich geschart, nachts den Potomac überquert, das Bundesarsenal erobert und den Bürgermeister getötet. Außerdem hatten sie mehrere gewichtige Persönlichkeiten als Geiseln genommen. Unser Gouverneur Wise hatte Soldaten angefordert und die Bundesregierung um Hilfe gebeten. Es war angeblich Brauns Ziel, einen Sklavenaufstand im ganzen Süden anzuzetteln, und obwohl der Schuldige gefangengenommen, des Mordes und des Landesverrats angeklagt und zum Tode verurteilt worden war, ließ seine ungeheure Tat doch einen unheilvollen Nachgeschmack zurück. Seit einiger Zeit waren die Spannungen zwischen dem Norden und dem Süden ständig gestiegen – und der Vorfall von Harpers Ferry hatte nicht gerade dazu beigetragen, diese abzubauen.

Einige befürchteten, daß eine Konfrontation unvermeidlich war. John Letcher, der als neuer Gouverneur Virginias im Januar 1860 sein Amt antrat, war kein Befürworter der Sezession wie sein Vorgänger Henry Wise. Er wollte, daß Virginia in der Union blieb, wenn dies auf ehrenhafte Weise möglich war. Der Begriff der ›Ehre‹ spielte eine große Rolle, denn tatsächlich gab es nicht so viele Sklaven in Virginia, aber eine lange Tradition und ein eigener Lebensstil standen auf dem Spiel. Außerdem wollten sich die Einwohner von Virginia selbst regieren, ohne die Einmischungen Washingtons. Virginia war aber nicht grundsätzlich gegen die Union. Noch im April hatte die Staatsversammlung gegen die Sezession gestimmt.

Aber nach Fort Sumpter war die Debatte plötzlich und unwiderruflich verstummt.

Am gleichen Tag schickte Virginia drei prominente Bürger zu einer Konferenz mit Präsident Lincoln, um noch im letzten Augenblick Feindseligkeiten zu verhindern. Das Fort wurde bombardiert und fiel in die Hände South Carolinas, das sich abspaltete. Als Präsident Lincoln fünfundsiebzigtausend Freiwillige einberufen ließ, um damit die Rebellion niederzuschlagen, weigerte sich Virgina, die Bundestruppen in dem Kampf gegen den Geschwisterstaat South Carolina zu unterstützen, und stimmte für die Sezession.

Barnabas und ich waren in dieser historischen Aprilwoche zufällig in Richmond, und ich werde nie die Wut der Menge vergessen, die sich auf der Straße drängte. Am 19. April wurde die Flagge der Konföderierten auf dem Capitol gehißt – und in dieser Nacht beobachteten wir von unserem Fenster im Ballard Hotel aus, wie sich der kilometerlange Fackelzug die Marshall und die Broad Street hinunterzog. Kapellen spielten, und die Stimmen von vielen hundert Menschen erklangen, als eine Reihe nach der anderen vorbeimarschierte. Frauen weinten, und Kinder schrien, während über ihnen Feuerwerkskörper explodierten und die Gesichter der Massen in grelles Licht tauchten. Wir lachten, prosteten uns zu und wechselten Scherzworte mit der vorbeiziehenden Menge. Es wurde vorausgesagt, daß die Yankees in weniger als einem Monat besiegt sein würden. »Höchstens zwei Monate«, sagte uns ein überschwenglicher junger Mann. »In sechzig Tagen wird die Flagge der Konföderierten über dem Weißen Haus in Washington flattern.«

Robert E. Lee wurde das Kommando über die Land- und Seestreitkräfte angetragen, und er nahm es an. Regimenter wurden gebildet, Waffen und Uniformen verteilt, der Nachschub organisiert, und ehe wir es uns versahen, befanden wir uns mitten in einem Krieg, von dem wir hofften, daß er bald siegreich beendet sein würde.

Alle unsere jungen Männer zogen in den Kampf. Henry, Barnabas' einziger Sohn, trat mit Charles in die Kavallerie ein. Henrys Frau Rowena zeigte sich tapfer, als sie aufbrachen. Aber Anna May, die ein weiteres Kind erwartete, brach zusammen und weinte bitterlich, als sie sah, wie Charles seinen schwarzen Hengst bestieg und davonritt. Es war das erstemal, daß ich die sonst so gelassene Anna May von Emotionen überwältigt sah, und ich war schockiert. Indem ich sie tröstete, versuchte ich meine eigene Angst zu verbergen. »Du wirst sehen«, sagte ich. »Es wird nicht lange dauern. Er wird zurück sein, noch bevor das Baby geboren wird.«

Charles kam zurück, aber erst nach Jahren, und dann nicht nach Green Springs. Er wurde in Rich Mountain gefangengenommen, und William Norwood, Cages Vater, hatte dort sein Leben verloren.

Das war noch am Anfang des Krieges – zumindest erscheint es mir so, wenn ich jetzt zurückblicke. Denn als wir die Nachricht von Charles' Gefangenschaft und William Norwoods Tod erhielten, befanden wir uns noch in patriotischer Euphorie und glaubten an den Sieg. Wir dachten sogar, daß das Ende der Kämpfe nur noch eine Frage von Wochen war. Bald würde der Krieg beendet sein, sagten wir uns in diesen milden Frühlingstagen im April 1862.

Als die Monate vergingen, traten immer mehr Nachbarn in die Armee ein, obwohl das Einberufungsgesetz alle Männer über fünfunddreißig sowie alle Besitzer von mehr als zwanzig Sklaven freigestellt hatte. William Norwood war einer der ersten älteren Männer, die in den Krieg gezogen waren, und vielleicht hatten die anderen wegen seines frühen Todes Schuldgefühle und folgten ihm. Sogar Hugh Benton, unser einziger Abolitionist, meldete sich zur Armee, und natürlich auch mein Barnabas. Seit seine Tochter einen Yankee geheiratet hatte, fühlte er sich ebenso wie Mr. Benton genötigt, sein Engagement für den Süden zu zeigen. So machte er sich auf und ließ mich auf Beech Arbor allein zurück, in einem Haus, das plötzlich still und leer war.

Die zurückgebliebenen Frauen versuchten so gut wie möglich zurechtzukommen. Die meisten Sklaven waren weggelaufen, und nur die armseligsten Pferde waren nicht von der Armee beschlagnahmt worden. So gab es niemanden, der in diesem Frühjahr die Tabakfelder bepflanzt hätte, und sie lagen brach. Aber wir schafften es, genügend Lebensmittel zu produzieren, so daß wir genug zu essen hatten, jedenfalls mehr als die unglücklichen Stadtbewohner.

Spinnräder wurden auf den Speichern ausgegraben, und die älteren Frauen brachten den jüngeren die Kunst des Webens bei. Stolz trugen wir unsere selbstgemachten Kleider. Die unglückliche Situation bewog uns, zusammenzuhalten. Das oberflächliche Geschwätz und die selbstsüchtigen Streitereien waren über Nacht verstummt. Wieder war ich überrascht, aber auf angenehme Weise, wie falsch ich meine Freundinnen eingeschätzt hatte. Sie schreckten nicht mit weichen Knien zurück, wie ich es erwartet hatte, sondern nahmen ihre ganze Kraft und ihren Mut zusammen. Sogar Anna May ertrug, nachdem sie ihre Tränen getrocknet hatte, Charles' Gefangenschaft mit bewundernswerter

Tapferkeit. Tante Tildy schloß ihr Haus in Brandon und wohnte bei mir. Und – ein Wunder des Kriegs und seiner Not – meine Tante und Mrs. Pettigrew, die sie nie hatte ausstehen können, wurden unzertrennliche Freundinnen. Mrs. Pettigrew erwies sich als eine Quelle unerschöpflicher Kraft. Unermüdlich flickte, webte und strickte sie, pflegte unsere Kranken, möbelte unseren sinkenden Mut wieder auf und kochte in Beech Arbor, bis wir die geflohene schwarze Köchin ersetzen konnten. Und sie war es auch, die Anna Mays Baby entbinden half. Ich hätte nie gedacht, daß jemals der Tag kommen würde, an dem ich sie mit so viel Wärme und Zuneigung umarmen würde, wie ich es nach dieser langen, durchwachten Nacht tat.

Dann kam eines Morgens im Juni ein Offizier der Konföderierten nach Beech Arbor und warnte uns vor einem Angriff auf Richmond, den der General der Union, McClellan, vom Fluß aus plante.

»Geht in die Stadt«, riet er uns. »Richmond ist gut befestigt, und Hunderte von Familien haben dort bereits Zuflucht gesucht.«

Wir hielten Kriegsrat. Alle unsere Nachbarn entschlossen sich, wegzugehen, die Häuser abzuschließen und auf das Wunder zu vertrauen, sie bei ihrer Rückkehr unversehrt vorzufinden. Theresa lud Anna May und ihre vier Kinder in ihr großes Haus in Richmond ein. Aber Tante Tildy weigerte sich, von der Stelle zu weichen.

»Ich habe mir sagen lassen, daß McClellan ein Gentleman ist.« sagte sie. »Ein ehrbarer Mann, der angeblich großzügig ist. Wenn wir nicht wie Ratten das sinkende Schiff verlassen, haben wir eine größere Chance, unseren Besitz zu retten.«

»Ein Yankee – ein Gentleman?«, riefen alle entsetzt.

»Du mußt deinen Verstand verloren haben«, erklärte Mrs. Pettigrew.

»Das habe ich nicht«, versicherte Tante Tildy. »Ich war gezwungen, Brandon zu verlassen, aber ich will Hans heißen, wenn ich mich von den Yankees einen Schritt weiter treiben lasse. Das wäre ein feiger Rückzug, Mrs. Pettigrew.« Sie wandte sich zu mir, und ihr Gesicht war vor Empörung ganz rot. »Nun, Adelaide, was meinst denn du? Sollen wir bleiben – oder weglaufen?«

»Wir bleiben natürlich.«

Warum ich, um Gottes willen, einer solch unüberlegten Handlungsweise zugestimmt habe, ist mir bis heute ein Rätsel geblieben. Ich glaube, wenn ich es versucht hätte, wäre es mir gelungen, Tante Tildy umzustimmen. Aber vermutlich wollte ich es nicht auf mein Gewissen laden, einen feigen Rückzug anzutreten. Und so war ich damit einverstanden, in Beech Arbor zu bleiben. Was auch immer ich mir dabei dachte, es war eine Entscheidung, die wir beide noch bitter bereuen sollten.

Es können nicht mehr als zwei Tage nach dem Auszug unserer Nachbarn vergangen sein, als Hattie, unsere schwarze Köchin, die Anfahrt heraufgerannt kam und uns keuchend erzählte, daß sie ein Schiff mit der Flagge der Yankees gesehen hatte, das den Fluß heraufkam. Die Tante und ich eilten nach oben zu dem Schlafzimmerfenster, von dem aus wir einen guten Überblick hatten, und wir beobachteten mit sinkendem Mut, wie das erste unheilvolle Kriegsschiff in Sicht kam, gefolgt von einem weiteren und noch einem, bis eine lange Reihe von Schiffen auf ihrem Weg nach Richmond vorbeigesegelt war. Es war ein furchterregender Anblick. Ein Schiff nach dem anderen glitt mit seinen glänzenden Kanonen und blau uniformierten Soldaten auf dem Deck wie ein Geisterschiff in einem Traum vorbei.

»Ich hätte nie gedacht, daß sie wirklich so weit kommen würden«, murmelte Tante Tildy. Und der unausgesprochene Gedanke stand in der Luft. Wir saßen in der Falle! Wir waren von Richmond abgeschnitten. Yankees waren vor und hinter uns, und es gab keine Möglichkeit zur Flucht mehr.

Am nächsten Morgen hörten wir vor Sonnenaufgang das Donnern der Kanonen. Die Stille zwischen den Angriffen war nur kurz, unheilverheißend, wurde immer kürzer, und bald gab es überhaupt keine Feuerpausen mehr. Drei Tage lang wütete die unsichtbare Schlacht, und ihr donnernder Lärm dröhnte in unseren Ohren. Der Lärm war immer da, wild und furchterregend. Wir konnten nur kurz schlafen, und dann suchten uns noch schlimme Alpträume heim. Die Schwarzen, die nicht weggegangen waren, hatten sich vor lauter Angst in ihre Hütten eingeschlossen. Später erfuhren wir, daß die Kämpfe ein paar Meilen weiter flußaufwärts stattgefunden hatten, aber uns schien es, als würden sie direkt vor unserer Haustür toben.

Und trotzdem taten wir so, als wäre alles in Ordnung. Wir verrichteten unsere täglichen Routinearbeiten. So sorgten wir dafür, daß die Käsetöpfe sorgfältig bedeckt waren und die Schinken im Räucherhaus gewendet wurden. Wir sammelten Rosenblüten für süßlich duftende Parfümbeutel, die wir zwischen die

Leinentücher steckten, wir nähten, häkelten und polierten das Silber. Zwei Frauen in einem großen, leeren Haus, von Feinden eingeschlossen ... Als ich einen flüchtigen Blick auf mein weißes, angestrengtes Gesicht und meine angsterfüllten Augen im Spiegel erhaschte, fragte ich mich, ob es nicht unendlich viel einfacher und vernünftiger gewesen wäre, wenn wir unseren Gefühlen freien Lauf gelassen, geweint und gesagt hätten, was wir auf dem Herzen hatten. *Ich habe solche Angst.* Aber die Konvention hatte uns fest im Griff, und wir sprachen weiterhin von Nichtigkeiten, während uns die Angst im Nacken saß.

Plötzlich schwiegen die Kanonen unheilverkündend. Und irgendwie wirkte diese Stille schrecklicher als das laute Kampfgetöse, eine Stille, die uns wie ein riesiges Fragezeichen erschien. Ich entsinne mich, daß wir den ganzen Tag im Wohnzimmer saßen und schweigend an einer Decke arbeiteten. Unsere Nadeln glitten unermüdlich durch den Stoff, während unsere Nerven angespannt auf den geringsten Laut warteten, der diese schreckliche Stille unterbrechen würde. Gegen Abend fing es zu regnen an. Die ganze Nacht über waren die Tropfen zu hören, die auf das Dach und gegen die Fenster trommelten, und als wir am Morgen aufwachten, mußten wir feststellen, daß die Yankees an unserem Landeplatz angelegt hatten.

Tante Tildy kam in mein Zimmer. »Sie sind hier«, sagte sie mit leichenblassem Gesicht.

Barfuß rannte ich zum Fenster. Ich hatte zuviel Angst, als daß ich irgend etwas anderes hätte tun können, als die blau uniformierten Männer anzustarren, von denen der ganze Kai wimmelte.

»Wir müssen etwas tun«, sagte sie. »Ich bin eine alte Frau, aber du ...«

Vergewaltigung! Ich konnte es in ihren Augen lesen. Ein Wort, das nie über die Lippen einer feinen Dame kam.

»Wir könnten uns verstecken«, sagte ich mit staubtrockenem Mund. Sie waren bereits auf dem Rasen, ein Meer von Blauröcken. Die Wagen rumpelten die lange Auffahrt herunter, und die Reiter hatten den Weg am Fluß entlang genommen.

»Wo? Die Hütten der Sklaven werden sie als erstes durchsuchen.« Sie runzelte die Stirn. »Ich hab's! Du wirst schwanger sein.«

»Tante Tildy ...«

»Schwanger! Los, hol deine Kleider! Beeil dich! In einer Minute sind sie an der Eingangstür. Zieh dich an und stopf dir ein Kissen unter den Rock.«

»Aber ich kann meinen Zustand doch nicht herzeigen!«

»Du kannst – es ist der einzige Weg. Sie werden keine schwangere Frau belästigen. Und mach dich häßlich, um Gottes willen. Steck dein Haar in einem festen Knoten zusammen. Zieh das geflickte, selbstgemachte Kleid an. Beeil dich!«

Wir standen in der Halle und hörten das Klirren der Gespanne und das Rasseln der Säbel in den Scheiden. Einen Moment später klopfte es an der Tür. Tante Tildy machte auf. »Ja?« erkundigte sie sich ruhig, als ob sie einen Spaziergänger begrüßen würde. »Was kann ich für Sie tun?«

Ich sah die blauen Hosen, die blauen Jacken, die Messingknöpfe und dahinter ein Heer von verschwommenen Gesichtern. Kalte Angst erfaßte mich.

»Oberst Brighton, Madam.« Der Offizier nahm seinen Helm ab, so daß man sein graues Haar und seine zerfurchte Stirn sehen konnte. Die Reife seines Aussehens beruhigte uns ein wenig, und ich atmete auf. Das war kein Teufel, sondern ein älterer Mann, müde und vertrauenerweckend, ein reifer Mann, der sich wie ein Gentleman verhalten könnte. Unsere Hoffnung stieg wieder. »Wir haben viele Verletzte«, sagte er, »und wir müssen Ihr Haus beschlagnahmen, um es als ein Krankenhaus für die Armee der Vereinigten Staaten einzusetzen.«

»Aber . . .«, sagte Tante Tildy und lächelte verlegen. »Meine Nichte erwartet ein Kind.«

Der Yankee sagte: »Wir werden Ihnen kein Leid zufügen, Madam.« Und dann drängten sich die verschwommenen Gesichter an ihm vorbei, blau uniformierte Männer jeder Größe und Form, hagere und hohlgesichtige Gestalten, verwundete und humpelnde, die von Kameraden gestützt wurden, und die weißen, steifen Körper, die man auf Bahren hereintrug. Sie strömten über die Schwelle und ließen uns unbeachtet stehen, als wären wir ein Teil des Mobiliars. Sie schwärmten im Erdgeschoß und in dem oberen Stockwerk aus. Es wurden immer mehr – es schienen Tausende zu sein, schmutzig, stinkend und vom Tod gezeichnet. Über unseren Köpfen hörten wir das Getrampel der Stiefel, das Knarren und Rumpeln der protestierenden Möbel. »Nur die wirklich Kranken in die Betten!« schrie irgend jemand.

Ich fühlte mich krank und wollte ohnmächtig werden. Ich konnte an nichts anderes denken, als daß einer der unsrigen,

Barnabas oder Charles, vielleicht sogar beide, irgendwo verwundet und hilflos herumlagen, sich mit ausgetrockneten Kehlen in Schmerzen wanden.

»Was sollen wir tun?« flüsterte ich Tante Tildy zu.

»Ich sage dir, was wir nicht tun werden«, zischte sie. »Wir werden ihnen keinesfalls helfen.«

»Wir können hier nicht herumstehen«, sagte ich. »Was sollen wir tun?«

»Hat das Büro der Plantage einen Schlüssel?«

»Ja«, sagte ich. »Wenn sie den nicht auch schon beschlagnahmt haben.«

Im Büro der Plantage bewahrten wir unsere Bücher und Akten auf. Es befand sich hinter dem Haus am anderen Ende des Küchengartens. Wir eilten hin und stellten zu unserer Erleichterung fest, daß es noch leer war. Als ich die Tür zumachte und den Schlüssel im Schloß herumdrehte, sagte Tante Tildy: »Hoffen wir, daß sie zu beschäftigt sind, um sich für uns zu interessieren.«

Das laute Gackern der Hühner und das Quäken der Gänse lockte uns ans Fenster. Ein halbes Dutzend Soldaten trieb das Geflügel zusammen. Aus der Nähe der Scheune konnten wir Schüsse hören. »Sie haben sicher die Schweine«, sagte Tante Tildy mit einem harten Zug um den Mund. In der kurzen Zeit seit dem ersten Erscheinen der Yankees war jede Spur einer Vegetation zertrampelt worden. Wenn ich meinen Kopf reckte, konnte ich sehen, daß auf den Tabakfeldern Zelte aufgeschlagen worden waren.

»Sie müssen uns gehen lassen«, sagte Tante Tildy grimmig. »Wenn sie sich etwas beruhigt haben, werde ich mit dem Oberst sprechen. Ich werde von ihm verlangen, daß er uns zwei Pferde gibt, damit wir nach Richmond gelangen können.«

Die Nacht brach herein, und wir machten es uns so bequem wie möglich. Tante Tildy legte sich auf ein schmales Sofa, und ich rollte mich in Barnabas' großem Sessel zusammen. Von Zeit zu Zeit hörten wir, wie Äxte auf Holz einhackten. »Die Bäume im Obstgarten«, sagte Tante Tildy. »Ich nehme an, sie brauchen Feuerholz.« Nach einer Weile schwiegen die Äxte, und eine beunruhigende Stille legte sich über das Haus.

Stunden später wachte ich auf. Meine Kehle war ganz ausgetrocknet vor Durst. Ich erinnerte mich an den Wassereimer im Durchgang zur Küchentür. Es war Quellwasser, kühles Trinkwasser. Je mehr ich daran dachte, desto trockener wurde mein Mund.

Schließlich wurde mir der Durst unerträglich. Ich zündete mir eine Kerze an und schlüpfte vorsichtig zur Tür hinaus. Ich konnte das leise Stöhnen und Schnarchen der ungeladenen Gäste hören, als ich die Halle durchquerte und den Durchgang erreichte. Als ich, um besser sehen zu können, die Kerze hob, fühlte ich, wie mein Herzschlag beim Anblick des dunklen Körpers stockte, der vor mir lag. Ein Soldat der Union. War er tot? Nein – er stöhnte leise, und die Bandage um seinen Kopf war von frischem Blut getränkt.

»Wasser . . .«, flehte er. Ich ging schnell zum Eimer und füllte eine Tasse mit dem Schöpfer. Als ich zurückkam, kniete ich nieder, hob seinen Kopf hoch und hielt die Tasse an seine Lippen. Erst als er zu trinken anfing, kam mir zu Bewußtsein, daß ich einem Feind half und ihm Linderung verschaffte. Wenn Tante Tildy das erfahren hätte, wäre sie wütend gewesen. Aber dann dachte ich an Charles, der verwundet und gefangengenommen worden war. Vielleicht gab ihm in diesem Moment eine mitleidige Frau eines Yankees ein Glas Wasser, das sein Leben rettete.

»Sie sind ein Engel der Gnade«, flüsterte er mit schmerzverzerrter Stimme. »Ich werde Ihnen immer dankbar sein und Sie in meine Gebete einschließen.«

Ich starrte ihn an. Ein verwundeter Soldat der Yankees mit einem aschgrauen Gesicht und blonden Haaren. Und wie ich ihn so anstarrte, überkam mich ein seltsames Gefühl, der Eindruck eines déjà vu, als ob ich ihn schon einmal zuvor gesehen hätte.

»Sie sprechen wie ein Mann aus den Südstaaten«, sagte ich. »Sind Sie aus Virginia?«

»Nein, Madam. Aus Indiana.«

Er log. Das wußte ich sofort. Ich war nie in Indiana gewesen und kannte auch keinen, der da lebte, und doch wußte ich sofort, daß er nicht die Wahrheit sagte. Warum? Vielleicht, weil er sich als ein Mann aus den Südstaaten schämte, für die Yankees zu kämpfen.

»Wie heißen Sie?« fragte ich.

»Bernard West – Madam.«

Der Name kam mir nicht bekannt vor. Und doch . . .

Im schwachen Kerzenlicht schaute ich mir seine Gesichtszüge genau an. Jetzt, wo ich ihn genauer betrachtete, hatte er etwas Beunruhigendes an sich. Was war es nur? Er hatte kalte Augen. Das war es. Sogar seine schmerzverzerrten Augen wiesen eine unbeugsame Härte auf, die mir nicht gefallen wollte. Ich nahm mir selbst einen Becher Wasser und verließ dann das Haus. Erst als ich in das kleine Büro zurückgekehrt war, fiel mir auf, daß ich vergessen hatte, das Kissen unter den Rock zu stecken. Aber ich bezweifelte, daß Bernard West von meinem ›Zustand‹ wußte, und wenn dies der Fall war, hoffte ich, daß er schweigen würde.

Als Tante Tildy den Oberst am nächsten Morgen um Pferde bat, teilte er ihr mit, daß er uns unmöglich gehen lassen könnte. »Ihre Nichte kann ihr Baby hier bekommen«, hörte ich ihn sagen. »Wir haben zwar nicht genug Ärzte, aber es ist möglich, ihr medizinische Unterstützung zukommen zu lassen.«

Tante Tildy faßte die Weigerung des Obersten als eine Beleidigung auf. Er war ein Bastard, die niedrigste aller Kreaturen. Bildete er sich etwa ein, er könnte Mathild Hampton gefangenhalten? »Wir verschwinden«, kündigte sie mir mit knirschenden Zähnen an. »Je früher, desto besser.«

Als die Männer in dieser Nacht schliefen, schlichen wir aus dem Haus und eilten die lange Allee hinunter. Wir wagten es nicht, Pferde zu stehlen, obwohl wir uns mit dem Gedanken getragen hatten, aber sie waren zu nahe bei den Männern angepflockt. Während wir im Dunkeln vorwärtsstolperten, klammerten wir uns aneinander, voller Angst, entdeckt zu werden. Aber der befürchtete Alarm ertönte nicht, und da wir den Weg abkürzten und zwischen den Bäumen hindurchrannten, kamen wir unbeschadet an den Wachtposten vorbei. Als wir dann endlich den Fluß erreichten, blieben wir für ein paar Augenblicke stehen und warteten, bis das Zittern in unseren Beinen nachließ. Dann holten wir tief Atem und wandten uns nach Norden, in Richtung Richmond.

9

Die Reise war ein Alptraum, ein angstvoller, ermüdender Marsch. Wenn ich mich an die Angst und die Erschöpfung erinnere, die uns mit jedem Schritt heimsuchten, an den Hunger, den wir erlitten, dann frage ich mich, wie wir das alles überlebt haben. Wir versteckten uns in den Wäldern – ich weiß nicht, wie oft –, marschierten am Rande des Wegs, wichen unzählige Male aufgeschlagenen Zelten und herumstreunenden Banden von feindlichen Soldaten aus. Obwohl Tante Tildy eine Frau von unbeugsamem Willen und großem Mut war, sie war nicht mehr die Jüngste, und es bereitete mir großen Kummer, wenn ich sah, wie sie sich mühsam auf ihren geschwollenen Füßen weiterschleppte. Wenn uns nicht hin und wieder ein Flüchting geholfen hätte, wären wir verhungert. Schließlich trafen wir auf einen Kleinbauern, der mit seiner Familie auf einem Wagen floh, und so fuhren wir die restlichen Meilen zwischen Matratzen, Weizensäcken, faulenden Äpfeln und den fünf Kindern des Bauern eingeklemmt.

Richmond hatte niemals so schön ausgesehen. Als wir vor der Tür der Hamptons ankamen, die mit Tante Tildys verstorbenem Mann verwandt waren, glaubte ich schon einen Moment lang, der Schock würde über die guten Manieren der Leute siegen. Aber dann behielt der Anstand doch die Oberhand.

»Natürlich seid ihr willkommen«, beeilte sich Iona Hampton zu versichern. »Du guter Gott, wenn wir einander nicht helfen wollen, was bleibt denn dann noch?«

Sie lebten nicht gerade im Überfluß. Die Preise für die kleinen Dinge des täglichen Lebens waren enorm gestiegen. Mehl, Schinken, Zucker, Fett und Kaffee waren im letzten Jahr um das dreifache teurer geworden. Und wir hatten nichts zu bieten als die Kleider, die wir am Leibe hatten. Trotzdem nahmen sie uns herzlich auf, gaben uns ein Dach über dem Kopf und ein Bett und teilten mit uns das Essen, das sie beschaffen konnten.

Tante Tildy sagte: »Ich hätte dasselbe getan.«

Als wir uns von unserer Flucht erholt hatten und wieder Interesse für unsere Umgebung aufbrachten, waren wir sehr überrascht, als wir erfuhren, daß es sich die reicheren Einwohner von Richmond trotz des Krieges gutgehen ließen. Jede Nacht wurden großartige Bälle und Partys gegeben. Theaterveranstaltungen, Musicals und Abendessen zierten die Veranstaltungskalender der wenigen Privilegierten, als ob keine Kämpfe stattfänden, keine Verwundeten und Toten täglich mit der Eisenbahn ankämen und der Rest der Bevölkerung nicht im Elend dahinvegetieren würde.

Tante Tildy sagte, daß die Gerüchte stark übertrieben wären. Und obwohl das stimmen mochte, lebten wir selbst sehr bescheiden. Wir trafen wieder unsere früheren Nachbarn und schlossen uns mit ihnen den anderen Frauen in Richmond an, auf ihren täglichen Besuchen in den Krankenhäusern, wo wir Bandagen anlegten, fiebernde Stirnen kühlten, die Schwachen fütterten oder für die Behinderten Briefe nach Hause schrieben. Diese Gänge waren alles andere als angenehm. Obwohl die Ärzte uns ›vornehme Damen‹ vor dem Anblick der Schwerverwundeten bewahren wollten, konnten wir doch nicht umhin, das schreckliche Leiden, die Schmerzensschreie der Verstümmelten, die lebenden Leichen, die auf Bahren herbeigetragen wurden, zu bemerken, Todkranke, die einmal glückliche Menschen wie wir selbst gewesen waren, Menschen, die übermütig in den Krieg gezogen waren. Aber wie schwer es uns auch fiel, wir erfüllten täglich unsere Pflicht im Krankenhaus und halfen, so gut wir konnten.

Eines Nachmittags bemerkte Theresa nebenbei: »Wir haben von Cage gehört.«

Der Name fiel wie ein Stein in die Stille, als wir um einen Tisch saßen, auf dem sich Streifen weißen Leinens türmten.

»Er kommt nach Richmond, um sich uns anzuschließen«, sagte sie.

»Gott segne ihn!« rief ich, überrascht über meine ruhige Stimme. »Hat er geschrieben, wann er kommt?«

»Der Brief wurde in New Orleans aufgegeben. Also kann er jederzeit ankommen.«

»Es wird schön sein, ihn wiederzusehen«, sagte ich und dachte zufrieden, daß ich wie eine alte Freundin empfand. All die Leidenschaft und die Qual der Liebe, die ich Cage entgegengebracht hatte, waren im Lauf der Jahre verschwunden. Mein Zusammentreffen mit ihm in New Orleans war in meiner Erinnerung so schwach geworden, daß ich das Gefühl hatte, es wäre einem anderen Mädchen passiert, nicht Mrs. Barnabas Neale. Wie gut es doch tat, von solch fiebrigen und kräftezehrenden Emotionen frei zu sein! Wie gut, ihm ruhig ins Gesicht blicken zu können, wenn er meine Hand zum Gruß schüttelte, und nicht gleich völlig aus der Fassung zu geraten! Gott sei Dank war Barnabas in mein Leben getreten, hatte meine unglückliche Vergangenheit ausgelöscht und dabei die Gegenwart geordnet und angenehm gestaltet.

»Wird Cage seine Frau mitbringen?« fragte ich, der Höflichkeit halber.

»Das hat er nicht geschrieben«, antwortete Theresa. »Der Brief war sehr kurz.«

Eine Woche später kam ein kleiner schwarzer Junge zum Haus mit einer Nachricht von Cynthia Norwood für Tante Tildy. ›Cage und ein Freund sind aus San Francisco zurückgekommen. Sie und Ihre Nichte sind herzlich zum Abendessen eingeladen.‹

Auf der Fahrt warf mir Tante Tildy einen scharfen Blick zu. »Ich hoffe, du bist nicht mehr in diesen Mann verliebt.«

»Natürlich nicht«, erwiderte ich lachend. »Du vergißt, daß ich eine verheiratete Frau bin.«

Als der schwarze Diener die Tür öffnete und sagte: »Der junge Herr ist dort drüben«, drehte ich mich um und wußte sofort, daß ich einen schrecklichen Fehler gemacht hatte. Ich hätte nie kommen dürfen. Ich hätte irgendeine Entschuldigung erfinden und daheim bleiben sollen. Ich hätte es mir denken können.

Er stand mit dem Rücken zu uns, und beim Anblick seiner großen Gestalt und des sonnengebleichten, goldenen Haars war meine sorgfältig vorbereitete, selbstsichere Haltung verschwunden, und tausend bittersüße Erinnerungen stiegen in einer schnellen und überwältigenden Flut in mir auf. Ich versuchte sie zu unterdrücken, aber es war sinnlos. Es war, als ob die Zeit stehengeblieben und ich wieder vierzehn und Cage nie weggegangen wäre.

Aber ich darf nicht, darf nicht . . ., sagte ich mir.

Und dann gingen wir durch die Halle, und Cage drehte sich um und rief aus: »Hallo! Wenn das nicht Adelaide ist! – Und Tante Tildy!«

Das Dröhnen in meinen Ohren löschte den Klang seiner Begrüßung fast aus. Ich haßte mich. Wieder versuchte ich mein außer Rand und Band geratenes Herz unter Kontrolle zu bringen, aber es gelang mir nicht. Meine Knie zitterten, und meine Kehle war ganz ausgetrocknet.

»Cage«, flüsterte ich, als er sich über meine Hand beugte. »Es war eine so lange Zeit.« War das wirklich meine Stimme, so sanft und kühl?

»Und Jay Cook ist auch hier«, fuhr Cage fort. »Du erinnerst dich an ihn?«

Jay Cook! Mein Gott! Ein weiterer niederschmetternder Schlag. Ausgerechnet Jay Cook! *Hier*. Es war anders, wenn er als körperloser Name in Charles' Briefen erwähnt wurde, als ihn nun plötzlich hier zu sehen. Warum? Wie konnte mir das nur passieren? Jay Cook – Cage . . . In zwei Minuten zwei niederschmetternde Schläge. Es war schon schwer genug, meine Haltung in Cages Anwesenheit zu bewahren, ohne daß ich auch noch Jay Cook, dem Mann, der mich von New Orleans nach Hause gebracht hatte, gegenübertreten mußte.

»Oh, wie dumm von mir! Natürlich seid ihr euch noch nicht begegnet«, sagte Cage, als er sich an die Umstände unseres Zusammentreffens erinnerte.

Jay Cook stand am Kamin und beobachtete uns mit einem leicht amüsierten Lächeln. Ich wollte mich umdrehen und weglaufen, aber statt dessen zwang ich mich, das Lächeln zu erwidern.

»Du heißt jetzt Mrs. Barnabas Neale, nicht wahr?« fragte Cage, als er mich Jay Cook vorstellte.

»Ja«, sagte ich. »Mrs. Neale. Sehr erfreut, Mr. Cook. Mein Bruder erwähnte Sie mehrmals in seinen Briefen aus San Francisco.« Ich war wieder erstaunt, daß ich überhaupt reden konnte und sogar banale Höflichkeitsfloskeln hervorbrachte.

»Ich hoffe, daß er Gutes von mir berichtet hat«, antwortete Jay Cook und schaute mich mit seinem durchdringenden Blick an, als wollte er mir in das Innerste meiner Seele schauen. »Es tut mir leid, daß er in die Gefangenschaft der Yankees geraten ist.«

»Ja – ja . . . Es war ein harter Schlag.« Ich mußte mich setzen. Mein Korsett schnitt mir den Atem ab. Es war schwül im Zimmer. »Wir waren über die Nachricht sehr unglücklich.« Wo war nur mein Fächer? Ich mußte ihn irgendwo in der Halle liegengelassen haben, als ich Cage erblickt hatte. »Meine Tante . . .«, sagte ich und hielt verzweifelt unter den Gästen nach ihr Ausschau. »Sind Sie meiner Tante schon vorgestellt worden?«

Oh, warum mußte Jay Cook hierherkommen? Und Cage . . . Warum waren sie denn nicht beide in San Francisco geblieben?

»Wie geht es Ihnen?« hörte ich meine Tante fragen.

Und dann wandte sich Cynthia Norwood zu mir. »Geht es dir nicht gut, Adelaide? Du bist so rot geworden.« Cages Mutter bemerkte es immer, wenn andere Leute ihre Gesichtsfarbe wechselten.

»Mir ist nur ein wenig warm«, entgegnete ich verlegen und wurde noch röter.

Sie ließ mir ein Glas Punsch bringen. Während ich an meinem Glas nippte, sah ich aus den Augenwinkeln, daß Jay Cook auf mich zukam. Panik ergriff mich, doch dann merkte ich, wie er von Allegra Benton in ein Gespräch verwickelt wurde. Gott sei Dank! Was ich jetzt am wenigsten brauchen konnte, war ein Gespräch mit ihm. Ich hatte ihm nichts zu sagen. Ich nippte wieder an meinem Punsch und wünschte aus ganzem Herzen, daß ich irgendwo anders wäre. Ich hoffte, daß Tante Tildy nach dem Abendessen so schnell wie möglich nach Hause gehen würde.

Doch dem war nicht so. Nach dem Essen führte Mrs. Norwood sie nach oben, um ihr eine gerade fertiggestellte Decke zu zeigen, während wir anderen uns im Wohnzimmer versammelten. Man sprach wie immer vom Krieg und den schlimmen Zeiten.

Allegra unterbrach das Gespräch und hielt sich die Ohren zu. »Ich will nichts davon hören. Ich will keine häßlichen Geschichten mehr hören. Sie machen mich krank.« Sie zitterte. »Könnten wir nicht ein wenig Musik machen? Wir könnten ein paar patriotische Lieder singen«, fügte sie hinzu. »Und wir werden uns alle gleich viel besser fühlen, wenn wir mit dem deprimierenden Gerede aufhören.«

»Vielleicht könnte uns Adelaide ein Lied auf dem Klavier vorspielen und ein wenig dazu singen?« meinte Theresa.

Ich wurde wieder rot. »Ich – ich glaube nicht, daß ich heute abend eine gute Stimme habe«, sagte ich und räusperte mich. »Vielleicht könntest du, Allegra . . .«

»Ach komm, Adelaide«, sagte Cage und lächelte mich an. »Du spielst so gut. Ich werde singen – und du brauchst nichts zu tun, als deine Finger über die Tasten gleiten zu lassen.«

Ich hatte keine Lust zu spielen, aber ich sah keine Möglichkeit, mich davor zu drücken.

»Spiel nichts Trauriges«, flüsterte mir Cage ins Ohr. »Keines dieser schrecklichen Kriegslieder.«

»Wir warten«, erinnerte Allegra ungeduldig.

»Ja«, sagte ich und versuchte mich zusammenzunehmen, während ich mir das Gehirn zermarterte, um mir ein passendes Lied einfallen zu lassen.

Ich fing an mit ›Hör die Nachtigall‹. Es war harmlos genug, und Cage fing im dritten Takt zu singen an. Er hatte eine ausgezeichnete Stimme, einen klaren und vollen Tenor, und als wir geendet hatten, ernteten wir stürmischen Applaus.

»Sing ›Gib mir Kosenamen‹«, bat Allegra mit glänzenden Augen. »Kennst du das, Adelaide? Du auch, Cage? Oh, dann spielt es bitte!«

Wieder ertönte Cages Stimme im Wohnzimmer, und er legte in die sentimentalen Worten so viel Gefühl, daß ich eine richtige Gänsehaut bekam.

»Gib mir Kosenamen, Liebling.
Nenne mich dein eigen.
Sprich immer die Sprache der Liebe.«

Er legte seine Hand leicht auf meine Schulter, und seine Finger schienen auf meiner nackten Haut ein Feuer zu entfachen und Quecksilber in meine Adern zu schießen. Quecksilber, Eis und Feuer. Ich hatte ihn vermißt, und ich sehnte mich nach ihm. Ich konnte nicht anders, egal, wie sehr ich mich auch bemühte. In all den Jahren hatte ich ihn vermißt – sogar in jenen Momenten, wo ich gedacht hatte, ich hätte ihn vergessen. Das wußte ich jetzt. O Cage, Cage ...

»Sprich immer ...«

Im Zimmer war es wieder sehr heiß geworden. Meine Wangen brannten. Es war unerträglich, hier am Klavier zu sitzen, neben Cage, und zu wissen, daß ich ihn niemals besitzen sollte, daß er mit einer anderen verheiratet war, daß ich mit Barnabas verheiratet war. Und dieses Lied spielen zu müssen, als ob es keine Bedeutung hätte ...

Endlich war es vorbei, und ich erhob mich.

»Du hörst doch nicht zu spielen auf?« fragte Allegra entsetzt.

»Doch«, sagte ich kurz und war froh, daß Tante Tildy noch nicht im Zimmer war und meine erhitzten Wangen sehen konnte.

Überraschte Gesichter wandten sich mir zu und sahen mich seltsam an. »Vielleicht kann ein anderer meinen Platz einnehmen«, murmelte ich und eilte aus dem Raum.

Ich ging durch die Halle in das kleine Wohnzimmer, stellte mich ans offene Fenster und atmete die frische Luft ein. Plötzlich fragte eine Stimme hinter mir: »Mrs. Neale, ist das vielleicht Ihr Fächer?«

Ich drehte mich schnell um.

»Es tut mir leid, ich wollte Sie nicht erschrecken«, sagte Jay Cook. Sein Ton war nüchtern und höflich, aber ich erhaschte ein verräterisches, amüsiertes Flackern in der Tiefe seiner dunklen Augen.

»Sie haben mich nicht erschreckt«, entgegnete ich, als ich den Fächer nahm, und fügte dann widerwillig hinzu: »Danke.« Und als er keine Anstalten machte zu gehen, sagte ich: »Ich danke Ihnen vielmals.« Ich sprach in einem Ton, von dem ich hoffte, daß er deutlich machte, wie unangenehm mir seine Anwesenheit war.

»Es ist mir eine Ehre«, antwortete er.

Ich drehte mich um und schaute wieder aus dem Fenster.

Während ich in die tiefe Dunkelheit starrte, hoffte ich, daß er den Wink mit dem Zaunpfahl verstehen und gehen würde.

»Meine Gegenwart bringt Sie in Verlegenheit«, sagte er nach einem langen Augenblick des Schweigens.

»Um ehrlich zu sein, Sie haben recht«, sagte ich eiskalt, und meine Augen hefteten sich auf einen entfernten Stern, der nur in meiner Einbildung existierte, denn ich konnte nicht über die Terrasse hinaus sehen.

»Es tut mir leid, das zu hören. Sie brauchen keine Angst zu haben. Ich werde kein Wort über Ihre – Ihre Reise nach New Orleans verlauten lassen.«

»Das will ich hoffen«, sagte ich hochmütig, öffnete meinen Fächer und fächelte mir Luft zu. »Und wenn Sie ein Gentleman wären, würden Sie es jetzt nicht erwähnen.«

»Vielleicht bin ich kein Gentleman.« Ein ironischer Unterton lag in seiner Stimme.

Ich drehte mich um. Er war sehr korrekt und modisch gekleidet. Mit seinem schwarzen Anzug und seinem weißen Stock trug er die angemessene Kleidung für eine Abendeinladung. Aber irgendwie schien er für seinen Anzug zu kräftig zu sein, denn es sah aus, als ob seine muskulösen Schultern das feine Tuch zersprengen wollten. Er wirkte wie ein verkleideter Bauer.

»Vielleicht nicht«, sagte ich.

»Aber auch dann würde es mir sehr leid tun, wenn wir nicht Freunde sein könnten, Mrs. Neale.«

»Ich habe nichts gegen Sie.«

»Ich hoffe, daß Sie das ernst meinen.« Er lächelte mich an, mit diesem höhnischen Lächeln, das mich schon damals so gestört hatte und das mir auch jetzt zu meiner Verwunderung unangenehm war. »Sie haben sich verändert, seit ich Sie das letztemal gesehen habe.«

»Zehn Jahre verändern jeden Menschen.«

»Nur mich nicht?« fragte er, als ob er meine Gedanken lesen könnte.

Ich antwortete nicht.

Seine Augen streiften meine bloßen Schultern. Ich trug ein Abendkleid aus blauer Seide, das weit ausgeschnitten war und keine Ärmel hatte. Es war mit seiner Krinoline ein altmodisches Kleid, aber im Moment kümmerte mich das nicht. Ich ärgerte mich vielmehr über Jay Cooks Begutachtung.

»Aber ich *habe* mich verändert«, fuhr er fort. »Ich bin älter und reifer geworden. Und Sie – Sie sind eine Frau geworden, das kann ich sehr wohl sehen.« Wieder schweiften seine unverschämten Augen über meine nackte Haut. Ich biß mir auf die Lippen, um mein Erröten zu verhindern. Wie konnte er es nur wagen!

». . . eine Dame, wie man so schön sagt. Ziemlich selbstsicher und gelassen . . .«

»Mr. Cook! *Bitte*. Ihre Meinung ist mir egal.« Ärger stieg in mir hoch, obwohl ich versuchte, ihn unter Kontrolle zu halten. »Ich finde diese Unterhaltung ziemlich langweilig.«

»Tatsächlich? Lassen Sie mich dann schnell zum Ende kommen. Obwohl Sie mir jetzt eine Dame zu sein scheinen, sehe ich unter dieser kontrollierten Oberfläche noch immer das Mädchen, das gleiche leidenschaftliche Mädchen, das sich über die Konventionen hinweggesetzt hatte und . . .«

»Mr. Cook! Ich habe den Eindruck, daß Sie all diese Dinge schon einmal gesagt haben. Wenn Sie also jetzt bitte . . .«

Er unterwarf mich einer weiteren schnellen Begutachtung, so daß meine Wut nun mit mir durchging. »Sie – Sie sind der größte – der größte Flegel, der mir je begegnet ist! Und jetzt *müssen* Sie mich entschuldigen.«

Ich schlüpfte an ihm vorbei und hatte die Tür schon fast erreicht, als er sagte: »Seine Frau ist tot.«

Es war, als ob ich einen Schuß zwischen die Schultern erhalten hätte. Ich blieb mit dem Rücken zu ihm stehen.

»Sie ist vor zwei Jahren gestorben.«

Ich stand da, steif, mit angehaltenem Atem und hatte plötzlich alles vergessen, meine Verlegenheit, meine Wut und meinen Ärger. *Frei*! Das erste, was mir durch den Kopf ging, war der Gedanke, daß Cage nicht länger verheiratet war, daß er ein Witwer war, *daß er frei war*. Aber während ich das dachte, war ich mir sehr wohl bewußt, daß Jay Cook hinter mir stand. Er wußte es. Er hatte mich besser durchschaut als Tante Tildy. Er wußte, daß ich Cage immer noch liebte. Ich drehte mich um. Er lächelte. Ich hätte ihn am liebsten umgebracht, und zwar mit Vergnügen.

»Sie starb unter ziemlich mysteriösen Umständen«, fuhr er mit seiner ausdruckslosen Stimme fort. »Wollen Sie, daß ich davon erzähle?«

»Nein«, sagte ich. »Nein, von Ihnen will ich es nicht hören. Wenn Cage mir davon erzählen möchte, kann er es tun, aber ich möchte es nicht von Ihnen erfahren.«

»Wie Sie wollen«, sagte er und zuckte mit den Schultern. »Ich hätte es Ihnen ohnehin nicht erzählt. Es ist nicht meine Aufgabe, wie Sie so richtig bemerkten. Ich fragte mich nur, ob es Sie noch interessiert.«

»Überhaupt nicht!« Und damit floh ich aus dem Zimmer und warf die Tür hinter mir ins Schloß.

Natürlich interessierte es mich. Und ich hoffte, daß Tante Tildy die Einzelheiten von Cages Mutter erfahren würde. Aber Tante Tildy befriedigte meine Neugierde nicht. »Cage ist jetzt Witwer«, sagte sie mir auf dem Heimweg. »Ein Witwer, und Cynthia vertraute mir an, daß er auch fast sein ganzes Geld verloren hat. Sie erzählt, daß das einzige, was ihm noch geblieben ist, sein großes Haus ist. Und das kleine Mädchen, das sie in die Ehe mitgebracht hatte. Das Kind ist mit einer Haushälterin oder einer Kinderschwester in San Francisco.« Sie gähnte.

Ich wollte mich nach Cages Frau erkundigen, wer sie war und wie sie gestorben war. Aber ich fürchtete, daß ein übergroßes Interesse meinerseits meine Gefühle für Cage verraten hätte.

»Ich will nicht an Cages patriotischen Absichten zweifeln«, fuhr Tante Tildy fort, »aber ich frage mich, ob er nicht vielleicht nach Hause kam, weil er keinen Pfennig Geld mehr hatte und nicht wußte, wohin er gehen sollte.«

»Aber – Tante Tildy! Du glaubst doch wohl nicht, daß ihn der Armeesold angelockt hat? Das lohnt sich nicht einmal für einen Hungerleider.«

»Hm, du magst recht haben.«

Ich sah Cage nicht wieder, bis er sich zusammen mit Jay Cook eine Woche später von uns verabschiedete. Ich erfuhr jedoch von Mrs. Pettigrew, daß Cage oft bei den Bentons zu Besuch weilte, um Allegra während seines kurzen Aufenthalts zu sehen, und diese Nachricht traf mich wie ein Messerstich mitten ins Herz. Cage, der immer von einem hübschen Gesicht angezogen wurde, hatte die junge, hübsche und ledige Allegra ausgesucht. Konnte ich ihn dafür tadeln? Er zog in einen blutigen Krieg und würde vielleicht sterben, und er wollte jeden Tag und jede Stunde genießen. Warum sollte er seine Zeit nicht mit einem hübschen und koketten Mädchen verbringen, anstatt mit einer verheirateten Frau, die sich selbst zum Narren gemacht hatte?

Wenigstens hat er mich nicht ganz vergessen, dachte ich, als er mit Jay Cook in das kleine, vollgestopfte Wohnzimmer trat. Er erinnerte sich an mich, und er war gekommen, um sich von mir zu verabschieden. Das war das Almosen, mit dem ich mich trösten mußte. Aber es war besser als nichts, viel besser, als er meine Hand ergriff und lächelte.

»Wir ziehen in den Krieg«, sagte Cage fröhlich.

Die Männer trugen noch keine Uniform, und sie machten Witze darüber.

Ich wollte ihm sagen, daß keine Uniform seine gute Figur verbessern konnte. Ich sehnte mich danach, ihm so viele Dinge zu sagen, sehnte mich danach, ihn darum zu bitten, auf sich aufzupassen, vorsichtig und nicht leichtsinnig zu sein und lebendig zurückzukommen. Ich wollte ihm sagen, daß ich ihn noch liebte, daß sich für mich nichts verändert hatte. Aber alles, was ich hervorbrachte, waren die üblichen, leeren und abgedroschenen Phrasen. »Laß uns beten, daß der Krieg bald vorüber sein wird.«

»Möchte einer von den jungen Männern einen Schluck Brandy?« fragte Tante Tildy.

Cage protestierte, aber schließlich tranken wir doch alle auf die Gesundheit der Rebellen und deren glückliche Heimkehr. Als ich mit Cage anstieß, hing mein Blick an seinem Gesicht, und ich versuchte mir seine Züge und jede Nuance seines Lächelns einzuprägen. Ich kümmerte mich nicht länger darum, ob Tante Tildy es bemerkte. Cage verließ mich, und es war schlimmer als damals in Green Springs, denn diesmal könnte er sterben.

»Es ist Zeit, Jay«, sagte er, als er sein Glas niedersetzte.

Bleib! wollte ich ihn anflehen. *Geh nicht*!

Wir standen in der Halle. Er beugte sich herab und küßte Tante Tildy, dann fühlte ich seine Lippen auf meiner Stirn, kühle Lippen, die Lippen eines Freundes, und ich mußte mich sehr beherrschen, um ihm nicht die Arme um den Hals zu werfen und ihn noch einen Moment länger zu halten.

»Wir können Sie nicht übergehen«, sagte Tante Tildy zu Jay Cook und hielt ihm ihre Wange hin.

»Ich wäre auch verletzt«, sagte er galant und küßte sie. »Und jetzt Mrs. Neale . . .«

Ich wurde ganz steif, aber er schien es nicht zu bemerken. Er umfaßte mit seinen harten Händen meine Schultern und küßte mich dann zu meiner Bestürzung auf den Mund. Es konnte nicht länger als ein oder zwei Sekunden gedauert haben, aber es war ein Kuß, der eine seltsame und erschreckende Wirkung in mir hervorrief, und als er mich losließ, war ich vor Wut so atemlos, daß ich ihn nur anstarren konnte.

»Auf Wiedersehen, Mrs. Neale«, sagte er kühl.

Und ich haßte ihn mehr als je zuvor, denn es war Cages Mund, den ich auf dem meinen fühlen wollte, Cages letzten, zärtlichen Gruß.

10

Während ich mir früher um Barnabas' Sicherheit Sorgen gemacht hatte, bangte ich jetzt um Cages Wohlergehen. Es war schändlich, sich mehr Sorgen um einen anderen Mann als den Gatten zu machen. Es war fast so, als würde ich in Gedanken Ehebruch begehen, aber ich konnte einfach nicht anders. Meine Schuldgefühle änderten nichts an meinen Gefühlen. Begierig verfolgte ich den Verlauf des Krieges. Nach jeder Schlacht rannte ich zusammen mit den anderen Frauen zum Telegrafenamt hinunter, um die Listen der Verletzten und Toten durchzusehen.

Gott! Diese schrecklichen Stunden des Wartens. Oft dachte ich, um wieviel besser es wäre, wenn ich in der vordersten Linie neben den Männern gewesen wäre und dem feindlichen Feuer ins Gesicht geblickt hätte, als hier dieser schrecklichen Ungewißheit ausgesetzt zu sein. Wenn die Listen aushingen, hielt ich zuerst schnell nach Cages Namen Ausschau, und dann suchte ich flüchtig nach Barnabas Neales Namen. Mein schlechtes Gewissen war oft mit dem Gedanken gekoppelt, daß es ein Fehler gewesen war, so schnell zu heiraten. Warum hatte ich nicht gewartet? Ich hätte Barnabas zurückweisen und allein bleiben sollen. Ich ließ die Überlegung nicht zu, daß das Warten auf Cage vielleicht auch umsonst hätte sein können. Ich wollte mich nicht daran erinnern, daß er erst vor kurzem seine Zeit mit Allegra verbracht hatte und daß er jetzt ihr und nicht mir schrieb. Cage war wieder ein Teil meiner Fantasie geworden, und ich konnte ihn nicht aufgeben.

Das Jahr näherte sich seinem Ende. Barnabas kam für einen kurzen Besuch nach Hause. Er sah alt und mitgenommen aus. Er hatte tiefe Falten auf der Stirn und in den Mundwinkeln, und er hinkte auch ein wenig. Rheuma, sagte er. Ich bat ihn, um eine Entlassung aus medizinischen Gründen anzusuchen, aber er wollte nicht auf mich hören. »Solange mein Sohn kämpft, werde auch ich kämpfen«, entgegnete er. Wir hatten von Henry seit langem nichts mehr gehört.

Der größte Wunsch meines Mannes war, ein Kind zu bekommen, bevor er wieder zu seiner Pflicht zurückkehrte, aber ich wollte sein Kind nicht mehr. Das Baby, nach dem ich mich einst gesehnt hatte, bedeutete mir nun nichts. Meine Gedanken waren immer bei Cage. Als Barnabas wegging, küßte er mich, und ich wußte, daß er auf die Worte: ›Ich liebe dich‹ wartete. Aber ich konnte sie nicht aussprechen. Sogar eine freundliche Lüge war mir jetzt nicht möglich.

Es schien, als hätten wir schon unser ganzes Leben lang Krieg gehabt. Wenn ich mich an Green Springs, Riverknoll oder Beech Arbor erinnerte, war es, als ob ich an Orte dachte, die ich vor Jahrzehnten gekannt hatte, als ich noch ganz jung gewesen war. Es hatte keinen Zweck, mir klarzumachen, daß ich erst sechsundzwanzig und nicht schon sechsundachtzig war, denn es schien, als hätte ich schon ein langes Leben hinter mir. Ich fühlte mich gealtert und müde, und diese Müdigkeit hing wie ein zerrissenes Kleid an mir, eine Müdigkeit, die kein Schlaf vertreiben konnte.

Im Juni erhielt ich einen Brief von Barnabas. Die Truppen marschierten nach Pennsylvania, schrieb er jubelnd, weil sie die blau Uniformierten auf ihr eigenes Gebiet zurückwarfen. ›Wir werden es den Yankees zeigen. Wir werden ihnen eine Lektion beibringen, die sie nicht so schnell vergessen werden.‹ Es war der letzte Brief, den ich von ihm erhalten sollte.

Er starb in Pennsylvania, an einem Ort namens Gettysburg.

Sein Tod erfüllte mich mit abergläubischem Schrecken. Ich hatte das Gefühl, daß ich irgendwie durch meine Liebe zu Cage den Tod meines Mannes heraufbeschworen hatte. Mein gesunder Menschenverstand sagte mir, daß dies lächerlich war, aber ich konnte nicht umhin zu glauben, daß mich Gott für meinen Wunsch bestrafte, Barnabas nie geheiratet zu haben. Bei der Gedenkfeier in unserer Kirche vergoß ich viele Tränen. Das eigentliche Begräbnis hatte in Gettysburg stattgefunden, denn es gab zu viele gefallene Soldaten, um jeden einzelnen nach Hause zu bringen. Barnabas war ein guter und freundlicher Mann gewesen und hätte eine bessere Frau als mich verdient.

Nach Gettysburg ging es langsam, aber sicher abwärts mit dem Kriegsglück des Südens. In schwarzer Trauerkleidung verbrachte ich noch immer meine Zeit im Krankenhaus und blieb jetzt abends noch länger, als ob ich dadurch meine Schuld abtragen wollte. Cages älterer Bruder wurde am Rapidian River getötet. Die Listen der Toten wurden immer länger. Jeder hatte einen Angehörigen verloren, einen Mann, Bruder, Geliebten oder Sohn. Ich begann den Krieg leidenschaftlich zu hassen. Während die Tage vergingen, verfluchte ich ihn im stillen und bat Gott, beide Seiten zu verdammen, weil sie es zuließen, daß das Abschlachten immer weiterging. Es gab Momente entsetzlicher Angst, wenn ich einen halbverhungerten, jungen Burschen schmerzverzerrt im Krankenhaus sterben sah, Momente, in denen ich um meine geistige Gesundheit fürchtete. Keiner, nicht einmal Allegra Benton, hatte seit Monaten einen Brief von Cage erhalten.

Für mich kam das Ende des Krieges völlig überraschend. Aber jeder, der nur einen Funken Verstand hatte, mußte es vorhergesehen haben. Am 2. April erreichte uns die Nachricht, daß Petersburg gefallen war und Lee die Evakuierung von Richmond angeordnet hatte. Diesmal brauchte man sich nicht anzustrengen, um Tante Tildy zur Umsiedlung zu überreden. Wir kamen beide überein, daß es besser wäre, wenn wir versuchten, nach Beech Arbor zurückzukehren, als wenn wir in einer von Truppen geräumten Stadt zurückblieben.

Den langen Weg nach Beech Arbor legten wir schweigend und mit einem bangen Gefühl zurück. Die einst schönen und anmutigen Häuser am Fluß entlang waren jetzt häßliche Ruinen mit abgerissenen Fensterläden, zerbrochenen Fenstern und offenen Türen. Die Blumen, Büsche und hügeligen Wiesen waren verschwunden. Nur noch schlammiger Morast war in der bleichen Aprilsonne zu sehen. Auf einer drei Meilen langen Strecke sahen wir keinen einzigen Baum. Sie waren alle der Axt der Yankees zum Opfer gefallen. Obwohl wir wußten, daß die Wintermonate in Virginia manchmal sehr kalt werden konnten und das Holz wahrscheinlich für wärmende Feuerstellen benötigt wurde, konnten wir nicht umhin, anzunehmen, daß ein Großteil der Zerstörung mutwillig geschehen war. Und je näher wir unserem Zuhause kamen, desto sicherer wurden wir.

Unsere schlimmsten Befürchtungen bewahrheiteten sich, als wir Green Springs erblickten. Es war angezündet worden. Erschöpft saßen wir auf dem Wagen am Flußweg und starrten auf den geschwärzten Kamin und auf das ausgebrannte Schlafzimmer im ersten Stock, wo ich mich einmal für den Ball bei den Neales angekleidet hatte. Mein Zimmer, die Holzverkleidung, die hohen, weißen Zimmerdecken, die Teppiche und Bilder waren alle weg. Tränen standen in meinen Augen, als ich auf die zerbrochenen Fenster starrte, auf die rußgeschwärzten Wände und die Veranda, auf der ich an so manchem milden Abend gesessen hatte. Und die Uhr, ich fragte mich, was wohl aus der großen Uhr über dem Geländer, die immer so beruhigend und zuverlässig getickt hatte, geworden war. War sie auch verbrannt? Ich brachte es nicht fertig, hineinzugehen und nachzusehen.

Wir hatten Schlimmes erwartet, aber die Wirklichkeit vor uns erschien uns unfaßbar. Ein Haus, das fast zwei Jahrhunderte überstanden hatte, war nun eine schwarze Ruine.

»Ich vermute, wir können das auch auf Beech Arbor erwarten«, sagte Tante Tildy mit zitternder Stimme.

Aber Beech Arbor stand noch, evakuiert und leer, aber wie durch ein Wunder noch intakt. Doch das Innere lag in Scherben. Die Möbel waren fast alle verschwunden, die Mahagonistühle, von denen einige mehr als hundert Jahre alt waren, die Anrichten, der große Eßtisch und sogar das Piano aus Rosenholz waren offensichtlich genauso wie die Bäume der Axt zum Opfer gefallen. Die Teppiche waren ruiniert und die Vorhänge zerrissen und schmutzig. Am schlimmsten aber war die Einsamkeit, die das Haus umgab, das hohle Echo unserer Stimmen und das Knarren des Hauses, in dieser ersten, schlaflosen Nacht. Teppiche, Vorhänge und Tische konnte man ersetzen, aber nicht die Toten. Ihre Geister schienen über den kahlen Boden zu gehen, ihr leises Gewisper schien hinter geschlossenen Türen zu erklingen, und ihre anklagenden Augen schienen uns von der im Dunkeln liegenden Treppe aus zu beobachten. Wir hatten überlebt und sie nicht.

Henry war der erste, der nach Lees Kapitulation zurückkommen sollte. Nach Barnabas' Tod war er Herr auf Beech Arbor. Und Riverknoll, der riesige Besitz der Norwoods, würde auf Thomas' vaterlosen kleinen Jungen, Cages Neffen, übergehen. Vielleicht würde Cage, wenn er noch lebte – und das mußte er einfach –, vielleicht würde er als der nächste männliche Verwandte des Erben zu dessen Vormund ernannt und beauftragt, die Plantage zu leiten. Und was würde wohl Charles tun? Wie sich alles verändert hatte . . .

Ich wußte nicht, was aus mir werden würde. Es war mir klar, daß Barnabas irgendwie für mein Wohlergehen gesorgt haben mußte. Er hatte bei Mr. Jones in Richmond ein Testament hinterlegt, aber die Zukunft erschien mir ungewiß und düster, eine Zukunft, an die ich nicht denken wollte.

Einige unserer Sklaven kamen verwirrt zurück und waren

ebenso verängstigt wie wir selbst, da sie nicht wußten, wohin sie gehen oder was sie tun sollten. Henry konnte ihnen keinen Lohn zahlen, aber er sagte ihnen, wenn sie wollten, könnten sie arbeiten. Er würde Land, Saatgut und Gerätschaften zur Verfügung stellen, und sie würden dafür einen Teil der Ernte bekommen. Andere Plantagenbesitzer verhielten sich ähnlich, aber die meisten konnten wie Henry kaum das Geld auftreiben, um das Saatgut zu kaufen.

Henry war bereits einige Wochen zu Hause, als Charles blaß wie der Tod ankam. Er teilte uns mit, daß er nicht bleiben wollte. Er war nur zurückgekommen, um Anna May und die Kinder zu holen, und sobald er sich das nötige Fahrgeld leihen konnte, würden sie alle abreisen. Ein Mann aus Boston hatte ihm eine Stelle als erste Hand eines Managers in einem Bekleidungshaus angeboten, und er hatte erfreut zugegriffen. Ein Bekleidungshaus! Ich dachte, Tante Tildy würde diesen Schock nicht überleben.

Nachdem Charles abgereist war, kamen die wenigen Männer aus der Nachbarschaft, die überlebt hatten, langsam zurück. So vergingen die Tage, ohne daß wir ein Lebenszeichen von Cage erhalten hätten. Aber ich gab die Hoffnung nicht auf. Er *würde* nach Hause kommen, er lebte, er mußte einfach leben. Es war eine Litanei, ein Gebet, eine Beschwörung, die ich drei-, vier-, fünfmal am Tag wiederholte. Immer wieder ging ich unter irgendwelchen Vorwänden nach Riverknoll, um vielleicht etwas über Cage zu erfahren. Cynthia Norwood und Theresa wußten, warum ich kam, aber sie sagten nichts. Der Schein mußte unbedingt aufrecht erhalten und die Wahrheit verborgen bleiben. Sie hielten mein Benehmen für unfein, da ich so kurz nach dem Tod meines Mannes Interesse für einen anderen bezeugte, aber ich kümmerte mich nicht länger darum, was sie dachten oder hinter meinem Rücken tuscheln mochten.

Als Cage schließlich zurückkam, erfuhr ich es nicht durch die Norwoods, sondern ausgerechnet Jay Cook mußte mir die Neuigkeit bringen.

Er ritt eines Nachmittags auf einem geschniegelten, schwarzen Hengst die Straße herauf, auf dem besten Pferd, das ich seit Jahren gesehen hatte. Er trug keine Uniform, sondern ein untadeliges dunkles Jackett mit passenden Hosen und einem gestärkten weißen Leinenhemd, und auf seinem selbstbewußten Kopf saß ein breitrandiger Filzhut. Er war glatt rasiert, und obwohl er ein wenig schlanker war als bei unserer letzten Begegnung, war er doch keineswegs dürr oder abgemagert. Wie das Pferd wirkte er gut genährt und gesund, unerträglich gesund beinahe. Und doch ließ sein Anblick eine Hoffnung in meinem Herzen aufflackern.

»Mrs. Neale!« rief er und kam mit ausgestreckten Händen die Stufen herauf.

»Guten Tag«, antwortete ich und konnte ein leises Zittern in meiner Stimme nicht unterdrücken. Wenn Jay Cook hier war, bedeutete das, daß Cage . . .

»Ah! Ich kann Ihrer herzlichen Begrüßung entnehmen, wie sehr Sie sich freuen, mich zu sehen«, sagte er mit einem ironischen Lächeln auf den Lippen. »Ja – um die Frage in Ihren Augen zu beantworten, ja, Mrs. Neale, er ist zu Hause – und zwar wohlbehalten.«

In stillem Gebet schloß ich die Augen.

»Nun, wollen Sie mich denn nach solch guten Nachrichten nicht hereinbitten!«

»Natürlich!« rief ich und mochte ihn zum erstenmal. In diesem Augenblick wäre ich zu meinem schlimmsten Feind freundlich gewesen. Ich wollte die ganze Welt umarmen. Cage lebte – und er war nach Hause gekommen!

»Was kann ich Ihnen anbieten?« fragte ich glücklich und führte ihn in das karge Wohnzimmer. »Ich fürchte, wir haben keinen Kognak, aber ich habe Wein.«

»Holunderwein?« Er hob spöttisch die Brauen.

Aber ich vergab ihm. Ich holte den Wein aus dem Küchenschrank und goß mit zitternder Hand ein Glas ein. O Gott, dachte ich und wollte springen, hüpfen und tanzen. *Cage ist zu Hause, er lebt*!

»Danke«, sagte Jay Cook, als ich ihm das Glas reichte. »Ihr Mann ist verstorben, so hat man mir gesagt?«

»Ja – in Gettysburg.«

»Mein Beileid.« Er trank, während mich seine dunklen Augen über den Rand des Glases hinweg beobachteten. »Und wie lange müssen Sie jetzt Schwarz tragen?« fuhr er nach einem kurzen, unangenehmen Schweigen fort.

»Noch ein Jahr«, antwortete ich und fühlte mich plötzlich sehr unbehaglich. Cook hatte es wieder einmal geschafft, mich zu irritieren!

»Schade, es steht Ihnen gar nicht«, sagte er.

»Daran kann ich auch nichts ändern.«

»Doch, Sie können.« Er stellte sein Glas weg und beugte sich vor. »Sie können wieder heiraten.«

»Mr. Cook – ich verstehe nicht . . .«

»Warum nicht? Sie waren doch nicht tödlich in Mr. Neale verliebt, oder?«

Ich sagte nichts.

»Und Sie wollen doch nicht für den Rest Ihres Lebens Witwe bleiben, oder?«

Wieder zog ich es vor zu schweigen.

»Und es stimmt auch nicht, daß Sie keine Freier haben, denn ich bin ein glühender Bewerber . . .«

»Mr. Cook – ich verstehe nicht.«

»Ich möchte Sie heiraten.«

Ich war so verblüfft, daß ich ihn nur anstarren konnte. War ihm der Wein in den Kopf gestiegen?

»Ich nehme an, ich hätte nicht so mit der Tür ins Haus fallen sollen, aber ich habe lange darüber nachgedacht . . .«

»*Bitte*!« unterbrach ich. »Bitte, machen Sie keine Witze. Ich finde solche Anträge nicht lustig.«

»Ich mache keine Witze«, sagte er. Seine Augen waren nüchtern, sehr dunkel und jetzt auch erschreckend. War er verrückt, vom Krieg aus der Bahn geworfen worden? Man sagte, daß viele während des Bombardements den Verstand verloren hatten.

»Aber – Sie kennen mich doch kaum«, stotterte ich.

»Ich kenne Sie sehr gut. Viel besser, als Sie sich selbst kennen. Seit dem Tag, an dem ich Cages Wohnung in New Orleans betreten und diese großen, braunen Augen gesehen habe, dachte ich, daß dies ein Mädchen ist, das ich lieben würde, wenn es zu einer Frau geworden ist.«

»Aber – das ist doch lächerlich!«

»Wirklich?«

Er stand auf und kam zu dem Sofa, auf dem ich saß. »Die ganze Zeit während dieses höllischen, verdammten Krieges dachte ich an Sie. Ach! Ich kann sehen, daß Sie mir noch immer nicht glauben.«

Er nahm meine Hände und zog mich auf die Füße.

»Mr. Cook – bitte . . . Ich kann nicht . . .«

»Warum? Was haben Sie gegen mich?«

»Nichts – aber . . .« Ich hielt inne. Warum sollte ich diesem Mann meine Gefühle erklären, einem Fremden, der mir nichts bedeutete?

»Aber da ist Cage, nicht wahr?« bohrte er weiter.

»Bitte – lassen Sie meine Hände los.«

»Es *ist* Cage. Meine liebe Mrs. Neale – Adelaide –, er ist Ihrer nicht wert. Trotz aller seiner bewundernswerter Eigenschaften ist es die Wahrheit, daß er Sie nicht lieben kann.«

»Warum nicht?« fragte ich scharf, während sich mein Herz zusammenkrampfte, so daß ich einen Moment lang gar nicht spürte, wie meine Hände unter Jay Cooks Griff schmerzten.

»Weil er niemals jemanden außer sich selbst lieben kann. Der liebe Junge ist liebenswert, aber ich fürchte, auch selbstsüchtig und egoistisch . . .«

»Sie haben unrecht!« fuhr ich ihn an.

Er starrte lange auf mich herab. Dann flackerten seine Augen einmal auf, und bevor ich ihm meine Hände entziehen konnte, nahm er mich in seine Arme, und sein Mund preßte sich auf den meinen. Mir blieb fast der Atem weg, als ich mich loszureißen versuchte. Aber er hielt mich fest und drückte mich an seinen schlanken, harten und muskulösen Körper, und einen Augenblick lang empfand ich eine seltsame, neue, schwindelerregende Ekstase. Ich spürte, wie meine Knie weich wurden, mein Herz heftig klopfte, fühlte mich verloren, erschreckt, verängstigt . . .

Und dann stieß ich ihn zurück. »Wie können Sie es nur wagen!« rief ich wütend und drückte meine Hände auf meine knallroten Wangen. »Gehen Sie fort – Sie – Sie . . .«

Er lächelte.

»Raus!« kreischte ich. Er lächelte weiter, das Lächeln eines Teufels. »Ich will Sie nie wieder sehen. Niemals! Wagen Sie es nicht . . .«

»Schon gut, schon gut, ich habe schon verstanden«, sagte er kalt und nahm seinen Hut. Als er die Tür erreichte, drehte er sich um. »Bitte, überlegen Sie sich mein Angebot, Mrs. Neale.«

»Niemals!« schrie ich die Tür an, die schon zugefallen war.

Am nächsten Tag erhielt ich einen Besuch von Mr. Jones, dem Notar, bei dem Barnabas sein Testament hinterlegt hatte. Er entschuldigte sich dafür, daß er so lange gebraucht hatte, um zu uns zu kommen.

Das Testament war kurz gehalten. Henry erhielt die Plantage, Mary, Barnabas' Tochter, bekam den Familienschmuck, den sich die Yankees längst unter den Nagel gerissen hatten. Das

Bargeld wurde zwischen Henry und mir aufgeteilt, Geld der Konföderation, das jetzt nichts mehr wert war.

»›Des weiteren . . .‹«, Mr. Jones räusperte sich und las den Rest des Testaments vor. »›Des weiteren vermache ich meiner lieben Frau Adelaide Aktien der Cromwell-Eisenwerke in New Jersey . . .‹«

»New Jersey!« rief ich.

»Nun, ja«, sagte Mr. Jones entschuldigend. »Mr. Neale sagte mir, daß er vor Jahren Aktien auf Rat seines neuen Schwiegersohnes gekauft hatte. Der junge Mann war gerade in das Börsengeschäft eingestiegen.«

»Aber er hat mir nie davon erzählt. Oh, ich nehme an, er hat sich geschämt, weil er sein Geld in ein Unternehmen der Yankees investiert hatte.«

»Sicherlich«, sagte Mr. Jones verlegen und räusperte sich wieder. »Aber, Mrs. Neale, ich glaube, von einem gewissen Standpunkt aus betrachtet, war dies ein glücklicher Schritt. Sehen Sie, während des Krieges haben die Eisenwerke Waffen und alle möglichen Kriegsmaterialien hergestellt. Nun, um es genau zu sagen, die Aktien, die Ihr verstorbener Mann gekauft hat, sind jetzt mehr als zehnmal soviel wert – und sie steigen ständig.«

Die Summe, die in kalten, harten Yankee-Dollars genannt wurde, setzte mich in Erstaunen. Sie war vor allem deshalb so ungeheuer, weil ich sie nicht erwartet hatte. Ich war für den Rest meines Lebens gut versorgt – und inmitten der überall herrschenden Armut eine reiche Frau.

Reich!

Als ich mich von meinem ersten Schock erholt hatte, packte mich eine rasende Aufregung. Ich machte sofort Pläne, um mein neues Glück zu feiern. Ein Barbecue – ich würde ein großes Fest im Freien geben, eine Party, zu der ich meine Nachbarn, deren Verwandte und Freunde, jeden am Fluß einladen wollte. Sogar Jay Cook sollte dabeisein, denn in meinem neuen Großmut verzieh ich ihm seine Grobheit.

Sie kamen alle, auch Cage. Er war einen Tag nach Mr. Jones' Besuch zu uns gekommen und hatte uns sein Beileid über Barnabas' Tod bezeugt. Er war auch froh, daß mein Verlust nicht auch noch mit schlimmer Armut einherging. Als ich ihn sah, wollte ich ihn fragen: ›Warum hast du nicht geschrieben, nicht ein einziges Wort?‹ Aber sein Lächeln, sein Händedruck verscheuchten diesen Gedanken. Er war da, bei mir, seine helle Haut war von der Sonne gebräunt, seine blauen Augen wirkten kühl und klar, und sein Gesicht strahlte eine neue, männliche Schönheit aus. Ich wollte meine Arme um seinen Hals schlingen und ihm sagen, daß ich jede Nacht um ihn gebetet hatte, daß er stets in meinen Gedanken gewesen war und daß ich auf der Liste der Verwundeten immer zuerst nach seinem Namen Ausschau gehalten hatte. Aber ich sagte nichts, saß nur da und hörte zu, wie er Tante Tildy und den anderen Familienmitgliedern seine letzten Kriegstage schilderte.

Am nächsten Abend kam er wieder, und am folgenden Nachmittag lud er mich zu einer Fahrt nach Beacons ein, wo er den neuen Besitzer bitten wollte, ihm einige Maulesel zu verkaufen.

»Wir sind jetzt gezwungen, Maulesel zu kaufen«, sagte er und rümpfte die Nase, »statt Vollblutpferde.«

Ich war mit ihm gefahren und wünschte, daß ich nicht die schwarze Trauerkleidung tragen müßte, daß ich etwas attraktiver aussehen könnte, und ich fragte mich auch, ob Cage vielleicht um mich werben würde. Er lächelte mich jetzt auf eine besondere Art an. Es war ein Lächeln, das sich irgendwie verändert hatte.

Als wir uns trennten, küßte er meine Hand, und seine Lippen verweilten einen Augenblick länger darauf, als die Etikette es erforderte. Mein Herz schöpfte neue Hoffnung.

In der nächsten Woche besuchte er mich jeden Tag und brachte kleine, unaufdringliche Geschenke mit. Wir spazierten Arm in Arm den Fluß entlang, und er war sehr aufmerksam, seine Augen lächelten, und seine Absichten wurden immer deutlicher.

Aber es geschah auf dem Fest, daß er mich bat, seine Frau zu werden. Er hatte mich von den anderen Leuten weggeführt, auf die Veranda. »Adelaide, ich glaube, du wolltest mir ein Buch leihen?« sagte er und hakte mich unter.

Er führte mich in die Bibliothek. Ich konnte durch meinen Ärmel hindurch die Wärme seines Armes spüren. Meine Knie zitterten. Er schloß die Tür. »Es gibt da etwas, was ich dir gern sagen möchte.« Er schaute mich mit glänzenden Augen an. »Und es hat eigentlich nichts mit Büchern zu tun.« Ich setzte mich wegen meiner weichen Knie auf das Sofa und versuchte angemessen verwirrt auszusehen. Er setzte sich neben mich. Mein Herz klopfte so schnell, daß ich zu ersticken glaubte. Er nahm meine Hand, küßte die Innenseite. Ein kleiner elektrischer Schlag lief meinen Arm hoch, und ich fühlte, wie mir das Blut in die Wangen schoß.

»Ich habe dich immer bewundert, Adelaide. Als du zu mir nach New Orleans gekommen bist – nein, bitte, schau nicht so verlegen, wir können jetzt darüber sprechen. Damals warst du noch ein Kind, und mein Herz begehrte dich – und ich dachte, was für ein Dummkopf ich doch war, dich nach Hause zu schicken, aber du mußt verstehen, du warst noch so jung . . .«

Irgendwo tief in mir, sogar jetzt, als ich ihm verzückt in die Augen schaute, schrie eine Stimme: ›Aber was ist mit Lillith?‹

»Und nun, nachdem ich im Krieg dem Tod so nahe war, nun weiß ich das Gute zu schätzen, die wirklich edlen Dinge des Lebens – die Freunde, die Leute, die mir teuer sind, die mir immer teuer waren. Adelaide, du würdest mir solch eine Ehre erweisen, wenn du meine Frau werden würdest.«

Ich schluckte. Ich wußte, daß ich jetzt in mädchenhafter Verwirrung den Blick senken müßte, daß ich der Form halber irgendeine Art von Protest anbringen sollte. Aber ich konnte ihn nur anstarren. Meine Augen verrieten alles, was ich fühlte, und ich sagte nichts.

»Vielleicht hätte ich zuerst Henry fragen sollen, da er jetzt das Oberhaupt der Familie ist. Oder vielleicht sollte ich dir mehr Zeit zum Nachdenken geben?«

»Nein«, sagte ich schnell, vielleicht zu schnell. Aber ich hatte Angst, daß dies alles nicht wahr sein könnte, daß ich jeden Moment aufwachen und sich alles als ein Traum erweisen würde. »Ich – es ist nicht nötig, Henry zu fragen. Ich fühle mich durch deinen Antrag geehrt . . .« Die Worte klangen sehr steif, waren ganz anders als das, was in meinem Herzen rumorte.

»Aber – du wolltest ›aber‹ sagen? Bitte, tu das nicht! Ich habe immer geglaubt, daß du deine Meinung seit New Orleans nicht geändert hast, daß du mich immer noch liebst.«

Oh, das tu' ich doch, das tu' ich doch! wollte ich schreien. *Ich liebe dich doch mit meinem ganzen Herzen.* Aber diese Art von Überschwang war gestorben, als ich vierzehn gewesen war. Ich hatte jetzt Angst, zu begierig zu wirken.

»Es hat sich nichts geändert, Cage.«

»Dann heißt das also ja?« fragte er, beugte sich vor und küßte mich leicht auf die Lippen. »Ja?«

»Ja«, flüsterte ich lächelnd. »Natürlich heißt das ja.«

Erst Stunden später fiel mir auf, daß er nicht gesagt hatte, er würde mich lieben.

Wir waren wieder auf die Veranda gegangen, und Cage hatte Henry beiseite genommen. Weniger als zehn Minuten waren seit Cages Antrag vergangen, als den versammelten Gästen unsere bevorstehende Hochzeit angekündigt wurde. Die Leute drängten sich um mich und beglückwünschten mich. Tante Tildy küßte mich mit Tränen in den Augen.

Jetzt, nachdem die letzten Gäste gegangen waren, lag ich im Dunkeln auf dem großen Federbett, das ich einst mit Barnabas geteilt hatte, und ließ mir das Gespräch mit Cage wieder durch den Kopf gehen, und ich redete mir ein, daß ihn meine Förmlichkeit entmutigt haben mußte. Er liebte mich, ich war sicher, daß er mich liebte.

Aber als ich dann immer noch nicht schlafen konnte, gelang es mir nicht, den Verdacht, den mir Jay zuvor in den Kopf gesetzt hatte, zu verdrängen. Als ich einmal während der Party etwas abseits gestanden hatte, war er zu mir gekommen und hatte gesagt: »Es tut mir leid, aber ich kann Ihnen nicht wie die anderen meine Glückwünsche aussprechen. Sie müssen verstehen, daß aus mir nicht der zurückgewiesene Liebhaber spricht, sondern die echte Sorge um Ihr Wohlergehen.«

»Oh?«

»Ja. Ich bin nicht sicher, daß es eine gute Entscheidung war, Cage zu heiraten.«

»Ich war mir dessen nie sicherer«, entgegnete ich hochmütig und war ihm böse, weil er versuchte, mein Glück zu zerstören.

»Tatsächlich? Ich glaube, daß Sie einen großen Fehler machen.«

»Wie schrecklich, so etwas zu sagen! Ich habe Sie niemals nach Ihrer Meinung gefragt, Mr. Cook.«

Ich versuchte an ihm vorbeizugehen, aber er faßte mich gerade leicht genug am Arm, um mich aufzuhalten. »Stellen Sie sich nur diese eine Frage, Adelaide Carleton Neale: ›Bin ich sicher, daß mich Cage Norwood nicht wegen meines Geldes heiratet?‹«

»Natürlich bin ich mir sicher! Wie können Sie so etwas überhaupt erwähnen!«

Aber jetzt erinnerte ich mich an seine Worte. Ich versuchte sie zu vergessen, aber das war unmöglich. Ich hielt mir die Ohren zu, um die kalte Stimme der Vernunft nicht länger hören zu müssen. Es war mir egal, ob er sich durch mein Geld angezogen fühlte oder weil er mich liebte. Ich sehnte mich nach ihm. Ich begehrte ihn bereits seit so vielen Jahren, und jetzt würde ich seine Frau werden. Ich wußte, daß ich ihn dazu bringen konnte, mich zu lieben. Wenn er es jetzt nicht tat, dann würde er mich später lieben. Ich hatte ihm mein Jawort gegeben. Ich würde Mrs. Lewis Cage Norwood werden, und nichts außer dem Tod würde meine Absicht ändern.

Einen Monat später heirateten wir in Richmond. Nur unsere unmittelbaren Familienangehörigen nahmen an der Zeremonie teil, die Norwoods und die Neales. Jay Cook war der einzige, der nicht mit uns verwandt war. Ich war zu glücklich, um mich von seiner Anwesenheit stören zu lassen. Er wünschte uns beiden Glück, aber er verhielt sich kühl und reserviert.

Cage wollte nicht in Riverknoll bleiben, obwohl ihn Kitty, Thomas' Witwe, gebeten hatte, die Plantage zu kaufen.

»Nicht, daß ich zu stolz wäre, dein Geld in Anspruch zu nehmen, Adelaide, mein Liebling, aber ich bin einfach nicht für die Farmwirtschaft geschaffen.« Er lächelte ein wenig. »Seltsam, nicht? Es gab eine Zeit, da hätte ich alles in der Welt für Riverknoll gegeben. Aber wenn es mir jetzt auf einem silbernen Tablett angeboten würde, ich würde es nicht nehmen. Du mußt dich nur umschauen, die ausgebrannten Häuser, die verkommenen Felder, die zerstörten Zäune und das verschwundene Vieh . . . Laß uns den Tatsachen ins Auge sehen. Der Süden ist tot. Nein, Adelaide, meine Zukunft, unsere Zukunft liegt im Westen, in Kalifornien. Dort kann man noch ein Vermögen machen, dort gibt es Reichtum, Prestige und Macht, wenn man will. Kalifornien. Dort werden wir leben.« Er ergriff meine Hand. »Du hast doch nichts dagegen, von hier wegzugehen, oder?«

»Nein – hier hält mich nichts. Papa ist tot, Charles lebt nicht mehr hier. Werden wir nach San Francisco gehen?«

»Ja. Ich habe dort ein Haus. Ich bin sicher, daß du das weißt. Charles sagte mir, daß er dir davon geschrieben hat. ›Cages Dummheit‹ wird es genannt. Aber es ist ein wunderschönes Haus. Und ich habe eine adoptierte Tochter, Octavia. Ich nehme an, daß du auch das weißt.«

»Ja«, sagte ich und erwartete, daß er mir etwas von Lillith erzählen würde. Aber er sagte nichts, und ich hatte nicht den Mut, ihm Fragen zu stellen.

11

Wir hatten die Route über die Landenge gewählt. Der Weg war nicht mehr ganz so anstrengend, seit Charles und Cage den Isthmus zum erstenmal überquert hatten, denn inzwischen war eine Eisenbahnlinie gebaut worden. Von Panama aus segelten wir mit dem Schiff die kalifornische Küste hinauf. Als wir uns San Francisco näherten, stand ich aufgeregt auf dem Schiffsdeck – neugierig, welchen Eindruck diese Stadt, die meine neue Heimat werden sollte, auf mich machen würde. Eine baumlose, aus allen Nähten platzende Metropole eröffnete sich meinem Blick. Sie erschien mir neu und grobschlächtig. Solchen Mangel an Feinheit hatte ich nicht erwartet.

In einem wilden Menschengewühl gingen wir von Bord. Ich hatte noch nie so viele fremdländische Gesichter gesehen oder so viele fremde Sprachen gehört. Jetzt sah ich die Menschen, von denen Charles geschrieben hatte, mit eigenen Augen. An Cages Arm geklammert, schaute ich sie alle mit leichtem Entsetzen an. Es gab nur wenige Frauen. Eine oder zwei gingen wie ich anständig gekleidet am Arm eines Begleiters, andere mit geschminkten Wangen und frechem Blick waren allein oder zu zweit. Huren, sagte man mir später, die zum Schiff gekommen waren, um die ausgehungerten Seeleute zu beglücken.

Cage, der mich hinter sich her zog, bahnte sich geschickt einen Weg durch diese bunt zusammengewürfelte Menge. »Ist das nicht ein Anblick?« rief er laut, um den Lärm zu übertönen, und lächelte.

»Ja.« Sein Lächeln ermutigte mich und erinnerte mich daran, daß ich glücklich und verliebt war, daß ich den Schmutz, den Gestank und den Lärm auf dem Kai nicht zu fürchten brauchte, daß dies nur eine vorübergehende Szenerie war.

Cage mietete einen Wagen, und als unser Gepäck sicher auf dem Dach verstaut war, machten wir uns auf den Weg. Ein schlimmer Wind blies von den Hügeln herab, so daß ich wegen des Staubes in der Luft nur undeutliche Schemen erkennen konnte, Menschen, die vor düsteren Läden vorbeieilten. Aber Cage hatte offensichtlich eine bessere Sicht, denn er machte ständig Bemerkungen über die Veränderungen, die in seiner Abwesenheit stattgefunden hatten, die neuen Häuser, die man errichtet hatte, und die alten Wahrzeichen, die verschwunden waren.

Es dämmerte bereits, als wir durch ein Eisentor kamen, eine kurze, von Bäumen gesäumte Auffahrt hinauffuhren und schließlich vor dem Haus hielten. »Hier sind wir!« rief Cage stolz und half mir aus dem Wagen. »Was hältst du davon?«

Ich starrte erschrocken und sprachlos auf das Haus.

»Nun? Sag schon!«

»Oh – es ist –, es ist hübsch«, stammelte ich und versuchte mein Entsetzen zu verbergen. Charles hatte mir natürlich gesagt, daß es ein Monstrum war, aber er war immer anspruchsvoll gewesen, was die Architektur betraf, so daß ich ihn nicht so ernst genommen hatte. Aber jetzt, wo ich hier war, verstand ich, was er gemeint hatte. Das Haus war aus gutem Grund ›Dummheit‹ genannt worden. Es war abgrundtief häßlich. Eine Mischung aus italienisch, englisch und gotisch, mit spitzen und pilzförmigen Türmchen und schmiedeeisernen Gittern.

»Ich wußte, daß es dir gefallen würde!« sagte er wie ein glücklicher Schuljunge, nahm meinen Arm und schaute verzückt auf sein Haus.

»Ja, natürlich mag ich es.« Die untergehende Sonne spiegelte sich in den Fenstern, und sie erschienen mir wie wilde, blutunterlaufene Augen. Ich zitterte.

»Ist dir kalt? Wie unbedacht von mir, Liebling!« sagte Cage. »Du bist ja ganz durchgefroren. Komm, laß uns hineingehen, wo es warm ist. Oh, wie ich es vermißt habe!«

Die Tür öffnete sich, als wir die Stufen zum Eingang hinaufstiegen. Eine Frau stand auf der Schwelle, eine Mulattin mit grauem Haar, das zu einem strengen Knoten zusammengefaßt war.

»Willkommen, Mr. Cage«, sagte sie. Sie hatte nicht den Akzent einer Schwarzen aus dem Süden.

»Martha«, sagte Cage, »ich möchte, daß Sie meine neue Frau kennenlernen. Adelaide, mein Liebling, dies ist Martha, unsere geschätzte Haushälterin.«

Sie hatte kalte, hellbraune Augen. »Wie geht es Ihnen, Mrs. Norwood?« Sie hieß mich nicht willkommen wie den Hausherrn, beglückwünschte mich auch nicht zu unserer Hochzeit. Sie lächelte nicht einmal.

»Nun«, sagte Cage, noch immer sehr selbstzufrieden, »komm mit!« Martha trat zur Seite, und einen Moment lang dachte ich, daß Cage mich hochheben und über die Schwelle tragen würde. Statt dessen verbeugte er sich und führte mich durch die Tür.

Ich betrat eine große Eingangshalle, die von einer geschwungenen Treppe beherrscht wurde. Am Fuß der Stufen stand auf einem Podest eine Bronzestatue. Sie stellte eine Frau dar, die mit einer Hand eine Lampe hochhielt.

Ein Mädchen erschien plötzlich am oberen Treppenabsatz.

»Papa!« rief sie und eilte mit fliegenden Röcken und langem, wehendem schwarzen Haar die Treppe herunter. »Papa!« rief sie wieder und warf sich in Cages Arme.

»Octavia – mein Goldkind!« Er küßte sie und schob sie dann lächelnd von sich. »Wie groß du geworden bist! Mein Gott, wie du gewachsen bist!«

»Es waren vier Jahre, Papa. Ein ganzes Leben lang. Ich hätte nie gedacht – o Papa!« Sie umarmte ihn wieder. »Ich hätte nie gedacht, dich wiederzusehen.«

»Wirklich?« Er lächelte sie an und hatte dabei leichte Lachfalten um die Augen. Eifersucht stieg in mir auf. »Du hättest wissen sollen, daß es mehr als eines Krieges bedarf, um deinen alten Papa unterzukriegen.«

»Und du wurdest nicht einmal von einer Kugel getroffen oder verletzt?« fragte sie aufgeregt. »O Papa, du mußt mir alles erzählen. Ich war so stolz auf dich – und warum trägst du keine Uniform? Ich habe allen Mädchen erzählt, daß du . . .«

»Warte, warte!« Er legte seinen Finger auf ihre Lippen. »Wir haben noch viel Zeit dafür. Jetzt möchte ich, daß du deine neue Mutter begrüßt.«

Sie wurde auf einmal ganz steif. Ein langes Schweigen entstand, und dann drehte sie sich langsam um und starrte mich an, als ich aus dem Dunkel trat. Sie hatte die schönsten Augen, die ich jemals bei einem Mann oder einer Frau gesehen hatte. Sie standen weit auseinander, waren von einem tiefen, violetten Blau und schwarz umrandet. »Du kannst mich Tante Adelaide nennen«, sagte ich lächelnd. »Wir brauchen nicht so förmlich zu sein.«

Sie erwiderte mein Lächeln nicht und sagte auch nichts. Sie stand einfach nur da und starrte mich an. Sie war vielleicht fünfzehn, aber bestimmt nicht älter als sechzehn Jahre alt, und sie mochte mich nicht. Das überraschte mich nicht. Ich hatte Abneigung, ja Feindschaft erwartet, denn wenige Kinder mochten ihre neue Stiefmutter sofort. Aber ich war zuversichtlich, daß Achtung, wenn nicht sogar Zuneigung zwischen Octavia und mir aufkommen würde, wenn wir uns erst einmal kennengelernt hatten.

»Ich habe mich sehr auf dich gefreut«, sagte ich herzlich.

»Ja«, murmelte sie und wandte sich dann wieder an Cage. »Kann ich nicht allein mit dir sprechen, Papa?« fragte sie verdrießlich.

»Nicht jetzt, mein Liebes. Das wäre unhöflich. Später vielleicht.«

Sie warf mir einen schnellen, feindseligen Blick zu. »Wenn sie . . .«

»Tante Adelaide«, korrigierte er sie.

»Wenn sich Tante Adelaide jetzt ein wenig ausruhen würde, könnten wir dann nicht miteinander sprechen?«

»Das würde mir gar nichts ausmachen«, warf ich mit gespielter Leichtigkeit ein, da ich durch meine verständnisvolle Haltung eine gute Stimmung schaffen wollte. »Ich werde nach oben gehen, mich waschen und ein wenig ausruhen. Inzwischen könnt ihr beiden euch unterhalten.«

»Bist du sicher, daß es dir nichts ausmacht?« fragte Cage.

»Überhaupt nichts!« Ein kleines, runzeliges Männchen hatte bereits unser Gepäck nach oben gebracht. »Wenn mir vielleicht jemand den Weg zeigen könnte?«

»Natürlich, Martha wird das gern tun.« Sie hatte unauffällig hinter uns gestanden und trat jetzt vor.

»Es wird nicht lange dauern«, versprach Cage.

Octavia packte mit einem triumphierenden Lächeln Cages Arm, und sie gingen in ein großes Zimmer und schlossen die Tür.

»Hier entlang«, sagte Martha.

Sie führte mich die Treppe hinauf, die mit einem roten Teppich belegt war. Wir gingen einen langen Korridor entlang, dessen Wände mit riesigen vergoldeten Bildern und Spiegeln geschmückt war. Vor einer Tür machten wir halt, und Martha öffnete sie, um mich eintreten zu lassen.

Ich kam in einen kleinen Vorraum, der mit einem Samtsofa, Stühlen und einem kleinen Schreibtisch ausgestattet war. Dahinter lag das eigentliche Schlafzimmer, und als ich eintrat, wurde ich sofort vom Anblick zweier Spiegelwände gefangengenommen. Sie ließen den Raum riesig erscheinen, reich ausgestattet mit roten Samtvorhängen und roten Samttapeten und einem dicken roten Teppich auf dem Boden. Über meinem Kopf hing ein Kristalleuchter von einer blauen Decke herab.

Die Frau beobachtete mich mit ihren kalten, braunen Augen.

»Es ist – ein bißchen groß«, sagte ich befangen, denn sie schien auf eine Art Kommentar zu warten.

»Mr. Cage findet es recht gemütlich.«

»Ja, ja«, sagte ich, während meine Augen zu dem Bett schweiften und ich mich fragte, ob er dieses Zimmer wohl mit seiner ersten Frau geteilt hatte. »Sehr hübsch – und so ordentlich.«

»Wir versuchen es so zu bewahren.«

»Gibt es hier viele Dienstboten?«

»Außer mir noch die Köchin Doreen, das Stubenmädchen Lucinda und den Hausmeister Gandy.«

»So ein riesiges Haus in Ordnung zu halten – das ist sicher nicht leicht«, murmelte ich.

»Es sind zwanzig Zimmer. Aber wir mußten ja nur für Octavia sorgen.«

Sie mochte mich nicht, und ich mochte sie auch nicht. Ich wünschte, sie würde gehen und mich nicht mit diesen unbeweglichen, harten Augen anschauen. Ich hätte sie wegschicken können, aber seltsamerweise konnte ich, die ich mein ganzes Leben lang mit Dienstboten zu tun gehabt hatte, nicht die richtigen Worte finden.

Ich ging zum Ankleidetisch und nahm meinen Hut ab.

»Ich hoffe, Sie werden alles finden, was Sie brauchen«, sagte sie nach einem längeren Schweigen. »Wenn nicht, dann brauchen Sie nur zu läuten.«

»Danke«, sagte ich und fragte dann nach kurzem Zögern: »Wenn es nicht zuviel Arbeit macht, hätte ich gern ein wenig heißes Wasser.«

»Sofort. Ich werde Lucinda damit heraufschicken. Es gibt auch ein Bad.« Sie deutete mit ihrem Kinn auf eine geschlossene, mit reichen Schnitzereien verzierte Tür. »Aber die Installation funktioniert oft nicht.«

»Ich verstehe.« Ich spielte mit der Feder meines Huts, und meine Augen schweiften wieder zum Bett.

»Dies war Mrs. Norwoods Schlafzimmer«, sagte sie, als ob sie Gedanken lesen könnte.

»Es ist hübsch«, log ich leise, schämte mich dafür und ärgerte mich gleichzeitig. Warum sollte ich lügen? Warum sollte ich mich überhaupt so lange mit dieser Frau unterhalten?

»Mrs. Norwood – die erste Mrs. Norwood –, Lillith, fand das auch.« Für einen kurzen Moment schienen ihre Augen weicher zu werden. »Die Umgebung paßte zu ihr. Alles hier ist mit großer Sorgfalt gekauft worden, die Vorhänge, die Tapeten und die Spiegel, ganz besonders die Spiegel. Sie müssen wissen«, sagte sie, während sie mich abschätzend musterte, »daß sie sehr schön war.«

»Das habe ich gehört.« Schon wieder eine Lüge . . . Ich hatte überhaupt nichts gehört. Cage hatte mir nichts über seine tote Frau erzählt, hatte nicht einmal ihren Namen erwähnt.

»Meine Herrin, Miß Lillith, starb sehr jung«, sagte sie nach einer weiteren unangenehmen Pause.

»Das weiß ich.«

»Sie starb in diesem Zimmer – aber ich nehme an, Sie wissen das bereits alles.«

»Ja«, sagte ich, ohne irgend etwas zu wissen – und plötzlich, ohne etwas wissen zu wollen.

Sie warf mir einen seltsamen Seitenblick zu. Sie weiß, daß ich lüge, dachte ich.

»Manchmal«, sagte sie, und ihre Stimme erschreckte mich, weil ich mich abgewandt hatte und sie jetzt genau hinter meinem Rücken sprach. »Manchmal sagte Gandy, daß er ihren Geist hier sieht.«

»Tatsächlich?« rief ich mit amüsierter Herablassung. »Der kleine Mann, der das Gepäck nach oben gebracht hat?«

»Ja, das ist er. Aber ich glaube, er ist sehr dumm. Ich glaube nicht an Geister. Und Sie?«

»Ich auch nicht.« Mein Magen begann sich zusammenzukrampfen.

»Er behauptet, daß er ihr Parfüm riechen kann – es war eigens für sie kreiert worden, müssen Sie wissen, Jasmin. Wie sie es liebte – und manchmal frage ich mich . . .« Ihre Stimme erstarb.

Wieder entstand ein langes, unheimliches Schweigen, ein Schweigen, das von schwachem Jasminduft durchdrungen zu sein schien. War er die ganze Zeit da gewesen, und hatte ich ihn nur nicht bemerkt? Oder . . .

Ich umklammerte meinen Koffer so fest, daß meine Gelenke ganz weiß wurden. »Martha«, sagte ich und drehte mich um, »wenn es Ihnen nichts ausmacht, dann hätte ich jetzt gern das warme Wasser. Ich bin sehr müde, bitte . . .«

Sie trat zurück mit einem maskenartigen Gesicht. »Ja, Mrs. Norwood. Lucinda wird es sofort heraufbringen.«

Als sie die Tür hinter sich schloß, sank ich auf das Bett. Meine Knie zitterten, und mein Herz klopfte wie rasend. Eine schreckliche Frau! Wie konnte sie es nur wagen, so mit mir zu sprechen! Aber es war nicht nur Martha, die mich einschüchterte, sondern dieser überwältigende Raum. Dies war Lilliths Zimmer, und ich war ein Eindringling, die unwillkommene zweite Frau.

Ich stand auf und nahm meinen Morgenrock aus dem Koffer. Als ich ihn angezogen hatte und wieder auf dem Bett saß, sehnte ich mich plötzlich nach Tante Tildy und Beech Arbor.

Aber wie dumm war ich doch! Endlich war ich mit dem Mann meiner Träume verheiratet, und ich hatte jämmerliches Heimweh. Wie lächerlich! Ich erhob mich wieder.

Wo blieb nur das heiße Wasser? Ich konnte mir nicht vorstellen, warum das Mädchen so lange brauchte. Ich fühlte mich schmutzig und wollte mich unbedingt waschen. Ich ging zur Tür und machte sie einen kleinen Spaltbreit auf. Eine Gaslampe flackerte auf der gegenüberliegenden Wand, und über den schwach erleuchteten Korridor huschten viele Schatten. Im ganzen Haus lag eine tiefe, bedrückende Stille, und obwohl ich angestrengt lauschte, konnte ich keinen Laut hören. Ich schloß die Tür wieder und ging zum Bett zurück. Plötzlich war ich schrecklich müde. Wo war Cage? Sicher mußte er nicht den ganzen Abend mit Octavia verbringen. Er mußte doch wissen, daß ich mich allein fühlte.

Natürlich weiß er es, sagte ich mir und versuchte mich bei guter Laune zu halten. Aber es fiel mir sehr schwer. Ich fühlte mich einsam und überhaupt nicht wohl. Wie ich so dasaß, hatte ich sogar das seltsame Gefühl, daß ich beobachtet wurde, dieses seltsame beunruhigende Gefühl, das ich nun seit Jahren nicht mehr gehabt hatte. Und wie immer gab es überhaupt keinen Grund dafür. Niemand außer mir war im Zimmer. Es muß an meiner Erschöpfung liegen, sagte ich mir, an meinen überreizten Nerven. Doch das Gefühl ließ sich nicht vertreiben. Ich erschauerte. All diese schweren, roten Vorhänge ... Meine Augen schweiften im Zimmer umher. Es könnte sich jemand dahinter verbergen. Vielleicht ein Dienstbote, der mir nachspionierte? Ein neugieriges Mädchen, das die neue Mrs. Norwood beobachten wollte? Vielleicht dort – dieser Vorhang – bewegte er sich nicht ganz leicht?

Mit geballten Händen stand ich auf und ging zu dem Vorhang. Ich suchte nach der Zugschnur und riß daran. Die Vorhänge gingen auf, und zu meinem Schrecken schaute ich in die Augen einer Frau, in weit auseinanderliegende Augen von einer tiefen, violetten Bläue.

Ich schrie auf, hörte Cages Stimme hinter mir rufen: »Mein Gott!«

12

Es war ein lebensgroßes Porträt, mit außergewöhnlichem Realismus gemalt.

Ich wich zitternd zurück und wandte mich zu Cage.

»Was, zum Teufel, machst du hier?« fragte Cage kreideweiß, mit leiser, gepreßter Stimme.

Mir war kalt, und ich fühlte mich krank. Er war wütend, und ich hatte ihn nie zuvor richtig wütend gesehen. Nicht einmal, als sein Vater ihn weggejagt hatte. Damals hatte er dieses trockene, spöttische Lächeln gezeigt und ein paar bittere Bemerkungen gemacht, aber sein Gesicht war nicht so leichenblaß gewesen.

»Ich habe gefragt, was du hier machst?« wiederholte er mit stechenden Augen, die Hände in die Hüften gestemmt.

Ich fuhr mit der Zunge über meine zitternden Lippen und versuchte zu sprechen.

»Nun?« verlangte er.

»Martha – unser Gepäck wurde in dieses Zimmer gebracht«, stotterte ich und deutete auf die Koffer, die neben der Wand standen.

Seine Schultern entspannten sich.

»Ich wußte nichts von dem Bild«, fuhr ich fort. »Ich ... O Cage! Bitte, es tut mir leid, daß ich geschrien habe.« Ich konnte es nicht ertragen, daß er mir böse war.

»Ich habe Martha geschrieben und ihr ausdrücklich gesagt ...« Er läutete. »Zieh den Vorhang zu«, befahl er.

Ich gehorchte, aber nicht, bevor ich die große Ähnlichkeit des Porträts mit Octavia bemerkt hatte. Es war natürlich Lillith, die auf dem Bild dargestellt war – Lillith, die ein schwarzes Abendkleid mit einer einzigen roten Rose im tiefen Ausschnitt trug, einer roten Rose zwischen milchweißen Brüsten.

»Es war ein Versehen«, sagte Cage, und seine Stimme klang jetzt etwas weicher. »Es tut mir leid, daß ich die Beherrschung verloren habe. Aber selbst wenn ich ein Lümmel wäre, hätte ich nicht die Geschmacklosigkeit besessen, dich im Schlafzimmer meiner ersten Frau einzuquartieren.«

»Es ist schon in Ordnung«, sagte ich. »Ich bin sicher, daß Martha dich mißverstanden hat.«

Er nahm mich beim Arm. Dabei zitterten seine Finger. Warum? Ich fragte mich, warum?

Er führte mich aus dem Zimmer, den Gang entlang und

öffnete eine Tür. Das Zimmer war nicht ganz so groß wie das andere.

»Hier gefällt es dir besser, nicht wahr?« fragte Cage lächelnd und küßte mich auf die Wange.

»Viel besser«, stimmte ich zu.

Erst später, als wir beide – Octavia hatte Kopfweh vorgegeben – an einer langen Tafel mit Kerzen in dem großen Eßzimmer saßen, fragte ich mich, ob Martha vielleicht absichtlich Cages schriftliche Instruktionen übergangen hatte, als sie mit mir in Lilliths Zimmer gegangen war. Aber Martha behauptete, daß sie keinen Brief erhalten hatte.

»Du hast kaum etwas gegessen«, sagte Cage und füllte sein Glas zum achten- oder neuntenmal.

»Ich habe keinen großen Hunger.«

Ich dachte an meine neue Stieftochter Octavia. Hatte sie wirklich Kopfschmerzen, oder hatte sie eine Ausrede gebraucht, um nicht bei Tisch erscheinen zu müssen? War ich ihr so zuwider? Vielleicht nicht. Ich mußte ihr gegenüber großzügig sein, denn ich konnte sehen, wie stolz Cage auf sie war. Als ob sie seine eigene Tochter wäre. Ich wollte mir nicht eingestehen, daß sein Stolz vielleicht auf Octavias Ähnlichkeit mit ihrer Mutter beruhte. Ich glaubte statt dessen, daß Cage Octavia mochte, weil er Kinder liebte.

»Du hast noch keine Gelegenheit gehabt, den Rest des Hauses zu sehen, Adelaide«, sagte Cage. »Ich werde dich nach dem Essen herumführen.«

»Das wäre schön.«

Ich mußte Octavias Achtung, wenn nicht ihre Liebe gewinnen. Es blieb mir nichts anderes übrig, als mich mit ihr zu arrangieren. Aber die Haushälterin . . .

»Es gibt einen Tanzsaal«, sagte Cage, die Weinkaraffe erneut in der Hand.

»Wunderbar!«

Die Haushälterin war ein Dienstbote, und Dienstboten konnten, wenn schon nicht mehr verkauft, so doch leicht weggeschickt werden.

»Willst du wirklich keinen Wein mehr? Er ist aus Frankreich importiert. Nein?« Genießerisch nahm er einen Schluck. »Riverknoll!« fuhr er fort und lachte auf. »Wenn ich daran denke, daß ich *das* einmal haben wollte! Du kannst dir gar nicht vorstellen, wie sehr ich mir einmal gewünscht habe, die Plantage zu besitzen, Adelaide. Und jetzt habe ich dies – und es ist viel besser.«

»Viel besser«, sagte ich und hörte kaum zu, weil ich in meine eigenen Gedanken versunken war.

Es würde nicht leicht sein, überlegte ich, Martha den Laufpaß zu geben. ›Ihre Dienste werden nicht länger benötigt‹, würde ich sagen. Aber als ich dann an diese seltsamen harten und kalten Augen dachte, sank mein Mut. Vielleicht könnte Cage ihr mitteilen, daß sie entlassen war.

»Cage . . .«, sagte ich zögernd und überlegte, wie ich es formulieren sollte. »Cage, wie lange ist Martha schon bei dir?«

»Martha? Nun, sie kam als – als ich das erstemal geheiratet habe – vor vielleicht zwölf oder dreizehn Jahren.«

Eine lange Zeit. »Hast du – hast du das Gefühl, daß sie unersetzlich ist?«

»Ja, das habe ich.«

Martha kam in das Zimmer und begann die Teller abzuräumen. Ich fragte mich, ob sie gelauscht hatte, denn sie warf mir einen kalten, bösartigen Blick zu.

»Weinbrand«, sagte Cage. »Bring uns den guten importierten Weinbrand, Martha.«

Es war spät, und ich war todmüde. Ich wäre gern früh zu Bett gegangen, denn Cage und ich hatten seit unserer Heirat noch nicht viel Gelegenheit gehabt, allein zu sein. In Beech Arbor waren immer Verwandte und Freunde gewesen, die uns besucht hatten und manchmal tagelang geblieben waren. Sogar unsere Hochzeitsnacht war von den Gästen vereinnahmt worden. Ich hatte den größten Teil davon damit verbracht, zitternd oben auf Cage zu warten, während er unten den Pflichten des Gastgebers nachgekommen war und sich mit alten Kriegskameraden unterhalten hatte. Als Cage endlich ins Bett kam, war ich so nervös wie eine jungfräuliche Braut und nicht wie eine Witwe. Aber Cage war zu betrunken, um es zu bemerken, und unsere Ehe wurde wortlos und schnell vollzogen. Es war nicht wesentlich anders mit Cage zu schlafen als mit Barnabas. Was ich jedoch am meisten vermißte, waren zärtliche Liebkosungen, intime Gespräche, die mir Cage näherbringen würden.

Aber dazu hatte sich noch keine Gelegenheit geboten. Da mußten die Kleider gepackt und die Schränke ausgeräumt werden, und es mußten vor allem Unterlagen unterzeichnet werden. Von Anfang an hatte ich darauf bestanden, meine ganzen Aktien an Cage zu überschreiben, wie es sich für eine liebende Frau gehörte. Er protestierte und meinte, daß ich wenigstens einige für mich behalten sollte. Aber ich sagte ihm, daß ich keinen Sinn für Geschäfte hätte und ihm so das Geld anvertrauen wollte, und er sollte damit tun, was er für richtig hielt.

»Überlege es dir wenigstens«, drängte er.

»Nein«, antwortete ich lächelnd. »Ich habe mich bereits entschlossen.« Er hatte mich in die Arme genommen und mich geküßt und mir gesagt, daß ich die großzügigste Frau wäre, die er je gekannt hätte. Es war ein glühender Augenblick, der eine Ewigkeit hätte dauern können, wenn es nach mir gegangen wäre. Aber noch bevor er ausgeklungen war, klopfte es an der Schlafzimmertür, und ein neuer Schwarm von Besuchern kündigte sich an.

Und auf der langen Reise fanden wir auch keine Gelegenheit, allein zu sein. Während all unserer langen, mühsamen Reisestunden tröstete ich mich damit, daß wir, wenn wir erst einmal in Cages Haus angelangt waren, vor Fremden und Zerstreuungen die Tür verschließen und unsere intime Sphäre bewahren würden. Vielleicht würde Cage dann endlich die Worte aussprechen, nach denen ich mich so sehr sehnte, vielleicht würde er dann von Liebe sprechen.

Und hier waren wir schließlich, in ›Cages Dummheit‹ und – und waren noch immer nicht allein. Martha hatte zwar das Zimmer verlassen, aber seltsamerweise hatte ich immer noch das Gefühl, daß sie anwesend war.

»Cage«, sagte ich und senkte meine Stimme. »Würde es dich sehr stören, wenn ich einige – äh – Veränderungen im Personal vornähme?«

»Was?« sagte er. »Andere Dienstboten?«

»Ich dachte . . .«

»Du bist gerade erst angekommen, Adelaide«, sagte er verdrießlich. »Sie kommen dir auf den ersten Blick vielleicht wie ein schäbiger Haufen vor, aber ich versichere dir, daß sie tüchtig und loyal sind. Und das ist wichtig – daß sie loyal sind.«

»Aber . . .«

»Ich wünschte, du würdest nicht darauf herumhacken, Adelaide.«

Ich schwieg. Es hatte keinen Sinn zu streiten, nicht in unserer ersten Nacht zu Hause, während Martha ein Ohr ans Schlüsselloch preßte.

»Cage«, sagte ich nach einer Weile. »Bist du froh, zu Hause zu sein?«

»Froh? Natürlich.« Seine Lippen zuckten. »Aber ich hätte nicht gedacht, daß der Ort so voller Erinnerungen steckt.«

Erinnerungen! Das Wort traf mich wie eine Tür, die mir ins Gesicht fiel. Natürlich hatte er Erinnerungen an die Jahre, die er hier verbracht hatte, Erinnerungen, in denen ich keinen Platz hatte. Es gab ein ganzes, langes Kapitel in Cages Leben, dem ich nicht angehörte, zehn Jahre, die er mit einer anderen Frau verbracht hatte.

Ich schaute mich in dem barock ausgestatteten Zimmer um, das mit Kristallampen, geschnitzten Walnußtischen und Samtsesseln eingerichtet war, und ich dachte an Lillith. Eine ›passende‹ Umgebung. Dies alles war Lillith, Lillith und Cage. Das Haus, diese ›Dummheit‹, gehörte zu ihnen. Sie hatten hier zusammen gewohnt und in diesem Zimmer Seite an Seite gesessen und aus den gleichen Gläsern getrunken. Und wenn auch das Bett in dem Zimmer mit der blauen Decke nicht das meine wurde, so schwebte doch Lilliths Geist über mir, genauso, wie Marthas Anwesenheit in jeder dunklen Ecke drohte.

»Ja, Erinnerungen . . .« Cage begann schleppend zu sprechen. Die Karaffe stieß klirrend an das Glas. »Nicht alle sind erfreulich, meine Liebe. Sie sind eher alles andere, falls du dir diese Frage stellst. Andererseits . . .« Sein Blick wanderte auf die Wände und die Decke. »Wir hatten auch gute Zeiten.« Er lächelte, als er sein Glas wieder füllte. »Nun, Adelaide, willst du mich nicht danach fragen? Willst du nicht alles darüber wissen?«

»Cage«, begann ich. »Du bist müde. Vielleicht . . .«

»Du hast meine Frage nicht beantwortet, Adelaide. Willst du nicht wissen, wie diese zehn Jahre mit Lillith waren?«

»Cage, bitte . . .«

»Nun, meine Liebe, ich würde es dir ohnehin nicht erzählen. Du bist viel zu sehr Dame.« Seine Hand zitterte, als er sein Glas leerte. »Nein – du bist ein zu feiner Mensch, zu gutherzig, um das alles zu hören.« Seine blauen Augen füllten sich plötzlich mit Tränen.

»Oh – Cage!« Bewegt stand ich auf und ging zu ihm. Ich setzte mich an seine Seite und ergriff seine Hand. »Was ist es, mein Liebling? Ich kann es nicht ertragen, dich so unglücklich zu sehen.«

Er schaute mich an, biß sich auf die Lippen und rang nach Fassung.

»Es – es ist schon in Ordnung. Nur eine momentane Schwäche . . . Bitte – Adelaide!« Er entzog mir seine Hand. »Bitte, mach es nicht schlimmer, als es schon ist. Ich hasse Szenen. Wenn es etwas gibt, was ich nicht ertragen kann, dann ist es eine rührselige Szene.«

Ich fühlte, wie mein Gesicht ganz starr wurde.

»Es tut mir leid, meine Liebe«, entschuldigte sich Cage. »Ich wollte deine Gefühle nicht verletzen. Ich – es packt mich manchmal. Sentimentales Getue, weiter nichts. Ich bin gleich wieder der Alte. Warum gehst du nicht schon ins Bett? Ich komme gleich nach.«

»Willst du jetzt wirklich allein sein?«

»Ja, bitte. Nur ein paar Minuten.«

Aber der Morgen dämmerte fast, als ich seine unsicheren Schritte auf den Stufen hörte.

Am nächsten Tag hatten wir Gäste zum Mittagstisch – John Shelby, ein früherer Geschäftspartner von Cage, und seine Frau Clara. Cage hatte mich zuvor gewarnt, daß Mrs. Shelby eine dreiste Frau sei. »Die Hälfte von dem, was sie sagt, ist reine Erfindung«, meinte er. »Wenn es mir nicht um John ginge, würde ich sie nicht unter meinem Dach dulden.«

»Wenn du sie so wenig ausstehen kannst«, hatte ich ihm geantwortet, »warum lädst du dann John nicht einfach zu einem ›Junggesellenabend‹ ein zum Kartenspielen –?«

»John würde das sofort durchschauen und sich verletzt fühlen. Er schätzt seine Frau, Gott weiß, warum. Er ist ein schlauer Geschäftsmann – und nun trägt er sich mit dem Gedanken, eine eigene Firma aufzumachen. Minenaktien. Silberminenaktien. Man kann damit noch Millionen verdienen.«

Die Shelbys kamen pünktlich um eins. Sie waren ganz anders, als ich es erwartet hatte. Ich hatte mir John Shelby groß und dünn, mit blitzenden Goldzähnen und in grelle Farben gekleidet und seine Frau klein und gedrungen, aufwendig angezogen und mit einer langen Perlenkette um den faltigen Hals vorgestellt. Und nichts hätte der Wirklichkeit weniger entsprechen können.

Mr. Shelby, ein würdevoller Mann mittlerer Größe mit grauem Haar, trug einen konservativen, schwarzen Anzug, und Clara Shelby, wesentlich jünger als ihr Mann, war eine hübsche, lebendige Frau, die aussah, als wäre sie gerade einem Modemagazin entstiegen. Sie trug einen grünen Samthut mit einer einzigen Feder. Dieser saß auf einer Menge brauner Locken, und ihr Kleid, das der Linie ihrer schmalen Taille und vollen Hüften folgte, fiel in weichen Falten über einen bunten Unterrock.

»Meine Liebe«, sagte sie mir, als wir unseren Aperitif nahmen, »ich wußte nicht, daß Sie erst gestern angekommen sind. Das hätten Sie uns unbedingt mitteilen müssen. Dann hätten wir unseren Besuch verschoben.«

»Das ist schon in Ordnung«, erwiderte ich. »Es macht mir überhaupt nichts aus.«

»Sie wollen sicherlich einkaufen gehen.« Ihre Augen schweiften über mich. »Ich kenne eine Schneiderin, die ein wirkliches Genie ist. Sie sollten kräftige Farben tragen.« Als ich nichts sagte, fuhr sie fort: »Kräftige Farben würden Ihnen besser stehen als Taubengrau.«

Ich hätte mich über ihre Kritik wahrscheinlich ärgern sollen, aber sie wurde in einem so netten Ton geäußert, daß sie mich nicht störte.

»Werden Sie bald Gäste einladen?« fragte sie.

»Ich weiß nicht. Vielleicht. Sie sind die ersten Freunde von Cage, die ich bisher kennengelernt habe.«

»Oh, dann fühle ich mich aber geschmeichelt. Er hat eine Unmenge von Freunden. Einige sind ziemlich langweilig, andere . . .«

Ein paar Minuten später gesellte sich Octavia im Salon zu uns. Ich hatte sie seit unserem ersten Treffen in der Eingangshalle nicht mehr gesehen, da sie uns beim Abendessen und Frühstück ausgewichen war. Ihr Benehmen hatte sich inzwischen kaum gebessert. Sie schaute gelangweilt drein, ihre Mundwinkel waren herabgezogen. Zu mir sagte sie kaum guten Tag, und Mrs. Shelby begrüßte sie mit einer Grimasse, die wohl ein Lächeln sein sollte. Alle Versuche, sie in das Gespräch mit einzubeziehen, ernteten ein unverständliches Gemurmel oder trafen auf eisiges Schweigen. Ihr Trotz machte mich unruhig, und ich war für die Gesellschaft der Shelbys sehr dankbar, ganz besonders für Claras unaufhörliches Geplapper, auch wenn es von Leuten und von Orten handelte, die ich gar nicht kannte. Octavia saß stumm dabei, aß wenig, und sobald wir die Männer ihren Zigarren überließen, entschuldigte sie sich wegen einer Unpäßlichkeit, eine Behauptung, die nicht zu ihrem gesunden Aussehen passen wollte.

»Sollen wir in den Garten gehen?« schlug Clara vor.

Der Garten hinter dem Haus war eine erfreuliche Überraschung. Er war von einer hohen Steinmauer umfriedet und sorgfältig angelegt. Er hatte eine hübsche Laube, eingefaßte Rosenbeete und einen gepflasterten Weg, der von vielen Herbstblumen gesäumt war.

Wir setzten uns in die Laube.

»Adelaide – ich darf Sie doch Adelaide nennen?« Clara hob die Brauen. »Dann müssen Sie mich Clara nennen, Adelaide. Ich muß zugeben, daß Sie ganz anders sind, als ich erwartet habe.«

»Tatsächlich?«

»Nun – nach Lillith . . .« Sie brach ab und wurde plötzlich rot. »Aber Sie wissen ja sicher über Lillith Bescheid.«

»Ja. Ja. Cage hat es mir erzählt – alles.« Ich haßte mich, weil ich nicht die Wahrheit gestand. Wenn ich ehrlich gewesen wäre, hätte Clara mich vielleicht aufgeklärt. Und plötzlich wollte ich alles genau wissen. Aber wenn ich zugegeben hätte, daß ich über die erste Frau meines Mannes nicht im Bilde war, wäre das ein Zeichen gewesen, daß unsere Ehe nicht zu einer intimen, persönlichen Beziehung gediehen war.

»Um offen zu sein«, sagte Clara, »ich glaube, daß Cage diesmal eine klügere Wahl getroffen hat.«

»Oh, danke, Clara«, sagte ich geschmeichelt.

»Sie dürfen sich nicht über Octavia ärgern. Sie ist noch ein Kind.«

»Ich versuche sie zu verstehen. Ich kann es ihr eigentlich nicht verübeln, daß sie keine Stiefmutter mag. Aber ich habe das Gefühl, daß sie nachgeben wird, wenn sie mich erst einmal kennengelernt hat.«

»Vielleicht.«

»Sie scheint sehr stolz auf Mr. Norwood zu sein.«

»Sie bewundert ihn«, sagte Clara, »sofern ein Mensch wie sie jemanden bewundern kann. Sie ist eine kalte kleine Person, wenigstens ist das mein Eindruck.«

»Nein – ich glaube, daß Sie unrecht haben. Sie hat sich Mr. Norwood in die Arme geworfen, als wir gestern ankamen. Aber das ist ziemlich normal, wo ihr eigener Vater gestorben ist, als sie noch so klein war.«

»Wer hat Ihnen denn das erzählt? Ich glaube nicht, daß sich Octavia an ihren leiblichen Vater erinnert – vielleicht weiß sie gar nicht, wer er war. Dies alles wurde vertuscht. Sie ist adoptiert und gilt als Cages Kind – aber ihr echter Vater starb, als sie zehn war.«

»Wie konnte das sein? Ich hatte gedacht, daß sie erst zwei war, als mein Mann die erste Mrs. Norwood geheiratet hat. Sicher waren ihr Vater und ihre Mutter nicht geschieden?«

»Geschieden?« Sie lachte. »Sie waren nie verheiratet, meine Liebe. Lillith und der Mann, Octavias Vater, haben nie geheiratet. Das Mädchen ist ein Kind der Liebe – um es höflich auszudrük-ken. Ein uneheliches Kind, wenn wir es beim Namen nennen wollen.«

Unehelich! Das Wort klang schamlos, ein Wort, das ich bis dahin nur im Flüsterton gehört hatte. Octavia, Cages Stieftochter, war ein uneheliches Kind. Ich wünschte, Clara hätte es mir nie gesagt.

13

Ich war zu schockiert, um Martha zu bemerken, bevor sie sprach. Sie stand ganz in der Nähe, nicht mehr als dreißig Zentimeter von uns entfernt.

»Mrs. Shelby!« sagte sie mit einer kalten Stimme. »Mrs. Shelby!«

Sie mußte den gepflasterten Weg zur Laube lautlos heraufgekommen sein. Wieviel sie von unserem Gespräch gehört hatte, konnte ich nur vermuten.

»Wirklich!« rief Clara Shelby. »Sie schleichen sich aber an!«

»Mr. Shelby möchte Sie gern sehen.«

»Sagen Sie ihm, daß ich gleich komme«, antwortete Clara.

»Er möchte, daß Sie sofort kommen.«

»Ich kann mir nicht vorstellen – also gut.« Sie erhob sich und strich ihren Rock glatt. »Ich komme zurück, Adelaide – das heißt, wenn Sie nicht mit hineingehen wollen.«

»Nein. Ich warte hier draußen.«

Martha trat beiseite, um sie vorbeizulassen. Ich dachte, sie würde Mrs. Shelby folgen, aber sie tat es nicht. Sie wartete, bis Clara durch die Seitentür des Hauses verschwunden war, und wandte sich dann zu mir.

»Sie müssen nichts darauf geben, was diese Frau sagt. Sie hat ein loses Mundwerk.«

Martha *hatte* also gelauscht. Was mich aber am meisten störte, war weniger ihre Indiskretion als ihre freche Kritik an Clara Shelby.

»Martha . . .«

»Sie lügt«, fuhr sie fort und ignorierte den warnenden Unterton in meiner Stimme.

»Bitte – ich glaube . . .«

»Eine unverschämte Lüge war das!« Ihr kriegerischer Blick beunruhigte mich. »Octavia ist das Kind von Mr. Norwood. Neun Monate nach seiner Hochzeit mit ihrer Mutter wurde sie geboren. Sie ist ein eheliches Kind.«

Die Frau gab unglaublichen Unsinn von sich. »Ich habe nicht die Absicht, das mit Ihnen zu besprechen.« Wie konnte Octavia Cages Tochter sein, nachdem mir Charles von Anfang an geschrieben hatte, daß Cage eine Frau mit einem zwei Jahre alten Kind geheiratet hatte? Und Cage war erst seit achtzehn Monaten in Kalifornien gewesen, als er Lillith zur Frau genommen hatte. Und außerdem – warum regte sich Martha so auf? Das war doch gar nicht ihre Angelegenheit.

»Es ist eine Verleumdung«, murrte Martha. »Und ich werde dafür sorgen . . .« Ihre Augen verengten sich, und im Schatten der Laube begannen sie seltsam zu glühen. Sie hatten nichts Menschliches an sich.

Ich unterdrückte einen Schauder und stand auf. »Martha – ich möchte nicht über Miß Octavia sprechen. Bitte, lassen Sie mich vorbei.« Einen schrecklichen Augenblick lang glaubte ich, sie würde sich mir in den Weg stellen, aber dann ging sie beiseite, und ich ließ sie stehen und ging den Weg hinunter, spürte diese schrecklichen Augen im Rücken.

Ich ging nicht gleich in den Salon, sondern preßte meine Hände an die Wangen und versuchte, meine Gedanken zu ordnen. Konnte es sein, daß Martha die Wahrheit sagte? Octavia – Cages Tochter? Aber er selbst hatte gesagt, daß sie seine Stieftochter wäre, die er adoptiert hätte. Versuchte er sich selbst zu schützen? Hatte er einen Fehltritt getan, es später bereut und die Mutter geheiratet? Aber wo sollte er Lillith getroffen haben? In New Orleans? Angenommen, er hatte sie dort kennengelernt und eine Affäre mit ihr gehabt, als ich gekommen war und mich ihm an den Hals geworfen hatte . . .

Mein Herz schlug so schnell, daß ich mich setzen mußte. Ich mußte mich zusammenreißen. Ich durfte nicht die Fassung verlieren, nur weil ein Dienstbote eine Behauptung aufgestellt hatte, die der von Clara Shelby widersprach. Sollte ich Martha glauben – oder Clara? Cage hatte Mrs. Shelby als eine Schwatztante bezeichnet und gesagt, daß die Hälfte von dem, was sie erzählte, ›reinste Erfindung‹ wäre. Aber warum sollte sie mir sagen, daß Octavia ein uneheliches Kind war, daß ihr wirklicher Vater erst gestorben war, als sie bereits zehn Jahre alt gewesen war? Ihre Behauptung war genauso schockierend wie Marthas. Cage, ein Gentleman, hätte nie eine Frau geheiratet, die ein Kind der Liebe in die Ehe mitbrachte.

Es sei denn, er hätte sie sehr geliebt.

Ich spielte mit meinem Ehering. Was sollte es ausmachen? Lillith und ihre Ehe mit Cage – all das gehörte der Vergangenheit an. Sie war tot und begraben, und die Jahre, die sie mit Cage verbracht hatte, waren unwiderruflich vorbei. Ich lebte jetzt in der Gegenwart, und die Vergangenheit war vorüber.

Bis auf die Erinnerungen . . .

Wer konnte mir von dieser Vergangenheit berichten? Clara Shelby konnte ich nicht fragen. Dann dachte ich an Charles. Er hatte meine Hochzeit mit Cage nicht gebilligt. Kurz bevor Cage und ich von Beech Arbor abgereist waren, hatte ich einen kurzen Brief von meinem Bruder bekommen, in dem er zum Ausdruck brachte, daß er die Wahl meines zweiten Ehemannes für nicht sehr glücklich hielt, daß er mir aber trotzdem alles Gute wünschte. Ich war verletzt gewesen und hatte ihm seitdem nicht mehr geschrieben. Aber jetzt entschloß ich mich, ihm einen langen Brief zu schreiben, wie ich es früher getan hatte, als er in Kalifornien gewesen war, und ich würde mich nebenbei taktvoll nach Octavia erkundigen. Es konnte natürlich sein, daß er mir keine Antwort geben würde – er hatte meine Fragen schon damals ignoriert. Aber jetzt, wo ich Mrs. Cage Norwood war, würde er vielleicht anders reagieren.

Schritte rissen mich aus meinen Gedanken, und als ich mich umdrehte, sah ich Clara Shelby durch das Fenster hereinschauen.

»Oh – hier sind Sie!« rief sie und kam in das Zimmer. »Ich habe im Garten nachgesehen, und Sie waren weg.«

»Nun ja – es wurde ein wenig kalt.«

»Aber warum sitzen Sie denn hier?«

»Ich – ich fühlte mich ein wenig schwindlig«, sagte ich, weil mir nichts Besseres einfiel.

»Schwindlig? Meine Liebe, Sie sind doch nicht . . .« Sie warf mir einen schnellen, prüfenden Blick zu. »Sind Sie schwanger?«

»Nein – nein, ich wünschte, ich wäre es«, antwortete ich und wurde knallrot.

»Adelaide – Sie *wünschen* sich wirklich ein Baby – *jetzt*, wo Sie erst so kurze Zeit in San Francisco sind?«

»Von ganzem Herzen. Ich würde alles für ein Baby geben. Sie etwa nicht?«

»Und meine Figur dabei verlieren? Ich weiß, Sie müssen mich für schrecklich egoistisch halten, aber ich habe keinen überwältigenden Wunsch, Mutter zu werden. Das ist die Wahrheit. Die unförmige Taille, die notwendige Abgeschiedenheit. Nein, das ist nichts für mich.«

Ich fand ihre Worte schockierend, aber ich sagte nichts.

»Genug von diesem Thema.« Sie kam etwas näher und senkte ihre Stimme. »Mr. Shelby hat mit mir geschimpft. Ich soll nicht über Mr. Norwoods Frau oder das Kind sprechen – kein einziges Wort.« Sie hielt inne und sah zur Tür. »Diese Martha – sie ist eine Spionin. Passen Sie auf! Ihre Augen und Ohren sind überall.«

Für wen spionierte Martha?

»Es gibt viel, was ich Ihnen erzählen könnte, aber ich wage es nicht«, fuhr Clara fort. »Mr. Shelby hat mich gewarnt. Ich glaube, daß er Angst hat . . .« Plötzlich richtete sie sich auf und flüsterte: »Ich wette, daß sie eben jetzt ihr Ohr an der Tür hat.« Und laut fragte sie: »Sollen wir zu den Männern gehen?«

Wir gingen in die Halle. Niemand war da, aber ich hörte am anderen Ende das leise Klicken einer Tür, die sich schloß – ein Geräusch, das mir einen Schauer über den Rücken jagte.

Kurz nach dem Frühstück am nächsten Morgen ging Cage in die Stadt. »Geschäfte«, sagte er und küßte mich geistesabwesend auf die Wange. »Ich werde versuchen, bis zum Abendessen zurück zu sein.«

Ich haßte es, allein daheim zu bleiben. Ich wollte mit ihm gehen, aber er wollte ein paar Herren treffen, und so konnte er mich nicht mitnehmen. Ich hätte die Zeit damit verbringen können, einzukaufen, aber Cage hatte es nicht vorgeschlagen. »Du und Octavia, ihr könnt euch besser kennenlernen«, sagte er und nahm seinen Hut und seine Handschuhe vom Tisch in der Halle. Octavia war schweigend beim Frühstück erschienen und dann wieder in ihrem Zimmer verschwunden. Ich fragte mich, wie ich sie besser kennenlernen sollte, wenn sie sich so selten blicken ließ. Vielleicht sollte ich den ersten Schritt tun, dachte ich. Vielleicht war ihre Schüchternheit ein Teil des Problems. Da ich als junges Mädchen selbst sehr schüchtern gewesen war, konnte ich es verstehen, wenn andere auch Schüchternheit zeigten. Ich würde ein wenig warten, und wenn Octavia dann nicht auftauchte, würde ich zu ihr gehen.

Nachdem sich Cage verabschiedet hatte, war es sehr still im Haus. Die Dienstboten waren angeblich mit ihren gesonderten Aufgaben beschäftigt, aber ich konnte nichts hören. Martha hatte mich mit den anderen bekannt gemacht – mit der Köchin Doreen, einer kleinen Schwarzen mit Silberblick, mit Gandy, dem kleinen, schrumpeligen Männchen, das Geister sah, und mit Lucinda, einem hübschen, kaffeebraunen Mädchen. Sie schienen alle sehr tüchtig zu sein. Keiner von ihnen war freundlich.

Ich stand noch eine Weile in der Halle und ging dann in die Bibliothek. Sie war viel kleiner als der Salon und zweckmäßig eingerichtet, mit großen Ledersesseln, einem Sofa, einem großen Schreibtisch und Bücherregalen, die zwei ganze Wände füllten. Ich wählte irgendein Buch und schlug es auf, saß mit dem Buch auf meinem Schoß da und starrte auf die gedruckten Worte.

Das Haus um mich herum schien in ein noch tieferes Schweigen zu verfallen. Auf dem Sims stand eine Uhr, die ich vorher noch nicht bemerkt hatte. Es war eine laute Uhr, deren Ticken auf einmal den ganzen Raum zu erfüllen schien. Ticktack, ticktack.

Ich wollte weiterlesen, aber das Ticken ließ mir keine Ruhe, und langsam wurde ich immer unruhiger und bekam sogar ein wenig Angst. Seltsam, dachte ich, wie das Ticken immer lauter wird, wie es unheilverkündend in meinen Ohren läutet, von den Wänden zurückgeworfen wird und mit meinem lauten Herzschlag zu einem donnernden Duett anschwillt. Und jetzt saß ich wie erfroren da, verängstigt von dem immer lauter werdenden Tikken, das mir wie eine bösartige Stimme erschien.

Ich sprang auf, das Buch fiel zu Boden. Weiß Gott, wohin mich meine Fantasie noch bringen würde . . . Es war doch nur eine Uhr. Und noch dazu eine häßliche Uhr. Ich hob das Buch auf und stellte es mit zitternden Händen in das Regal zurück. Meine Nerven hatten mich zum Narren gehalten. Dieses seltsame Haus, meine Müdigkeit von der langen, anstrengenden Reise hatten mich sehr empfindlich werden lassen, so daß mich sogar der vertraute Klang einer tickenden Uhr nervös machte. Doch trotz dieser Überlegungen konnte ich nicht länger in der Bibliothek bleiben.

Ich ging hinaus und stieg die Treppe hinauf. Octavias Zimmer lag am Ende eines langen Korridors. Ich blieb vor der Tür stehen und biß mir auf die Lippen. Dann hob ich meine Hand und klopfte an.

»Wer ist da?« fragte eine Stimme.

»Adelaide.«

Nach einer langen Pause rief sie: »Komm herein!«

Sie saß in ihrem Unterrock auf einem Stuhl neben dem Fenster. Ich konnte sehen, daß ich mich getäuscht hatte, wenn ich dachte, daß sie noch ein Kind war. Sie war voll entwickelt, hatte eine schmale Taille und runde Brüste. Sie warf mir mit ihren veilchenblauen Augen einen feindseligen Blick zu.

»Hallo«, sagte ich und lächelte mühsam. »Ich dachte, wir könnten uns ein bißchen unterhalten.«

»Worüber?«

Trotz ihrer reifen Figur wirkte sie noch kindlich, wie ein trotziges Kind, aber ich entschloß mich, ihre Unhöflichkeit zu entschuldigen.

»Oh – ich weiß nicht, aber ich finde, wir sollten uns besser kennenlernen.«

»Ich wüßte nicht, warum«, sagte sie.

Ich schluckte eine scharfe Ermahnung hinunter und fuhr ruhig fort: »Da wir unter dem gleichen Dach wohnen, wäre es schön, wenn wir Freundinnen wären.«

»Müssen wir das?«

Ich unterdrückte meine Wut und sagte mir, daß ich keinen Ärger zeigen durfte. »Nein – aber glaubst du nicht, daß sich Cage darüber freuen würde – wo wir ihn doch beide lieben?«

Sie warf mir einen langen Blick zu. »Liebt mein Vater dich wirklich?«

»Natürlich.« Meine Augen senkten sich unter ihrem eindringlichen Blick.

»Du bist so anders als Mama«, sagte sie.

Das Blut stieg mir ins Gesicht. »Ich hoffe, daß du mir das nicht als Fehler ankreidest.« Lilliths Porträt tauchte vor meinem geistigen Auge auf, die weiße Haut, das schwarze Haar und die veilchenblauen Augen. »Ja, ich bin anders. Aber dafür kann ich nichts.«

»Ich hatte geglaubt, daß mein Vater nie . . .« Sie hielt inne.

»Daß er nie wieder heiraten würde? Aber er hat es getan. Er ist noch ein junger Mann. Komm, Octavia, du hast doch nicht erwartet, daß er sein ganzes Leben lang ein Witwer bleiben würde, oder?«

»Warum eigentlich nicht?« entgegnete sie.

»Die Erinnerung an deine Mutter wird immer . . .«

»Warum hat er *dich* geheiratet?« brach es aus ihr hervor. »Warum? Du bist nicht einmal hübsch. Vielleicht wegen deines Geldes?«

Mein erster wütender Impuls war, in dieses freche, hübsche Gesicht zu schlagen. Sie hatte unbewußt einen wunden Punkt getroffen. Ich rang nach Fassung und sagte mir, daß es ein Fehler wäre, wenn ich sie wissen ließ, wie sehr ich litt. Da sie mir keinen Platz angeboten hatte, war ich während des Gesprächs stehengeblieben, aber jetzt setzte ich mich auf einen Stuhl. »Das war sehr schlimm von dir, so etwas zu sagen. Es war gemein und grausam.«

Sie schwieg mit harten, trotzigen Augen.

»Ich werde nicht von dir verlangen, daß du dich entschuldigst, denn du wärst unverschämt genug, dich zu weigern. Es ist sehr schwer für mich zu akzeptieren, daß du – du Cages Tochter bist.«

Sie schwieg noch immer.

»Was auch immer du sagst – oder denkst, *ich* bin jetzt Mrs. Norwood. Du wirst dich damit abfinden müssen.«

Sie zuckte mit den Schultern. »Es geht mich nichts an.« Ihre Stimme versagte, und sie wandte den Kopf ab, doch zuvor konnte ich verräterische Tränen in ihren Augen blitzen sehen.

Meine Wut verrauchte. »Du bist unglücklich«, sagte ich und atmete auf. Natürlich, was hatte ich erwartet? Wie dumm von mir zu glauben, daß ein paar Worte und ein Lächeln einer Freundschaft den Weg geebnet hätten . . . »Du bist unglücklich und wütend.« Sie starrte aus dem Fenster, und ich fuhr fort: »Ich hätte vielleicht dasselbe empfunden, wenn mein Vater wieder geheiratet hätte. Du mußt wissen, daß meine Mutter auch gestorben ist – nur habe ich sie nie gekannt, denn sie starb kurz nach meiner Geburt.«

Ich sah, wie ihr Kinn zitterte, aber sie sagte nichts.

»Ich liebe deinen Vater sehr«, fuhr ich fort, »und ich werde alles, was in meiner Macht steht, tun, um ihn glücklich zu machen. Ich werde mich dir nicht aufdrängen.« Ich erhob mich. »Ich hoffe nur, daß du im Lauf der Zeit . . .«

»Ich will nicht darüber sprechen«, sagte sie.

Als ich hinausging, saß sie immer noch am Fenster, schaute auf die Auffahrt hinaus, ihr Rücken ein einziger, stiller Vorwurf.

Cage erschien nicht zum Abendessen. Statt dessen wurde am späten Nachmittag die Nachricht abgegeben, daß es ihm erst möglich wäre, am nächsten Tag zu kommen. Ein wichtiger Mann namens Ralston sollte angeblich an ihrem Arbeitstreffen teilnehmen, schrieb er. Und weil er glaube, daß sich die Unterredung bis in die frühen Morgenstunden hinziehen werde, hielte er es für das beste, wenn er die Nacht in einem Hotel verbringen würde. ›Ich bin sicher, daß du das verstehst, meine Liebe.‹

Ich war tief enttäuscht. Unsere zweite Nacht zu Hause, und die erste war schon verdorben worden, weil . . .

Aber ich verdrängte diesen Gedanken. Ich durfte ihn nicht tadeln. Cage war begierig, vorwärtszukommen und erfolgreich zu sein. Wie sehr er sich von dem gleichgültigen, ehrgeizlosen Cage unterschied, den ich früher am Fluß gekannt hatte. Ich sollte stolz auf ihn sein und ihn nicht kritisieren. Und wir hatten noch unser ganzes gemeinsames Leben vor uns, all die Tage, Wochen, Monate, Jahre bis zur Ewigkeit. Cage und ich. Wir waren verheiratet. Ich konnte es noch immer kaum glauben. Was auch immer über mich hereinbrechen würde, Feindschaft, Kälte und Wut, an dieser Gewißheit konnte ich mich aufrichten. Cage gehörte mir. Wir waren Mann und Frau.

Nachdem ich den kurzen Brief ein zweitesmal gelesen hatte, ging ich in die Küche, um Martha zu sagen, daß Cage nicht zu Hause essen würde. Als ich die Schwingtür öffnete, war ich überrascht zu sehen, daß unsere Angestellten Gäste hatten. Sie saßen alle um einen großen Tisch und aßen und tranken, Martha, Lucinda, Doreen und Gandy, zusammen mit drei farbigen Frauen und mit einem sehr dunklen Schwarzen. Sobald ich eintrat, wurde es still. Sie schauten mich alle mit ihren leeren Gesichtern an und blickten dann zu Martha hinüber.

»Ich – es tut mir leid«, stammelte ich, zu erstaunt, um mich, die ich doch die Herrin des Hauses war, zu fragen, warum ich mich eigentlich entschuldigen sollte. »Ich – ich wollte Sie nicht stören.«

Sie starrten alle weiterhin erwartungsvoll auf Martha, als hofften sie, von ihr aus einer peinlichen Situation gerettet zu werden. Sie stand auf. »Was wünschen Sie, Mrs. Norwood?« fragte sie sehr freundlich, aber nicht unterwürfig. Und trotzdem hatte sie diesen harten Ausdruck im Gesicht, der ihre Wut verriet.

Ich sagte ihr über Cage Bescheid.

»Gut – dann werden Sie also allein essen.«

»Allein – ich dachte . . .«

»Octavia geht aus.« Sie gab keinen Grund dafür an, teilte mir auch nicht mit, wohin das Mädchen gehen würde.

»Ich verstehe.« Ich wartete und dachte, daß sie vielleicht eine Erklärung anbringen würde, was Octavia betraf, aber sie sagte nichts. Sie stellte mich auch nicht ihren Gästen vor oder sagte mir, wer da auf Kosten ihrer Herrschaft aß und trank. Ich wartete noch ein wenig, und als ich mir schließlich albern vorkam, verließ ich den Raum. Sobald ich die Tür hinter mir zugemacht hatte, hörte ich, wie das Stimmengewirr wieder aufklang, und ich mußte mich beherrschen, um nicht am Schlüsselloch zu lauschen, bevor ich wieder wegging.

Der Rest des Tages verstrich sehr langsam. Ich schrieb einen Brief an Charles und übergab ihn Gandy, damit er ihn zur Post brachte. Das Abendessen in dem düsteren Eßzimmer war gespenstisch. Diesmal bediente mich Lucinda. Kein Wort fiel, während Martha in der Nähe der Tür stand und zuschaute.

Ich zog mich früh zurück und sorgte dafür, daß der Riegel meiner Tür gut vorgeschoben war. Wovor hatte ich eigentlich Angst? Ich konnte doch nicht glauben, daß mich Octavia oder Martha angreifen würden. Und trotzdem gab mir der vorgeschobene Riegel ein Gefühl der Sicherheit. Schnell zog ich mich aus, schlüpfte ins Bett und wandte mein Gesicht von Cages leerem Kopfkissen ab.

Ich mußte sofort eingeschlafen sein, denn ich erinnerte mich an nichts, bis mich der Schlag einer Uhr weckte, die irgendwo auf dem Gang stand. Ich zählte neun Schläge, aber natürlich konnte es schon viel später gewesen sein. Ich drehte mein Kopfkissen um, schüttelte es auf und machte es mir wieder gemütlich, schloß meine Augen, um sie gleich wieder aufzureißen. Ich versuchte es noch einmal in einer anderen Position, aber wieder wollten meine Augen nicht geschlossen bleiben. Ich vollzog ein paarmal dieses Ritual der Schlaflosigkeit, bis ich mir sagte, daß dies lächerlich war. Ich war müde, also mußte ich schlafen. Ich *mußte* einfach schlafen. Ich drehte und wendete mich, zählte Schafe. Alles umsonst. Ich lag auf meinem Rücken und starrte auf die Schatten. Ein Mondstrahl drang durch einen Spalt zwischen den Vorhängen herein und warf sein Licht auf den Schreibtisch und auf den Teppich.

Plötzlich hörte ich ein ganz leises Klicken, das mir einen Schock versetzte. Ich stützte mich auf meine Ellenbogen, mein Atem stockte.

Klick . . . Da war es wieder!

Als ich ins Dunkle starrte, sah ich, wie sich der Türknauf langsam drehte. Alles in mir schien zu gefrieren. Jemand versuchte in mein Zimmer einzudringen. O Gott! Es klickte noch einmal, als sich der Knauf wieder zurückdrehte.

Ich wollte schreien: ›Wer ist da?‹ Aber meine Kehle war wie zugeschnürt. Der Türknauf drehte sich noch einmal, und die Tür schien unter dem Druck einer Hand nachzugeben. Zum Glück hatte ich den Riegel vorgeschoben.

Jetzt hörte ich ein leises, kratzendes Geräusch. Es war so leise, daß es kaum mehr als ein Rascheln war. Meine Lungen waren zum Bersten voll, als ich die Luft anhielt, um besser hören zu können.

Gandy sieht, wie sie ihr Haar kämmt – sie hat langes, schwarzes Haar, müssen Sie wissen – Lillith . . .

Nein, sagte ich mir, nein. Ich werde nicht daran denken. Mäuse – das ist es, was ich höre . . . Aber wie können Mäuse einen Türknauf umdrehen? Ich darf nicht daran denken, ich darf nicht daran denken . . .

Nach einer langen Zeit hörte ich leise Schritte, die sich entfernten. Ich saß im Bett, die Decke bis an mein Kinn hochgezogen, und lauschte. Schließlich schlug die Uhr wieder, zwölfmal, die Geisterstunde. Wer war an meiner Tür gewesen? Octavia? Martha? Oder einer der anderen Bediensteten? An Schlaf war jetzt natürlich nicht mehr zu denken.

Ich stieg aus dem Bett und zündete eine kleine Kerze an. Doch dann blies ich sie sofort wieder aus. Ich hatte das seltsame, unerklärliche Gefühl, daß ich im Dunkeln sicherer war.

Ich schlich auf Zehenspitzen zum Fenster und spähte zwischen den Vorhängen hindurch. Das Schlafzimmer lag über dem Garten, und ich schaute jetzt auf den Weg hinunter, der vom Mondlicht übergossen war. Als ich so in die Nacht hinausstarrte, stieg hinter der Gartenmauer eine dünne Rauchfahne auf. Dann erschien ein sanftes Glühen, als wäre dort ein Feuer angezündet worden. Meine Angst kehrte zurück, eine andere Art von Angst diesmal, eine Angst vor Feuer. Cage hatte mir gesagt, daß ein Feuer eine große Gefahr in San Francisco darstellte. Sogar jetzt, wo es von den Behörden verboten worden war, Holzhäuser zu bauen, bestand immer noch die große Gefahr, daß Feuer ausbrach.

Ich machte das Fenster auf, beugte mich hinaus und beobachtete das Glühen, aber das Feuer, oder was immer es sein mochte, schien unter Kontrolle zu sein. Vielleicht verbrannte jemand Abfall, und obwohl es für solch eine häusliche Arbeit reichlich spät war, konnte ich mir keine andere Erklärung denken.

Die Nacht war mild und sehr ruhig. Während ich den rötlichen Schein hinter der Gartenmauer beobachtete, vernahm ich ein leises Singen, begleitet vom Dröhnen einer Trommel. Einige Augenblicke lang dachte ich, daß ich es mir nur eingebildet hätte, aber nein – es war deutlich zu hören, das Anschwellen und Abschwellen eines Chores. Es war kaum mehr als ein Gemurmel, wie die Gezeiten des Meeres, dessen Rauschen von einem weit entfernten Strand herüberdrang. War es ein Lied, Gebet, eine Hymne? Ich konnte es nicht feststellen, aber es war eine ganze Weile zu hören. Dann verstummte es auf einmal, und eine weibliche Stimme begann zu sprechen. Obwohl ich angestrengt lauschte, waren ihre Worte sehr gedämpft und manchmal von dem Wispern einer gelegentlichen Brise in den Blättern nicht zu unterscheiden.

Ich zitterte. Gänsehaut breitete sich auf meinen nackten Armen aus, und dann schwieg die Frauenstimme. Der Chor klang wieder auf, schwoll zu einem rhythmischen, hypnotisierenden Singsang an, steigerte sich zu heidnischer Wildheit, während die Trommeln in der dunklen Nacht wie ein riesiges schlagendes Herz ertönten. Der wilde Rhythmus packte mich und drang in jede Pore meines Körpers ein. Er pulsierte durch mein Blut, mein Herz und meinen Kopf. Dann verstummten die Stimme und die Trommeln plötzlich, und die rote Glut erlosch, als hätte sich eine riesige Hand darauf gelegt. Alles war jetzt stumm, und allmählich krochen das vertraute Zirpen der Heuschrecken und das Summen der Nachtinsekten in die stille Leere.

Am Morgen stand ich auf, als sich die Sonne gerade über dem Horizont erhoben hatte. Ich zog mich schnell an und stahl mich dann in den Garten hinaus. Ich wollte nachsehen, ob die nächtlichen Stimmen und der feurige Schein Wirklichkeit gewesen waren – oder ob ich nur davon geträumt hatte. Im harten Tageslicht der aufsteigenden Sonne erschien mir mein nächtliches Erlebnis irreal und unwahrscheinlich. Der Garten glitzerte im Morgentau. Ich ging an der Laube vorbei, zur Mauer an der anderen Seite des Gartens. Ich hoffte, ein Tor zu finden, das zu dem leeren, von Bäumen gesäumten Platz auf der anderen Seite führte, zu dem Platz, auf dem ich das feurige Glühen gesehen hatte.

Zu meiner Überraschung fand ich tatsächlich ein kleines, hölzernes Gatter, das hinter einem Oleanderstrauch versteckt war. Die Angeln quietschten, als ich hindurchging. Unter den Bäumen war es dunkel, und der Boden unter meinen Füßen war feucht und wegen der herabgefallenen Blätter auch rutschig. Ich war nur ein paar Schritte gegangen, als ich auf eine kleine Lichtung stieß. Sie war kreisrund, und das Gras war in den sandigen Boden gestampft worden. In der Mitte der Lichtung lag ein flacher Stein, und davor befand sich ein Aschenhaufen. Ich ging zu der Asche. Sie hatte einen seltsamen Geruch. Irgendwie stank sie nach verbrannten Hühnerfedern, und tatsächlich fand ich auch ein paar schwarze Federn neben dem Haufen. Mit meiner Pantoffelspitze schob ich ein wenig Asche beiseite. Ein leichtes, rotes Glühen blinzelte wie ein bösartiges Auge zu mir auf, und ich erschauerte.

Es war kein Traum gewesen. Der Gesang und das Feuer und die Stimme mit ihrem hypnotischen Singsang – ich hatte das alles wirklich gesehen und gehört. Unfähig, meine Augen abzuwenden, starrte ich auf den Aschenhaufen, und obwohl die Sonne jetzt ganz aufgegangen war, hatte ich das Gefühl, mich an einem düsteren Ort zu befinden, an einem kalten Ort voller Schrecken.

14

Cage kam an diesem Morgen so glücklich und übermütig zurück, daß ich ihm nicht mit einer schwermütigen Geschichte von dröhnenden Trommeln und verbrannten Federn die Stimmung verderben wollte.

»Adelaide – ich werde bald ein reicher Mann sein!« rief er lachend, als er mich hochhob und küßte.

»O Cage, wie schön!« Ich liebte es, ihn mit blitzenden Augen und strahlendem Gesicht zu sehen. Später würde ich ihm alles erzählen, sagte ich mir, aber jetzt wollte ich mich an seinem Glück freuen.

»Ralston – der Großkapitalist, erinnerst du dich, daß ich ihn erwähnt habe?« fragte er. »Nun, Ralston will eine neue Firma gründen, eine Silberminengesellschaft, und ich bin einer der wenigen, die sich einkaufen können. Stell dir das vor! Diese Silberkönige machen Millionen, Adelaide, Millionen! Geld ist Macht, Adelaide, Macht! Und, meine Liebe, dank deiner Großzügigkeit . . .«, er gab mir einen schmatzenden Kuß auf die Wange, ». . . werde ich bald zu ihnen gehören.«

»O Cage, wie wundervoll!«

Seine Begeisterung war ansteckend. Ich kannte mich in Geschäftsangelegenheiten nicht gut aus, aber ich erinnerte mich, wie mir eine zufällige Investition Barnabas' Reichtum beschert hatte, und ich war sicher, daß es Cage nicht anders ergehen würde. Nicht daß ich mir selbst viel aus Geld gemacht oder daß mir an einem luxuriösen Leben viel gelegen hätte, aber ich wußte, wie wichtig es für Cage war. Er war ein Aristokrat und dazu geboren, sich in den besten Kreisen zu bewegen, und in San Francisco hatten die besten Kreise einen Heiligenschein von Geld. Das wußte ich. Cage hatte mir das alles auf unserer Reise erklärt. »Es gibt hier keine vornehme Armut«, hatte er mir gesagt. »Du bist arm, du kommst mit deinem Geld gerade noch aus, es geht dir gut – oder du bist reich. Was man vorher war, Landstreicher oder Prinz, ist ganz egal. Die ›besten‹ Familien haben sich während des Goldrausches in den achtundvierziger Jahren etabliert. Sicher, San Francisco hat auch viele bekannte Namen aus Virginia, aber als sie hier ankamen, meine Liebe, haben sie sich erst einmal an die Arbeit gemacht, entweder durch Minen- oder Bankgeschäfte oder als Rechtsanwälte. Sie waren erfolgreich und stiegen zur Spitze auf.«

Cage faßte mich bei der Hand und führte mich ins Eßzimmer. »Darauf müssen wir trinken! Champagner, Martha! Martha!« rief er.

Keine Sekunde war vergangen, da stand sie schon da.

»Haben wir Champagner?« fragte er. »Ich habe gerade ein gutes Geschäft abgeschlossen, und das wollen wir feiern.«

»Ja – ich glaube, wir haben noch eine oder zwei Flaschen, Mr. Cage.«

Der Champagner war nicht kalt gestellt worden und lauwarm. Er kitzelte meine Nase.

»Es ist nur ein kleines Risiko, Adelaide«, sagte Cage, »falls du dir wegen des Geldes Sorgen machst.«

»Ich mache mir keine Sorgen«, erwiderte ich lächelnd.

Er erwiderte mein Lächeln, und es stieg mir in den Kopf, viel mehr als der Champagner. »Ich bin froh, daß ich das Geld hatte«, fügte ich hinzu.

»Auf uns!« rief er, hob sein Glas hoch und grinste mich über den Rand hinweg an.

»Auf uns«, sagte auch ich. Wir tranken.

»Ich werde dir Diamanten schenken«, versprach er und füllte unsere Gläser wieder mit Champagner. »Morgen möchte ich, daß du in die Stadt gehst und dir ein Dutzend Kleider bestellst. Auch Abendkleider. Wir werden Gäste in unser Haus einladen, Festessen geben und Bälle veranstalten, wie sie die Stadt noch nie gesehen hat.«

»Aber Cage . . .« Darauf war ich nicht gefaßt. Ich hätte seine Freunde lieber bei kleinen Essen kennengelernt, wie wir es neulich für die Shelbys arrangiert hatten, zwei oder vier Gäste auf einmal. Ich taugte nicht für große Veranstaltungen mit vielen fremden Leuten. Barnabas und ich hatten ein stilles Leben geführt.

»Ich versichere dir, wir können es uns leisten«, fuhr Cage fort, weil er mein Zögern falsch deutete. »Große Feste sind eine gute Investition, Adelaide. Man muß für diese Leute eine Fassade aufbauen. Erfolg zieht Erfolg nach sich. Und wenn ich in die Politik einsteigen will – was mir, wie ich zugeben muß, sehr attraktiv erscheint –, dann muß ich Partys geben. Nun – was sagst du dazu, Adelaide? Du wirst nicht viel Arbeit haben. Martha ist sehr geschickt, was die Organisation solcher Festlichkeiten betrifft.«

»Natürlich«, sagte ich und wünschte, er hätte Marthas Namen nicht erwähnt. »Es wird herrlich sein. Wann willst du deine erste Abendgesellschaft haben?«

»Samstag in einer Woche.«

»Oh – Cage . . .«

»Das sollte dir genügend Zeit geben. Ich werde eine Liste der Gäste anfertigen, und du kannst die Einladungen verschicken. Martha wird den Rest erledigen.«

Er war sehr vergnügt beim Mittagessen. »Ich habe einen Wagen gemietet, mit der Option, ihn zu kaufen. Wir brauchen ein Transportmittel. Dies ist nur ein bescheidenes, später werden wir ein größeres haben. Es steht dir zur Verfügung, wenn du möchtest. Für mich habe ich ein Jagdpferd gekauft. Die Stute wird morgen geliefert. Sie ist eine Schönheit, mit herrlichen Beinen. Drei Jahre alt. Möchtest du vielleicht auch ein Reitpferd?«

»Für die Stadt . . . Ich – ich glaube nicht.«

»Wir haben genügend Platz für ihren Unterhalt.« Die Ställe lagen hinter dem Garten. Gandy, Lucinda und Doreen hatten dort ihre Zimmer. »Nun – überleg es dir! Ich möchte, daß du mir versprichst, über vieles nachzudenken, Adelaide. Du willst doch nicht, daß die Leute uns für Pfennigfuchser halten, oder?«

»Nein – natürlich nicht, Cage.« Er war wie ein kleiner Junge in einer Konditorei. Ich war nicht zum Pomp erzogen worden, aber wenn er aufwendigen Prunk liebte, sollte er ihn haben.

Erst als wir nach dem Essen im Salon saßen, erinnerte ich mich plötzlich an mein seltsames nächtliches Erlebnis. Wieder zögerte ich, Cage davon zu erzählen, aber dann sagte ich mir, daß er Bescheid wissen mußte. Mit gerunzelter Stirn hörte er sich meine Geschichte von Stimmen, dröhnenden Trommeln, Feuer und versengten Federn an. Als ich geendet hatte, fragte er: »Adelaide – weißt du, was du da erzählst? Bist du sicher, daß du dir das alles nicht eingebildet hast? Manchmal . . .«

»Nein, Cage, nein. Komm, ich werde es dir zeigen.«

Er war überrascht, als er das Gatter in der Mauer sah. Er hatte nicht gewußt, daß es existierte. »Die Arbeiter haben es wahrscheinlich eingefügt, als sie das Haus bauten«, meinte er, »um einen leichteren Zugang zur Baustelle zu haben.«

Ich konnte mir nicht vorstellen, warum es leichter gewesen sein sollte, durch den Garten zu gehen, den es damals sicher noch nicht gegeben hatte. Es mußte genauso einfach gewesen sein, von der Straße hereinzukommen. Aber ich sagte nichts.

»Das angrenzende Grundstück gehört auch mir«, erklärte Cage, als wir zwischen den Bäumen hindurchgingen. »Ich habe es gekauft, weil ich keine Nachbarn direkt neben dem Haus haben wollte.«

Als wir auf die Lichtung kamen, blieb ich plötzlich stehen, so plötzlich, daß Cage mit mir zusammenstieß. Der flache Stein war weg. Der Aschenhaufen war verschwunden.

Cage schob sich an mir vorbei, ging in die Mitte der Lichtung und schaute sich um. »Adelaide . . . Wirklich, meine Liebe, du mußt das alles geträumt haben.«

Ich starrte auf die leere Stelle, und meine Hände zerrten an den Falten meines Rockes.

»Adelaide?«

»Nein«, sagte ich dumpf. »Nein – es war da – die Asche – der Stein.«

»Aber du siehst doch selbst, daß nichts da ist – und ein Stein ist nicht so leicht wegzuschaffen.«

»Es war alles da«, sagte ich zitternd, weil ich mehr Angst hatte als zuvor. Ich hatte den Stein *gesehen*, hatte die rauchende Asche mit meiner Schuhspitze berührt.

»Adelaide . . .« Er seufzte geduldig. »Meine Liebe, ich sage ja nicht, daß du fantasierst. Vielleicht hat da wirklich ein Feuer gebrannt. Die Stadt ist, weiß Gott, voll von Vagabunden und enttäuschten Goldsuchern. Einer von ihnen könnte letzte Nacht an dieser Stelle ein Feuer angezündet und sich ein gestohlenes Hühnchen gebraten haben.«

»Vielleicht.« Aber der Singsang und die Stimme? Wie sollte ich den wilden Rhythmus der Trommeln deuten?

»Komm – laß uns zum Haus zurückgehen. Du bist sehr blaß, Adelaide. Ich glaube, du hast die Anstrengung der Reise noch nicht ganz überwunden. Das ist alles. Die Nerven.« Er nahm mich beim Arm.

»Die Nerven«, wiederholte ich und wollte ihm glauben. Hatte ich nicht schon immer eine blühende Fantasie gehabt? Unruhige, immer wiederkehrende Träume, das Gefühl, beobachtet zu werden, meine besessene Erwartung eines Unglücks, das sich nie ereignete – das waren Ausgeburten meiner regen Fantasie. Und doch – ich hätte um meine Juwelen gewettet, daß alles, was ich letzte Nacht gesehen und gehört hatte, Wirklichkeit gewesen war.

Am nächsten Morgen fuhr ich zum Einkaufen in die Stadt. Gandy, der leicht hinkte, half mir in den Wagen und sah sehr zufrieden aus, als er auf dem Kutschbock saß.

Ich hatte Cage gefragt, ob es nicht eine gute Idee wäre, zusammen mit Clara Shelby einkaufen zu gehen, wo sie doch die besten Läden kannte. Aber er hatte abgelehnt und gemeint, daß er es vorzöge, wenn ich keine Freundschaft mit ihr pflegen würde. »Sie hat ein loses Mundwerk«, sagte er. »Außerdem kennt sich Gandy sehr gut aus, und er kann dich überall hinbringen.«

Gandy hielt vor einem Kaufhaus mit einer rot-weiß-gestreiften Markise. Als er mir aus dem Wagen half, sah ich Clara Shelby gerade aus der Tür kommen.

»Mrs. Shelby! Clara!«

Sie lächelte. »Na, so was – Adelaide! Wie schön! Machen Sie

einen Einkaufsbummel? Oh, aber Sie haben mir doch versprochen, daß Sie mich mitnehmen würden«, erinnerte sie mich mit einem verdrossenen Gesicht.

»Ich – ich wollte Sie nicht belästigen.« Ich konnte nicht wiederholen, was Cage mir gesagt hatte. Er wollte nicht, daß ich mich mit Clara anfreundete, aber ich dachte mir, daß es doch nichts schaden konnte, wenn ich ein paar Stunden mit ihr verbringen würde. Ich fühlte mich einsam. San Francisco erschien mir so fremd, so anders, so ungehobelt. Claras vertrautes Gesicht war mir in dem Meer von fremden Menschen ein willkommener Anblick. Und schließlich hatte mir Cage ja nicht *verboten*, mit ihr zu reden.

»Unsinn!« rief Clara. »Das ist doch keine Belästigung. Ich weiß kaum, was ich mit meiner Zeit anfangen soll. Wollen Sie sich Kleider kaufen?«

»Ja – Gandy meinte, dieser Laden . . .«

»Pah! Die haben hier nichts, was Ihnen gefallen würde. Wirklich nicht. Ich werde Sie zur ›Stadt Paris‹, einem wundervollen Laden führen. Sollen wir in Ihrem oder in meinem Wagen fahren?«

»Oh, nehmen wir meinen.«

Der Laden ›Stadt Paris‹ lag mitten im Einkaufsviertel. Seine eindrucksvolle Fassade gefiel mir sehr gut. Und ich hatte noch nie zuvor solch ein schönes Warensortiment gesehen. Herrliche Spitzen und Seidentücher, Hüte, Kleider, Weine, Liköre und Parfüms . . . Oh – diese ausgewählten Düfte! Zu Hause hatte ich keine Parfüms verwendet – Papa hatte gedacht, daß dies nur käufliche Frauen taten. Aber diese Düfte stammten aus Paris, und Clara versicherte mir, daß eine Frau aus der guten Gesellschaft lieber ohne Kleider als ohne Parfüm ausgehen würde.

»Sie sind noch nicht in die Gesellschaft eingeführt worden, oder?« fuhr sie fort. »Nun, das werden Sie jetzt ja bald nachholen.«

Ich probierte mehrere Kleider an und kaufte zwei davon. Mit unseren Schätzen, die in großen Schachteln verpackt waren, traten wir wieder auf die Straße, wo Gandy auf uns wartete. Wir stiegen ein, und als Gandy losfuhr, fragte mich Clara: »Wäre es Ihnen recht, wenn wir bei meiner Schneiderin vorbeifahren würden?«

»Natürlich. Sagen Sie Gandy, wohin er fahren soll.«

Sie beugte sich aus dem Fenster und rief: »Fahren Sie die

Kearney Street hinunter in Richtung Pazifik! Ich sage Ihnen dann, wo Sie halten sollen.« Sie wandte sich zu mir. »Mrs. Taggard hat mich gebeten, in dieser Woche zur Anprobe zu kommen, und ich dachte, es würde Ihnen vielleicht nichts ausmachen, da sie hier in der Nähe wohnt.«

»Es macht mir überhaupt nichts aus.«

Es war ein heruntergekommenes Viertel. Die engen Gassen waren von zweistöckigen Holzhäusern gesäumt, die sich in einem schäbigen Zustand befanden. Die Treppen waren durchgetreten, die Farbe blätterte ab, und die Fensterscheiben waren gesprungen oder zerbrochen.

»Kommen Sie mit hinein!« forderte Clara mich auf, nachdem Gandy auf ihre Anweisung hin vor einem der Häuser gehalten hatte. »Ich möchte, daß Sie Mrs. Taggard kennenlernen. Sie ist wirklich ein Schatz. Vielleicht hätten Sie Lust, auch ein Kleid zu bestellen. Ehrlich gesagt, ich mag ihre Kleider viel lieber als die fertig gekauften.«

Die Schneiderin war eine junge Frau mit drei kleinen Kindern. Sie bat uns in ihr Wohnzimmer, in dem Stoffreste, Zwirnspulen und viele kleine Nadelkissen lagen. Claras Kleid war noch nicht ganz zur Anprobe fertig, aber wenn sie noch ein wenig warten wollte, meinte Mrs. Taggard, dann würde sie schnell ein oder zwei Säume fertig heften, und Clara konnte es dann probieren.

»Adelaide, fahren Sie doch schon zurück«, schlug Clara vor. »Ich kann mir an der Ecke einen Wagen mieten, der mich zurückbringt. Es könnte hier noch ein paar Stunden dauern.«

Ich war müde und wollte nach Hause. Cage würde bereits auf mich warten. »Nun – wenn es Ihnen nichts ausmacht, dann fahre ich jetzt.«

Als ich aus dem Haus trat, saß Gandy nicht auf dem Kutschbock. Ich schaute nach rechts und links und biß mir auf die Lippen. Er war nirgends zu sehen. Ich vermutete, daß ihm langweilig geworden und daß er ein wenig spazierengegangen war. Ich stieg in den Wagen, ließ mich in die Kissen sinken und widerstand der Versuchung, meine Schuhe auszuziehen. Meine Füße schmerzten unerträglich. Dieser Einkaufsbummel hatte mich doch wohl mehr angestrengt, als ich gedacht hatte.

Die Minuten vergingen, und ich wartete, in mein Schicksal ergeben. Die verlassenen Straßen waren in ein graues Licht getaucht. Das Licht des späten Nachmittags ließ die elenden Häuser zu beiden Seiten der Straße noch trostloser erscheinen.

Kein Mensch war zu sehen, kein Wagen, kein Pferd, nicht einmal ein streunender Straßenköter. Es war ganz windstill. Die staubige Straße und die Häuser verschmolzen in der Ferne zu einem einzigen Punkt, wie die Straßen einer Bleistiftzeichnung. Die zuckenden Ohren der geduldigen Pferde vor dem Wagen waren das einzige Zeichen von Leben. Und jetzt zog auch noch Nebel über den Dächern auf und senkte sich wie schmutziger Rauch auf den Boden herab. Ich zog den Schal enger um meine Schultern und blickte durch die Scheiben. Wo blieb Gandy so lange?

Ich wollte aussteigen und in das Haus zurückgehen, aber dann beschloß ich zu bleiben, damit Gandy nicht, falls er inzwischen zurückkäme, wieder davonlaufen würde. So wartete ich, wurde langsam böse, dann ängstlich, dann wieder böse.

Der Himmel wurde dunkler und der Nebel immer dichter. Er hüllte den Wagen wie ein frostiges Leichentuch ein. Dann hörte ich plötzlich entfernte Schritte, und während ich lauschte, kamen sie immer näher – schwere, langsame Schritte. Es war nicht Gandys Gang, denn er hinkte. Dies waren gleichmäßige Schritte, die auf dem Gehsteig widerhallten. Sie wirkten unheimlich – als wüßte der Besitzer dieser schweren Stiefel, daß ich im Wagen saß, eine hilflose Frau, ganz allein. Was hatte Mrs. Taggard noch gesagt? Ich hatte ihrem Geplapper kaum zugehört. Aber jetzt erinnerte ich mich, daß sie Barbary Coast erwähnt hatte, das nur ein paar Häuserblocks entfernt lag und sich ständig ausbreitete, so daß sie gezwungen sein könnte, wegzuziehen. An der Barbary Coast versammelte sich der Abschaum der Menschheit – Diebe, Schurken, Betrüger und käufliche Frauen.

Die Schritte kamen immer näher, nicht schnell, aber unaufhaltsam, drohend wie die zuversichtlichen Schritte eines Jägers, der sich seiner Beute sicher ist. Angst packte mich, eine Angst, wie sie mich in Alpträumen heimsuchte, eine Angst vor den Augen eines Beobachters und einer unentrinnbaren Falle. Und der Nebel zog in Schwaden umher und wurde immer dichter. Er hüllte jetzt sogar die Köpfe der Pferde ein und isolierte mich völlig in einer Welt voller Blindheit. Meine Brust schien zu zerspringen, so heftig klopfte mein Herz, und meine Kehle war ganz ausgetrocknet. Ich kann hier nicht einfach sitzen und warten, dachte ich. Mein Gott! Ich hatte meine Hand auf dem Türgriff, als plötzlich die Gestalt eines Mannes aus den Nebelschwaden auftauchte. Ich stieß die Tür auf und fing an zu schreien.

Der Mann blieb stehen, und mein Schrei erstarb.

»Was für eine Überraschung! Wenn das nicht Mrs. Cage Norwood ist!« ertönte eine bekannte Stimme.

Und ich schaute in die höhnischen Augen Jay Cooks.

15

Er trug einen tadellosen grauen Anzug, und der zurückgeschlagene Kragen seines Wintermantels enthüllte ein rotes Futter. Er nahm den Hut ab und machte eine tiefe Verbeugung. »Mrs. Norwood – meine Verehrung!«

Ich konnte ihn nur anstarren.

»Habe ich Sie so erschreckt?« fragte er bekümmert.

»Ja – ja.« Mein Herz klopfte noch immer wie rasend. »Ich habe meinen Kutscher Gandy erwartet . . .«

»Und natürlich nicht mich.«

»Ich hatte keine Ahnung – dieser Nebel – er war weggegangen, und als ich Schritte hörte, dachte ich natürlich, daß er . . .«

»Natürlich. Es tut mir leid, daß ich Sie erschreckt habe.«

»Nur – nur für einen Moment.«

»Gott sei Dank. Ich schätze die Rolle eines Gespenstes überhaupt nicht.« Er beobachtete mich mit einem verzerrten Lächeln.

»Es – es war nur solch – solch eine Überraschung – Sie hier zu sehen . . .« Ich holte tief Luft und zwang mich, ihm in die Augen zu schauen. Er sagte nichts und wartete offensichtlich darauf, daß ich weitersprechen würde.

»Wie geht es Ihnen, Mr. Cook?« brachte ich endlich erleichtert über meine Lippen, froh darüber, daß es Jay Cook und nicht irgendein Schurke war, der aus dem Nebel aufgetaucht war.

»Großartig«, sagte er und lächelte breit. »Und wie geht es Ihnen, Mrs. Norwood? Ist Ihnen Ihre Ehe bisher gut bekommen? Oh, ich vergesse meine Manieren. Ich habe Ihnen noch gar nicht gratuliert, oder?«

»Nein«, sagte ich, und meine Erleichterung vermischte sich mit Unbehagen, als ich mich daran erinnerte, daß Jay Cook sogar in der Rolle des galanten Gentlemans bissig sein konnte.

»Wenn ich mich recht erinnere, habe ich sogar mehrere unhöfliche Bemerkungen gemacht.«

»Ja.«

»Ja, dann müssen Sie mir bitte verzeihen. Schreiben Sie es dem

Neid eines zurückgewiesenen Liebhabers zu. Man sagt manchmal in solchen Situationen unüberlegte Dinge. Es tut mir wirklich leid.«

Es war eine gewandte Entschuldigung, die jedoch von seinen höhnischen Augen Lügen gestraft wurde.

»Ich bin sicher, Sie hätten sich etwas Angemesseneres ausdenken können, wenn Sie es gewollt hätten«, gab ich scharf zurück.

»Vielleicht, aber Sie müssen verstehen, daß ich aus dem Herzen sprach. Das Herz spricht seine eigene Sprache, Mrs. Norwood, und der Verstand hat nicht immer die Kontrolle über das, was es sagt. Oder? Sie, die Sie doch so ein spontanes Wesen sind, müßten das am besten wissen.«

»Wirklich! Haben Sie vor, mir wieder einen Ihrer philosophischen Ergüsse vorzutragen? Wenn ja, dann ersparen Sie mir das, bitte.« Dieser Mann hatte ein unerträglich gutes Gedächtnis. Als wir Virginia verlassen hatten, war ich der Meinung gewesen, daß ich ihn nie wieder zu Gesicht bekommen würde. Ich hätte es besser wissen sollen. »Was führt Sie nach San Francisco?«

»Nun – das gleiche, was Cage hierhergelockt hat – Geld – oder ein anständiger Lebensunterhalt. Außerdem betrachte ich San Francisco als mein Zuhause. Warum fragen Sie? Aus Neugier?«

»Um ehrlich zu sein, ich weiß das gar nicht. Was Sie tun oder lassen, ist mir im Grunde egal.«

»Wie schade – ich hatte gehofft . . . Ach, sprechen wir nicht darüber. Kommen wir zur Sache. Sind Sie sich dessen bewußt, daß dies eine sehr verrufene Gegend ist? Genaugenommen sogar gefährlich. Ich bin überrascht, daß Cage Ihnen erlaubt hat, in dieses Viertel zu fahren.«

»Cage weiß es gar nicht«, entgegnete ich seufzend. »Ich habe eine Freundin zu ihrer Schneiderin gebracht – und ich wäre schon lange weggefahren, wenn mein Kutscher nicht verschwunden wäre.«

»Ihr Kutscher ist aber unzuverlässig. Er muß um den Block herum zum Golden Nugget gegangen sein. Sagten Sie, daß er Gandy heißt? Hm, wenn es der Gandy ist, den ich kenne, dann hat er sich verändert. Früher war er ein Abstinenzler.«

Es dämmerte bereits und wurde immer dunkler, obwohl sich der Nebel etwas gelichtet hatte. Ich schaute die Straße hinunter. »Ist es weit bis zum Golden Nugget?«

»Zwei Straßen, aber Sie wollen doch nicht etwa selbst nach Gandy suchen?«

»Nein, aber . . .«

Da kam gerade der zwölfjährige Junge der Schneiderin mit Clara im Gefolge aus dem Haus.

»Oh – Adelaide!« rief sie. »Sie sind noch immer hier? Gott sei Dank. Ich hätte nie gedacht, daß es so lange dauern würde, und Tom wollte mir gerade einen Wagen holen, aber jetzt werde ich mit Ihnen nach Hause fahren. Danke, Tom. Aber – oh, meine Liebe, ich hatte gar nicht bemerkt, daß Sie sich in Gesellschaft befinden«, sagte sie, als sie Jay Cook entdeckte.

»Dies ist Mr. Cook, ein Freund meines Mannes.«

»Ich glaube, wir haben uns vor einigen Jahren getroffen.« Clara lächelte ihn an. »Sie haben hier geschäftlich zu tun?«

»Nein. Ich kam nur gerade vorbei, als Mrs. Norwood hier gestrandet war. Offenbar hat sich ihr Kutscher davongemacht.«

»Tatsächlich! Nun, so sind die Dienstboten eben heutzutage.« Clara klimperte kokett mit den Wimpern. »Sie haben kein Verantwortungsgefühl.«

»Leider ist das wahr – doch gilt es nicht nur für Dienstboten, sondern auch für andere Leute. Meine Damen, erlauben Sie mir, Sie nach Hause zu bringen.«

»Das ist nicht nötig«, sagte ich schnell. »Ich glaube, daß Mrs. Shelby und ich allein zurechtkommen werden.«

»In der Dunkelheit und in diesem Nebel? Und bei dieser Nachbarschaft? Seien Sie nicht lächerlich! Nein, ich bestehe darauf. Ich habe mein Pferd am Ende der Straße angepflockt. Ich brauche nur einen Augenblick, um es zu holen.«

Er verschwand im Nebel, und Clara stieg neben mir ein. »Ich muß schon sagen!« rief sie entzückt, als sie durch das Hinterfenster hinausschaute. »Was für ein hübscher Teufel er ist, nicht wahr? Ich habe ihn nie so gut gekannt wie mein Mann. Ich glaube, Mr. Cook und Mr. Norwood waren keine engen Freunde, obwohl sie zusammen in den Krieg gezogen sind. Soviel ich weiß, war Mr. Cook nie verheiratet. Oder hat er sein Junggesellenleben inzwischen beendet?«

»Ich habe ihn nicht danach gefragt.« Clara Shelby war nicht nur eine Schwatztante, sondern auch noch mannstoll. Was ging es sie an, ob Jay Cook verheiratet war oder nicht?

»Hat er gesagt, was ihn in dieses Viertel geführt hat?«

»Nein, das hat er nicht, und ich habe mir auch nicht die Mühe gemacht, mich danach zu erkundigen.«

Wir hörten das Trommeln von Pferdehufen, und einen Augenblick später tauchte die stattliche Gestalt Jay Cooks auf.

Es war jetzt ganz dunkel. Der Wagen schwankte, als sich Jay Cook auf den Fahrersitz schwang. Wir sahen, wie er sich über die Wagenlampen beugte, wie dann ihr weiches Licht einen gelben Schimmer auf die nebelfeuchte Straße warf.

»Jay Cook«, sagte Clara nachdenklich, als der Wagen anfuhr. »Ja – jetzt erinnere ich mich. Cook und Ihr Bruder hatten einen Streit mit Mr. Norwood, als er heiratete – zum erstenmal, meine ich. Aber ich nehme an, daß Sie das alles wissen.«

»Ja.« Seltsamerweise verging bei der Erwähnung von Cages erster Ehe der Ärger, den ich Clara gegenüber gehegt hatte. Während ich so in der Dunkelheit neben ihr saß, war ich versucht, meinen sorgfältig aufrechterhaltenen Schein fallenzulassen und zuzugeben, daß ich nichts wußte, daß mir weder mein Bruder, noch Jay Cook, noch mein Ehemann ein Wort gesagt hatten. Ich fragte mich, ob sie wohl schockiert wäre, wenn ich gegen die guten Sitten verstoßen würde, wenn ich mich an sie schmiegte und flüsterte: »Ich will alles darüber wissen. Ich will alles über Lillith wissen, jedes kleine Detail.« Aber wieder triumphierten die Konventionen, und diese Anwandlung ging vorüber. Es wurde mir wie schon einmal klar, daß ich nie den Mut haben würde, meine Unwissenheit einzugestehen.

Wir fuhren mit ziemlicher Geschwindigkeit, als der Wagen plötzlich mit quietschenden Reifen hielt und Clara und ich nach vorne geschleudert wurden.

»Was ist los?« rief Clara. »Was ist passiert?«

Ich machte die Tür auf. Jay Cook war vom Bock gesprungen und beugte sich über einen Mann, der auf der Straße lag.

»Ist jemand verletzt?« fragte ich und stieg aus.

Mr. Cook war niedergekniet und hielt den Kopf des Mannes hoch.

»Kann ich helfen?« rief ich.

Dann erkannte ich, daß da Gandy lag, mit einer stark blutenden Kopfwunde. »Kann ich helfen?« wiederholte ich und kam näher.

»Er ist bewußtlos«, sagte Jay und versuchte das Blut zu stillen. »Er muß von hinten getroffen worden sein. Haben Sie ein Taschentuch? Meines ist schon ganz von Blut durchtränkt.«

Mit einem unterdrückten Schauder gab ich ihm mein Taschentuch. »Wie ist das passiert? Warum? Hat ihn ein Dieb niedergeschlagen, der ihm Geld abnehmen wollte?«

»Oder den Wagen.«

»Den Wagen?« wiederholte ich schockiert. »Aber warum haben wir ihn dann *hier* gefunden? Das verstehe ich nicht.«

»Ich wollte vorhin nichts sagen, weil ich Angst hatte, ich könnte mich täuschen und Sie, meine Damen, umsonst aufregen. Aber ich hatte schon vorher den Eindruck, daß da angetrocknetes Blut auf dem Kutschbock war.«

»Oh . . .« Die grauen Schwaden zogen vorbei, und der kalte Nebel legte seine eisige Hand auf mein Gesicht.

»Jemand muß ihn angegriffen haben, als er auf Sie gewartet hat. Dann hat er ihn weggeschleppt, um vielleicht wiederzukommen und den Wagen zu holen. Dann ist er aber verscheucht worden.«

»Es scheint so . . .«

»Das ist nur eine Vermutung. Wir werden alles erfahren, wenn Gandy zu sich kommt.«

Jay Cook hob den kleinen Mann in seinen Armen hoch, als ob er nur das Gewicht eines Kindes hätte. Gandys Kopf fiel nach vorn, und sein Gesicht wirkte im Licht der Wagenlampen gespenstisch blau. »Ich muß ihn auf den Boden legen«, sagte Jay Cook. »Es könnte für ihn und auch für Sie, meine Damen, eine unangenehme Fahrt werden.«

»Das stört mich nicht.«

Clara hob schnell ihre Röcke hoch, damit sie nicht mit Gandy in Berührung kamen, und schwor, daß sie sich eine andere Schneiderin suchen würde, die in einem besseren Viertel wohnte.

Cage war nicht zu Hause. Und Marthas Reaktion war auch nicht gerade angetan, mich zu beruhigen. Als Jay den noch immer bewußtlosen Gandy in das Haus trug, wurde sie ganz blaß, und ihre Augen hatten einen Ausdruck, der verdächtig nahe an Angst herankam. Martha, die Unerschrockene, hatte Angst? Es war das erstemal, daß ich solch einen Riß in ihrem Panzer bemerkte. Und trotz meiner eigenen Furcht konnte ich darüber nur staunen. Bedeutete ihr Gandy denn so viel? War diese kalte Frau in diese häßliche Kreatur verliebt? Und warum hatte sie solche Angst?

»Soll ich einen Arzt holen?« fragte Jay Cook.

»Nein, nein«, mischte sich Martha ein. »Ich kann ihn besser versorgen als einer dieser Quacksalber, Mr. Cook. Bringen Sie ihn nur in mein Zimmer.«

Ich fragte sie: »Kann ich vielleicht helfen?«

»Nein – danke.« Und sie rannte Jay Cook nach.

Ich saß noch mit Hut und Handschuhen im Salon, als Jay

zurückkam. »Sie brauchen sich keine Sorgen zu machen«, sagte er. »Es geht Gandy schon wieder besser. Aber für die Zukunft sollten Sie sich merken, daß es einige Stadtviertel gibt, die selbst die mutigsten Leute nicht zu durchqueren wagen.«

Ich wollte ihn fragen, was denn *ihn* in eine solch anrüchige Gegend geführt hatte. Statt dessen murmelte ich nur: »Das wußte ich nicht.«

Es entstand eine lange Pause. »Adelaide . . .«

Ich hob meinen Kopf. Er schaute mich an. In seinen dunklen, glänzenden Augen lag ein seltsam sanfter Blick, der mich mehr störte als der Hohn, den ich schon so oft darin bemerkt hatte.

»Ja, Mr. Cook, was gibt es?«

Eine weitere Pause trat ein. »Nichts«, sagte er schließlich und knöpfte seinen Wintermantel zu. »Es ist wohl am besten, wenn ich jetzt gehe. Ich werde Cage später einen formellen Besuch abstatten.«

Ich wollte nicht, daß er wegging. Es war merkwürdig – ein Mann, den ich so verabscheut hatte . . . Und doch fürchtete ich mich davor, auch nur für eine kurze Zeit allein zu sein. »Wie Sie meinen«, murmelte ich, weil ich nicht wußte, wie ich ihn bitten sollte, noch zu bleiben. »Oh – und danke, daß Sie mich nach Hause gebracht haben.«

»Es war mir ein Vergnügen.«

Ich lauschte auf das hohle Echo seiner Stiefel, als er durch die Halle ging. Die Tür öffnete sich und fiel dann mit einem endgültigen Klicken ins Schloß.

Achtundzwanzig Gäste waren zu unserer Abendgesellschaft eingeladen worden. Noch mehr Leute hätten keinen Platz an dem großen Eichentisch im Eßzimmer gefunden.

Wenn mir die Vorbereitungen nicht völlig abgenommen worden wären, hätte ich mich mit verschiedenen Aufgaben auseinandersetzen können. Ich hätte ein Menü auswählen, die Weine bestellen, die Blumen und Platzkarten arrangieren können. Aber Martha war mit allem betraut worden. Sie kannte die Gäste, und sie wußte, wer neben wem sitzen müßte. Ich hatte nur die reizvolle und charmante Gastgeberin zu sein, wie Cage bemerkte – eine Bemerkung, die mich zusammenzucken ließ.

Eines Morgens entschloß ich mich, einen Rundgang durch das Haus zu machen, um zu prüfen, welche Zimmer gelüftet werden sollten, für den Fall, daß einige Gäste über Nacht bleiben wollten.

Da ich nichts Besseres zu tun hatte, ging ich den Korridor entlang und schaute in ein Zimmer nach dem anderen. Als ich zu Lilliths Schlafzimmer kam, zögerte ich einen Moment, schlüpfte dann plötzlich durch die Tür und machte sie leise hinter mir zu.

Die Vorhänge waren zugezogen, und einige Augenblicke lang stand ich wie ein ertappter Dieb in der Dunkelheit des Raumes. Ich erinnerte mich, wie sehr es Cage gestört hatte, daß ich in Lilliths Zimmer gewesen war. Er hatte es als geschmacklos empfunden.

Ich starrte auf das Bett und den weichen Satinüberwurf. Meine Fantasie führte mich auf verbotene Pfade. Cage hatte Lillith hier geliebt, sie umarmt und geküßt, wie er es mit mir tat. Vielleicht mit größerer Leidenschaft? Vielleicht hatte er immer wieder in ihr schwarzes Haar geflüstert: *Ich liebe dich*, die Worte, nach denen ich mich selbst so sehr sehnte. Hatte sie ihn auch geliebt? Hatte sie hier nachts gelegen und auf den Klang seiner Schritte gewartet, auf das Klicken des Türknaufs in seiner Hand? Hatte sie gelächelt, wenn sie ihn sah, den Atem angehalten . . .?

Ich beugte mich vor und berührte die Bettdecke. Lillith war tot, und keiner hatte mir gesagt, wie sie ums Leben gekommen war. Martha hatte nur erzählt, daß sie sehr jung gestorben war. Aber sonst nichts. Hatte Lillith bei einer Geburt den Tod gefunden, ebenso wie ihr Baby? Ich hatte plötzlich den glühenden Wunsch, ein Kind von Cage zu bekommen. Es würde Cage und mir gehören, etwas, das wir gemeinsam hätten, an dem Lillith nicht teilhaben könnte.

Ich schaute auf und erstarrte plötzlich. In dem Zimmer, das bis jetzt leer gewesen war, befanden sich mehrere Leute, blasse Frauen in braunem Musselin. Ich brauchte einen Moment, bis ich erkannte, daß ich das selbst war, denn mein Bild wurde von den Spiegelwänden mehrfach zurückgeworfen.

Meine Augen wandten sich der Wand zu, an der, wie ich wußte, Lilliths Porträt hing. Mit einem seltsamen, unregelmäßigen Herzschlag starrte ich auf diese Wand. Ich hatte nur einen kurzen Blick darauf geworfen, bevor mir Cage befohlen hatte, den Vorhang zu schließen. Sollte ich . . .? Der Wunsch, Lilliths Gesicht wiederzusehen, ihr Bild in Ruhe zu studieren, erfaßte mich. Was konnte es schon schaden? Wer würde davon erfahren? Martha war in der Küche beschäftigt, und Lucinda kam, wenn sie einmal die Zimmer in Ordnung gebracht hatte, nie nach oben. Also würde ich einen schnellen Blick auf das Porträt werfen, nur einen.

Ich zog an der Vorhangkordel, und die roten Gardinen sausten mit einem seltsamen Ton auseinander.

Mein Herzschlag setzte aus. In meiner Dummheit hatte ich irgendwie gehofft, daß mein erster Eindruck von Lillith falsch gewesen war, hatte gehofft, die Leute hätten übertrieben, wenn sie von ihrer Schönheit geschwärmt hatten. Aber sie war wirklich die schönste Frau gewesen, die ich jemals gesehen hatte. Die veilchenblauen Augen mit den schwarzen Wimpern befanden sich in einem Gesicht von unvergleichlicher Symmetrie. Die Nase, der Mund, die hohen Backenknochen und das wohlgeformte Kinn schufen eine vollkommene Harmonie. Ihr Abendkleid enthüllte weiße Schultern, die rote Rose steckte zwischen wunderschönen Brüsten. Jeder Mann, der sie anschaute, mußte sie lieben. Und wenn er sie einmal geliebt hatte, würde er sie nie vergessen.

Wie anmaßend war ich doch gewesen, als ich mir eingebildet hatte, daß ich ihren Platz einnehmen könnte . . . Meine Augen füllten sich mit Tränen, und ich wandte mich von dem Bild ab, nur um ein halbes Dutzend Porträts von Lillith in dem Zimmer vorzufinden. Sie lächelte von den Spiegelwänden, dem polierten Ankleidetisch, dem Schreibtisch, und der Blick ihrer veilchenblauen Augen ließ mein Herz erstarren. Ich konnte ihr Parfüm riechen, den süßen und betörenden Duft von Jasmin. Ihre Lippen lagen so verführerisch über ihren kleinen, ebenmäßigen Zähnen. Jeden Augenblick konnte sie zu sprechen anfangen. *Ich bin Lillith,* würde sie sagen. *Und wer sind Sie!*

Ja, wer war ich? Das Zimmer war von ihr erfüllt. Ich war hier der Eindringling, der *Voyeur. Glauben Sie an Geister?* hatte Martha gefragt. Und ich fühlte, wie es mir kalt den Rücken hinunterlief. Ja, hier war Lilliths Geist. Und sie mochte mich nicht. Ich konnte fühlen, daß sie eifersüchtig war. Ihre Augen schienen wütend geworden zu sein, ihr Lächeln bösartig. Ich hatte ihr Cage weggenommen. Nein, mehr als das – ich war in ihr Heiligtum eingedrungen, an einen Ort, den Cage nicht mit *mir* teilen wollte. Und mein Eindringen gefiel ihr nicht, sie . . .

Plötzlich hörte ich unten eine Tür zufallen, und mein Herz machte einen Sprung. Die vielen Spiegelungen von Lillith traten in den Hintergrund, als ich angestrengt lauschte. War Cage zurückgekommen? Wie peinlich, wenn er mich hier erwischen würde . . . Was konnte ich sagen? Ich drehte mich schnell um, und gerade, als ich den Vorhang zuziehen wollte, sah ich einen weißen Briefumschlag auf dem Boden vor dem Porträt liegen. Ich hob ihn auf.

Es war der Brief, den ich vor Wochen an Charles geschrieben hatte.

16

Er war nie abgeschickt worden. Ich ließ mir alles durch den Kopf gehen. Mehrere Schmutzflecken befanden sich auf dem Siegel. War der Brief geöffnet und gelesen worden? Meine Hände zitterten vor Wut. Ich vergaß das Zimmer, Lillith und die Möglichkeit, daß Cage mich eben in diesem Moment suchen, daß er gerade jetzt die Treppen heraufkommen könnte. Wie konnte Gandy nur so schlampig mit einem Brief von mir umgehen, mit einem Brief, der für mich wichtig war, auf dessen Beantwortung ich ungeduldig gewartet hatte?

Ich eilte aus dem Zimmer, hielt am oberen Ende der Stiegen inne und schaute hinunter. Gandy und nicht Cage, wie ich vermutet hatte, ging durch die Halle und schleppte eine Kiste auf seinen Schultern.

»Warte«, rief ich, »Gandy, warte!«

Als ich die Treppe hinunterlief, wurde mir auf einmal klar, daß Gandy vielleicht von Martha den Auftrag erhalten hatte, meine Briefe nicht abzuschicken. Bei diesem Gedanken wuchs mein Zorn.

Als ich Gandy und Martha zur Rede stellte, wiesen beide jede Schuld von sich. Martha sagte: »Gandy ist manchmal etwas nachlässig.« Und mit unbeweglicher Miene fuhr sie fort: »Ich habe ihn vor zwei Wochen nach oben geschickt, um einige Möbel umzustellen, und der Brief muß ihm aus der Tasche gefallen sein. Wo haben Sie ihn gefunden?«

»In einem der Schlafzimmer«, sagte ich. Sie brauchte nicht zu wissen, daß es in Lilliths Zimmer gewesen war.

Sie schaute mich jetzt fast trotzig an und wartete darauf, daß ich den nächsten Schachzug machte. Aber dazu war ich vorerst unfähig. Meine Wut und Empörung schmolzen unter diesen kalten, steinharten Augen dahin. Sie schüchterte mich ein. Ich haßte sie dafür – und mich selbst auch.

»Von jetzt ab werde ich meine Briefe selbst einwerfen, oder Mr. Norwood darum bitten.«

»Wie Sie wollen, Mrs. Norwood.«

Ich sagte Cage nichts von dem Brief an Charles. Vielleicht hätte ich es getan, wenn er einen anderen Inhalt gehabt hätte. In gewisser Weise hatte ich versucht, in einer sehr intimen Angelegenheit hinter seinem Rücken Erkundigungen einzuholen, die ich lieber direkt an meinen Mann hätte richten sollen.

Der Tag unserer Einladung rückte immer näher. Zwei Tage vor dem großen Ereignis fuhr ich in einem Anfall von Zweifel zur ›Stadt Paris‹, um ein anderes Kleid zu kaufen, weil ich davon überzeugt war, daß mir die Abendrobe, die ich bereits erworben hatte, nicht stehen würde. Als ich es vor dem Spiegel zu Hause probierte und mich drehte und wendete, erstarb mein Lächeln auf den Lippen, denn es wurde mir klar, was ich eigentlich immer schon gewußt hatte. Obwohl das Kleid wirklich hübsch war, könnte mich keine Farbe, kein Schnitt oder Stil in eine Schönheit verwandeln, die ich doch so gern sein wollte. Ich war noch immer die gleiche Adelaide. Es war kein Wunder geschehen. Ich hatte noch immer das gleiche Gesicht, das spitze Kinn, das braune, farblose Haar. Meine Figur war ganz annehmbar, aber nicht das Gesicht. Wenn ich mir doch nur für eine Nacht ein anderes ausleihen könnte, vielleicht das von Lillith, das Porzellanweiß ihrer Haut, die geschwungenen Lippen, die veilchenblauen Augen . . . Würde mich Cage dann anders anschauen? Würden seine Augen dann leuchten, wenn er mich in die Arme nahm und an sich drückte? Würde er mich leidenschaftlich küssen und mir immer wieder zuflüstern: *Ich liebe dich, Adelaide, ich liebe dich – nur dich.*

Ich zog mein Kleid aus und befahl Lucinda, es zu bügeln, bevor sie es in den Schrank hing.

Schließlich war der Abend der Party gekommen. Den ganzen Tag über war ich in meinem Zimmer geblieben, um nicht im Weg herumzustehen. Martha hatte zusätzliches Personal eingestellt, ausgebildete Ober und Träger, die Stühle vom Speicher holten. Nach dem Essen sollte ein kurzes Konzert stattfinden, nichts Besonderes oder Ausgefallenes, hatte Cage gemeint, nur eine kleine musikalische Darbietung, die unsere Mägen beruhigen würde. Er hatte die Sängerin Anna Bishop engagiert. »Sie ist weltberühmt«, informierte er mich. »Sie singt wie ein Vogel.«

Gandy half ihm beim Ankleiden, und ich wunderte mich, warum er keinen Diener einstellte. Aber ich vermutete, daß dies aus einer allgemeinen Abneigung gegen Bedienstete entsprang. Diese Abneigung erschien mir jedoch seltsam, da Cage sonst soviel Wert auf Extravaganz legte.

Ich glaube nicht, daß ein Christ, der in eine Arena mit brüllenden, hungrigen Löwen geführt wurde, mehr Angst gehabt hätte als ich, als ich die Treppe hinunterstieg, um unsere ersten Gäste zu begrüßen. Es waren Mr. und Mrs. Fairfax, auf die ich schon sehr neugierig war. Er hatte eine hohe Stirn und einen gelangweilten Ausdruck im Gesicht. Sie hatte räuberische Augen. Ich konnte fühlen, wie sie mich von oben bis unten musterten, konnte den Ausdruck des Erstaunens ausmachen, der jedoch einem widerwärtigen Lächeln wich, als sie mir die Hand reichte und flötete: »Meine Liebe – wie wunderbar, Sie kennenzulernen!«

Nach den Fairfax' kam eine Weile niemand. Cage und ich standen wartend in der Halle. Er rieb seine behandschuhten Hände an den Seiten seiner Hose. »Ich frage mich, ob ich wohl Zeit habe, schnell für einen weiteren Drink in die Bibliothek zu gehen«, sagte er. Wir konnten Mr. und Mrs. Fairfax im Salon sprechen hören. Meine Unruhe wuchs. Vielleicht haben die anderen Leute meine Einladungen nicht erhalten, überlegte ich. Ich war sehr nervös, als ich das Trommeln von Pferdehufen und quietschenden Reifen auf der Auffahrt hörte. Dann kamen sie, ein Paar nach dem anderen. Gesichter, Stimmen, Gelächter, und eine große Menge von Menschen füllte die Halle und den angrenzenden Salon. Cage war bester Laune und schüttelte jedem männlichen Gast die Hand. Er verbeugte sich vor jeder Dame und stellte mich dann den Gästen vor.

So viele Leute hatte ich nie zuvor gesehen, nie hatte ich so viele Namen behalten müssen, und es war kein Wunder, daß mir der Kopf schwirrte. Als die Shelbys ankamen, erschienen sie mir wie alte, zuverlässige Freunde. Ich umarmte Clara mit einer Herzlichkeit, die sie offenbar überraschte. Es war so wohltuend, ein bekanntes Lächeln zu sehen, ein Gesicht, das ich kannte, Augen, die mich nicht anschauten, als ob ich ein Ungeheuer wäre.

Jay Cook erschien mit Mrs. Landfer, einer jungen hübschen

Frau, die charmante Grübchen hatte, wenn sie lachte. »Sie sehen heute sehr attraktiv aus«, sagte Jay Cook, als er mir die Hand küßte. Ich dankte ihm für das Kompliment und bemerkte plötzlich, daß Cage überhaupt keine Bemerkung über mein Kleid oder mein Aussehen gemacht hatte. Er ist zu nervös, um es zu bemerken, sagte ich mir.

Beim Abendessen saßen Cage und ich an den Kopfenden des Tisches. Jay Cook hatte sich an meiner rechten Seite niedergelassen. Hatte ihn Martha in einer perversen Anwandlung gerade da plaziert? Zu meiner Linken saß ein Mr. Thrillon oder Trillon, dessen Augen dauernd zum tiefen Ausschnitt meines Abendkleides wanderten und mir somit fortwährend das Blut in die Wangen trieben.

Jay Cook beugte sich zu mir und sagte: »Lassen Sie sich von dem alten Ziegenbock nicht in Verlegenheit bringen. Er ist auch nur ein Mensch – ein Mann, und außerdem noch sehr betrunken.«

»Er ist unverschämt!« flüsterte ich wütend.

»Das sind die meisten Männer an diesem Tisch, müssen Sie wissen, obwohl sie zur guten Gesellschaft gehören wollen.«

Ich schaute mich um. Sie schienen sich alle zu amüsieren, waren alle in tadelloser Abendgarderobe. Keiner war so betrunken wie Mr. Thrillon, keiner schrie oder gestikulierte wild mit den Armen. Rechts von Cage saß eine blonde Frau, die nicht mehr blutjung war, aber trotzdem noch sehr schön. Sie war schwarz gekleidet, was stark mit ihrem hellgelben Haar kontrastierte.

»Ich sehe, daß Sie Mrs. Walters anschauen«, bemerkte Jay. »Das Haar ist gefärbt, meine Liebe.«

Ich dachte, daß es sehr unfein war, das zu sagen, sogar wenn es stimmte. Jetzt, wo ich das Haar genauer betrachtete, erschien es mir wirklich gefärbt. Cage zollte ihr außergewöhnlich viel Aufmerksamkeit. Er vernachlässigte seinen anderen Tischnachbarn und flüsterte ihr etwas zu, worauf sie lächelte und mit den Wimpern klapperte.

Ich versuchte wegzuschauen und sie nicht weiter zu beachten, versuchte, mit Jay Cook zu sprechen, in dem Essen auf meinem Teller herumzustochern, aber meine Augen schweiften immer wieder zu meinem Mann und dieser blonden Frau zurück.

Das musikalische Lachen eines anderen weiblichen Gastes gewann meine Aufmerksamkeit.

»Wer ist das?« fragte ich Jay Cook. Man hatte mich mit der Frau bekannt gemacht, aber ihr Name war mir entfallen.

»Die Sängerin Anna Bishop.«

»Oh«, murmelte ich. »Und der Mann an ihrer Seite ist Mr. Bishop?«

»Nein«, sagte er. »Sir Henry Bishop, Annas Gatte, ist noch in England. Dieser Mann ist Robert Nicholas Boscha, der Harfenspieler.«

»Ich verstehe. Er begleitet ihren Gesang.«

»Ich fürchte, daß Sie nicht ganz verstehen. Mr. Boscha und Anna Bishop leben wie Mann und Frau zusammen. Sie sind vor ein paar Jahren ausgerissen, und Anna machte sich nicht einmal die Mühe, sich scheiden zu lassen.«

Eine Ehebrecherin, die offen mit ihrem Geliebten herumstolzierte . . .

Ich starrte mit knallrotem Gesicht auf meinen Teller. Ich fühlte mich erniedrigt und beschämt. Nie, niemals hätte ich solch eine Frau in Beech Arbor empfangen. Es wäre einfach undenkbar gewesen.

»Meine Liebe«, sagte Jay Cook, »schauen Sie nicht so gekränkt drein! Die Hälfte der Frauen hier und ein großer Teil der Männer sind nicht besser als Anna Bishop.«

»Das glaube ich nicht.«

»Mrs. Norwood«, sagte Jay Cook mit geduldiger Stimme, »ich wundere mich, daß Ihr Mann Sie nicht genauer über die Gesellschaft von San Francisco informiert hat.«

»Er sagte mir, daß hier ziemlich viele alte und angesehene Familien aus Virginia vertreten sind.«

»Das stimmt, aber sie machen nur einen kleinen Teil aus, und viele haben ihre alten Vorstellungen aufgegeben. San Francisco liegt auf der anderen Seite eines Kontinents. Es ist eine neue Stadt, die in mancher Hinsicht auch sehr aufregend ist. Die Vergangenheit kann hier keine Ansprüche stellen. Ich will damit nicht unmoralisches Verhalten rechtfertigen, aber man muß hier toleranter sein und einiges akzeptieren. Sie können nicht wie ein Vogel Strauß den Kopf in den Sand stecken.«

»Ich bin kein Vogel Strauß«, protestierte ich und ärgerte mich über seinen väterlichen Ton. »Ich bin eine reife, erwachsene, intelligente . . .«

»Sie sind ein Kind, Mrs. Norwood, entschuldigen Sie, ein wohlbehütetes, naives Kind.«

»Entschuldigen Sie, Mr. Cook, aber . . .«

Plötzlich stotterte Mr. Thrillon: »Sie – sie ist seine Geliebte – das ist sie – Mrs. Walters ist seine ... Wie heißt er noch mal – Cage – Cage Norwoods Geliebte.«

Ich schaute schnell auf Jay Cook. Da er jedoch in ein Gespräch mit einer Dame zu seiner Rechten vertieft war, hatte er nichts gehört.

»Ich sage Ihnen«, fuhr Mr. Thrillon fort, wobei er sich vorbeugte und mir zuwinkte. »Sie – sie ist seine Geliebte. Sie glauben mir wohl nicht? Fragen Sie Mrs. Walters und Cage Norwood!« Er sank ächzend in seinen Stuhl zurück.

Sagte er die Wahrheit? War Mrs. Walters die Geliebte meines Mannes? Ich konnte sie nicht anschauen, konnte es einfach nicht. O Gott! O Gott ...

Anna Bishop – und nun Mrs. Walters, Cages Geliebte ...

Ich weiß nicht, wie ich den Rest des Essens überstanden habe. Ich saß mit einem gefrorenen Lächeln auf den Lippen auf meinem Stuhl wie eine Holzfigur. Mein verletztes Herz empfand jedes hübsche Gesicht als eine Bedrohung, als einen Feind.

Ich erinnere mich daran, daß ich später in einem feingeschnitzten Stuhl im Salon saß. Hinter mir waren Reihen von schwarzgekleideten Männern und bunt angezogenen Frauen, die alle auf meinen Rücken starrten. »Sie sehen schrecklich aus«, flüsterte mir Clara Shelby ins Ohr. »Fühlen Sie sich krank?«

Ich wollte schon ja sagen: ›Ja, ich bin krank. Ich habe schreckliche Kopfschmerzen, und ich muß nach oben gehen, oder ich falle in Ohnmacht.‹ Vielleicht konnte ich sogar eine Ohnmacht vortäuschen? Ich dachte an das Bett in meinem Zimmer, das kühle weiße Kissen, das ich mir über das Gesicht ziehen konnte, das alles Licht abhalten würde und den Lärm, das Stimmengewirr, die neugierigen Blicke.

»Nein«, sagte ich. Mein Verschwinden würde nur neues Getuschel verursachen. Die Leute würden sagen, daß ich nicht nur farblos, sondern auch noch schlecht erzogen wäre. Oder vielleicht würden sie mich für engstirnig und altmodisch halten. Hatte nicht jeder Ehemann eine Geliebte? Und was war schon dabei, wenn er sie zu einer Abendgesellschaft einlud?

»Nein«, erwiderte ich. »Ich bin schon in Ordnung.«

»Sie sind kreideweiß«, sagte Clara.

»Das liegt an der Farbe meines Abendkleides. Blau hat mir noch nie gut gestanden.«

Als wir später herumstanden und die Ober uns Kuchen und Champagner reichten, bemerkte ich, wie Cage auf der anderen

Seite des Zimmers in ein Gespräch mit Mrs. Walters vertieft war. Sie lächelte zu ihm auf, und ihre Augen blitzten neckisch. Ich leerte mein Glas und griff zu einem weiteren. Seine Geliebte ... Ein Gewicht aus Blei schien mich nach unten zu ziehen. Im nächsten Augenblick würde ich um Hilfe rufen. Ich mußte unbedingt mit jemandem sprechen. Ich konnte diese Last nicht länger tragen, dieses schreckliche Gewicht, das mein Herz zusammenpreßte. Es bestand natürlich Hoffnung, daß sich Thrillon in seinem Rausch täuschte. Vielleicht hatte er Cage mit jemand anderem verwechselt. Ich mußte jemanden fragen. Der Abend zog sich elend lange hin. Es war schon weit nach Mitternacht, und der Salon und die Bibliothek waren noch immer mit Gästen vollgestopft.

Der Champagner, den ich getrunken hatte, befreite mich von meinen Hemmungen. Ich ging zu Clara Shelby. Wenn irgend jemand Bescheid wußte, dann war sie es. »Clara«, sagte ich. »Kann ich unten mit Ihnen sprechen?«

Wir gingen in ein leeres Zimmer und machten die Tür hinter uns zu. »Clara ...«, ich zögerte und biß mir auf die Lippen. »Clara – was wissen Sie über Mrs. Walters?«

»Mrs. Walters? Nun, sie soll eine harte Geschäftsfrau sein«, antwortete Clara. »Sie hat Geld, und sie hat vor allem durch ihren Grundbesitz ein Vermögen gemacht.«

»In – in welcher Beziehung steht sie zu Cage?«

»Meine Liebe«, sagte sie mit einem mitleidigen Blick. »Jemand hat wohl getratscht. Und ich dachte, *ich* wäre eine Schwatztante. Wirklich – es wäre das beste ...«

»Sie ist seine Geliebte, nicht wahr?«

»Nein – nein, natürlich nicht.«

»Dann *war* sie seine Geliebte?«

Clara sagte nichts, aber ihr Schweigen bestätigte mir die Wahrheit. In meinen Augen standen Tränen, und ich wandte mich ab. Mrs. Walters war Cages Geliebte gewesen. Dies war eine nüchterne Tatsache, und ich konnte mich nicht davor verstecken. Seine Geliebte ... Sie hatte wie Lillith sein Bett geteilt. Und Lillith war seine Frau gewesen, und ich war sogar auf sie eifersüchtig. Dabei war sie jetzt tot. Sie konnte nicht am Tisch sitzen und Cage anlächeln. Sie war tot, aber Mrs. Walters war sehr lebendig.

»Meine Liebe«, sagte Clara mit einer weichen Stimme und legte eine Hand auf meinen Arm. »Sie dürfen sich das nicht so zu

Herzen nehmen. Ich bin sicher, Cage war sich nicht darüber im klaren, daß Fanny mit Mr. Walters verheiratet ist, sonst hätte er sie nie eingeladen.«

Es *gab* also einen Mr. Walters, oder versuchte Clara es mir leichter zu machen? Die liebe, sympathische Clara, die ich für eine Schwatztante gehalten hatte . . .

»Er war nie schrecklich in sie verliebt, das hat sie mir selbst gesagt«, fuhr Clara fort.

»Sie kennen sie?« fragte ich, von neuem verletzt. Irgendwie schien mir die Bekanntschaft Claras mit Fanny wie ein Verrat an unserer Freundschaft. Wie konnte irgendeine anständige Frau mit einer – einer Mätresse verkehren?

»Flüchtig. Sie trat zu einer Zeit in Cages Leben, als er jemanden brauchte, nach – nach Lilliths Tod. Es hat nicht sehr lange gedauert.«

Hatten sie oben in dem Bett in Lilliths Zimmer geschlafen – oder in dem Zimmer, das Cage und ich jetzt teilten?

»Grämen Sie sich nicht«, sagte Clara. »Ein Mann hat – seine Bedürfnisse, das heißt, ein echter Mann. Sie konnten doch nicht erwarten, daß jemand wie Cage ohne – ohne weibliche Begleitung auskäme.«

»Nein«, antwortete ich mit trockener Kehle. Ich hatte immer gehört, daß Cage Frauen hatte, Liebesaffären, aber das waren Gerüchte gewesen, leeres Gerede, auf das ich nie viel gegeben hatte. Doch jetzt sah ich das anders. »Da waren auch noch andere, oder?« Meine Stimme versagte.

Und wieder war ihr Schweigen eine Bestätigung.

»Wer? Wie viele?« Es kostete mich große Mühe zu sprechen, so eng war meine Kehle geworden.

»Warum quälen Sie sich, Adelaide? Ist es denn nicht egal? Jetzt gibt es niemand anderen. Und er hat *Sie* geheiratet. *Sie* sind es, die er liebt.«

›Aber das hat er nie gesagt!‹ wollte ich schreien. ›Er hat nie gesagt, daß er mich liebt.‹

Der letzte Gast war gegangen, und ich saß in meinem Schlafrock vor dem Spiegel und löste müde die Nadeln aus meinem Haar.

»Ich kriege meinen Krawattenknoten nicht auf«, sagte Cage und erschien in der Tür des Ankleidezimmers. »Kannst du mir nicht helfen, Liebling?«

Ich stand auf und fing an, seinen Knoten aufzumachen. Meine Hände zitterten, aber er schien das nicht zu bemerken.

»Ein großartiges Fest«, meinte er und schwankte ein wenig.

»Ja«, sagte ich und schaute ihn nicht an.

»Du warst wunderbar, Liebling.«

Ich schaute auf und wurde rot.

»Cage – ich . . .«

»Ohne dich hätte ich das nicht geschafft. Nein, wirklich nicht, Adelaide.« Er lächelte mich an.

»Cage . . .«

Er umarmte mich und zog mich an seine Brust, und einen Augenblick lang wurde mein Körper ganz steif. Dann küßte er mich, seine Lippen preßten sich auf die meinen. Er hielt mich fest an sich gedrückt und küßte mich immer wieder. Eine wärmende, schwindlige Seligkeit breitete sich in meinen Adern aus. In meinem Kopf drehte sich alles, und mein Herz klopfte wie rasend. Ich küßte ihn leidenschaftlich, vergab ihm alles und vergaß diese anderen Frauen. Sie waren belanglos. Ich liebte ihn. Clara hatte recht – er hatte *mich* geheiratet.

17

Octavia kam am nächsten Samstag aus dem Rose Valley zurück. Sie sah sehr elend aus. Ihre Augen waren blutunterlaufen, und ihr Gesicht sah weiß und aufgeschwemmt aus. Aber als ich sie fragte, ob sie krank wäre und ich ihr helfen könnte, rannte sie an mir vorbei und die Treppe hinauf. Eine halbe Minute später hörte ich, wie sie die Tür hinter sich zuwarf.

»Was mag wohl passiert sein?« fragte ich Martha. »Ich bin sicher, daß sie geweint hat.«

Wir standen beide am Fuß der Treppe und starrten nach oben. Martha hatte die Hände in die Hüften gestemmt, und ihr Mund war eine zusammengepreßte Linie. »Das waren diese Snobs. Jemand hat über ihre Mutter gesprochen. Ich würde sie umbringen, wenn ich es könnte.«

Langsam fing ich an, einige Dinge über Martha in Erfahrung zu bringen. Octavia schien ein weicher Punkt in ihrem harten Herzen zu sein.

»Vielleicht sollte ich nach oben gehen?« schlug ich vor.

»Nein«, sagte sie entschieden. »Wenn sie so ist, duldet sie niemanden um sich, außer mich.«

»Warum? Was mögen diese Leute bloß gesagt haben?«

»Das muß nicht gerade *ich* Ihnen erzählen.«

Am liebsten hätte ich sie an den Schultern gepackt und geschüttelt, und trotzdem konnte ich mich nur dazu durchringen, schwach Einspruch zu erheben. »Aber sie ist meine Stieftochter, und es ist meine Aufgabe . . .«

»Dann fragen Sie Mr. Cage«, gab sie kurz zurück und stieg langsam die Treppe hinauf.

Es war nicht leicht, mit Cage zu sprechen. Meine eigene Schüchternheit und Cages Zurückhaltung standen dem entgegen. Er sprach eigentlich nie über Lillith und die Vergangenheit, und außerdem war er nur selten zu Hause. Die Geschäfte, so sagte er, hielten ihn in der Stadt fest. Manchmal wurde es zwei oder drei Uhr in der Nacht, bis ich ihn die Treppe heraufkommen hörte. Manchmal schickte er auch nur eine Nachricht, daß er wegen eines wichtigen Geschäftes in der Stadt bleiben müßte. Ich versuchte, das zu verstehen, und sagte mir, daß Cage ein ehrgeiziger junger Mann war, der an seiner Zukunft arbeitete. Er wollte in die Politik einsteigen, und ich als seine Frau mußte auf seine Anstrengungen stolz sein.

Wenn Cage nach Hause kam, fühlte ich mich sicher, selbst wenn er manchmal stark nach Whisky roch. Er war zu Hause, ich hatte nichts zu fürchten. Er schlüpfte für gewöhnlich ins Bett, und ich wandte mich zu ihm. Und wenn er mich dann in seine Arme nahm, vergaß ich all die elenden Stunden des Wartens. »Cage«, sagte ich und fühlte sein Herz neben dem meinen schlagen und dachte dann, was für ein Dummkopf ich doch war, weil ich mir so viele Sorgen machte.

Diese Nächte beruhigten mich, aber das Tageslicht nährte in meinen einsamen Stunden meine Zweifel und Ängste. Octavia war mir nicht nähergekommen. Bei Tisch konnte ich fühlen, wie sie mich mit halb offenen Augen heimlich beobachtete. Ich konnte ihren Schild der Feindseligkeit nicht durchbrechen. Bald fand ich heraus, daß Martha ihre Vertraute war, ihre eigentliche Stiefmutter. Die beiden schlossen mich so wirksam aus, daß ich mehr als je zuvor das Gefühl hatte, ein unwillkommener Gast zu sein und nicht die Herrin des Hauses.

Endlich kam der ersehnte Brief von Charles an. Ich öffnete

den Briefumschlag mit zitternden Händen. Es war ein kurzer, kalter und enttäuschender Brief.

›Meine liebe Adelaide, ich war über Deine Nachfrage sehr überrascht. Ich hätte angenommen, daß Dich Dein Mann über seine häuslichen Umstände vor seiner Heirat unterrichtet hat. Ich halte es für seine unumgängliche Pflicht, das zu tun. Sicher ist es nicht meine Aufgabe und auch nicht meine Absicht, Dich über seine frühere Frau und sein Kind aufzuklären. Man hat mir einmal gesagt, daß mich das nichts angehe, und zutreffendere Worte sind nie gesagt worden. Ich hoffe, daß Du gesund bist. Dein Charles.‹

Das Papier zitterte in meinen Händen. Wenn mir Charles ins Gesicht geschlagen hätte, wäre ich nicht tiefer verletzt worden. Er war offensichtlich verärgert, und ich fragte mich, ob er mit Cage gestritten hatte – vielleicht Lilliths wegen.

Ich las den Brief noch einmal, faltete ihn zusammen und steckte ihn in das Kuvert zurück. Der Umschlag war schmutzig und zeigte die Fingerabdrücke der vielen Hände, durch die er gegangen war. Aber da war noch etwas anderes. Es sah so aus, als ob das Siegel zweimal erbrochen wäre, einmal von mir und einmal davor.

Ich klingelte nach Martha. Zu wütend, um zurückhaltend zu sein, sagte ich: »Sie haben das Siegel erbrochen.«

»Ich weiß nicht, wovon Sie sprechen, Mrs. Norwood«, erwiderte sie sanft.

Diese ruhige Stimme und die eiskalten Augen brachten mich in Rage. »Sie haben meine Post geöffnet.«

»Warum sollte ich denn so etwas tun, Mrs. Norwood?«

»Das wissen Sie selbst besser als ich. Aber ich kann mir denken, daß Sie bestimmte Informationen von mir fernhalten wollen.«

»Welche Informationen, Mrs. Norwood?«

Jetzt hatte sie meinen wunden Punkt berührt. An die strengen Konventionen des Südens gebunden, konnte ich das Gespräch nicht auf uneheliche Kinder bringen.

»Sie mögen mich nicht, Martha, nicht wahr?« fragte ich und zwang mich, ihr in die Augen zu schauen.

»Nein, Mrs. Norwood«, antwortete sie ruhig. »Nein, ich kann nicht sagen, daß ich Sie mag.«

»Und Sie mögen Mr. Cage auch nicht? Sie nehmen sein Geld, seine Speisen und seinen Schutz, aber Sie mögen ihn nicht. Nun – antworten Sie mir!«

»Er ist Octavias Vater . . .«

»Ihr Stiefvater.«

»Er ist Octavias Vater, und ich würde nie etwas gegen ihn unternehmen. Aber das heißt nicht, daß ich ihn deshalb mag.«

»Warum bleiben Sie dann hier?«

»Octavia zuliebe. Ich werde mein Bestes tun, damit Miß Lilliths Tochter zu einer schönen jungen Dame heranwächst und eine gute Partie machen wird. Das habe ich ihrer Mutter versprochen.«

»Ich finde, daß Sie unverschämt sind. Wenn es nach mir ginge, müßten Sie Ihre Koffer packen.«

Ihre Augen blitzten gefährlich. »Aber Sie haben nichts zu sagen, Mrs. Norwood. Wollen Sie wissen, warum ich Mr. Cage nicht mag? Er ist aus dem Süden, darum. Er ist ein Weißer, und ich habe guten Grund, die Weißen zu hassen. Ich bin nicht die schwarze, unwissende Negerin, für die Sie mich halten. Ich bin ein Mischling, aber Gott weiß, daß ich auf mein weißes Blut nicht stolz bin. Ich kann Ihnen das ins Gesicht sagen, weil es mir egal ist, was Sie denken. Ich habe keine Angst vor Ihnen. Ja, ich bin ein Mischling. Mein Vater war der Sohn eines Plantagenbesitzers, ein Weißer. Er nahm meine Mutter und benutzte sie, und als er eine weiße, aristokratische Dame heiratete, ließ er Mama in einem kleinen Zimmer in New Orleans sitzen. Ich war damals vier Jahre alt, aber ich erinnere mich daran, ich erinnere mich noch heute daran, wie sie weinte. Sie war sehr schön, meine Mama. Sie hatte eine samtweiche Haut, eine ganz helle Farbe und so eine schöne Nase.« Marthas Stimme wurde heiser, und ich sah, wie ihre Hände die Falten ihres Rockes umklammerten.

»Ich verstehe nicht, was das mit mir zu tun hat.« Ihr Gefühlsausbruch überraschte mich. »Ich sehe wirklich nicht . . .«

»Sie werden es schon verstehen«, unterbrach sie mich bissig. »Hören Sie mir zu, Mrs. Norwood. Hören Sie nur ein einziges Mal, was ein Mensch wie ich zu sagen hat. Mein Vater hat uns kein Geld zurückgelassen, und als er gegangen war, tat sich meine Mama mit einem anderen Mann zusammen, auch einem Weißen. Er war der erste einer ganzen Reihe. Es waren so viele, daß ich mich an ihre Zahl nicht erinnern kann. Sie kamen und gingen, und alle waren weiße Männer. Manche haben sie geschlagen, alle haben sie wie Dreck behandelt. Sie war nichts. Sie war eine Negerin, wie hübsch sie auch sein mochte. Obwohl sie frei war, hielten diese Männer sie noch immer für einen Gebrauchsgegenstand. Sie sehen überrascht aus. Hatten Sie Sklaven?«

»Ja, aber . . .«

»Ja, aber sie waren alle glücklich, nicht wahr? Sie liebten es alle, wie Vieh gehalten zu werden.«

Ich wußte nicht, was ich sagen sollte. Ich hatte nie zuvor über unsere Neger nachgedacht. Ich hatte es immer als selbstverständlich betrachtet, daß sie uns gehörten. Sogar während des Krieges hatte ich angenommen, daß sie zufrieden waren, daß unser bitterer Kampf mit dem Norden sie nur verwirrt und erschreckt hatte.

»Nun, wie glücklich wären Sie wohl, wenn Sie jemand wie ein Stück Vieh halten würde?«

»Wir haben sie nie mißhandelt . . .«

»Darum geht es nicht. Aber was für einen Sinn hat es zu streiten? Ich werde Ihnen erzählen, wie es mir ergangen ist. Wollen Sie das hören?« Und als ich nicht antwortete, fuhr sie fort: »Sie wollen es nicht hören, aber ich werde es Ihnen trotzdem erzählen. Ich erzähle es Ihnen, damit Sie mich verstehen. Meine Mama starb, als ich noch ganz klein war. Sie starb, und ich wurde von einem Yankee-Priester und seiner Frau als ein Dienstmädchen, ein Mädchen ohne Bezahlung, aufgenommen. Ich arbeitete nur für meine Unterkunft und das Essen – und ich hatte das Haus in Ordnung zu halten. Aber die Frau des Priesters brachte mir nicht das Lesen und Schreiben bei – oder wie man rechnet und richtig spricht. Sie führte mich gern als ihre kleine Heidin vor.« Marthas Lippen zogen sich bitter zusammen.

»Ich bin weggelaufen. Ich konnte ihre falsche Doppelmoral nicht ausstehen. Ich ging nach San Francisco. Ich arbeitete als Köchin, Wäscherin, Putzfrau, nahm jede schmutzige und niedrige Arbeit an, die Sie sich nur denken können. Dann traf ich Miß Lillith. Sie war so schön. Ich hatte nie jemanden gesehen, der so schön war. Ich gewann sie so lieb wie eine Tochter. Sie war der einzige Mensch, der mich je wie ein menschliches Wesen behandelt hat. Als sie heiratete, nahm sie mich mit in dieses Haus. Ich sparte meinen ganzen Verdienst. Ich habe auch ein paar kluge Investitionen gemacht. Von Mr. Cages Freunden bekam ich oft Trinkgeld. So habe ich Geld gemacht. Und . . .« Sie hielt inne und warf mir einen langen Blick zu.

»Nun, ich wüßte nicht, warum ich es Ihnen jetzt nicht erzählen sollte. Irgendwie bin ich stolz darauf. Ich nahm mein Geld und gab es dem Untergrund.«

Ich war schockiert. Der Untergrund war eine berüchtigte Organisation gewesen, von Yankee-Wohltätern unterhalten, die einfältige Schwarze dazu verleitet hatte, im ganzen Süden ihren Besitzern wegzulaufen. Dabei hatte sie ihnen jede Unterstützung zukommen lassen.

»Ja – ich habe jeden Cent dem Untergrund gegeben. Ich habe meine Leute nie, nie vergessen, und wenn ich die Macht gehabt hätte, ich hätte jeden einzelnen Sklaven selbst befreit.«

»Aber das – das war ein Verbrechen. Die Sklaven waren . . .«

»Eigentum?«

Ich hatte mir damals nicht viele Gedanken gemacht, aber jetzt . . .

»Ja, Eigentum«, sagte Martha wütend. »Sie können es nicht anders sehen, oder? Mr. Cage kann das auch nicht. Sie können sich gar nicht vorstellen, welches Vergnügen es mir bereitet hat, hier mit meinen Freunden in der Küche zu sitzen und Fluchtpläne zu schmieden. Ja, wir nannten es Fluchtpläne. Ich konspirierte mit einem halben Dutzend weiterer Sklaven von diesem oder jenem Ort, während Mr. Cage mit seinen Freunden im Wohnzimmer saß und sich überlegte, wie er Kalifornien für die Sache der Konföderierten gewinnen könnte.« Sie lachte. »Es ist ihm nicht gelungen, was?« Und sie brach erneut in ein kaltes, gnadenloses Gelächter aus.

Ich wurde wütend und vergaß, daß ich versuchen wollte, sie zu verstehen. »Sie haben die Unverschämtheit, mir dies alles zu erzählen? Warum bilden Sie sich ein, daß Sie unverletzlich sind? Was macht Sie so sicher, daß ich Sie nicht entlassen werde?«

»Das können Sie nicht. Mr. Cage könnte das, vielleicht. Warum sprechen Sie nicht mit ihm?«

»Das werde ich sicher tun.«

Bis dahin hatte ich immer gezögert, wenn ich mit Cage über Martha gesprochen hatte. Aber jetzt kannte ich keine Zurückhaltung mehr. Ihre Enthüllung und meine Wut lockerten meine Zunge. Zum Glück hatte mein Zorn keine Zeit, abzuklingen, weil Cage zum Mittagessen nach Hause kam, was er selten tat. Sobald ich seine Stimme in der Halle hörte, eilte ich die Treppe hinunter.

»Ich möchte mit dir sprechen«, sagte ich, als er seinen Mantel auszog.

»Wenn es etwas Unangenehmes ist, würde ich es lieber erst nach dem Essen hören, Adelaide.«

»Es wird nicht lange dauern«, erwiderte ich. Ich konnte nicht warten. Ein Lunch unter Marthas kalten, beobachtenden Augen konnte meinen Entschluß ins Wanken bringen.

Nachdem Cage die Tür der Bibliothek hinter uns geschlossen hatte, ging er sofort zum Schrank und nahm die Whiskyflasche. »Einen Schluck?« fragte er.

»Nein – nein, danke. Cage – es geht um Martha. Sie ist frech, sogar unverschämt, um es noch milde auszudrücken. Aber es ist eigentlich noch mehr.« Und ich erzählte ihm, wie sie sich mit ihren Aktivitäten im Untergrund gebrüstet hatte.

Während er zuhörte, pfiff er leise durch die Zähne, und als ich meinen Bericht beendet hatte, sagte er: »Das war es also, was diese Überläuferin vorhatte. Ich wunderte mich schon, warum unsere Küche immer voller Schwarzer steckte.«

Er schien sich keineswegs aufzuregen, und ich ärgerte mich gründlich über seine Reaktion. »Sie sind immer noch da. Ich habe sie kommen und gehen sehen. Und nicht nur das. Sie ist auch noch indolent, wenn sie mit mir spricht.«

»Sie hat eine spitze Zunge. Aber ich bin daran gewöhnt, Adelaide. Und du wirst dich mit der Zeit auch noch daran gewöhnen.« Er leerte sein Glas.

»Cage – sie hat dich mißbraucht. Sie hat dieses Haus dazu benutzt, gegen dich zu intrigieren.«

»Hm.« Er hielt sein leeres Glas ins Licht. »Ich denke, daß man es wohl so nennen könnte.«

Seine Haltung verwirrte mich. »Aber Cage . . .« In meiner Stimme klang ein bittender Unterton mit, der irgendwie gegen meinen Willen da hineingeraten war. Ich wollte entschlossen und stark wirken, aber das Gespräch lief nicht so, wie ich es mir vorgestellt hatte.

»Meine liebe Adelaide, Martha ist eine tüchtige Haushälterin, meine Freunde und Bekannten beneiden mich um sie. Wenn du hören würdest, wie sie sich über schlampige, faule und *freche* Bedienstete beklagen, dann wüßtest du Martha besser zu schätzen und könntest ihr diese kleinen Sünden verzeihen.«

Kleine Sünden! Sie unterminierte alles, was ihm wichtig war. Wie konnte er das als kleine Sünden bezeichnen.

»Aber Cage, bedeutet die Notwendigkeit eines tüchtigen Dienstboten, daß du eine Feindin im Haus haben mußt?«

»Adelaide, Adelaide«, sagte er vorwurfsvoll. »Du hast viel Sinn für Dramatik. Eine Feindin! Der Krieg ist vorbei, meine Liebe. Wir können nicht unser ganzes Leben lang weiterkämpfen. Eine neue Zeit, eine neue Ära ist angebrochen. Die Vergangenheit ist vorüber. Warum sollen wir weiter eine schwere Kette mit uns herumschleppen?«

Hatte er recht? Machte ich zuviel Aufhebens um eine Sache, die in einem größeren Rahmen bedeutungslos war? Vielleicht war ich kleinlich und engstirnig, verglichen mit seiner Großzügigkeit und seiner Fähigkeit, zu verzeihen und zu vergessen.

»Vielleicht, wenn sie jemand anderer wäre . . .«, fing ich an. Wenn es jemand anderer wäre, so dachte ich, wäre ich zu einem Waffenstillstand fähig gewesen. Aber sie war und blieb Martha. Und es wurde mir auch plötzlich klar, daß meine Abneigung ihr gegenüber nichts mit ihrer Hautfarbe zu tun hatte. Martha war eine kalte und verbitterte Frau, die nicht die geringste Anstrengung machte, ihre Antipathie für mich zu verbergen. Wie konnte ich es erklären? Wie konnte ich Cage ihren Haß, meine Angst vor ihr erklären? Wie konnte ich ihm dieses seltsame Gefühl beschreiben, das mich immer befiel, wenn ich allein war, das Gefühl, daß Martha irgendwo im Dunkeln stand und mich beobachtete?

»Martha ist hier eine Einrichtung«, sagte Cage. »Das Haus wäre ohne sie nicht das gleiche. Octavia hängt an ihr, liebt sie von Herzen. Komm, Liebling!« Er legte seinen Arm um mich und küßte mich auf die Stirn. »Versuch mit ihr auszukommen, und hab ein wenig Geduld. Willst du?« Und als ich nicht antwortete, küßte er mich wieder und sagte: »Was meinst du, Liebling?«

»Also gut«, stimmte ich zu und lächelte schwach.

Martha hatte eine weitere Schlacht gewonnen.

18

Octavia feierte in diesem Winter ihren sechzehnten Geburtstag, und wir gaben ihr zu Ehren einen Ball. Hundert Gäste waren geladen, alle ihre jungen Freunde, dazu Cages Freunde und Bekannte. Es war ein bedeutendes gesellschaftliches Ereignis, und in den Zeitungen wurde es als der Höhepunkt der Saison bezeichnet. Octavia hatte dafür ein Kleid direkt aus Paris bestellt. Es war aus weißem Satin, der hinten zu einer Turnüre zusammengefaßt war, auf die Blumenkränze und Kaskaden aus veilchenblauer Spitze genäht waren. Ihre hübsche Figur, der flache Bauch und ihre schmale Taille, der schwellende Busen kamen darin außergewöhnlich gut zur Geltung. Ein stolzer Cage verehrte ihr eine echte Perlenhalskette, und ich schenkte ihr dazu passende Ohrgehänge. Sie war so glücklich über diese Gaben, daß ich einen Moment lang glaubte, sie würde ihre Kühle überwinden und mich wie Cage küssen. Doch sie sagte: »Danke, Adelaide, vielen Dank.« Aber ihre Stimme klang viel herzlicher als je zuvor, und so keimte wieder die Hoffnung in mir auf, daß wir eines Tages vielleicht doch Freundinnen werden könnten.

An diesem Abend bot der Ballsaal einen glanzvollen Anblick. Im strahlenden Licht drängten sich modisch gekleidete Damen, mit Juwelen behangen, und elegant gekleidete Herren. Unmengen von Champagner wurde serviert, und ein Orchester spielte einen Walzer nach dem anderen. Jay Cook kam diesmal mit einer Miß Snell, einem jungen Ding, das kaum älter als Octavia sein konnte. Sie trug ein tief ausgeschnittenes Kleid und ein goldenes herzförmiges Medaillon, das provokativ zwischen ihren Brüsten baumelte. Sie lächelte ununterbrochen.

»Wo haben Sie sie kennengelernt?« fragte ich Jay Cook, als ich mit ihm tanzte.

»Ich glaube nicht, daß Sie das wirklich wissen möchten. Eigentlich bin ich sogar sicher, daß Sie das nicht interessiert. Ich will nur sagen, daß sie nicht aus einer Familie der guten Gesellschaft stammt.«

»Ich verstehe«, sagte ich und betrachtete sie von oben bis unten. Sie tanzte gerade mit Cage. »Haben Sie vor, sie zu heiraten?«

»Um Gottes willen, nein!«

»Sie ist sehr attraktiv«, meinte ich und beobachtete, wie Cage sie plötzlich anlächelte. Er drückte sie eng an sich.

»Das ist sie – und sie hat ein halbes Dutzend Verehrer, von denen jedoch keiner besonders begierig ist, sie zu heiraten.«

»Warum denn nicht?«

»Ich halte sie nicht für ein Mädchen, das man heiratet.«

»Oh . . .« Ich schielte wieder zu ihr hinüber und sah, wie Cage seinen Kopf vorbeugte und seine Wange einen Augenblick lang an die ihre schmiegte.

Ein messerstichartiger Schmerz durchzuckte mich, meine Freude an dem schönen Abend verflog.

»Wenn – wenn Sie mich bitte entschuldigen wollen, Mr. Cook?« sagte ich leise und ließ seine Hand los. »Aber ich muß mich um die Erfrischungen kümmern.«

»Aber der Tanz ist doch noch gar nicht vorbei«, protestierte er.

»Bitte . . .«

Er geleitete mich zum Erfrischungstisch. »Adelaide, Sie müssen nicht . . .«

»Bitte!« Mein Hals fühlte sich ganz rauh an. »Warum gehen Sie nicht und tanzen mit Ihrer Begleiterin? Sie könnte sich vernachlässigt fühlen.«

Ich wandte mich ab, und Jay sagte: »Ich frage mich, warum wir uns quälen. Warum wir immer nach etwas streben, das wir nicht haben können.«

»Ich weiß nicht, was Sie meinen«, entgegnete ich kalt.

»Ich spreche von Liebe, Adelaide. Das ist ein oft mißverstandenes Gefühl. Warum will man immer jemanden lieben, der einen nicht wiederliebt? Solch eine Verschwendung, nicht wahr?«

»Mr. Cook . . .«

»Eine Verschwendung. All diese unterdrückte Angst, wo es doch so viel einfacher wäre, wenn sich zwei Menschen ineinander verlieben würden. Aber das scheint nur sehr selten zu passieren. Wenn ich mich so umschaue, frage ich mich manchmal, wie ein Mann und eine Frau überhaupt jemals zur gleichen Zeit in ihren Gefühlen übereinstimmen können. Es sieht so aus, als ob einer den anderen immer mehr liebt.«

»Mr. Cook . . .«

»Warum tun Sie das, Adelaide? Warum quälen Sie sich selbst?«

»Gehen Sie weg – bitte, gehen Sie weg!«

Er ging. Ich hörte, wie er wegging. Ich wollte nicht an das denken, was er gesagt hatte. Ich wollte nicht darüber nachdenken, warum mir seine Worte weh taten, warum ich ihn dafür haßte. Ich liebte Cage, und Jay Cook versuchte diese Liebe zu zerstören. Er versuchte es, aber ich würde es nicht zulassen.

Ich nahm meinen Teller und setzte mich auf einen Stuhl auf der Terrasse. Nach kurzer Zeit hörte ich die Stimme eines jungen Mädchens hinter mir. »Setzen wir uns, Arthur.«

»Ein köstliches Essen, nicht wahr?« meinte Arthur. Ich hörte das Kratzen eines Messers auf Porzellan.

»Das sollte es auch sein«, entgegnete das Mädchen. »Sie ist nämlich sehr reich.«

»Oh, tatsächlich?«

»Ja. Nun, man braucht sich darüber auch nicht zu wundern. Hast du einmal genau hingeschaut? Farblos wie eine Graugans! Und Mr. Norwood, solch ein hübscher Draufgänger! Er hat sie nur wegen ihres Geldes geheiratet.«

»Man sagt, daß Octavias Mutter sehr schön war.«

»Ja, aber du weißt ja, was man erzählt, nicht wahr? Nun, ich habe gehört . . .«

Das Mädchen verstummte plötzlich, und als ich aufschaute, sah ich, wie sich eine korpulente Dame mit einem vollen Teller näherte. »Ist dieser Stuhl neben Ihnen frei?« fragte sie höflich.

»Aber ja, nehmen Sie doch Platz!« forderte ich sie auf.

»Solch ein schönes Fest!« sagte sie. »Ich bin so froh, daß wir es nicht verpaßt haben. Ich darf nicht vergessen, der Gastgeberin meinen Dank auszusprechen.«

Wir waren uns also noch nicht vorgestellt worden.

»Wir sind nämlich zu spät gekommen«, erklärte sie. »Und so hatte ich noch keine Gelegenheit, Mrs. Norwood kennenzulernen. Man sagt, daß sie ziemlich kühl und eingebildet ist, und sie soll auch nicht viel reden. Sie kommt aus einer dieser alten Familien in Virginia.«

»Oh«, sagte ich und wurde rot.

»Sic hat Geld in Hülle und Fülle, aber sonst nicht viel zu bieten.« Sie kaute einen Augenblick lang gedankenverloren an einem Sandwich. »Und die Tochter, für die sie dieses Fest geben! Mein Gott, wohin soll das noch alles führen! Sie müssen wissen«, fuhr sie mit gedämpfter Stimme fort, »sie ist ein uneheliches Kind. Bestimmt! Sie wurde geboren, bevor Mr. Norwood und seine erste Frau geheiratet haben. Er hat sie adoptiert und alles legalisiert. Jetzt behauptet er, daß es sein Kind ist – aber ich habe so meine Zweifel.«

Mühsam stand ich auf und sagte: »Entschuldigen Sie mich, bitte.«

Er hat alles legalisiert. Er behauptet, daß es sein Kind ist. Farblos wie eine Graugans. Er hat sie wegen ihres Geldes geheiratet. Cage, o Cage!

Der vollgestopfte Ballsaal verschwamm vor meinen Augen. Die Musik dröhnte in meinen Ohren. Sie waren alle gleich. Ich haßte sie alle. Sie waren Schwatztanten, Heuchler, Parasiten, stopften sich mit Essen voll und versprühten ihr Gift. Ich wollte keinen von ihnen wiedersehen. Mein einziger verzweifelter Wunsch war, jetzt zu fliehen, irgendwohin weit weg, an einen dunklen, kühlen Ort, wo ich in Ruhe meine Wunden lecken konnte. Irgendwie schaffte ich es, die Treppe zu erreichen.

»Adelaide!«

Es war Jay Cook. Ich wollte ihn nicht sehen. Ich wollte niemanden sehen. Ich eilte weiter, aber er holte mich ein.

»Was ist denn los? Ich sah, wie Sie weggingen, und dachte . . .«

»Nichts ist passiert«, unterbrach ich ihn und wandte mich ab.

Er hielt mich am Arm fest. »Da ist irgendwas. Ich weiß es.«

»Nein.« Ich sah ihn noch immer nicht an. »Es ist alles in Ordnung. Bitte, lassen Sie mich gehen. Ich wollte nur mein Haar in Ordnung bringen. Das ist alles.«

»Ihr Haar ist völlig in Ordnung. Sie weinen ja!«

»Nein.« Aber die Tränen rannen mir über die Wangen.

»Nehmen Sie mein Taschentuch!«

Ich schüttelte den Kopf. Aber er drückte das Tuch in meine Hand, und ich vergrub mein Gesicht in den weißen Falten. Er umklammerte noch immer meinen Arm. Ich hatte den verzweifelten Wunsch, mich ihm zuzuwenden und mein Gesicht an seine Brust zu pressen, und das, obwohl ich ihn ja gar nicht mochte. Ich hätte mich sogar an den Teufel geschmiegt, wenn er vor mir gestanden hätte, so elend fühlte ich mich.

»Können Sie mir nicht sagen, was Sie bedrückt?« fragte er sanft.

»Oh – einfach alles«, stotterte ich.

»Die Schwatztanten waren wieder mal am Werk, nicht wahr?«

Ich nickte.

»Ich muß mich immer wieder über Sie wundern. Wie Sie sich über ein paar fette Gänse ärgern, die gedankenloses Zeug schwatzen! Sie sind es nicht wert, daß man einen zweiten Gedanken auf sie verschwendet, geschweige denn Tränen. Das sollten Sie inzwischen doch wissen.«

»Nun – ja, aber . . .« Ich schaute mit tränenverschmierten Wangen zu ihm auf. »Halten Sie mich für farblos?« fragte ich wie ein unglückliches Kind.

»Natürlich nicht«, antwortete er, ohne zu zögern. »Sie haben eine eigene Schönheit. Anders, aber trotzdem schön.«

Ich hielt nach dem gewohnten zynischen Flackern in seinen Augen Ausschau. Aber sein Blick war nüchtern und direkt. Er zeigte auch kein Mitleid – etwas, was ihn mir genauso verhaßt gemacht hätte wie sein Amüsement. Und trotzdem glaubte ich ihm nicht ganz.

»Sie sagen das nur, weil Sie nett sein wollen.«

»Warum sollte ich nett sein wollen? Zu Ihnen – ausgerechnet zu Ihnen? Sie haben mich zurückgewiesen, falls Sie sich erinnern, und ich habe Ihnen nicht vergeben.« Er grinste.

Ich seufzte und fühlte mich etwas erleichtert.

»Kommen Sie, Adelaide, da muß noch etwas anderes gewesen sein, was Sie so aufgeregt hat. Was war das?«

Ich runzelte die Stirn und biß mir auf die Lippen. »Mr. Cook – stimmt es, daß Octavia Cages Tochter ist?«

»Ich dachte, er hätte Ihnen erzählt, daß . . .«

»Er hat mir erzählt, daß er sie adoptiert hat. Das ist alles.«

»Ja, er hat sie adoptiert. Sie ist nicht seine Tochter. Glauben Sie mir.«

»Aber ihr Vater . . .«

»Er ist tot.«

»Clara Shelby sagte, daß er gestorben ist, als Octavia zehn Jahre alt war. Bitte, Mr. Cook, ich möchte es wissen – lügen Sie bitte nicht! Ich will die Wahrheit wissen. Ich will nicht im dunkeln tappen, wenn die Leute tuscheln. War sie – ist sie ein uneheliches Kind?«

»Ja«, sagte Jay Cook.

»Oh . . . Armes Kind!« Ich erinnerte mich plötzlich, wie sie mit geröteten Augen aus dem Rose Valley zurückgekommen war. Die Leute waren so grausam gewesen. »Dann war ihre Mutter also keine Witwe?«

»Nein«, entgegnete Jay Cook.

»Sie sprechen nicht gern darüber.«

»Ich halte es für Cages Angelegenheit, Ihnen davon zu erzählen – wenn er möchte, daß Sie Bescheid wissen.«

»Das hat mir auch Charles geschrieben.« Und als Jay Cook nichts sagte, fuhr ich fort: »Sie müssen mich für schrecklich kleinlich und engstirnig halten. Aber ich kann nicht anders. Meine Gedanken kreisen immer um die Jahre, in denen Cage mit Lillith verheiratet war. Das ist doch verständlich. Sie soll so schön gewesen sein, und die Leute vergleichen mich dauernd mit ihr . . .«

»Wenn sie Sie mit der ersten Mrs. Norwood vergleichen, dann können Sie sicher sein, daß Sie den Sieg davontragen.«

»Sie sagen das nur, um mich zu beruhigen. Warum sollte ich den Sieg davontragen? Wie war sie denn? Was . . .«

»Adelaide, Sie werden nicht noch mehr Informationen aus mir herauslocken. Warum lassen Sie das Ganze nicht einfach auf sich beruhen? Manchmal ist es besser, die Vergangenheit ruhen zu lassen.«

»Und Sie glauben, daß es mich verletzen würde, wenn ich es wüßte?«

Darauf gab er keine Antwort.

»Es ist alles so mysteriös. Das macht mich nur um so neugieriger.«

»Adelaide, bedrängen Sie mich bitte nicht. Sie reiten immer wieder auf demselben Thema herum.«

»Das tue ich nicht!« schrie ich und wußte, daß ich wütend war, weil er die Dinge bei ihrem Namen nannte. »Es tut mir leid, daß ich überhaupt ein Wort mit Ihnen gewechselt habe.« Ich warf ihm das Taschentuch ins Gesicht. »Ich hätte es besser wissen sollen. Lassen Sie meinen Arm los – lassen Sie mich los!«

»Wie Sie wollen.« Seine Hand sank hinab. »Wenn Sie sich über die Vergangenheit Ihres Mannes informieren wollen, dann fragen Sie ihn danach. Warum fragen Sie ihn denn nicht? Wenn er Sie liebt, wird er ehrlich sein und reinen Tisch machen. Ein Mann sollte keine Geheimnisse vor seiner Frau haben.«

»Seien Sie still!« Wie untrüglich fand er doch meine empfindlichen Stellen und bohrte seine Pfeile hinein!

»Adelaide . . .«

»Ich will nicht zuhören!« Ich wandte mich um und rannte den Korridor hinunter. Ich fühlte, wie mir sein Blick folgte, als ich die Tür zu meinem Zimmer öffnete.

»Und ich würde mich an Ihrer Stelle nicht da drinnen verstecken!« hörte ich ihn rufen. »Die Leute werden nur noch mehr darüber reden!«

Ich warf die Tür hinter mir zu, zu wütend, um zu weinen. Mit heftig pochendem Herzen stand ich vor der Holztäfelung und dachte, daß ich ihn nie wiedersehen wollte. Ich werde nicht in den Ballsaal zurückgehen, nahm ich mir vor. Aber allmählich legte sich meine Wut, und ich fing an, etwas vernünftiger nachzudenken. In einer Sache hatte Jay Cook recht. Wenn ich wegbliebe, würden alle tuscheln und vermuten, daß ich mit meinem Mann gestritten hatte. Oder sie würden behaupten, daß ich noch arroganter wäre, als sie angenommen hatten. So ging ich zum Ankleidetisch und setzte mich vor den Spiegel. Mein Spiegelbild hätte das einer Fremden sein können. Mechanisch strich ich mein Haar zurück und steckte eine Locke fest. Ich zwickte mir in die Wangen, um ihnen ein wenig Farbe zu geben, und biß mir auf die Lippen. Dann stand ich auf und verließ mein Zimmer.

Als ich in den Ballsaal zurückkehrte, wurde noch der gleiche Walzer gespielt wie vorhin. Niemand schien meine Abwesenheit bemerkt zu haben. Cage sprach am Erfrischungstisch mit einer Gruppe von Männern, und Octavia tanzte mit einem jungen rothaarigen Mann. Sie sah sehr glücklich aus.

Der Morgen dämmerte schon, als die letzten Gäste gingen. Wir waren beide sehr müde, und Cage war betrunken. Er hatte Gandy schon lange ins Bett geschickt, und so half ich ihm aus seinem Jackett. Er saß auf seinem Stuhl, und ich kniete vor ihm, um ihm die Schuhe auszuziehen.

»Ich genieße diese Partys so sehr, Adelaide. Du auch?« fragte er und rülpste dabei.

»Ja«, sagte ich, »sehr. Octavia hat sich so gefreut.«

»Das glaube ich auch. All dies wird ihr einmal gehören, es sei denn, du bringst einen Erben zur Welt.«

»Nichts würde ich lieber tun, Cage.«

»Gut.« Er gähnte laut. »Gute, alte Adelaide . . .«

Der Schuh fiel mir aus den Händen, und ich starrte auf den anderen. »Cage – Cage, ich wollte dich fragen – wollte dich fragen, ob . . .«

Ich schaute auf. Das Kinn war ihm auf die Brust gesunken, und er war fest eingeschlafen.

In den nächsten Tagen hatte ich einen immer wiederkehrenden Alptraum. Ich hatte im Traum das schreckliche Gefühl, daß mich jemand in einem nebeligen Wald heimlich beobachtete. Dabei hörte ich das Dröhnen einer Trommel wie in jener monddurchflossenen Nacht, als ich gerade erst in dieses Haus gekommen war. Es war immer wieder das gleiche. Ein langsamer, gleichmäßiger Ton zu Anfang, der dann im Laufe des Traumes immer lauter wurde, bis ein wildes Trommeln durch mein Gehirn tobte.

Ich wachte dann zitternd und schweißgebadet auf. Angstvoll lag ich allein im Dunkeln, denn diese Träume schienen mich immer dann heimzusuchen, wenn sich Cage entschlossen hatte, in der Stadt zu übernachten.

Zu dieser Zeit bemerkte ich auch, daß Octavia oft allein ausging. Sie nahm den kleinen Wagen, den wir noch zusätzlich angeschafft hatten, und fuhr damit fast jeden Nachmittag aus. Oft kehrte sie zu spät zum Abendessen zurück und manchmal sogar erst um acht oder neun Uhr. Früher hatten sie immer Freundinnen begleitet, die sie abgeholt hatten, und so fand ich es nicht seltsam, als sie sagte, daß sie nun das Gefühl hätte, es wäre an ihr, für die gleichen Freundinnen ein Fahrzeug zur Verfügung zu stellen. Ihre Ausflüge und Ausritte in den Park, ihre Einkaufsfahrten erschienen mir harmlos genug, bis Louella Fairfax eines Nachmittags vorbeikam, um nachzufragen, ob Octavia etwa krank sei. Da wußte ich, daß etwas nicht stimmte.

»Ich habe sie seit Wochen nicht zu Gesicht bekommen«, sagte Louella. »Und auch keines der anderen Mädchen.«

Als Martha das hörte, war sie genauso erstaunt wie ich.

Nachdem Octavia an diesem Abend nach Hause gekommen war, stellte ich sie zur Rede. »Dein Vater wird sehr darüber erzürnt sein, wenn er hört, daß du ohne Begleitung in der Stadt herumfährst.«

»Tish Carpenter und ich waren bei ihrer Schneiderin«, sagte sie.

»Das stimmt nicht. Ich weiß ganz genau, daß dich keine deiner Freundinnen in den letzten Wochen gesehen hat.«

»Wer hat das gesagt? Tish?«

»Nein, Louella Fairfax.«

Sie wurde knallrot. »Ich weiß nicht, warum sie so eine Behauptung aufstellt.«

»Wahrscheinlich, weil es die Wahrheit ist. Was hast du die ganze Zeit über gemacht?«

Und als sie nichts sagte, fuhr ich fort: »Ich würde lieber nicht mit deinem Vater darüber sprechen.«

Sie sagte noch immer nichts.

»Du hast doch nicht vielleicht irgendeinen Jungen getroffen – jemanden, den du nicht nach Hause bringen kannst, oder?«

»Nein!« schrie sie mich an. »Nein! Und du hast kein Recht, mich auszufragen, hörst du? Kein Recht!« Schluchzend sprang sie auf und rannte aus dem Speisezimmer.

Ich lief ihr nach. »Octavia – Octavia, bitte . . .«

Sie stürmte die Stufen hinauf. Ich folgte ihr. »Octavia, wenn da irgend etwas ist . . .«

Sie erreichte den oberen Treppenabsatz und eilte den Korridor hinunter. Als sie zum Schlafzimmer ihrer Mutter kam, machte sie die Tür auf und warf sie hinter sich ins Schloß.

Ein paar Sekunden später erreichte ich die Tür und war sicher, daß das Mädchen sie hinter sich abgeschlossen hatte. Aber als ich den Türknauf drehte, gab er nach, und ich betrat das Zimmer. »Octavia?«

Keine Antwort. Es war stockdunkel. »Octavia! Komm bitte heraus! Ich möchte mit dir sprechen. Ich werde dich schon verstehen.«

Wieder keine Antwort. Ich tastete mich zum Kaminsims und suchte die Streichhölzer. Als ich eines angerissen hatte, entdeckte ich einen großen Kerzenhalter, auf dem ich mehrere Kerzen anzündete. Das flackernde Licht warf einen seltsam unheimlichen Schein auf den Boden.

»Octavia?«

Ich konnte sie nirgends entdecken. Die Vorhänge waren geschlossen. Sie versteckte sich. »Octavia, bitte, sei nicht so kindisch.«

Ich zog jeden Vorhang auseinander. »Wirst du wohl herauskommen? Octavia, wenn wir miteinander reden . . .«

Ich schaute unter das Bett, in die Schränke und Nischen und noch einmal hinter die Vorhänge. Octavia war verschwunden – eine Tatsache, die ebenso unmöglich wie erschreckend war.

19

Ich stand in der Mitte des Zimmers, eine reglose Gestalt, mein weißes Gesicht vervielfältigte sich in den schwach erleuchteten Spiegeln auf beiden Seiten. Das flackernde Kerzenlicht warf groteske Schatten auf das Bett, den Teppich und die gegenüberliegende Wand. Ich war allein.

»Octavia?« Die Schatten verschluckten den Klang meiner rauhen Stimme. »Octavia . . .«

War ich drauf und dran, den Verstand zu verlieren? Octavia hatte doch nur wenige Sekunden zuvor dieses Zimmer betreten. Ich hatte sie mit eigenen Augen gesehen. Ich hätte es beschwören können. Und doch – ich zwang mich über den Teppich zu gehen und Lilliths Porträt anzustarren.

Nirgends konnte man sich hier verbergen.

Das Zimmer hatte nur eine einzige Tür, durch die ich selbst hereingekommen war. Die einzige andere Möglichkeit, herauszugelangen, bestünde darin, durch die Fenster zu klettern. Aber die lagen zwei Stockwerke über dem Boden. Wohin war Octavia bloß verschwunden? Vielleicht hatte ich sie gar nicht hineingehen sehen, vielleicht hatte ich mir das nur eingebildet, vielleicht hatte sie dieses Zimmer überhaupt nicht betreten?

Nein – sie war hier hineingegangen.

Mein Mund war trocken, und ich konnte den dumpfen Klang meines Herzschlags hören. Hinter mir ging eine der Kerzen aus, und das Licht wurde schwächer. Der Geruch schmelzenden Wachses und ein schwacher Duft von Jasmin zogen durch den Raum. Lillith schaute mich mit ihren verschwommenen Augen an, ein kleines grausames Lächeln auf den Lippen. Ich *weiß* es, schien sie zu sagen, ich *weiß* es.

Was? Was wußte sie?

Sie war tot. Sie konnte mich nicht verletzen. Aber Octavia war ihre Tochter, und *sie* konnte mir weh tun . . . Unsinn, sagte ich mir. Aber wo war sie nur? Ich drehte mich langsam um meine Achse, bis ich einen vollen Kreis beschrieben hatte. War sie den Kamin hinaufgeklettert? Zu eng. Verschwunden wie Rauch in einem Zimmer . . . Wo war sie nur?

»Octavia . . .«, meine Stimme versagte beinahe vor Panik.

Plötzlich antwortete mir ein leises, körperloses Kichern. Meine Nackenhaare sträubten sich.

»*Octavia*?«

Wieder das Kichern. Es drang von einer Wand zu mir, schien hinter einem Spiegel hervorzukommen. Ich stand da wie festgefroren, meine Hand preßte sich auf meine kalten Lippen. Nach einer langen Pause gelang es mir, mich zu bewegen, und ich ging mit wild klopfendem Herzen zu dem Spiegel. Dabei versuchte ich mein blasses, furchtsames Gesicht nicht anzuschauen. Ich berührte den Rahmen, meine Finger glitten über barocke Engelchen und die großen goldenen Äpfel. Einer der Äpfel bewegte sich bei meiner Berührung. Ich drehte ihn herum, und langsam, sehr langsam, schwang der Spiegel mit quietschenden Scharnieren nach innen. Vor mir gähnte eine tiefe, schwarze Leere.

Von irgendwo in diesem dunklen Loch kam der schwache Klang von Schritten, die sich entfernten. Erleichtert atmete ich auf. Ich war nicht verrückt. Ich hatte mir nicht nur eingebildet, daß Octavia verschwunden war. Sie war einfach durch einen geheimen Durchgang hinter einer Spiegeltür entschlüpft. Warum dieser Geheimgang existierte und zu welchem Zweck er da war, beschäftigte mich in diesem Augenblick noch überhaupt nicht.

Jetzt war ich nur neugierig und wütend. Octavia hatte mir böse mitgespielt, und sie sollte nicht so einfach davonkommen.

Entschlossen nahm ich eine brennende Kerze aus dem Leuchter, trat über die Schwelle und betrat den Geheimgang. Ich zögerte kurz, denn die Kerze verbreitete nur ein sehr schwaches Licht. Außerdem war die Luft schrecklich stickig, wie in einem lange nicht benutzten Keller.

Ich schluckte krampfhaft, hob mit einer Hand meine Röcke und mit der anderen die Kerze hoch. Der Korridor war sehr schmal, und etwa einen Meter von der Stelle entfernt, an der ich stand, entdeckte ich ein hölzernes Gatter mit einem Riegel. Als ich darauf zuging, bemerkte ich, daß der Riegel ein kleines hölzernes Türchen verschloß. Ich öffnete es, und als ich hindurchspähte, schaute ich direkt in das Schlafzimmer, aus dem ich gerade gekommen war.

Ein Guckloch! Hier in Lilliths Schlafzimmer! Warum? Ich verriegelte die kleine Tür wieder und ging in den Geheimgang, strengte meine Augen an, um noch andere Gucklöcher zu entdecken.

Ich mußte nicht lange suchen. In regelmäßigen Intervallen tauchten die gleichen Gucklöcher in der Wand auf. Kein Wunder, daß ich oft das Gefühl hatte, beobachtet zu werden. Aber von wem? Wenn Octavia den Geheimgang kannte, dann kannte ihn sicher auch Martha. Wußte Cage davon? Das muß er wohl, dachte ich. Er war so stolz darauf, daß er das Haus selbst entworfen und den Bau überwacht hatte. Wie konnte er unter solchen Umständen einen Geheimgang übersehen haben?

Als ich langsam in dem schmalen Korridor weiterging, stieß ich auf eine Treppe, die nach unten führte. Die Stufen waren nicht staubig, ebensowenig wie der Fußboden des Ganges. Jemand war vor kurzer Zeit hier durchgegangen. Und das nicht nur einmal, vielleicht sogar sehr oft, vielleicht barfuß, denn ich konnte mich nicht daran erinnern, den Klang von Schritten vernommen zu haben, obwohl ich das Knarren von Bohlen gehört hatte. Doch das hatte ich den Mäusen zugeschrieben. Am Ende der Treppe führte der Weg wieder an der Hauswand entlang, und auch hier waren wie oben kleine Gucklöcher angebracht. Durch eines konnte man in die Bibliothek schauen, durch ein anderes in das Eßzimmer.

Wenn ich an die Abende dachte, die ich in diesen Räumen verbracht hatte, lief es mir kalt den Rücken hinunter. Mein Gefühl, daß mich verborgene Augen beobachteten, war also nicht unbegründet. Ein Mensch aus Fleisch und Blut hatte mich beobachtet, und ich war mir ziemlich sicher, daß es Martha war.

Ich folgte dem Gang bis zum Ende und gelangte an eine kleine hölzerne Tür. Sie war nicht verschlossen. Als ich sie öffnete, befand ich mich hinter einem Holzgitter, das dicht mit Efeu bewachsen war. Jeder, der die Tür und den Geheimgang kannte, konnte unbemerkt kommen und gehen, da der Eingang vom Haus aus nicht gesehen werden konnte. Der Gedanke, daß es solch einen heimlichen Zugang zu unserem Haus gab, störte mich sehr.

Ich sagte nichts zu Martha und behielt meine Entdeckung für mich, bis Cage nach Hause kam. Ich hatte auch keine Gelegenheit, Octavia erneut zur Rede zu stellen. Sie war ausgegangen, wie Martha sagte. Gegen Abend kam ein Junge, der eine Nachricht brachte. Es war derselbe Bursche, den Cage immer zu mir schickte, wenn er mir mitteilen ließ, daß er in der Stadt übernachten würde. Gerade jetzt, wo ich ihn so dringend brauchte . . .

An diesem Abend wurde der Tisch nur für eine Person gedeckt. »Octavia bleibt bis morgen bei den Hunters«, sagte Martha und servierte mir das Essen.

»Sie hätte die Höflichkeit besitzen können, es mir selbst zu sagen.«

»Sie bat mich, Ihnen die Nachricht zu übermitteln.«

»Ich verstehe.«

Kein weiteres Wort wurde gesprochen. Wenn Martha wußte, daß ich Octavia durch die Spiegeltür in den Geheimgang gefolgt war, dann ließ sie es sich nicht anmerken. Octavia hatte es wohl gar nicht bemerkt.

Als ich am nächsten Nachmittag in der Halle wartete, bis Gandy den Wagen vorgefahren hatte, hörte ich laute Stimmen in der Küche. Offenbar hatten Octavia und Martha einen heftigen Wortwechsel.

»Ich mache, was ich will!« schrie Octavia.

»Wenn du mich noch einmal anlügst, werde ich dir eine runterhauen. Du wirst nicht machen, was du willst, hörst du? Und mach die Tür zu, ich will nicht, daß das ganze Haus zuhört!«

Die Tür schlug zu, aber ich konnte sie noch immer streiten hören. Ich fragte mich, ob Octavia die Haushälterin angelogen hatte, ob sie wirklich die Nacht bei den Hunters verbracht hatte, wie sie behauptete. Das Mädchen würde in Schwierigkeiten geraten, und ich fühlte mich verpflichtet, ihr Einhalt zu gebieten.

Und wenn ich es nicht allein schaffte, dann brauchte ich eben Hilfe.

Als Gandy den Wagen vorfuhr, wies ich ihn an, mich zur Bank von Kalifornien zu fahren, wo Cage jetzt ein kleines Geschäftsbüro hatte. Ich hatte das Gefühl, daß die Angelegenheit wichtig genug war, um ihn dort aufzusuchen. Der Geheimgang existierte schon seit langem, und ich konnte mir Zeit lassen, um das in Ruhe mit meinem Mann zu besprechen. Aber die Probleme, vor die mich Octavia stellte, duldeten keinen Aufschub. Wir mußten sie unbedingt von einer Dummheit abhalten, die ihren Ruf schädigen könnte.

In der Bank meldete mich der Portier an, und eine Minute später kam mir Cage lächelnd und mit ausgebreiteten Armen entgegen.

»Was für eine Überraschung, Adelaide!« Seine echte Freude malte eine glückliche Röte auf meine Wangen. Oh, warum nur konnte das Leben nicht einfach und unkompliziert sein, dachte ich, warum mußte man immer diese dumme Eifersucht empfinden?

»Cage – ich störe dich nicht gerade . . .«

»Das macht überhaupt nichts. Komm herein – komm in mein kleines Reich.« Er nahm mich beim Arm und führte mich in sein kleines Büro.

Als ich vor dem Schreibtisch Platz genommen hatte, sagte ich: »Es geht um Octavia.« Während er zuhörte, wie ich ihre seltsamen Gepflogenheiten und den Streit mit Martha beschrieb, verengten sich seine Augen.

»Glaubst du, daß sie sich mit jemandem trifft?« fragte er.

»Wenn ja, dann ist es offensichtlich jemand, den sie nicht ins Haus bringen kann.«

»Martha ist bisher immer mit ihr fertig geworden. Ich frage mich, warum sie es jetzt nicht schafft. Octavia ist verwöhnt. Sie ist uns über den Kopf gewachsen. Aber ich werde dem ein Ende bereiten. Ich werde sie in eine Klosterschule stecken.«

»Ist sie dafür nicht schon ein bißchen zu alt?«

»Ich weiß es nicht. Aber die Drohung allein könnte sie zur Vernunft bringen.« Er trommelte mit den Fingern auf die Tischplatte. Da bemerkte ich, daß er sehr müde aussah. Er hatte seine gesunde Gesichtsfarbe verloren und dunkle Ringe unter den Augen.

»Du brauchst mehr Ruhe«, sagte ich und drückte seine Hand. »Du siehst erschöpft aus.«

Er lächelte. »Wenn ich meine erste Million verdient habe und auf dem Weg zur zweiten bin, dann werde ich eine lange Pause machen. Aber du – dies ist auch nicht gerade ein großes Vergnügen für dich, oder?«

»O Cage, es macht mir wirklich nichts aus«, sagte ich und genoß seine Besorgnis, vergaß all die langen Stunden des Wartens. »Übrigens – weißt du, daß es in unserem Haus einen Geheimgang gibt?« fragte ich leichthin.

»Was? Einen Geheimgang? Oh, *der*! Natürlich. Ich hatte nicht mehr daran gedacht.« Er grinste. »Eine Laune von mir.« Und als ich ihm einen erstaunten Blick zuwarf, fuhr er etwas verlegen fort: »Nun, vielleicht war es doch nicht nur eine Laune. Du weißt, daß das Haus vor dem Krieg gebaut wurde, in einer Zeit, in der wir schon die Spannungen zwischen dem Norden und dem Süden auf uns zukommen sahen. Eine Gruppe aus den Südstaaten, zu der auch ich gehörte, beschloß, sich heimlich zu treffen, um Kalifornien auf die Seite der Konföderierten zu ziehen. Da einige Geschäftsleute bei solchen Zusammenkünften nicht gesehen werden wollten, beschloß ich, einen Geheimgang anlegen zu lassen.«

»Oh«, sagte ich. »Und die Gucklöcher?«

»Welche Gucklöcher?«

»Wußtest du nichts davon? Es gibt Gucklöcher, durch die man in die Hälfte der Schlafzimmer, das Speisezimmer und die Bibliothek schauen kann.«

»Bist du sicher?« fragte er schockiert.

»Ich habe sie gestern entdeckt.«

»Ich hatte keine Ahnung«, murmelte er. »Keine.« Seine Augen wirkten seltsam verstört, nicht böse, wie ich erwartet hatte, sondern verwirrt und beunruhigt.

»Ich hoffe, daß du mich nicht für boshaft hältst, aber ich habe das Gefühl, daß uns Martha beobachtet.«

»Martha?« Er runzelte die Stirn. »So – das ist es also . . .« Er brach ab.

»Was?« fragte ich, als er nicht fortfuhr.

Er ballte eine Hand und schlug wütend auf den Tisch. »Sie hat kein Recht, uns nachzuspionieren, überhaupt keines! Ich werde – ich werde ihr das verbieten –, ich werde . . .«

»Cage – ich habe keine Beweise, nur ein Gefühl, daß . . .«

»Ich traue ihr das durchaus zu. Überlaß mir diese Angelegenheit, Adelaide. Ich werde diesen Verhau schon in Ordnung bringen. Und ich werde allen beiden, Octavia und Martha, die

Köpfe zurechtrücken. Mach dir darum keine Sorgen.« Er lächelte, nahm meine Hand und küßte sie. »Brauchst du Geld?« Er griff nach seiner Brieftasche und zog mehrere größere Scheine mit zitternden Fingern heraus. »Geh, kauf dir ein neues Kleid und einen neuen Hut. Ich möchte nicht, daß du dir wegen dieser Dinge den Kopf zerbrichst.«

»Cage . . .«

»Ich bin heute abend zum Essen da. Ich verspreche es dir.«

Als ich wieder im Wagen die staubige Straße hinunterrumpelte, war ich etwas verwirrt, wenn nicht gar ein wenig verärgert. Ich fragte mich, warum Cage nichts von Marthas Entlassung gesagt hatte. Jeder andere hätte sie ohne Zögern hinausgeworfen. Hatte Cage vielleicht Angst vor ihr? Das erschien mir abwegig, aber warum hatte er sich nicht vorgenommen, sie zu entlassen?

Hatte Martha ihn aus irgendwelchen Gründen in ihrer Gewalt?

Ich weiß nicht, was Cage zu Martha sagte oder was sie ihm entgegnete, aber als er Octavia zur Rede stellte, machte sie eine schreckliche Szene. Nachdem Cage ihr verboten hatte, das Haus ohne Begleitung zu verlassen, bekam sie einen hysterischen Anfall, warf sich auf den Boden, drohte mit Selbstmord, wegzulaufen oder das Haus anzuzünden. Cage wurde blaß, und einige Augenblicke lang dachte ich, daß er nachgeben würde. Ich wagte nicht, mich einzumischen. Sie hatte mir bereits eine Beleidigung nach der anderen entgegengeschleudert, mich beschuldigt, ein Judas und eine bösartige Stiefmutter zu sein. Ich konnte nichts tun, als dabeizustehen und zuzuschauen, wie sie um sich schlug.

Martha brachte die Situation schließlich unter Kontrolle. Sie kam aus der Küche und stellte das Mädchen, das sich verzweifelt wehrte, auf die Füße. Bevor Octavia einen weiteren Ton von sich geben konnte, hatte sie ihr eine Ohrfeige versetzt. Octavias Mund blieb offen stehen, und sie faßte mit ihrer Hand nach ihrer Wange. Dann brach sie in Tränen aus.

»Du bist so schlimm wie der Teufel!« schrie sie.

»Wen hast du getroffen?« wollte Cage wissen.

»Ich – ich habe niemanden getroffen – niemanden! Und selbst wenn ich es getan hätte – ihr könntet mich quälen – mich töten, und ich würde es nicht sagen. Ich *hasse* euch alle!«

Ihr Benehmen schockierte mich. Nie, und wenn ich auch noch so wütend gewesen war, hätte ich es gewagt, so zu meinen Eltern zu sprechen. Und der arme Cage – er wirkte so elend und krank.

Er versuchte noch einmal herauszufinden, wen Octavia getroffen hatte, aber als sie beharrlich schwieg, ging er schließlich seufzend in die Bibliothek. Ich folgte ihm. »Sie muß weg von hier«, sagte er. »Ich sehe keinen anderen Weg, als sie in eine Schule zu schicken.«

Als Martha ihr mitteilte, was Cage beschlossen hatte, konnten wir sie unten in der Halle toben hören.

Doch all ihr wütender Protest half ihr nicht. In der nächsten Woche mußte sie zur Schule abreisen. Cage hatte ihr allerdings das Versprechen gegeben, daß sie zu Ostern nach Hause kommen dürfte, und wenn sie sich in der Schule gut benommen hatte, dürfte sie wieder zu Hause bleiben.

Zwei Tage später reiste auch Cage ab. Er wollte mit Mr. Ralston aus Geschäftsgründen nach Virginia City fahren. Ich hatte ziemlich schüchtern gefragt, ob ich mitkommen könnte, aber Cage hatte mir zu verstehen gegeben, daß es keine Vergnügungsreise wäre. Sie wollten so schnell wie möglich reisen und sich auch mit bescheidenen Unterkünften begnügen, wenn es nicht anders ging. Sie würden wahrscheinlich mehrere Wochen, wenn nicht einen ganzen Monat unterwegs sein.

An einem der nächsten einsamen Abende wurde ich früher als gewöhnlich müde und ging zu Bett. Ich wälzte mich ausnahmsweise nicht unruhig umher, sondern fiel gleich in tiefen Schlaf. Wieder suchte mich der gleiche schreckliche Traum heim, in dem mich Augen hinter nebelverhüllten Bäumen beobachteten, während gleichzeitig Trommeln einen wilden Rhythmus schlugen, der mir durch Mark und Bein ging. Und wie in ähnlichen Alpträumen fing ich an zu laufen, aber anstatt immer weiterzulaufen, wachte ich plötzlich auf.

Das Mondlicht strömte durch die halbgeschlossenen Vorhänge herein und warf silberne Streifen über das Bett und den Teppich. Einige Sekunden lang dachte ich, daß ich noch immer träumte, obwohl meine Augen weit offen waren und der Trommelwirbel noch immer erklang. Außerdem hörte ich auch singende Stimmen.

Ich stützte mich auf einen Ellbogen und lauschte in die Nacht. Als ich dann aus meinem Bett schlüpfte, stand ich zitternd in der kühlen Dunkelheit. Ich ging zum Fenster und zog die Vorhänge auseinander. Ein feuriger Glanz war hinter der Gartenmauer zu sehen, der gleiche hellrote Schimmer, den ich schon vor Monaten erblickt hatte. Außer diesem Schein und aufsteigenden Rauchschwaden war nichts zu sehen, aber ich hörte den Singsang, und ich wußte, daß ich nicht träumte, sondern daß da draußen irgendein seltsames Ritual stattfand.

Welches Ritual?

Ich zog meinen Morgenmantel an, zögerte noch ein wenig, schlüpfte dann in meine Pantoffel und eilte nach unten. In der Halle hielt ich inne. Ein kurzer Anflug von gesundem Menschenverstand sagte mir, daß ich unvernünftig handelte, daß ich mich nicht in etwas einmischen sollte, was gefährlich werden könnte. Aber eine zwanghafte Neugier und der Wunsch, mich zu vergewissern, daß ich mir das alles nicht nur einbildete, lockten mich in die Nacht hinaus.

Durch einen Seiteneingang betrat ich den Garten und ging zu dem Gatter in der Mauer. Noch einmal zögerte ich, während meine Hand bereits auf dem Riegel lag. Ich konnte den Gesang jetzt deutlich vernehmen, wenn ich auch die Worte noch nicht verstehen konnte. *Geh nicht*, warnte mich eine innere Stimme. *Stell dir vor, sie entdecken dich*. Aber das Trommeln, das in meinem Gehirn dröhnte, besiegte meinen Verstand. *Was mag das nur sein*? Mein Herz klopfte wie rasend. *Wo? Wer?*

Ich öffnete das Gatter und schlüpfte hindurch. Dann glitt ich unter die Bäume und blieb erst stehen, als die Lichtung in mein Blickfeld rückte. Mein Atem stockte vor Staunen. Ich war zu entgeistert, um mich zurückzuziehen. Ich konnte einfach nur auf die Szene starren, die sich vor meinen Augen abspielte.

Sogar jetzt glaube ich noch das seltsame, makabre Bild vor mir zu sehen, das sich vor dem Dunkel der Nacht abzeichnete. Das Feuer, die aufsteigenden Rauchsäulen und der Felsblock dahinter, der wie ein Altar wirkte . . . Auf dem Block stand eine Kiste. Nackte schwarze Männer und Frauen bewegten sich tanzend darum herum, wiegten sich im Takt und sangen dazu. Ihre Körper glänzten im Licht der lodernden Flammen. Plötzlich wandte ein Mann den Kopf zur Seite, und ich verbarg mich schnell hinter einem Baumstamm. Mit zitternden Knien klammerte ich mich an die rauhe Rinde. Hatte er mich gesehen? Was stellten sie wohl mit neugierigen Zuschauern an? Was machten sie mit Spionen? Quälten oder verbrannten sie diese Unglücklichen? Ich kauerte mit zusammengekniffenen Augen da und bereute es, daß ich die Sicherheit meines Bettes verlassen hatte. Jeden Augenblick erwartete ich einen stahlharten Griff auf meiner Schulter und die wütenden Schreie der übrigen, die sich auf mich stürzen würden, um mich aus meinem Versteck zu schleifen. Aber die Hand, vor der ich solche Angst hatte, packte nie zu. Der seltsame Singsang tönte weiter, und allmählich faßte ich wieder den Mut, auf die Lichtung zu schauen.

Eine Frau in einem langen, schwarzen Gewand stand mit wehenden Haaren in der Nähe der Kiste. Ich konnte nur ihren Rücken sehen, und als ich sie so beobachtete, hob sie eine Hand hoch. Die Tänzer hielten plötzlich inne, die Trommel verstummte. Die Frau begann mit dem gleichen monotonen Rhythmus zu sprechen, den ich schon früher gehört hatte, in einer geheimnisvollen esoterischen Sprache. Ein großer schwarzer Mann trat nach vorn, nahm die Kiste und stellte sie auf den Boden. Die Frau stellte sich darauf und sprach weiter. Die hellen Flammen knisterten, und die schwitzenden Gesichter der Zuhörer spiegelten Angst und Schrecken wider, als sie zu der Sprecherin hinaufstarrten, deren Gesicht noch immer von mir abgewandt war.

Ihre Worte sprudelten immer schneller hervor. Sie trat von der Kiste herunter, öffnete den Deckel, griff hinein und zog eine sich windende Schlange hervor, deren braun-grüne Zeichnung im Feuerschein aufblitzte. Bei diesem Anblick wurde mir schlecht. Wie entsetzlich! Ich wollte mich umdrehen und durch den Garten zurückgehen, aber irgendeine hypnotische Macht hielt mich fest.

Bewundernd und ehrerbietig verbeugten sich die Zuschauer. Ein flehendes Murmeln entrang sich ihren Kehlen. Die Stimme der Frau wurde immer lauter. Sie hielt die Schlange hoch über ihrem Kopf und stieß einen Schrei aus. Dann wurde sie ihr von einem großen schwarzen Mann aus der Hand genommen und in die Kiste zurückgesteckt.

Die Frau begann zu tanzen und mit windenden Körperdrehungen die Bewegungen der Schlange nachzuahmen. Wie sie so tanzte, glitt ihr das Gewand von den Schultern, rutschte über die Hüften, bis sie ganz nackt war. Die anderen fingen auch an zu tanzen, zuerst langsam, dann immer schneller. Als der Trommelschlag immer wilder wurde, wanderte eine Flasche von Hand zu Hand. Durch das Gewirr der schwingenden Arme und klatschenden Hände konnte ich einen Blick auf die Frau erhaschen, die sich im Kreis drehte. Plötzlich wichen die anderen auseinander, und ich konnte zum erstenmal ihr Gesicht deutlich sehen.

Es war Martha.

20

Ich kann mich kaum daran erinnern, wie ich in mein Schlafzimmer zurückgelangt bin. Ich weiß nur noch, daß ich mit dem Taschentuch vor meinem Mund durch die Bäume stolperte. Als ich das Gatter erreichte, quietschten die Scharniere. Ich stolperte und wäre im Garten beinahe auf die Knie gefallen. Dann floh ich die lange, gewundene Treppe hinauf.

Als ich die Tür hinter mir schloß, klopfte mein Herz so stark, daß ich glaubte, es würde mein Nachthemd und den Morgenmantel zerreißen. Ich tastete nach einem Stuhl und sank darauf nieder. Langsam verschwand das Gefühl der Übelkeit wieder, und meine Atemzüge wurden gleichmäßiger. Ich schaute im Zimmer umher, um mich irgendeiner Realität zu vergewissern, denn die Szene hinter dem Garten hatte den Charakter eines schrecklichen Alptraumes angenommen.

Aber der schwache rote Schimmer, der sich noch immer in den Fenstern spiegelte, bewies mir die Echtheit der Ereignisse.

Was hatte ich gesehen? Schwarze Magie, die Riten des Teufels? Nein, da war kein brennendes Kreuz gewesen, kein falscher Priester oder eine schwarze Kommunion, nur die Anbetung einer Schlange. Und da erinnerte ich mich, daß ich einmal in einem Journal, das Charles nach Hause gebracht hatte, gelesen hatte, daß der Gott des Voodookultes durch eine Schlange repräsentiert wurde und daß die Schlange ihren Willen durch eine Hohepriesterin mitteilte. Der Artikel erklärte, daß der Kult von den Westindischen Inseln nach Louisiana gelangt war, und erwähnte auch, daß er unanständig war. Er war unchristlich und obszön. Voodoo – hier in unserem Garten! O Gott . . .

Zitternd zog ich meinen Schlafrock enger zusammen. Martha! Plötzlich wurde mir einiges klar. Ich konnte mir jetzt erklären, warum Martha solch eine Macht über die anderen Dienstboten hatte. Wie oft hatte sie dieses Ritual wohl schon vollzogen? Wie oft hatte sich ihre Anhängerschar auf ihren Befehl hin mitten in der Nacht versammelt, um ihren anstößigen Gesängen zu lauschen?

Wußte Cage davon? Unmöglich. Wenn er von dem Voodookult gewußt hätte, er hätte Martha entlassen. Ihre Schnüffelei konnte er gerade noch dulden, aber diese obszönen Riten, niemals. Oh, wie sehr wünschte ich, daß er jetzt zu Hause wäre! Es würde noch eine Woche, wenn nicht sogar zwei dauern, bis er zurückkommen würde. Was sollte in der Zwischenzeit geschehen? Ich rieb meine feuchten Hände. Wie sollte ich vorgehen? Ich konnte Martha nicht wissen lassen, daß ich sie beobachtet hatte. Es wäre zu gefährlich. Ich mußte Unwissenheit vorschützen, sie in dem Glauben lassen, daß ich während der ganzen Nacht geschlafen hatte.

Als ich aufstand und meinen Schlafrock auszog, bemerkte ich plötzlich, daß mir ein Pantoffel fehlte. Ein kalter Schauer durchlief mich, als ich eine Kerze anzündete und jeden Winkel des Bodens absuchte. Ich konnte ihn nirgends finden. Sei ruhig, sagte ich mir, reg dich nicht auf, er ist wahrscheinlich auf der Treppe hängengeblieben. Ich ging langsam in die Halle hinunter und suchte auf dem Teppich nach meinem blauen Pantoffel. Aber er war nirgends zu entdecken. Ich hatte ihn entweder im Garten verloren, als ich gestolpert war, oder in dem kleinen Unterholz jenseits der Gartenmauer. Aber ich konnte mich nicht dazu zwingen, wieder hinauszugehen und danach zu suchen.

Durch das Fenster sah ich noch immer das rosige Schimmern des Feuers, und wenn ich angestrengt lauschte, vernahm ich das entfernte Gemurmel der Stimmen. Allein der Gedanke an diese Vorgänge im Dunkeln der Nacht ließ mich wieder erschaudern. Nein, ich konnte die schützende Sicherheit des Hauses nicht aufgeben. Meine einzige Hoffnung war, daß Martha und die anderen von ihrem Ritual zu betäubt waren, um den Pantoffel zwischen den Bäumen zu bemerken, und vielleicht konnte ich ihn am Morgen in meinen Besitz bringen.

Aber als ich kurz nach Sonnenaufgang nach meinem Hausschuh suchte, konnte ich ihn nirgends finden. Während ich durch den Rosengarten zurückging, sah ich Martha im Kräutergarten in der Nähe der Küchentür stehen. Sie schaute zu mir herüber.

»Guten Morgen«, sagte ich mit belegter Stimme, als ich näher kam.

»Guten Morgen, Mrs. Norwood. Sie sind heute schon früh auf den Beinen.« Sie schaute mir in die Augen, und ich wußte sofort, daß sie den Pantoffel entdeckt hatte.

»Ja – ich dachte, ich mache einen kleinen Spaziergang vor dem Frühstück«, sagte ich mit erzwungener Fröhlichkeit.

»Ein schöner Tag zum Spazierengehen«, meinte sie.

Ob sie sich wohl fragte, wieviel ich in der letzten Nacht gesehen hatte? Aber es machte kaum einen Unterschied. Auch wenn ich nur ganz wenig gesehen hätte – es wäre schon genug gewesen.

»Möchten Sie bald frühstücken, Mrs. Norwood?«

Ich konnte keinen Bissen essen, den sie zuvor berührt hatte. »Nein, ich – ich habe mich entschlossen, in die Stadt zu fahren, und werde im Barlett Hotel frühstücken.«

Täuschte sie diese Lüge? Wahrscheinlich nicht. Was würde sie mir antun? Wie würde sie verhindern, daß ich alles ausplauderte?

»Würden Sie gern noch Kaffee trinken, bevor Sie ausfahren?«

»Nein, danke, Martha.« Wollte sie mich vergiften? Eine Hohepriesterin des Voodookultes würde alle Gifte kennen. O Gott, ich wünschte, ich hätte in der Nacht durchgeschlafen und nie den Tanz, die Schlange und das Feuer gesehen. Ich hatte nur noch einen einzigen Gedanken – das Haus so schnell wie möglich zu verlassen.

Als ich den kleinen Wagen genommen hatte und selbst die Straße hinunterkutschierte, wurde mir klar, daß ich von einem Mann Hilfe brauchte, vorzugsweise von einem Mann, der Martha ohne mit der Wimper zu zucken ins Gesicht sehen konnte. Aber an wen sollte ich mich wenden? An Jay Cook? Davor schreckte ich zurück. Ich erinnerte mich an die letzte Auseinandersetzung mit ihm, an das überlegene Lächeln und seine sarkastische Stimme. Aber ich hatte nur die Wahl zwischen Jay Cook oder der Alternative, allein zu Martha zurückzukehren. Kein anderer als Jay konnte mir helfen.

Als ich sein Büro erreichte, war er nicht anwesend, aber sein Angestellter teilte mir mit, daß er bald zurück sein würde, und führte mich zu einem Sofa in einem kleinen Raum. Es war ein einfaches, aber geschmackvoll eingerichtetes Zimmer. Während ich wartete, wurde mir auf einmal bewußt, daß ich sehr wenig von Jay Cook wußte. Er war eine Art Makler, wie mir Cage einmal erzählt hatte, aber was er genau machte, hatte mich nie interessiert. Unsere Begegnungen waren immer so kurz, und mein Ärger, wenn nicht gar meine Wut hatte meiner Neugierde immer im Weg gestanden. Ich fragte mich, warum er nie geheiratet hatte. Er behauptete, daß ich die einzige Frau war, die er je geliebt hatte. Aber die Männer pflegten so etwas gern zu behaupten – egal, ob sie es ernst meinten oder nicht.

Nach etwa eineinhalb Stunden erschien Jay Cook. Er war sichtlich erstaunt über meinen Besuch.

»Stimmt irgend etwas nicht?« fragte er ohne Umschweife.

»Muß denn etwas nicht stimmen, wenn ich zu Ihnen komme?«

Ich versuchte selbstbewußt zu wirken, was mir jedoch nur unvollkommen gelang.

»Sie haben mich noch nie besucht.« Er saß auf einer Schreibtischecke und schaute mich mit seinen dunklen Augen prüfend an. »Da muß ich natürlich annehmen, daß etwas nicht in Ordnung ist. Ihr Mann hat Sie doch nicht . . .?«

»Verlassen?« fragte ich mit gespielter Heiterkeit. »Da muß ich Sie leider enttäuschen. Cage und Mr. Ralston unternehmen zur Zeit eine Geschäftsreise nach Virginia City.«

»Ah – jetzt erinnere ich mich.« Er grinste. »Und jetzt sind Sie hier – bei mir.«

»Ich war gerade in der Nähe und dachte mir, ich könnte einmal vorbeischauen.« Das Gespräch hatte schlecht angefangen und schien sich von meinen eigentlichen Absichten immer weiter zu entfernen.

»Also einfach ein Besuch.« Sein Grinsen wurde immer breiter.

»Nun – ja.«

»Während Ihr Mann verreist ist.«

Der ironische Klang seiner Stimme brachte mich um den letzten Rest meiner mühsam gewahrten Fassung und trieb mir das Blut ins Gesicht. »Müssen Sie denn immer so ein ungehobelter – ungehobelter . . .«

»Flegel – das ist, glaube ich, das passende Wort.«

Es war ein Fehler, hierherzukommen. Ich hätte wissen sollen, daß ich damit nichts erreichen würde.

»Es tut mir leid«, sagte ich mit zitternder Stimme. »Es tut mir leid, daß ich Sie aufgesucht habe.« Ich stand auf.

»Warten Sie . . .« Er legte seine Hand auf meinen Arm. »Irgend etwas *stimmt* nicht, Adelaide. Das sehe ich Ihnen an.«

»Doch, alles ist in Ordnung.«

»Irgendwas ist passiert.«

»Nein . . .« Und plötzlich überfiel mich der Gedanke, in dieses Haus zurückzukehren, wie ein kalter, grauer Regenschauer. Ich erbebte, als ich mir Marthas gnadenlose Miene vorstellte.

»Was ist los?« fragte Jay mit weicher Stimme, als er sich vorbeugte, um mein abgewandtes Gesicht besser zu sehen.

Tränen traten mir in die Augen. »Nichts . . .« Das Feuer, der Singsang, das unaufhörliche Dröhnen der Trommeln, die Kiste auf dem Altar, die sich windende Schlange . . .

»Oh – Jay!« stieß ich plötzlich zitternd hervor. »O Jay, ich habe solche Angst!«

»Mein liebes Kind . . .« Er nahm mich in seine Arme, und ich legte meinen Kopf an seine Brust und weinte. All der Haß, den ich noch vor einer Minute empfunden hatte, war vergessen. Ich fühlte nur noch, daß seine Brust breit und stark und daß meine Angst einfach zu groß war. So groß, daß ich sie nicht allein tragen konnte.

Er drückte mir sein Taschentuch in die Hand, und allmählich hörte ich auf zu weinen. Ich trocknete mir die Augen, und er ließ mich los. »Setzen Sie sich, Adelaide, und erzählen Sie mir alles. Was auch passiert ist, es muß schlimm gewesen sein, wenn Sie mich beim Vornamen nennen.«

»Habe ich das getan?«

»Das macht gar nichts. Sie kennen mich ja lang genug. Machen Sie es sich bequem.«

Ich sank auf das Sofa, das feuchte Taschentuch in meinen Händen. »Ich – ich wollte kein Theater machen – ich . . .«

»Bitte, bitte, Adelaide, entschuldigen Sie sich nicht. Es war meine Schuld. Ich verspreche, ich werde Sie nicht wieder ärgern. Erzählen Sie.«

So fing ich an, alles zu erzählen, und ich begann mit dem Tag, an dem ich die Stufen zu unserem Haus hinaufgestiegen war und zum erstenmal in Marthas kalte Augen geblickt hatte. Ich erzählte von ihrer Unverschämtheit, von dem Geheimgang, von ihrer Verbindung mit dem Untergrund und schließlich von der Voodoo-Orgie, deren Zeuge ich in der letzten Nacht geworden war. Er hörte schweigend zu und hielt seine nüchternen, dunklen Augen auf mich gerichtet. Als ich meinen Bericht beendet hatte, holte er tief Atem.

»Voodoo . . . Warum ausgerechnet das?« Er schüttelte den Kopf. »Aber – wenn ich es bedenke, dann sollte ich eigentlich nicht überrascht sein. Martha ist eine Frau, die zu allem fähig ist.«

»Cage weiß sicher nichts von dem Voodoo«, sagte ich schnell. »Früher hat er sich immer mit ihr arrangiert. Er sagt, sie ist so tüchtig, und Octavia kommt gut mit ihr aus, aber jetzt . . .« Meine Stimme versagte.

Er schaute mich lange an. »Es tut mir leid, Adelaide, aber ich glaube nicht, daß das den geringsten Unterschied macht. Cage wird sie nicht entlassen.«

»Aber warum nicht? Wie wollen Sie das wissen? Wie können Sie so etwas sagen?«

»Lieben Sie Ihren Mann?«

»Sogar sehr«, antwortete ich mit fester Stimme und schaute ihm in die Augen.

»Ich weiß nicht, ob ich das Recht habe, Ihnen dies zu sagen, aber wenn ich Martha befehlen würde, mit ihren Sachen zu verschwinden, dann würde sie nur über mich lachen, weil sie weiß, daß Cage sie nicht entlassen würde. Er hat Angst davor.«

»Angst? Cage hat Angst? Warum – was für ein Unsinn!« Aber war das nicht genau das, was ich schon einmal vermutet hatte? »Warum sollte er sich vor Martha fürchten?«

»Sie erpreßt ihn.«

»Und womit?«

»Das werde ich Ihnen nicht sagen. Ich habe schon zuviel gesagt, und Sie müssen mir versprechen, daß Sie es niemals vor Cage wiederholen werden.«

»Dann ist es nicht wahr«, entgegnete ich. »Wenn es wahr wäre, würden Sie es mir erzählen.«

»Nein. Und versuchen Sie nicht, mich auszutricksen, meine Liebe!«

»Es kann gar nicht so schlimm sein«, sagte ich und versuchte eine verräterische Spur in seinem Gesicht zu entdecken. »Ein falscher Scheck? Pokerschulden? Eine – eine Frau? Ich werde Cage fragen«, drohte ich. »Ich werde ihn fragen.«

»Werden Sie ihm sagen, ich hätte Ihnen verraten, daß er erpreßt wird? Ich kann nicht gerade behaupten, daß dies ehrenvoll wäre.«

»Und Sie wollen mir das vorwerfen«, erwiderte ich kläglich. Wir schienen wieder da zu sein, wo wir angefangen hatten. Was sollte Cage so Schlimmes getan haben? Ich konnte mir beim besten Willen nichts vorstellen, was solch eine Situation hätte heraufbeschwören können. Nichts. Jay hatte übertrieben. Ich beschloß, Cage zu fragen, wenn er aus Virginia City zurückkommen würde. Aber bis dahin . . .

»Ist Octavia bei Ihnen?« fragte Jay.

»Nein – sie ist in der Schule. Ich bin allein.« Und ich habe immer noch Angst, wollte ich hinzufügen.

Aber er mußte das gefühlt haben, denn er sagte: »Ich werde mit Ihnen zurückfahren und mit Martha reden. Sie wird auf mich hören. Ich bin einer der wenigen Männer in dieser Stadt, der unbefangen mit ihr reden kann.«

»Sie meinen, sie erpreßt auch noch andere?«

»Leider stimmt das.«

»Das ist unglaublich! Es ist illegal, ein Verbrechen! Eine

Erpresserin! Wie kann sie damit durchkommen? Warum klagt sie nicht jemand bei den Behörden an?«

»Wer würde es schon wagen, das aufzudecken? Zu viele Männer in dieser Stadt haben eine dunkle Vergangenheit, meine Liebe, zu viele haben ihr Geld mit schmutzigen Geschäften gemacht.«

»Und ich soll glauben, daß ein – ein Dienstbote Zeuge all dieser schlimmen Geheimnisse ist? Nun, Jay . . .«

»Das hat mich auch immer ein bißchen gewundert. Aber jetzt, wo Sie mir erzählen, daß sie eine Hohepriesterin einer Voodoosekte ist, sehe ich, daß es so einfach wie das Abc sein kann. Viele der Angestellten in Hotels und Pensionen, in Restaurants oder Bordellen sind Schwarze, die zu Martha aufschauen, die in Schrecken vor Martha leben und ihr durch Spionagedienste nur zu gern einen Gefallen tun.«

»Warum tut sie das wohl?«

»Für Geld, vielleicht auch, um Macht auszuüben, aber es würde mich nicht wundern, wenn sie es einfach aus Rachsucht tun würde.«

»Ja«, sagte ich und dachte an ihre Bitterkeit gegenüber den weißen Pflanzern, die Sklaven gehalten hatten.

»Können Sie es ihr übelnehmen? Betrachten Sie die Sache einmal aus Marthas Blickwinkel.«

»Aber – sie war nie eine Sklavin.«

»Aber ihr Volk – und auch sie hätte eine Sklavin sein können. Wir Kalifornier behandeln die Schwarzen vielleicht nicht ganz so hart wie die Chinesen, aber wir geben ihnen nicht die gleichen Rechte. Wir erschweren es ihnen, Besitz zu erwerben oder auch nur unsere Verkehrsmittel zu benutzen.«

»Sie sprechen, als ob ich die Schwarzen nicht ausstehen könnte. Das stimmt nicht. Ich hatte unsere Sissie gern . . .«

»Davon bin ich überzeugt. Sie hatten sie so gern wie einen großen, gutmütigen Hund. Nein, Adelaide. Regen Sie sich nicht auf, aber wenn sie eines Tages zu Ihnen gesagt hätte: ›Ich glaube, ich setze mich jetzt hin und esse mit Ihnen zu Abend‹, dann wären Sie zumindest wie versteinert gewesen.«

»Nun – ich hätte . . .«

»Denken Sie darüber nach, Adelaide. Und auch über Voodoo. Die christliche Religion hat den Schwarzen nicht viel gegeben – sie hat nur versucht, sie passiv und unterwürfig zu machen.«

»Wenn ich mir vorstelle, daß Sie es billigen . . .«

»Das tue ich nicht. Ich billige weder Voodoo noch Erpressung. Ich versuche nur zu erklären, warum jemand wie Martha Zuflucht dazu nimmt.«

»Ich finde dies ziemlich seltsam, besonders aus Ihrem Mund.«

»Ja, nicht wahr? Manchmal staune ich selbst über mich.« Er griff zu seinem Hut und zu seinen Handschuhen. »Nun, wollen wir gehen?«

»Es ist alles geregelt«, versicherte Jay und machte die Tür hinter sich zu. »Ich habe ihr die Angst vor dem Teufel eingejagt.«

»Ich kann mir kaum vorstellen, daß Martha Angst hat, nicht einmal vor dem Teufel.«

»Nun – jetzt hat sie Angst. Ich habe ihr gedroht, daß ich bei dem nächsten unverschämten Wort direkt zu Captain Lees von der Polizeiwache gehen werde. Und daß es mir egal wäre, welcher meiner Freunde dadurch zu Schaden kommen könnte. Ich glaube, daß sie mich ernst nimmt.«

»Würden Sie – ich meine, würden Sie wirklich zur Polizei gehen?«

»Wenn es unumgänglich wäre – um Sie zu beschützen –, ja.« Bei dieser Erklärung schaute er mich mit einer Eindringlichkeit an, die mich störte. Ich senkte meine Augen und dachte, daß ich ihm für seine Mühe danken müßte. Und doch konnte ich nicht die richtigen Worte finden.

»Ich werde mit Cage sprechen, wenn er zurückkommt«, fuhr Jay fort. »Obwohl er das Problem, weiß Gott, seit langem hätte selbst in die Hand nehmen können.«

»Er – er hat nicht die Zeit, sich um solche Haushaltsprobleme zu kümmern«, sagte ich.

»Haushaltsprobleme? Blödsinn! Er will unangenehmen Dingen einfach nicht ins Gesicht sehen. Er kann sich nicht durchsetzen.«

»Ich weiß nicht, warum Sie ihn immer schlecht machen!« rief ich verärgert.

»Tue ich das?«

»Ja – Sie haben immer etwas an ihm auszusetzen. Sie – Sie sind auf ihn eifersüchtig. Versuchen Sie nicht es zu leugnen!« fügte ich hitzig hinzu.

Während er mich beobachtete, verengten sich seine Augen. »Liebe macht so blind«, sagte er mit beißender Ironie. »Cage, der Musterknabe! Cage, dem man, selbst wenn er unrecht hat, schnell vergibt. Er ist ein Gentleman, ein Kavalier, ein romantischer Held.«

»Wenn Sie frech werden wollen, Jay Cook, will ich nichts weiter hören.« Wie schnell konnte er von einem verständnisvollen Wohltäter zu einem quälenden Verräter werden ...

»Angenommen, ich werde frech, wie Sie es nennen – was dann?« fragte er sarkastisch. »Oh, Sie werden nicht zuhören. Wieder einmal. Ihre Dummheit macht mich so wütend. Sie sind so intelligent, so schlau, in vieler Weise viel klüger, als Sie vorgeben. Aber wenn es um Cage geht, dann sind Sie mit Blindheit geschlagen.«

»Sie sind eifersüchtig«, wiederholte ich, von seiner Beschuldigung verletzt. »Sie geben vor, Cages Freund zu sein – aber Sie mögen ihn nicht. Sie haben ihn nie gemocht.«

»Blödsinn! Früher waren wir die besten Freunde. Wir gingen zusammen aus, tranken und spielten. Es hat Spaß gemacht. Wir waren junge Burschen, und ich habe es genossen. Aber, Adelaide, man kann nicht sein ganzes Leben lang ein junger Bursche bleiben. Irgendwann muß man ein Mann werden.«

»Ein Mann? Wie können Sie es nur wagen? Wie können Sie es wagen, anzudeuten, daß Cage ...« Oh, wie hatte ich nur glauben können, daß dieser Mann imstande wäre, länger als fünf Minuten nett zu bleiben?

»Ich deute nichts an. Ich behaupte es. Cage hat nie das Stadium eines großen, glücklichen Jungen überwunden. Obwohl ich zugeben muß, daß er nicht immer so glücklich ist, aber er glaubt es nach wie vor und handelt auch danach.«

»Sie – Sie sind unerträglich«, stotterte ich. Am liebsten hätte ich ihn geohrfeigt, um sein höhnisches Grinsen zu verscheuchen. »Ich hasse Sie! Es ist mir egal, was Sie für mich getan haben. Ich hasse Sie! Sie sagen all diese schrecklichen Dinge, weil Sie Cage beneiden. Sie beneiden ihn um seine Herkunft, seine Erziehung, sein Aussehen, seinen Charme. Sie sind einfach eifersüchtig – eifersüchtig auf alles –, sogar, sogar ...« Ich suchte nach weiteren Argumenten. »Sogar, weil er einmal so eine schöne Frau hatte.«

»Lillith?« fragte er mit erhobenen Brauen. »Eifersüchtig auf Lillith? Meine Liebe, sie war eine Hure.«

»Wie – wie können Sie es nur wagen!« Ich erstickte fast vor Wut, nahm eine Vase und schleuderte sie auf ihn. Er bückte sich, die Vase traf den Kaminsims und zerbrach in viele kleine Stückchen. Lange war das Echo des zerspringenden Porzellans der einzige Laut im Zimmer. Jay starrte mich immer noch mit hochgezogenen Brauen an.

»Raus«, befahl ich mit leiser, gepreßter Stimme. »Raus – Sie räudige Kreatur.«

Sein Gesicht wurde plötzlich dunkel. Er setzte sich in Bewegung, aber nicht, um zu gehen, sondern um mit ein paar schnellen Schritten die Entfernung zwischen uns zu überbrücken. Er packte mich bei den Armen, zog mich auf die Beine, und einen schrecklichen Augenblick lang dachte ich, daß er mich schlagen würde. Aber statt dessen rüttelte er mich an den Schultern.

»Halt!« schrie ich wütend.

»Ich weiß nicht, warum ich mir die Mühe gemacht habe«, stieß er mit zusammengebissenen Zähnen hervor.

»Jay!«

». . . warum ich mir die Mühe gemacht habe, Sie aus Ihrer unangenehmen Lage zu befreien – warum ich versucht habe, Sie zu beschützen, wie jeder andere es getan hat, die damenhafte, wohlbehütete, kostbare Adelaide.« Diese Adjektive trafen mich wie Hammerschläge. »Es wird höchste Zeit, daß Sie die Wahrheit erfahren, und ich werde sie Ihnen sagen. Ja, Lillith war eine Hure. Ich habe sie nicht nur aus verletztem Stolz so genannt. Nein – versuchen Sie nicht, sich herauszuwinden! Hören Sie! Verdammt noch mal, hören Sie zu!«

Seine Finger gruben sich in meine Arme. Ich wollte nicht zuhören. Ich, die sich so sehr danach gesehnt hatte, alles über Lillith zu erfahren, wollte plötzlich nicht zuhören. Ich hatte Angst vor dem, was er mir erzählen würde, hatte Angst vor ihm, Angst vor seinen wütend glitzernden Augen. Ich wollte fliehen, aber er hielt mich fest.

»Sie hat in Belle Coras Bordell gearbeitet«, fuhr er entschlossen fort. »Wissen Sie, was ein Bordell ist, meine Liebe? Ja? Nun, dann wissen Sie ja schon einiges. Lillith war eines der Mädchen. Ich war dabei, als Cage sie das erstemal erblickte. Sie saß in Belles offenem Wagen. Belle sah es gern, wenn ihre Mädchen Stil bewiesen. Martha begleitete Lillith, eine richtige Anstandsdame. Sie gaben immer vor, Damen zu sein. Nun – sie saß in dem Wagen, ganz in Lila gekleidet, mit lila Hut und einem lila Sonnenschirm, den sie pausenlos drehte. Sie bot einen prächtigen Anblick, das muß ich zugeben – ein Pfirsichteint, dunkles Haar und glänzende Augen. Cage war überwältigt. Es war ihm egal, wer oder was sie war. Er mußte sie haben – und zwar für sich allein. Er wollte sie nicht mit anderen Männern teilen, die sie für ihre Dienste bezahlten . . .«

»Hören Sie auf!« schrie ich. Seine Finger, die meine Arme umklammerten, taten mir weh. »Sie lügen! Sie sagen schreckliche, unmögliche Dinge über Cage. Wenn Sie denken, ich glaube – einen Moment lang . . .«

»Dann sagen *Sie* mir, was Sie über Lillith wissen. Was hat Ihnen Cage erzählt? Wer ist sie? Woher kam sie, wer waren ihre Eltern? Nun, meine Liebe, was wissen Sie?«

Nichts, dachte mein verwirrtes, verängstigtes Gehirn, nichts – außer, daß sie schön war. ›Eine Witwe‹, hatte mein Bruder geschrieben, und von Martha hatte ich erfahren, daß das Haus die passende Umgebung für sie war. Cage hatte kaum ihren Namen erwähnt. Sie war ein Rätsel.

»Nun?« verlangte Jay. »Ich warte. Sie haben meine Frage noch nicht beantwortet.«

»Ich weiß nichts«, entgegnete ich tonlos.

Er ließ mich los. Ich schwankte ein wenig. Aber als er seine Hand ausstreckte, um mich zu stützen, stieß ich sie heftig weg.

»Sie sind stark«, sagte er. »Stärker, als Sie glauben. Sie werden den Schock überwinden.«

Ich befeuchtete meine Lippen. »Sie können . . .« Ich hielt inne und fing noch einmal an, weil meine Stimme einen hohen, unnatürlichen Klang hatte. »Sie können nichts sagen, das etwas an meiner Liebe zu Cage ändern wird.«

Er lächelte kühl und verächtlich. »Noch immer die treue kleine Ehefrau. Und ich nehme an, Sie glauben auch, daß Cage an unserer Lillith eine gute Tat begangen hat, daß er eine hübsche, junge Frau mit einem unehelichen Kind, ohne Beschützer, ohne Familie, Vater oder Bruder, die zwischen ihr und der grausamen Welt standen, daß er eine hilflose Frau gerettet hat. Daß er sie geheiratet hat, wo er sie doch auch in einem kleinen Haus als seine Geliebte hätte aushalten können. Daß er sie aus Großzügigkeit geheiratet hat. Nun, das stimmt nicht. Er hat Lillith geheiratet, weil dies die einzige Möglichkeit war, sie für sich allein zu haben. Sie hatte nämlich einen Geliebten – ja, diese Mädchen verlieben sich manchmal in einen Kunden. Sie hatte einen Geliebten, einen kleinen Spieler namens James Royce. Er ist Octavias Vater, aber er konnte oder wollte sie nicht heiraten, und Lillith wurde, ob aus Verärgerung oder weil sie sich nach gesellschaftlicher Anerkennung sehnte, Mrs. Cage Norwood.«

Ich setzte mich. Meine Wut war verflogen, und ich fühlte mich nur noch müde. Ich konnte Jay nicht wirklich dafür tadeln, daß er mir alles erzählt hatte. Ich hatte ihn dazu herausgefordert. Hätte ich ihn nicht so wütend gemacht, hätte er wahrscheinlich geschwiegen.

»Charles und ich taten alles, um Cage davon abzubringen«, fuhr er fort. »Aber er ließ nicht mit sich reden. Er hat mit Charles gestritten, und Charles hat sich daraufhin geweigert, wieder mit ihm zu sprechen.«

Die Briefe, die Cage kaum erwähnten, meine Fragen nicht beantworteten ... Die Kälte zwischen den beiden Männern, die mich so verwirrt hatte ...

»Nun – jetzt wissen Sie es.« Jay schwieg. Die Wut in seinen Augen war erloschen.

Lillith, eine Hure ...

»Hat – hat Cage ...«, begann ich nach einer Weile und räusperte mich. »Hat Cage sie sehr geliebt?«

Jay antwortete nicht sofort. Sein Gesicht war ausdruckslos. Es war eine Frage, die ich nicht hätte stellen sollen, aber jetzt war mir alles egal.

»Was kann ich schon sagen?« entgegnete Jay schließlich. »Wie kann ein Mann die wirklichen Gefühle eines anderen Mannes kennen? Nun, ich kann Ihnen höchstens sagen, was ich glaube. Ich glaube, daß er Lillith geliebt hat – soweit Cage jemanden lieben kann. Beantwortet das Ihre Frage?«

»Ja«, erwiderte ich leise. Ich hatte gehofft, Jay würde mir erklären, daß Cages Neigung zu Lillith nur eine vorübergehende Laune war, der Ausbruch einer kurzen Leidenschaft und nichts weiter.

Er nahm seinen Hut und ging zur Tür.

»Wohin gehen Sie?« fragte ich.

»Zurück zu meinem Büro.«

»Aber – aber wollen Sie mir nicht noch mehr erzählen? Wollen Sie mir nicht erzählen, wie sie – wie sie gestorben ist?«

»Fragen Sie Cage!« sagte er und warf mir einen durchdringenden Blick zu. »Fragen Sie Ihren geliebten Cage.«

21

Obwohl Jays Enthüllung schockierend war, hätte sie mich doch irgendwie erleichtern sollen. Nun war wenigstens ein Teil des Geheimnisses gelüftet. Mehr noch als das. Mein Gefühl der Unterlegenheit hatte sich als nicht gerechtfertigt erwiesen. Lillith als Prostituierte, wie schön sie auch gewesen sein mag, konnte kaum noch eine Konkurrenz darstellen. Eine Frau, die ihren Körper auf die niedrigste Weise verkauft hatte ... Da Lillith aus einem Bordell gekommen war, konnte ich sie verachten und vergessen, daß sie überhaupt existiert hatte.

Aber seltsamerweise war dies nicht der Fall. Lillith spukte mir noch immer im Kopf herum, nicht wegen ihrer Schönheit, sondern weil Cage sie geheiratet hatte. Sie waren zusammen vor einen Priester getreten und hatten ein heiliges Gelübde abgelegt, waren Mann und Frau geworden. Wenn Jay mir gesagt hätte, daß Lillith Cages Geliebte gewesen war, wäre ich vielleicht schockiert und verletzt gewesen, aber ich hätte mir schließlich einreden können, daß ich ihr letztlich überlegen war. Ich war Mrs. Cage Norwood.

Aber *sie* hatte sich auch Mrs. Cage Norwood nennen dürfen.

Dies war eine Tatsache, die ich nicht leugnen konnte. Doch ich bezweifelte, daß Cage sie aus Liebe geheiratet hatte. Ich hatte das Gefühl, daß Cage in die Heirat hineingezogen worden war.

Martha war schlau und ehrgeizig. Sie hatte sich an Lillith geklammert, weil sie dachte, daß die Schönheit des Mädchens ihr selbst Vorteile bringen würde. Nachdem Lillith zu Mrs. Norwood avanciert war, hatte Martha keine Not mehr fürchten müssen. Und nach Lilliths Tod konzentrierte sich Martha auf Octavia, die genauso schön war wie ihre Mutter. Auch mit ihr boten sich ungeahnte Möglichkeiten. Ich konnte jetzt verstehen, warum Martha auf Octavias Ehelichkeit bestanden hatte. Sie wollte, daß Octavia wenigstens einen geachteten Elternteil hatte, der eine vorteilhafte Ehe ermöglichen könnte. Ich konnte auch verstehen, warum sie sich über Octavias Verhalten so aufgeregt und warum sie zugelassen hatte, daß das Mädchen in eine Klosterschule geschickt wurde. Octavias Ruf mußte unter allen Umständen geschützt werden.

Martha brauchte uns also, weil wir Octavia ein respektables Zuhause boten. Da ich dies wußte, hätte ich meine Angst eigentlich überwinden können. Aber ebensowenig wie mein Unterlegenheitsgefühl gegenüber der toten Lillith ließ sich meine Furcht vertreiben. Allein der Klang von Marthas Stimme in der Halle jagte mir kalte Schauer über den Rücken. Ich traute ihr nicht. Ich war sicher, daß sie mich durch diese Gucklöcher beobachtet hatte. Warum nur? Vielleicht wollte sie mich bei einer Indiskretion ertappen, um mich erpressen zu können. Vielleicht war sie von dem Wunsch besessen, sich andere Menschen zu verpflichten.

Und wie war ihr Cage verpflichtet? Welches Geheimnis kannte Martha? Es kam mir unwahrscheinlich vor, daß Lilliths unsaubere Vergangenheit ein so sorgfältig gehütetes Geheimnis darstellte.

Aber was sonst? Ein Geschäftsabschluß? Vielleicht hatte Cage deshalb niemals Geschäftsbesprechungen zu Hause.

All dies reimte ich mir natürlich nur zusammen. Ich konnte mir nicht sicher sein. Ich sehnte mich nach Cages Heimkehr, und zum erstenmal war ich fest entschlossen, meine Schüchternheit zu überwinden und mit ihm über Martha zu sprechen. Ich wollte ihn bitten, seine Sorgen mit mir zu teilen, wie es sich für Mann und Frau gehörte.

Ich ließ die Gucklöcher und den Geheimgang vernageln. Danach fühlte ich mich etwas sicherer. Aber in der übernächsten Nacht wachte ich plötzlich aus tiefem Schlaf auf. Ich hatte Angst, obwohl ich nicht wußte, was mich geweckt hatte. Zitternd setzte ich mich auf und versuchte mit meinen Augen die Finsternis zu durchdringen. Ich einer Ecke schwebte der schwarze Schatten des Schrankes, und auch alle anderen Gegenstände schienen in dichtes Dunkel gehüllt zu sein. Das einzige Licht, ein schwacher Schimmer, kam von dem nebelverhangenen Fenster, wo ich den Vorhang halb offen gelassen hatte. Eine tiefe, unheilverkündende Stille umgab das Haus.

Meine Hand tastete nach der Kerze und der Streichholzschachtel, die immer auf meinem Nachttisch lagen, als ich ein Kratzen hinter der Wand hörte, wo der Geheimgang entlangführte. Lauschend hielt ich den Atem an, bis ich mir klarmachte, was das war. Mäuse, dachte ich, seufzte erleichtert auf und sank in die Kissen zurück.

Ich machte es mir bequem und begann über Cage nachzudenken.

Plötzlich brach ein häßliches, hinterlistiges Lachen in meine Gedanken ein, ein böses Lachen, das mich sofort wieder auffahren ließ.

»Wer ist da?« flüsterte ich mit rauher Stimme in die Dunkelheit.

Das Lachen schallte wieder durch den Raum. Es kam von der gegenüberliegenden Wand, der gleichen Wand, hinter der ich die Mäuse gehört hatte. Der Geheimgang müßte doch mit Brettern vernagelt worden sein . . . Ich lauschte mit angehaltenem Atem. Da war das Rascheln, das leichte Kratzen wieder zu hören. Jemand war da – aber wer?

Und plötzlich wußte ich, daß es niemand anderer als Martha sein konnte. Wer sonst würde dort stehen? Sie mußte die Bretter entfernt haben und in den Geheimgang geschlüpft sein. Das Lachen sollte mich erschrecken. Das war ihre Rache dafür, daß ich Jay Cook von ihren Voodooriten erzählt hatte.

Wieder einmal sagte ich mir, daß Cage diese Frau unbedingt entlassen mußte.

Am nächsten Tag kehrte er zurück. Ich kämmte mir gerade in meinem Zimmer die Haare, als ich sein Lachen unten in der Halle hörte. So schnell ich konnte, rannte ich zum oberen Treppenabsatz.

»Cage!« rief ich entzückt und beugte mich über das Geländer.

Er lächelte zu mir herauf, und als er mir in die Augen schaute, durchflutete mich ein vertrautes, warmes Glücksgefühl. Ich eilte zu ihm, er nahm mich in seine Arme, und alle Ängste, Zweifel und Sorgen waren vorerst vergessen. Ich wußte nur noch, daß Cage endlich zu Hause war, daß ich ihn liebte, daß ich ihn vermißt hatte und daß ich ihn nie wieder fortlassen wollte.

»Wir sind gestern am späten Abend zurückgekommen«, sagte er. »Aber es war so neblig in der Stadt, daß wir in einem Hotel übernachten mußten.«

»O Cage, ich wünschte, du wärst hier gewesen.«

»Du hast mich vermißt, nicht wahr?« Neckisch kitzelte er mich unter dem Kinn.

Ich verdrängte meine Sorgen und lächelte ihn an. Jetzt konnte ich ihm nicht alles sagen – wo er doch gerade erst nach Hause gekommen war.

»Laß dir von meiner Reise erzählen.« Er legte den Arm um meine Taille und führte mich in die Bibliothek. »Wir hatten die seltsamsten Erlebnisse. Virginia City prahlt jetzt mit einem Opernhaus. Und ich kann dir sagen, es ist wirklich ein Anblick, diese bärtigen, rauhen Minenarbeiter in ihren roten Hemden wie Sünder in der Sonntagsschule sitzen zu sehen, wenn sie zuhören, wie Adelina Patti Mozart trällert.«

»Ich wünschte, ich wäre da gewesen.«

»Oh, meine Liebe, ich bezweifle, daß du dich in diesem ungehobelten Haufen wohl gefühlt hättest.« Er ging zum Schränkchen und holte die Whiskykaraffe heraus. »Und es gibt keine wirklichen Damen in der Stadt. Sie sind alle – nun, du weißt schon, was ich meine.«

»Ja.« Ich schaute ihn nicht an und fragte mich, was er wohl sagen würde, wenn er wüßte, daß ich über Lillith informiert war. Würde es ihn verletzen oder beschämen? Ich konnte es ihm nicht gestehen.

»Ich bin froh, daß ich hingefahren bin.« Er goß sich einen Whisky ein. »Ich hatte viel Erfolg mit meinen Unterredungen. Ich glaube, Ralstons Minen sind langsam erschöpft, und ich halte es für klug, mein Geld herauszuziehen und in einer anderen Firma zu investieren. Ein Bursche namens Don Sayer hat mir ein interessantes Angebot gemacht . . .« Er unterbrach sich. »Aber ich glaube, Adelaide, ich langweile dich nur.«

»Nein – o nein. Bitte, erzähl weiter. Ich möchte alles wissen.«

»Du brauchst keine Angst zu haben, daß ich mit deinem Geld nicht sorgfältig umgehe.«

»Mit *unserem Geld*«, korrigierte ich.

»Also gut, mit unserem Geld. Adelaide, wir werden bald reich sein. Glaub daran und vertraue mir.«

»Aber ich vertraue dir doch, Liebling.«

»Gut . . .« Er trank seinen Whisky und schenkte sich ein neues Glas ein. »Und was hast du getan, Kleines, während ich fort war?«

Ich zögerte kurz. »Nicht viel. Aber Cage, ich wollte dir sagen . . .«

»Ich brauche unbedingt ein Bad«, fiel er mir ins Wort. »Ich habe nicht mehr gebadet, seit ich weggefahren bin. Oh, es ist so gut, wieder daheim zu sein. Was wolltest du sagen?«

»Nichts Wichtiges«, meinte ich. Ich würde ihm später alles erzählen, vielleicht nach dem Abendessen.

Aber Cage schlief den ganzen Tag lang und ging am Abend wieder aus. Zu einer Verabredung, wie er sagte, und ich sah ihn erst am nächsten Abend wieder, als er mit Jay Cook zurückkam. Ich war nicht gerade froh, Jay zu sehen, und ich fragte mich, ob er sich wohl selbst eingeladen hatte.

»Haben Sie mit Ihrem Mann gesprochen?« fragte er mich, als Cage etwas abseits stand.

»Nein – noch nicht«, gab ich kühl zur Antwort.

»Wie ich es mir gedacht habe«, murmelte er.

Während des Essens saß ich wie auf Kohlen, weil ich jeden Moment erwartete, daß Jay das Gespräch auf Marthas Voodooriten bringen würde. Aber die beiden Männer plauderten nur über geschäftliche Angelegenheiten.

Nach dem letzten Gang entschuldigte ich mich und verließ den Raum, während die Männer Zigarren rauchten und Wein tranken. Ich ärgerte mich darüber, denn eigentlich wollte ich hören, was Jay sagen würde, aber die gesellschaftlichen Konventionen waren so tief in mir verwurzelt, daß ich wie automatisch aufstand und hinausging.

Ich zog mich in die Bibliothek zurück und nahm ein Buch aus dem Regal. Aber ich konnte mich nicht auf meine Lektüre konzentrieren. Was würde Jay meinem Mann sagen? Alles? Sprach er jetzt gerade über Lillith? Schilderte er, wie er mich informiert hatte?

Als die Tür schließlich aufging, kam Jay allein herein.

»Ich habe es ihm gesagt«, fing er ohne Umschweife an. »Ich habe ihm gesagt, daß Sie alles über Lillith wissen und daß Sie vor Martha Angst haben – und auch, warum. Er weigert sich noch immer, sie zu entlassen.«

»Wo ist er?« fragte ich und schaute über Jays Schulter. »Wo ist Cage?«

»Er ist im Eßzimmer und betrinkt sich. Er hat mich gebeten, ihn zu entschuldigen.«

»Ich – ich glaube Ihnen nicht. Was haben Sie zu ihm gesagt? Er ist böse. Ich weiß, daß er böse ist – ich weiß es. Er hat wahrscheinlich das Gefühl, daß ich Ihnen Informationen entlockt habe. Er schämt sich. Er wollte nicht, daß ich Bescheid wüßte. Was haben Sie um Himmels willen gesagt?«

Er schaute mich an, und seine Augen wurden immer schmäler und härter. »Ist das alles, worüber Sie besorgt sind – ob er böse ist oder nicht? Stört es Sie nicht, daß er nicht den Mut hat, Ihnen selbst Rede und Antwort zu stehen? Sehen Sie nicht, daß er schwach ist und kein Rückgrat hat?«

»Schwach! Kein Rückgrat! Oh, Sie sind einfach unverbesserlich! Unverbesserlich! Warum sind Sie heute abend gekommen? *Ich* habe Sie nicht eingeladen.«

»Doch, das haben Sie getan. Erinnern Sie sich an den Tag, als Sie völlig verängstigt zu mir kamen und mich gebeten haben, mit Martha zu sprechen?«

»Ja – ja, aber Sie sind so grob. Sie machen eine vernünftige Diskussion unmöglich. Und Sie hacken immer auf Cage herum . . .«

»Und jetzt ist Cage in Stücke zerfallen. Die ganze Sache hat ihn überwältigt. Es war zuviel für ihn. Er würde die Vergangenheit am liebsten in einem großen, schwarzen Loch begraben. Aber er erkennt langsam, daß das nicht möglich ist. Ich habe ihm geraten, einen klaren Schnitt zu machen und Sie ins Vertrauen zu ziehen. Aber er hat nicht den Mut . . .«

»Sie sagen immer wieder das gleiche«, unterbrach ich ihn wütend. »Und ich habe die Nase voll. Ist Ihnen jemals die Idee gekommen, daß er mich vielleicht schonen wollte?«

»Blödsinn! Cage hat sich immer vor unangenehmen Dingen gedrückt.«

»Und ich nehme an, Sie wollen den Krieg wohl als angenehm bezeichnen? Er ist nach Virginia zurückgekommen, um in die Armee einzutreten, obwohl er dazu nicht verpflichtet war. Und er hat bis zum Schluß gekämpft.«

»Ja, er *war* bis zum Schluß im Krieg, das muß ich zugeben. Und ich muß ihm auch zugestehen, daß er sich ganz gut gehalten hat. Er hat keine Angst, wenn er eine Waffe in der Hand hat und seinen Feind sehen kann. Das, was er nicht sehen kann, macht ihm Angst – es sind die Gefühle anderer, die unausgesprochenen Vorwürfe. Verstehen Sie das? Er umgibt sich mit Leuten, und er mag sie auch, solange sie ihm nicht zu nahe kommen und solange sie ihn nicht mit unangenehmen Dingen konfrontieren.«

»Das ist nicht wahr!« protestierte ich. »Er ist ein warmherziger Mensch. Er hatte immer gute Freunde. Und was seine Angst vor dem Gerede der Leute angeht, so hat er Lillith doch geheiratet, oder nicht?«

»Ich habe Ihnen gesagt, warum. Lillith war sein Spielzeug, eine Puppe, die er nur haben konnte, wenn er sie zu seiner Frau machte. Und die Leute, die über ihn tuscheln, sind nicht die gleichen Leute, mit denen er aufgewachsen ist. Nein, er sieht unangenehmen Dingen einfach nicht gern ins Auge, meine Liebe. Und so hat er mich gebeten, Ihnen alles beizubringen.«

Ich sprang auf. »*Sie*. Ich werde ihn aufsuchen. Ich glaube es nicht.«

»Ich würde Ihnen das nicht raten. Sie werden ihn völlig betrunken vorfinden, und wahrscheinlich würde er nur unzusammenhängendes Zeug reden. Setzen Sie sich bitte, Adelaide.«

Ich ließ mich auf der Stuhlkante nieder und starrte ihn an.

»Seien Sie nicht böse. Ich genieße das alles überhaupt nicht, falls Sie das denken. Irgendwo mag ich Cage – und wenn es nicht um Sie ginge, würde ich ihn wahrscheinlich noch lieber mögen.«

»Wenn Sie Cage so gerne mögen, warum sagen Sie dann, daß er kein Rückgrat besitzt? Ein schöner Freund! Sie sind ein Heuchler.«

Er seufzte. »Nun gut, meine Liebe. Ich sehe, daß Sie nur durch eine schlimme Katastrophe aus Ihrem Traum aufwachen werden. Sagen wir also, er zieht es vor, daß ich Ihnen sage, was er zu sagen hat, damit es für Sie beide nicht zu schmerzlich ist. Fühlen Sie sich jetzt besser?«

»Nein.«

»Wie dickköpfig Sie sind! Wollen Sie es jetzt wissen, oder soll ich meinen Hut nehmen und gehen?«

Ich sagte nichts.

»Adelaide . . .«

Ich kämpfte zwischen meinem Ärger und meinem Wunsch, alles zu erfahren. »Also – gut«, willigte ich schließlich ein.

Er seufzte und sank in seinen Stuhl zurück. »Stört es Sie, wenn ich rauche?«

»Nein.«

Er zündete sich eine Zigarre an. Die Flamme beleuchtete einen Augenblick lang sein ausdrucksloses Gesicht.

»Sie haben mich oft genug gefragt, wie Lillith gestorben ist«, begann er. »Ich kann es Ihnen jetzt sagen.« Er machte eine Pause und schaute auf die Spitze seiner Zigarre. »Meine Liebe – sie ist ermordet worden.«

Ermordet! Seltsam, ich hätte schockiert sein sollen, aber ich war es nicht. Vielleicht hatte ich im Unterbewußtsein schon immer gedacht, daß sie nur ein gewaltsames Ende gefunden haben konnte. Zu viele Geheimnisse hatten ihren Tod umgeben, als daß er hätte friedlich sein können. Und San Francisco war ein Ort voller Gewalt.

»Wie ist es passiert?« hörte ich mich fragen.

»Sie ist erschossen worden, zusammen mit ihrem Liebhaber, James Royce, als sie sich in den Armen lagen. Oben – in Cages Bett.«

Ich fühlte, wie mir das Blut aus dem Gesicht wich. Oben ...

Ich sagte nichts. Ich hätte es auch nicht gekonnt, selbst wenn ich die passenden Worte gefunden hätte. In den Armen ihres Liebhabers erschossen ... In Cages Bett ... Mein Gott!

»Hätten Sie gern ein Glas Brandy?« drang Jays Stimme wie aus weiter Ferne zu mir.

»Was ...?«

»Sie werden doch nicht in Ohnmacht fallen?«

»Nein – nein ...«

»Ich hole etwas Brandy. Er ist in der Bibliothek, nicht wahr?«

»Ja.«

Ich versuchte an nichts zu denken, versuchte mir nicht die beiden Körper in den zerknüllten Kissen vorzustellen, versuchte nicht an die dunkle Gestalt zu denken, die eine Waffe hob, und den Schuß ...

»Hier!« Jay drückte mir das Glas in die Hand. »Trinken Sie, meine Liebe, dann werden Sie sich besser fühlen.«

Ich nahm einen Schluck, und die Flüssigkeit brannte in meiner Kehle. Aber sie verbreitete eine angenehme Wärme in mir. Trotzdem drehte sich alles in meinem Kopf, und die verrückten Bilder kehrten immer wieder.

»Wer – wer hat es getan?« brachte ich schließlich mühsam hervor.

»Das weiß keiner. Natürlich wurde Cage verdächtigt, aber es fanden sich mehrere Zeugen, die für ihn aussagten, zum Beispiel Martha. Natürlich wog das Wort einer Farbigen nicht sehr viel vor Gericht, aber John Shelby unterstützte Marthas Aussage. Er behauptete, daß Cage in der fraglichen Zeit bei ihm war und Karten spielte.«

»Er behauptete es?«

»Ich will nicht sagen, daß er gelogen hat. Aber Shelby steht auf Marthas Liste. Ich weiß nur zufällig, daß er ihr verpflichtet ist, weil sie bei einer Indiskretion seinerseits den Mund gehalten hat. Und Martha hatte Mr. Shelby dazu bringen können, ihre Geschichte zu bestätigen. Martha wollte Octavias wegen verhindern, daß Cage gehängt würde. Verstehen Sie das?«

»Ja, schon. Aber glauben Sie ...«

»Daß Cage seine Frau und ihren Liebhaber ermordet hat? Nein, das glaube ich nicht. Cage würde so etwas nicht tun. Ich habe Ihnen gesagt, daß er ein tapferer Mann ist, wenn er eine Waffe in der Hand hat. Er ist ein unglaublich geschickter Schütze. Ich glaube nicht, daß es so leicht jemanden gibt, der ihn besiegen würde. Er hätte James Royce vielleicht zu einem Duell herausgefordert, aber ich glaube nicht, daß er einem unbewaffneten Mann in den Rücken geschossen hätte, nicht einmal, wenn er ihn mit seiner Frau im Bett erwischt hätte.«

Ich zuckte zusammen und senkte den Kopf. Armer Cage, dachte ich, armer Liebling. Was mußte er gelitten haben! Was mußte er alles durchgemacht haben! Dieser schreckliche Skandal – und dann auch noch des Mordes angeklagt zu werden . . .

»Sie verstehen jetzt also, warum es nicht klug wäre, Martha allzusehr zuzusetzen?« fragte Jay. »Warum es nicht möglich ist, sie zu entlassen?«

»Ja, aber muß Cage diese Last sein ganzes Leben lang tragen? Wenn er es nicht getan hat und von der Anschuldigung frei ist – dann ist doch auch das vorbei?«

»Nein, es ist noch nicht vorbei, Adelaide. Cage ist nie vor Gericht gestellt worden. Aber jetzt – wir haben es heute morgen erfahren –, jetzt ist Lawrence, James Royces Bruder, in der Stadt. Er hat die Absicht, Cage als James' Mörder anzuklagen. Er will Cages Schuld beweisen. Deshalb wird es jetzt trotz allem eine Gerichtsverhandlung geben.«

»Nein . . .«

»Doch. Und Martha wird eine wichtige Rolle darin spielen. Ich fürchte, meine Liebe, Sie werden sich damit abfinden müssen, daß Martha dieses Haus nicht verlassen wird, zumindest nicht in absehbarer Zeit.«

22

Lawrence Royces Rechtsanwalt Percy Simpson behauptete, neues Beweismaterial zu haben und strengte damit erfolgreich eine neue Gerichtsverhandlung an.

Die Verhandlung war auf den 14. Juni festgesetzt.

Wir beauftragten einen eigenen Rechtsanwalt, Gordon Peele, einen Mann in reifem Alter mit einer weißen Haarmähne und einer tiefen Baritonstimme, die jedem Schauspieler zur Ehre gereicht hätte. Diesen Beruf hatte er tatsächlich in seiner Jugend ausgeübt. Er stand in dem Ruf, die Geschworenen zu beeinflussen und sogar gestandene Männer zum Weinen zu bringen, und obwohl er für seine Bemühungen sehr viel verlangte, sagte man uns, daß er jeden Cent wert wäre. Als erstes sorgte er dafür, daß Cage gegen eine Kaution auf freien Fuß gesetzt wurde.

In dieser Nacht entschuldigte Cage sich bei mir dafür, daß er mich so lange im unklaren gelassen hatte. Er sagte, daß er gehofft hätte, ich könnte vor alldem bewahrt werden.

»Ich bedauere nicht, daß ich Lillith geheiratet habe«, sagte er. »Es war das einzig Ehrenvolle, was ich machen konnte. Nur hätte ich wissen müssen, daß sie sich dafür nicht besonders eignete – für die Ehe, meine ich.«

Endlich fand in unserem Schlafzimmer das offene Gespräch statt, das wir schon vor Monaten hätten führen sollen. Ich saß auf einem Stuhl, während er vor mir hin und her ging. »Sie war mir zwar untreu, aber sie war noch jung. Ihre Eltern waren an einer Pockenepidemie gestorben, und sie mußte selbst für sich sorgen, als sie noch fast ein Kind war. Ich versuche das in Rechnung zu stellen, wenn ich geneigt bin, sie zu verurteilen.«

Auch ich versuchte das in Betracht zu ziehen. Aber es fiel mir schwer zu glauben, daß eine Frau mit dem Gesicht einer engelhaften Verführerin nicht mit spielerischer Leichtigkeit alles erreichen sollte, was sie wollte. Schönheit öffnet Türen und durchbricht Klassenschranken, verschafft sogar einer Hure Zugang zu ehrenvollem Glück. Schönheit ist ein Geschenk Gottes, das nur wenigen beschert ist. Ich erinnerte mich an meine eigene Jugend, in der es mir zwar an nichts gemangelt, in der ich jedoch nicht das Selbstbewußtsein hatte entwickeln können, das ein Mädchen mit einem hübschen Gesicht besitzt.

»Royce hatte sie offensichtlich nie aufgegeben«, sagte Cage.

Er blieb vor seinem Nachttisch stehen, um sein Weinglas neu zu füllen. »Er verfolgte sie hinter meinem Rücken, bis er sie hatte, wo er sie wollte. Ich bin nicht allzu sicher, Adelaide, ob ich ihn in meinem Schlafzimmer nicht vielleicht getötet hätte, aber Gott weiß, daß ich es nicht getan habe.« Er strich sich das Haar aus der Stirn.

Hast du sie geliebt, sogar danach . . .?

»Aber ich schwöre dir, daß ich keinen Mord begangen habe. Ich schwöre es.«

Liebst du sie jetzt noch?

»Ich glaube dir, Liebling«, sagte ich.

»Ich habe keine Ahnung, wer es getan hat. Keiner weiß es. Nicht einmal Martha. Royce war verheiratet, wie ich hörte, aber seine Gattin war tot oder irgendwo im Osten. Es konnte also keine eifersüchtige Ehefrau gewesen sein. Vielleicht war es eine andere Geliebte von Royce – aber es war eigentlich kein Mord, wie ihn eine Frau begehen würde. Eine Frau hätte ein Gift benutzt. Die Waffe wurde übrigens nie gefunden.«

Hätte ich aus Eifersucht töten können, fragte ich mich. Hätte mich der Anblick, wie mein Mann eine andere Frau liebte, blind gemacht, so daß ich Recht und Unrecht nicht mehr unterscheiden hätte können? Hätte mich dieser Anblick so in Wut gebracht, daß es mir einfach notwendig erschienen wäre, ihn zu erschießen? Nein, dachte ich, nein. Aber wenn er sie noch immer liebte?

»In solchen Fällen glaubt man natürlich, daß der Ehemann der Schuldige ist«, fuhr Cage fort. Er stieß mit der Flasche gegen sein Glas. Sein Gesicht war gerötet und sein Haar zerzaust. »Sie dachten alle, einen klaren Fall vor sich zu haben. Aber ich habe es nicht getan, und zum Glück sagten Shelby, Martha und die Diener für mich aus. Ich hatte bis vier Uhr morgens Karten gespielt und bis fünf auf Shelbys Sofa geschlafen, bevor ich nach Hause gefahren war, wo ich dann – wo ich sie dann fand.«

Sie ist in diesem Zimmer gestorben, hatte Martha gesagt. Ich fragte mich, was Cage wohl gefühlt hatte, als er die Tür zum Schlafzimmer geöffnet und dic beiden Geliebten in ihrer tödlichen Umklammerung entdeckt hatte. Hatte er gerufen: *›Lillith, meine Geliebte!?‹*

»Es gab überhaupt keine Anhaltspunkte«, sagte Cage. »Keiner hatte den Mörder gesehen oder die Schüsse gehört. Die anderen Bediensteten schliefen über dem Stall, und so war es nicht überraschend, daß sie nichts gehört hatten, selbst wenn sie wach waren. Was Martha betrifft, deren Schlafzimmer hinter der Küche liegt, so schwört sie, daß sie während der ganzen Nacht geschlafen hat und nichts wußte, bis ich sie um fünf Uhr morgens weckte.

Ich hasse den Skandal. So eine öffentliche Gerichtsverhandlung ist eine schmutzige Sache. Ich hasse es, wenn sich all diese Geier versammeln, die Reporter und die sensationslüsternen Nichtstuer. Aber am meisten hasse ich das alles deinetwegen, Liebling.«

Er schenkte mir ein so trauriges Lächeln, daß sofort jeder bittere Gedanke in meinem Kopf ausgelöscht wurde. Impulsiv stand ich auf, rannte zu ihm hin und küßte ihn. »Was auch passiert, ich liebe dich – und werde dich immer lieben.«

Die Gerichtsverhandlung fand in der imposanten neuen City Hall statt. Als wir vorfuhren, hatte sich bereits eine Menschenmenge vor dem Eingang versammelt, und wir mußten uns einen Weg durch die Masse bahnen. Im Gerichtssaal sah ich starr nach vorn und ließ mich nicht von neugierigen Blicken irritieren. Vor mir saßen die Zeugen – John Shelby, Martha, Lucinda, Gandy und der Koch – und ein Fremder in einem enganliegenden schwarzen Anzug.

Als der Richter Simon in seiner schwarzen Robe hereinkam, standen wir alle auf. Nachdem wir uns wieder gesetzt hatten, trat der Staatsanwalt Frank Bushe vor, nickte den Geschworenen zu und begann seine Eröffnungsrede, ein großer, nüchterner Mann mit einem Vollbart, der Mund, Kinn und Krawatte verbarg. Dieser Mann verhängte seine Anklage über Cage wie Gott beim Jüngsten Gericht. Während ich zuhörte, war mir elend zumute. Ich ahnte bereits, daß eine sehr lange Gerichtsverhandlung auf uns zukam. Die Reporter spitzten die Ohren und renkten sich fast die Hälse aus, um auch nur ja alles mitzubekommen.

Bushe stellte Cage als einen Überläufer, Spitzbuben und Spieler hin, als einen Mann, der oft Bordelle besuchte. Immer wieder sprang Mr. Peele, unser Anwalt, auf und erhob Einspruch. Doch der Richter lehnte den Einspruch jedesmal ab.

»Dieser sogenannte Gentleman«, donnerte Mr. Bushe und deutete mit dem Finger auf Cage, »dieser sogenannte Gentleman nahm zwei Menschen das Leben, hat sie kaltblütig erschossen. Jetzt möchte ich daran erinnern, daß wir nicht die Moral der verstorbenen Mrs. Norwood richten oder die Moral von James Royce, sondern den Mörder, der während der letzten zehn Jahre als freier Mann durch die Straßen von San Francisco gegangen ist. Der Gerechtigkeit muß Genüge getan werden. Und Sie, meine Herren Geschworenen . . .«

Unser Anwalt ließ sich nicht so leicht aus dem Feld schlagen. Er reagierte mit der gleichen Wortgewalt und stellte Cage als edlen, großzügigen Ehemann dar, der eine ›arme, schmutzige Blume‹ vom Boden aufgelesen und ihr die Ehre seines Namens gegeben hatte, nur um ihn bald darauf mit Schande befleckt zu sehen. »Aber er hat sie nicht getötet. Mr. Cage Lewis Norwood ist nicht der Mann, der die Gerichtsbarkeit in seine eigenen Hände nimmt, und wenn er auch noch so provoziert wird.«

Und so ging das Duell zwischen Peele und Bushe weiter, und mit jedem Tag wurde der Meute ein sensationeller Brocken vorgeworfen. Die Menge im Gerichtssaal applaudierte Bushe, der ihr Favorit zu sein schien. Sie wünschten eine Verurteilung, sie wollten einen Aristokraten erniedrigt, wollten ihn hängen sehen. Und ich nehme an, daß die ›gute Gesellschaft‹ insgeheim genauso fühlte. Cage hatte alle Regeln durchbrochen. Er hatte nicht nur eine Frau mit schlechtem Ruf geheiratet, sich Hörner aufsetzen lassen und vielleicht einen Mord begangen, sein größtes Vergehen war, daß er sich hatte erwischen lassen, daß sein Name durch die Zeitungen ging und seine schmutzige Wäsche in aller Öffentlichkeit gewaschen wurde. Dies war kein ehrenvolles Duell, sondern eine schmutzige Show für die ganze Welt.

Im Lauf der Gerichtsverhandlung wurde ein Zeuge nach dem anderen aufgerufen. Und ich muß zugeben, daß Martha am überzeugendsten war. Wenn John Shelby oft befangen wirkte und nur leise sprach, zuckte Martha mit keiner Wimper und ließ sich von Bushe, der ihr gnadenlos zusetzte, nicht aus dem Gleichgewicht bringen. Sie schaute ihm direkt in die Augen und beantwortete mit kühler Stimme alle seine Fragen. Trotz der Antipathie, die ich für sie hegte, mußte ich sie bewundern, ihr applaudieren, ja, ich mochte sie fast. Ich hatte das Gefühl, daß Marthas Aussage ungeheuer dazu beigetragen hatte, Cage in ein besseres Licht zu rücken.

Aber als der Fremde in dem schwarzen Anzug aufstand und als Zeuge für Mr. Bushe in den Zeugenstand trat, wurde Marthas Zeugnis völlig wertlos. Sein Name war Morris Sandborne, sein Beruf Architekt. Er hatte unser Haus, ›Cages Dummheit‹, entworfen.

Morris enthüllte die Existenz des Geheimganges und seinen Zugang zu dem Schlafzimmer, in dem Lillith und James Royce ermordet worden waren.

»Jeder – *jeder* hätte die Treppe benutzen können!« rief Bushe triumphierend. »Und keiner, nicht einmal die ehrenwerte Haushälterin Martha Brown, hätte seine Identität bemerkt. John Shelby behauptet, daß Mr. Norwood die Nacht bei ihm verbracht hat, aber er gibt zu – er gibt zu, darauf möchte ich aufmerksam machen –, daß sie sich gegen vier Uhr morgens zurückgezogen haben und daß Mr. Norwood um fünf aufgestanden ist, um nach Hause zu gehen. Überlegen Sie sich, meine Herren Geschworenen, ob es nun nicht ein leichtes für den Angeklagten gewesen wäre, von seinem Sofa aufzustehen, nachdem er sich versichert hatte, daß alle im Haus fest schliefen, in seine Kleider zu schlüpfen und aus dem Haus zu gehen, um schnell zu seinem eigenen

Domizil zu eilen. Vielleicht ahnte er die Untreue seiner Frau, vielleicht wollte er sie und ihren Liebhaber in flagranti ertappen. Ich habe das Gefühl, daß genau das passiert ist . . .«

»Einspruch!« rief Mr. Peele und sprang auf. »Wir werden uns nicht von Mr. Bushes Gefühlen beeinflussen lassen. Er hat keinen Beweis – nur Vermutungen der niedrigsten Art . . .«

»Und welche Beweise haben *Sie*, Mr. Peele?« schoß Bushe zurück. »Ich habe noch einen weiteren Zeugen.« Und in der Tat trat ein respektabel wirkender Gentleman namens Howard Soames auf den Plan, der als Wachmann für eine Firma in der Stadt arbeitete.

Mr. Soames behauptete, daß er in der in Frage kommenden Nacht von einem Reiter fast in den Graben gestoßen worden wäre, als er seinen Hund spazierengeführt hatte, und dabei an Cages Haus vorbeigekommen war. Der Reiter war gegenüber dem Tor abgestiegen und hatte sein Pferd in einem kleinen Gebüsch festgemacht. Dann hatte er die Straße verstohlen überquert. »Aber es war Vollmond, und ich konnte ihn deutlich sehen.«

»Und sehen Sie diesen Mann jetzt, Mr. Soames?« fragte Mr. Bushe und machte eine dramatische Pause, bevor er fortfuhr: »Ich möchte, daß Sie sorgfältig nachdenken. Das Leben eines Mannes steht auf dem Spiel. Sehen Sie diesen Mann im Verhandlungssaal?«

»Ja«, antwortete Mr. Soames. »Er sitzt dort – der Angeklagte, Mr. Cage Norwood.«

Cage wurde schneeweiß.

Mr. Peele sprang auf. »Er ist ein Lügner!« schrie er. »Dieser Mann hat einen Meineid geschworen.«

Ein Tumult brach im Saal aus, und der Richter sah sich gezwungen, die Verhandlung auf den nächsten Tag zu vertagen.

Still und bedrückt fuhren wir nach Hause. Ich hatte das Gefühl, daß alles verloren war.

Beim Abendessen meinte Mr. Peele: »Natürlich hat er einen Meineid geschworen.«

Und ich fragte: »Aber wie hängt das alles zusammen?«

Mr. Peele hob die Schultern und sagte kein Wort mehr. Als der Tisch abgeräumt war und die Zigarren und der Wein serviert wurden, stand ich nicht auf, sondern blieb entschlossen in meinem Stuhl sitzen. Ich hatte jedoch nicht mit Mr. Peele gerechnet.

»Mrs. Norwood«, sagte Mr. Peele und erhob sich höflich, »wenn Sie erlauben.«

»Ich würde gern bleiben«, entgegnete ich.

»Ich glaube, es wäre besser, wenn Sie so freundlich wären, uns jetzt allein zu lassen.«

Also ging ich in die Bibliothek. Und wie ich in dem schrecklichen Zimmer saß, gingen mir allerlei Gedanken durch den Kopf. Hatte Mr. Soames meinen Mann wirklich gesehen? Nein – er mußte sich täuschen. Es war jemand anderer gewesen, jemand, der zum Haus galoppiert war und sein Pferd gegenüber festgemacht hatte. Und doch . . .

Cage hatte allen Grund gehabt, Lillith des Ehebruchs zu verdächtigen, eine Frau, die sich seiner Meinung nach nicht für die Ehe geeignet hatte. War er in dieser Nacht zum Haus gekommen, hatte er sie mit Royce zusammen angetroffen und erschossen? Großer Gott, sogar wenn er es getan hätte, würden ihn die Geschworenen verurteilen? In Frankreich würde er freigesprochen werden. In Frankreich hatte man Verständnis für ein ›Verbrechen aus Leidenschaft‹. Aber dies war nicht Frankreich, dies war San Francisco, wo alles möglich war.

Aber wie konnte ich das nur annehmen? Wie konnte ich meinen Ehemann eines Verbrechens bezichtigen, von dem er geschworen hatte, daß er es nicht begangen hatte? Ich liebe ihn nicht, dachte ich, ich kann ihn ja gar nicht lieben, wenn ich so fühle. Aber – *ich liebte ihn doch*, trotz allem. Ich liebte ihn sogar mehr als je zuvor. Ich liebte ihn, weil er von allen Seiten bedrängt wurde, weil er mich brauchte und weil er Cage war.

Die Tür ging auf, und Martha kam mit Kaffee herein.

»Sind die Herren bereit, sich zu mir zu gesellen?«

Obwohl sich meine Beziehung zu Martha in den letzten Wochen verändert hatte, traute ich ihr immer noch nicht ganz, denn ich wußte, daß sie nur so lange loyal bleiben würde, wie sie es für angebracht hielt. Ich vergaß nie, daß unter ihrer Maske der treuen Bediensteten ein böser Geist steckte und ein Herz aus Granit schlug. Aber im Moment waren wir Verbündete. Ich wußte, sie wollte Octavias wegen genauso wie ich, daß Cage freigesprochen wurde.

»Mr. Cage und Mr. Peele werden bald fertig sein«, sagte sie.

»Martha«, begann ich. »Sie haben heute die Aussage dieses Mr. Soames gehört. Was halten Sie davon?«

»Ich halte ihn für einen Lügner«, entgegnete sie ohne Zögern.

»Genau, wie es Mr. Peele gesagt hat. Dieser Mann ist ein Lügner, und ich habe die Absicht, das zu beweisen.«

»Wie?« fragte ich interessiert.

»Ich habe meine Mittel«, antwortete sie geheimnisvoll.

Die Verhandlung zog sich hin. Mr. Soames wurde von unserem Verteidiger ins Kreuzverhör genommen. »Und warum sind Sie nicht früher an die Öffentlichkeit getreten, Mr. Soames?«

Mr. Soames erwiderte ungerührt: »Ich hatte mir damals nichts dabei gedacht. Ich vermutete, daß es ein Mann einfach eilig hatte, nach Hause zu kommen, obwohl es mir ein bißchen seltsam erschien, daß er sein Pferd auf der anderen Seite der Straße ließ. Aber dann hörte ich, daß die reichen Leute in diesem Haus des öfteren seltsame Dinge taten.«

Gelächter brach im Verhandlungssaal aus, und der Richter runzelte böse die Stirn und klingelte, um die Ruhe wiederherzustellen.

»Mein guter Mann«, sagte Mr. Peele eisig, »wenn ich Ihre Meinung wissen möchte, werde ich danach fragen. Sie wurden nicht in dieses Gericht gebracht, um die Meute zu unterhalten oder, so könnte ich auch hinzufügen, einen Meineid zu schwören, sondern um Zeugnis abzulegen, um die Wahrheit zu sagen, die ganze Wahrheit und nichts als die Wahrheit, so wahr Ihnen Gott helfe!« endete er mit donnernder Stimme.

»Nun«, fuhr er fort und hielt Mr. Soames einen anklagenden Zeigefinger unter die Nase, »*ich* möchte wissen, und das Gericht möchte wissen, warum Sie nicht Tage, Wochen, Monate, sondern *Jahre* gebraucht haben, um an die Öffentlichkeit zu treten. Bitte – wenn Sie so gut sind – wir warten auf Ihre Antwort.«

»Aber sicher, Mr. Peele. Tatsächlich hatte ich gar keine Ahnung, daß ein Mord begangen worden war. Sie müssen wissen, daß ich am nächsten Morgen nach Good Hill im Comstock abgereist bin, wo ich mich nach einer besseren Arbeit umsehen wollte, weil ich gehört hatte, daß man nach Sicherheitsbeamten für die Minen suchte. Ich war fast zwei Wochen lang unterwegs, so daß ich keine Zeitung zu Gesicht bekam, und als ich Virginia City erreicht hatte, war die Aufregung über den Mord wohl schon vorbei. Bis vorgestern, als ich aus dem Boot von Sacramento ausstieg und eine Zeitung mit Cage Norwood auf der Titelseite in die Finger bekam, wußte ich überhaupt nichts von dem Mord.«

»Und *dann* haben Sie sich plötzlich erinnert? *Ganz plötzlich,* aus blauem Himmel heraus, haben Sie sich erinnert, wie Sie vor zehn Jahren mitten in der Nacht mit Ihrem Hund spazierengingen?«

»Jawohl, Sir. Ich erinnerte mich, weil man mich fast in den Graben gestoßen hatte.«

»Hm, ich würde behaupten, daß Sie nicht zum erstenmal in den Graben gestoßen wurden.« Eine weitere Lachsalve tönte durch den Saal. »Und dann, Mr. Soames, sind Sie aus Herzensgüte, aus Vaterlands- und Gerechtigkeitsliebe an die Öffentlichkeit getreten.«

»Jawohl, Sir.«

Er war einfach nicht zu erschüttern. Nichts brachte ihn aus der Ruhe, bis am nächsten Tag ein weiterer Zeuge, diesmal von Mr. Peele, in den Zeugenstand gerufen wurde.

Er hieß Erikson und ließ das Kartengebäude des Anklägers zusammenbrechen. Er war ein Gefängniswärter in Fresno, und er erinnerte sich, daß Mr. Soames im Juni 1862 drei Tage im Gefängnis verbracht hatte, einen Tag vor, am Tag des Mordes und einen Tag nach dem Mord. »Er nannte sich damals Greenwood. Er war betrunken und wurde verhaftet, weil er einen Beamten angegriffen hatte. Er war bereits wegen Fälschung vorbestraft. Ich habe sein Strafregister bei mir, damit Sie es einsehen können. Ja, das war der Mann, das war Mr. Greenwood, der sich jetzt Mr. Soames nennt.«

Als Eriksons Zeugenaussage von dem Sheriff aus Fresno bestätigt wurde, der Soames verhaftet hatte, brach Soames zusammen. Er gab unter Tränen zu, gelogen zu haben, aber es wäre nicht seine Schuld gewesen.

»Ich war völlig am Boden, ärmer als eine Kirchenmaus«, behauptete er, während ihm große Tränen des Selbstmitleids die Wangen hinunterliefen. »Es war nicht meine Schuld, wenn ich die Gelegenheit ergriff, seit Monaten wieder einmal anständig zu essen, mir ein paar saubere Kleider zu kaufen und noch ein bißchen Geld übrig zu haben.«

»Sie wurden für Ihre Zeugenaussage bezahlt?« fragte Mr. Peele, wobei seine Stimme vor Wut und Entrüstung zitterte. »Von wem?«

»Ich weiß das eigentlich nicht. Sie müssen wissen, es war alles sehr geheimnisvoll. Da war eine Nachricht für mich in der Bella Union Bar hinterlassen worden – der Wirt konnte sich nicht daran erinnern, wer sie gebracht hatte. Man teilte mir mit, daß ich nach Einbruch der Dunkelheit zur Jackson Street gehen sollte, wenn ich mir ein paar Dollar verdienen wollte. Ich ging hin und wartete und wartete, bis mich schließlich diese Frau ansprach. Es war nebelig, und sie war ganz verhüllt, so daß ich nicht erkennen konnte, wie sie aussah.«

»War sie klein oder groß, dick oder dünn?« wollte Mr. Peele wissen. »Soviel konnten Sie doch sicher erkennen.«

»Nun, ich würde sagen, weder groß noch klein, und sie war in ein großes Tuch gehüllt, so daß ich nicht sagen kann, ob sie dick oder dünn war.«

»Und sie hat Ihnen Anweisungen gegeben?«

»Ja, sie hat mir genau erklärt, was ich aussagen sollte. Ich habe sie in der nächsten Nacht wieder getroffen, und sie hat mir die Hälfte des Geldes gegeben und versprochen: ›Die andere Hälfte bekommen Sie, wenn er hängt.‹«

Später, als das Gericht sich zur Beratung zurückgezogen hatte, fragte Mr. Peele meinen Mann, wer diese geheimnisvolle Frau sein könnte.

»Ich habe keine Ahnung«, entgegnete Cage mit gerunzelter Stirn.

»Offensichtlich hatte sie den Auftrag, an Soames heranzutreten«, sagte Peele. »Haben Sie irgendwelche Feinde, die Sie gern tot sehen möchten?«

»Ich habe Feinde – natürlich – wenn man im Geschäftsleben steht, ist das normalerweise so«, antwortete Cage. »Aber ich kann mir nicht denken, daß einer von ihnen zu solch drastischen Maßnahmen greifen würde.«

»Hm, es ist möglich, daß Lawrence Royce diesen Zeugen bestochen hat. Seine Rache scheint ihm sehr viel zu bedeuten, denn er ist sehr darauf erpicht, eine Verurteilung zu erwirken. Trotzdem brauchen wir uns seinetwegen keine Gedanken mehr zu machen. Ich glaube, daß der Schiedsspruch der Geschworenen jetzt ein offenes Geheimnis ist.«

Peele hatte recht gehabt. Als Cage eine Stunde später freigesprochen wurde, brach ich in Tränen aus. Ich konnte nicht anders und weinte vor lauter Glück direkt im Gerichtssaal, wo alle zuschauen konnten, vergoß Tränen des Glücks, als Cage mich umarmte.

Mr. Peele jubelte. Wir dankten ihm tausendmal, aber er meinte, daß der eigentliche Dank an Martha gehen müßte. Sie war es, die Mr. Erikson in Fresno ausfindig gemacht hatte. »Gott allein weiß, wie sie das geschafft hat«, sagte er.

Wie hatte sie es tatsächlich geschafft?

»Ich habe Freunde«, war alles, was sie sagte. »Viele gute Freunde, hier und in Fresno.«

Später, als ich fragte, ob sie irgendeine Ahnung hätte, wer den Mord begangen haben könnte, schüttelte sie den Kopf. Aber der Muskel, der in ihrer Wange zuckte, erweckte in mir den Verdacht, daß sie mehr als eine Ahnung hatte, daß sie genau wußte, wer diese tödlichen Schüsse abgefeuert hatte.

23

Octavia kam im nächsten Monat zu Besuch nach Hause. Sie hatte von dem Prozeß ihres Vaters gehört, obwohl wir alles getan hatten, es von ihr fernzuhalten. Aber solche Sensationen scheinen sich in Windeseile herumzusprechen. Sie war von den Mädchen in der Schule gehänselt worden und wollte jetzt nicht mehr zurückkehren. Und Cage, der keine Lust hatte, sich mit ihr auseinanderzusetzen, erfüllte ihren Wunsch, zu Hause zu bleiben.

Mein Verhältnis zu Martha hatte sich so weit verbessert, daß ich mich nicht mehr beklagen mußte. Ich hatte keine Angst mehr vor ihr. Ich schaute nicht mehr in den Spiegel, nur um ein weißes Gesicht und große angstvolle Augen zu sehen. Wenn Martha noch Voodoo praktizierte, tat sie es weit weg vom Haus. Auch das Haus hatte seine Geheimnisse verloren. Lilliths Geist war zu Grabe getragen worden. ›Cages Dummheit‹ und ich hatten uns endlich arrangiert.

Vielmehr glaubte ich das optimistischerweise. Wie voreilig war ich, wie sehr irrte ich mich, denn die ›Dummheit‹ hatte noch lange nicht ihren Frieden mit mir geschlossen.

Zuerst dachte ich, daß ich einfach zerstreut war, daß ich meine Sachen aus Vergeßlichkeit verlegte, daß ich die Tageszeit verwechselte oder Dinge sah, die es nicht gab. Ich erinnere mich sehr gut an das erstemal, als es passierte. Es ging um eine nicht existente Katze. Hunde mag ich, Vögel kann ich ertragen, aber Katzen kann ich nicht ausstehen. Sie machen mich im wahrsten Sinne des Wortes krank. Sie jagen mir nicht eigentlich Angst ein, aber ihre Anwesenheit bewirkt, daß ich unkontrollierbare Niesanfälle bekomme, manchmal sogar einen Ausschlag. Aus diesem Grund kann ich im Haus keine Katze dulden.

Man stelle sich mein Erschrecken vor, als ich eines Vormittags in mein Schlafzimmer kam und eine riesige, getigerte Katze auf meinem Bett vorfand. Ich läutete sofort nach Lucinda, und als sie nicht kam, läutete ich dreimal nach Gandy. Niemand erschien. Niesend, Tränen in den Augen, ein Taschentuch über Mund und Nase gepreßt, stürzte ich aus dem Zimmer, die Treppen hinunter und in die Küche.

Martha, Lucinda und ein neues Mädchen namens Cora saßen um den runden Tisch und tranken in aller Ruhe Kaffee. Ich war so wütend, daß ich ein paar Augenblicke lang nicht sprechen konnte.

»Was gibt es, Mrs. Norwood?« fragte Martha. Und als ich nichts sagte, erkundigte sie sich: »Stimmt etwas nicht?«

»Hat mich denn keiner läuten hören?« fragte ich empört.

Sie schauten sich zuerst gegenseitig an und dann zu mir. »Nein, Mrs. Norwood«, sagte Martha. »Wir haben nichts gehört. Wann war das denn?«

»Vor ein paar Minuten. Ich habe mehrmals geläutet. Einer von euch hätte es hören müssen.«

»Hier hat nichts geläutet, Madam«, sagte Martha. »Es tut mir leid.«

Die anderen nickten in stiller Zustimmung.

»Dann möchte ich behaupten, daß die Klingel nicht funktioniert«, sagte ich scharf. »Ich brauche Hilfe. Jemand hat eine Katze ins Haus gelassen. Sie muß entfernt werden. Und zwar sofort.«

Cora, eine junge hübsche Mulattin, sprang auf.

»Oh – und sehen Sie zu, Cora, daß die Decke gut ausgeschüttelt und gelüftet wird. Ich bin gegen Katzenhaare sehr empfindlich.«

Ich wartete am Fuße der Treppe auf sie.

Fünf Minuten vergingen, dann rief sie von oben: »Mrs. Norwood? Sind Sie sicher, daß die Katze nicht hinausgeschlüpft ist, als Sie die Tür geöffnet haben? Sie ist nämlich nicht hier, Mrs. Norwood.«

Ich stieg die Treppen hinauf. »Natürlich bin ich da sicher. Ich habe die Tür fest zugemacht, damit sie nicht in einen anderen Teil des Hauses streunt.«

»Hier ist keine Katze«, sagte sie. »Ich kann keine finden. Hier, Kitty, Kitty!« begann sie zu rufen.

Die Bettdecke war glatt. »Streich darüber, Cora, und sieh nach, ob irgendwelche Haare da sind.«

Sie gehorchte, aber da war nichts, kein einziges kurzes Haar, nicht der kleinste Hinweis, daß eine Katze auf meinem Bett gelegen hatte.

»Vielleicht versteckt sie sich irgendwo anders«, meinte ich und schaute mich um. »Oder vielleicht ist sie doch an mir vorbei geschlüpft, ohne daß ich es bemerkt hätte.«

Wir gingen auf den Gang hinaus. Der Anblick der Katze war irgendwie befremdend gewesen, und wenn ich daran dachte, lief es mir kalt den Rücken hinunter. Hatte ich mir nur eingebildet, das Tier zu sehen? Aber das war Unsinn.

Dann war da noch die Sache mit der Uhr in der Bibliothek. Eines Nachmittags kam ich in das Zimmer und bemerkte, daß sie stehengeblieben war. Ich erinnere mich, daß ich allein im Haus war. Martha und die Dienstboten waren zu einer Beerdigung gegangen, und Octavia war ausgefahren. Cage war in der Stadt. Ich hatte die Uhr nie besonders gemocht, und jetzt, wo sie nicht mehr funktionierte, hatte ich einen guten Grund, sie loszuwerden. Sobald Gandy nach Hause kam, würde ich sie vom Sims entfernen lassen.

Ich blieb etwa eine halbe Stunde in der Bibliothek. Für den späten Juni war es ein kühler Tag, bewölkt und windig. Von meinem Platz aus konnte ich sehen, wie der Wind die Bäume der Auffahrt schüttelte. Die Kälte war in das Zimmer gedrungen, und ich hielt ein brennendes Streichholz an das Holz im Kamin, aber ich brauchte mehrere Streichhölzer, bis es endlich Feuer fing. Seltsamerweise schien das Feuer keine Wärme zu geben, und ich legte ein Tuch um meine Schultern. Dann holte ich ein Buch aus dem Regal, aber ich konnte mich nicht auf meine Lektüre konzentrieren. Ich fühlte mich unruhig – fast, als würde mich jemand beobachten. Es erschreckte mich, weil ich dachte, daß ich diese kleinen Sorgen besiegt hätte. Der Geheimgang war vernagelt. Niemand außer mir war zu Hause. Warum sollte ich nervös sein?

Ich dachte, daß mir eine Tasse Tee guttun würde, und ging in die Küche. Es dauerte ein Weilchen, bis ich mich mit dem Herd vertraut gemacht hatte. Als ich schließlich eine Kanne aufgebrüht hatte, stellte ich sie mit einer Tasse, einer Untertasse und ein paar Keksen, die ich im Schrank gefunden hatte, auf ein Tablett. Außerdem nahm ich mir Zucker und Zitrone. Ich habe also nicht verlernt, wie man ohne Dienstboten zurechtkommt, sagte ich mir.

Als ich in die Bibliothek zurückkam, hatte ich, sobald ich die Tür aufmachte und über die Schwelle trat, das Gefühl, daß irgend etwas nicht stimmte. Irgend etwas hatte sich *verändert*. Dann hörte ich das laute Ticken der Uhr. Sie mußte wieder funktionieren, dachte ich entsetzt, aber so etwas kann bei manchen Uhren passieren. Doch als ich sie genauer anschaute, blieb mir fast das Herz stehen.

Die Uhr ging um keine einzige Minute zu spät. Sie war um drei stehengeblieben. Ich erinnerte mich genau daran, wie der kleine Zeiger auf der Drei und der große auf der Zwölf gestanden hatte. Und ich war eine Viertelstunde nach drei in das Zimmer gekommen. Und jetzt zeigte die Uhr vier Uhr dreißig, genau wie die Uhr, die an mein Kleid gesteckt war – vier Uhr dreißig.

Ich bilde mir das alles nur ein, überlegte ich. Es kann einfach nicht sein. Eine Uhr mag von allein wieder anfangen zu ticken, aber sie konnte nicht ihre eigenen Zeiger bewegen und der Zeit anpassen.

Meine Arme zitterten so stark, daß ich dachte, ich würde das Tablett fallen lassen. Ich stellte es sorgfältig auf den Tisch und biß mir auf die Lippen. Auch wenn die Uhr wieder angefangen hatte zu gehen, als ich die Bibliothek verlassen hatte, so blieb da immer noch ungefähr eine halbe Stunde, in der sie gestanden hatte. Wo waren diese Minuten geblieben? War das alles ein Traum – oder die Wirklichkeit?

Oder verlor ich allmählich den Verstand?

Die Uhr tickte weiter, das Pendel bewegte sich hin und her. Die Sekunden schienen in meinen Ohren und in meinem Gehirn zu dröhnen. Ich hatte auf einmal Angst vor der Uhr. »Halt!« schrie ich und preßte meine Hände auf die Ohren. »Halt!« Ich wandte mich voller Grauen ab und floh.

Danach wurde ich vorsichtig. Ich vermied es, in die Bibliothek zu gehen. Ich ließ die Uhr entfernen und auf den Speicher bringen.

Dann begann ich mehrere Sachen zu verlegen. Ich hätte mehr als einmal geschworen, ein Buch, eine Vase oder mein Nähzeug in einem bestimmten Zimmer gelassen zu haben, und fand es dann in einem anderen Raum. Vor allem das Nähzeug schien sich immer wieder selbständig zu machen. Ich gebrauchte es damals ziemlich oft und ließ es gewöhnlich neben dem Stuhl liegen, auf dem ich gearbeitet hatte, damit ich es am nächsten Morgen, wenn ich mich wieder an die Arbeit machen wollte, gleich bei der Hand hatte. Das erstemal, als ich den Korb vermißte, rief ich Cora, die geschworen hatte, daß sie ihn am Morgen beim Saubermachen an der Stelle gesehen hatte, auf die ich zeigte. *Sie* hatte ihn nicht weggeräumt. Der Korb wurde später im Wohnzimmer auf einem kleinen Sofa gegenüber dem Kamin gefunden. Ich konnte mich nicht daran erinnern, ihn am Vortag in das Wohnzimmer getragen zu haben, obwohl ich es vielleicht getan hatte.

Das war das Seltsame bei diesen kleinen Gedächtnisschwächen – es waren Gedächtnislücken, die möglich, wenn auch nicht wahrscheinlich waren. Einmal dachte ich, daß mir Martha, die Mädchen oder Octavia böse mitspielten. Das war der Tag, an dem ich meine Brosche nicht finden konnte. Sie hatte meiner Mutter gehört und war zwar kein wertvolles Schmuckstück, aber ich hing sehr daran. Ich bewahrte die Brosche gewöhnlich in einer kleinen Elfenbeinschatulle auf, aber als ich sie an eben diesem Nachmittag herausnehmen wollte, war sie nicht da.

Ich verdächtigte zuerst eines der beiden neuen Mädchen. Aber als ich sie fragte, schworen beide, sie nicht genommen zu haben. Und natürlich hätte ich nie den Mut gehabt, Martha zu fragen, nicht einmal, wenn ich sie verdächtigt hätte. Martha mochte spionieren und die Leute manipulieren, aber ich bezweifelte, daß sie jemals etwas gestohlen hätte. Sie war viel zu stolz dazu.

Als die Brosche am nächsten Tag in einer Sideboardschublade im Eßzimmer gefunden wurde, fragte ich mich allerdings, ob Martha nicht vielleicht doch hinter diesen seltsamen Vorgängen steckte, ob sie aus reiner Bosheit handelte. Aber warum sollte sie so etwas tun? Lilliths Geheimnis, das sie so sorgfältig gehütet hatte, war gelüftet. Warum sollte sie mich strafen wollen? Wofür sollte sie Rache üben? Rache – dachte ich. Natürlich! Wie hatte ich nur die dunkle Nacht des Voodoo vergessen können? Und später hörte ich Lucinda zu einem der Mädchen sagen: ›Martha verliert ihre Macht. Die Schwarzen suchen eine neue Hohepriesterin, Mutter Pleasant. Sie scharen sich jetzt um sie.‹

Martha war keine Frau, die es leicht verkraften konnte, bei ihren Leuten das Gesicht zu verlieren. Sie würde mich dafür verantwortlich machen und sich überlegen, wie sie mir eins auswischen könnte. Und obwohl Diebstahl unter ihrer Würde war, lag ihr die Rache doch so sehr am Herzen wie ihr eigenes Leben. Ich mußte wieder daran denken, wie sehr sie es Cage verübelte, daß er auf der Seite der Konföderierten gestanden hatte. Und obwohl sie ihn als Vater von Octavia schätzte, hatte sie ihm doch durch ihre Verbindung zum Untergrund zugesetzt. Ihre Arbeit für den Untergrund war nicht ganz altruistisch gewesen. Ein Teil ihrer Motivation war die heimliche Befriedigung, die sie daraus zog, ihrem Feind Cage einiges heimzuzahlen.

War ich jetzt ihre Feindin?

Ich war mir nicht sicher, aber ich begann Martha aufmerksam zu beobachten. Es war wieder das alte Katz-und-Maus-Spiel, obwohl diesmal nicht klar war, wer die Katze und wer die Maus war. Ich mußte vorsichtig sein, denn sie hatte selbst auf dem Hinterkopf Augen, und wenn sie einmal gemerkt hatte, daß ich sie überwachte, würde ich sie nie bei einem falschen Schritt ertappen. Um sicherzugehen, daß sie nicht den Geheimgang benutzte, untersuchte ich die drei Zugänge, den im Garten, den in der Bibliothek und den in Lilliths Zimmer zweimal am Tag nach Spuren irgendwelcher Veränderungen. Sie blieben fest verschlossen. Kein Nagel war verändert, nichts deutete darauf hin, daß die Türen auch nur zeitweise wieder geöffnet worden waren.

Vielleicht ahnte Martha, daß ich sie beobachtete, denn eine Woche verging, ohne daß ich etwas ›verlegt‹ hatte. Ich fing an aufzuatmen. Es war viel angenehmer, sich mit einem Gegner aus Fleisch und Blut auseinanderzusetzen als mit der erschreckenden Vorstellung meines eigenen versagenden Verstandes. Aber ich konnte nicht ständig alle ihre Bewegungen im Auge behalten. Ich konnte nur hoffen, daß sie bald wieder alle Vorsicht außer acht lassen und anfangen würde, ihre kleinen Tricks zu spielen, so daß ich sie auf frischer Tat ertappen konnte.

Dann fuhren Martha und Octavia für zehn Tage weg. Ich freute mich darauf, denn ich dachte, jetzt könnte ich mich endlich wieder entspannen.

Zwei Tage lang fühlte ich mich so gut wie schon lange nicht mehr. Ich genoß es, meine eigene Haushälterin zu sein. Es gab mir ein Gefühl der Autorität, und ich beschloß, Martha auf taktvolle Weise einige ihrer Pflichten abzunehmen, wenn sie zurückkam.

Und dann passierte etwas, das mich wieder in die Tiefe stürzte.

Eines Morgens, als ich gerade im Wohnzimmer ein Tischtuch bestickte, fiel mir plötzlich ein, daß ich vergessen hatte, der Köchin zu sagen, wir würden am Samstagabend Gäste zum Abendessen erwarten. Ich ging in die Küche, als die Dienstboten gerade zum zweitenmal frühstückten. Ich sprach kurz mit der

Köchin, nicht länger als fünf Minuten, und ging wieder in das Wohnzimmer zurück, wo ich die getigerte Katze auf meinem Stuhl vorfand.

Wenn ich einen Geist gesehen hätte, wäre mein Entsetzen nicht größer gewesen. Ich stand da, die Hand auf den Mund gepreßt, und starrte das Tier mit rasendem Herzklopfen an. Es war wieder die gleiche Katze. Ich blinzelte immer wieder und hoffte, daß sie verschwinden würde, aber sie war noch immer da. Eine Katze, dachte ich, nur eine Katze. Aber ich faßte sie nicht an, ich konnte es einfach nicht. Ich wich zurück, erreichte die Tür, schlüpfte hindurch, und als ich sie zumachte, schaute ich durch einen Spalt, um sicherzugehen, daß die Katze noch immer da war.

Ich eilte in die Küche. »Cora«, sagte ich. »Im kleinen Wohnzimmer ist eine Katze. Komm, bitte, und schaff sie weg.«

Sie stand vom Tisch auf, wischte sich die Hände ab und folgte mir dann zum Wohnzimmer.

Ich machte die Tür auf. Der Stuhl war leer. Die Katze war verschwunden.

Wir fingen an, überall nach ihr zu suchen, aber wir konnten sie nirgends finden.

Cora sagte nichts.

Schließlich entließ ich sie mit einer leise gemurmelten Entschuldigung.

Nachdem sie gegangen war, stand ich völlig verwirrt mitten im Zimmer. Ich konnte für das Auftauchen und Verschwinden der Katze weder Martha noch Octavia verantwortlich machen, da beide kilometerweit entfernt waren. Auch die Dienstboten konnten es nicht gewesen sein, denn sie waren alle in der Küche. Was hatte ich gesehen? Eine Halluzination? Ich hatte Angst, schreckliche Angst. Und zum erstenmal begann ich ernsthaft zu glauben, daß ich allmählich den Verstand verlor.

24

Ich sehnte mich danach, mit jemandem über meine Angst zu sprechen, mit einem reifen, vernünftigen Menschen, der mich davon überzeugen würde, daß ich nicht verrückt war, nur weil ich eine Katze auf meinem Stuhl sah oder mein Nähzeug im Wohnzimmer statt im Eßzimmer gelassen hatte. Es wäre solch eine

Erleichterung gewesen, mir alles von der Seele zu reden. Aber ich wußte nicht, an wen ich mich wenden sollte.

Ich konnte nicht mit Clara Shelby sprechen, weil ich sie für eine zu große Schwatztante hielt, und es war nicht auszudenken, wie schrecklich es wäre, wenn sich die Leute auf einmal zuflüsterten: »Mrs. Norwood verliert langsam, aber sicher den Verstand.« Und ich wußte auch nicht, wie ich Cage von solch einem bizarren Problem erzählen sollte. Er schien in letzter Zeit zurückhaltender zu sein als je zuvor. Eines Nachts sagte er mir nach langem Schweigen, seine geschäftlichen Konkurrenten würden ihn so stark bedrängen, daß er manchmal um sein Leben fürchtete, und deshalb hätte er einen Mann eingestellt, der ihn ständig begleitete.

Wenn ich weniger mit meinen eigenen Sorgen beschäftigt gewesen wäre, hätte mich das wahrscheinlich schockiert, und ich hätte mir schreckliche Sorgen um meinen Mann gemacht.

Der einzige Mensch außer Cage, den ich in San Francisco etwas besser kannte, war Jay Cook. Ich hatte ihn zuletzt bei der Gerichtsverhandlung gesehen und hegte sehr gemischte Gefühle ihm gegenüber. Ganz tief in meinem Innern wußte ich, daß ich, wann immer ich verzweifelt war, zu ihm gehen konnte. Ich wußte, daß er mir helfen würde wie damals, als er Martha wegen der Voodooriten zur Rede gestellt hatte.

Aber er konnte auch so frech und verletzend sein, daß ich mich manchmal fragte, ob die Hilfe, die er mir vielleicht geben konnte, all die damit verbundenen Sticheleien wert war. Wenn ich mich jetzt mit meiner Leidensgeschichte an ihn wandte, würde er sich wahrscheinlich in seiner zynischen Art darüber wundern, wie es denn käme, daß eine Frau, die befürchtet, wahnsinnig zu werden, nicht ihren Mann um Beistand bittet, sondern einen Freund.

Und so schwieg ich und bewahrte mein Geheimnis.

Octavia und Martha kamen von ihrer Reise zurück. Das Mädchen sagte wenig, erzählte nur, daß es schön gewesen wäre.

Ich beschloß, Dr. Johnson in der Kearney Street aufzusuchen. Er meinte, körperlich wäre ich völlig gesund. Es wäre nur eine Nervensache. Er gab mir ein Beruhigungsmittel und empfahl mir, mehr Bewegung zu machen.

Ich erinnere mich, daß ich während der ganzen Heimfahrt geweint habe.

Die Qual dauerte an. Die Dinge begannen ihre Form zu

verändern. Die Parfumflasche, die ich immer als groß und dünn in Erinnerung gehabt hatte, wurde dickbauchig. Eine runde Vase aus blauem Kristall verwandelte sich in eine weiße, birnenförmige Schüssel. Ein kleiner Porzellanhund, der auf einem Tisch im Eßzimmer stand, schien täglich größer zu werden. All diese erschreckenden Zeichen eines versagenden Verstandes behielt ich für mich. Alles blieb hinter der weißen Maske meines Gesichts verborgen. Keiner durfte es wissen. Keiner durfte mein Geheimnis erraten. Ich war so verängstigt und schämte mich. Als ich glaubte, daß mich Octavia seltsam anschaute, begann ich ihr aus dem Weg zu gehen.

Und als ich schließlich an einem düsteren Tag brütend in meinem Zimmer saß und mir schon überlegte, ob ich meinem Leid ein Ende bereiten sollte, indem ich eine ganze Flasche von Dr. Johnsons Beruhigungspillen schluckte, klopfte Cora an der Tür und sagte, daß Jay Cook unten in der Halle wäre und gefragt hätte, ob ich zu Hause wäre.

»Sag ihm, daß ich nicht da bin«, entgegnete ich, da ich keine Lust hatte, ihn zu sehen.

Cora kam einige Minuten später zurück. »Nun – was gibt es?« fragte ich ziemlich barsch.

»Mr. Cook sagt, daß er einen Brief von Ihrem Bruder bekommen hat. Er glaubt, daß Sie ihn vielleicht gern lesen möchten.«

»Warum hat er ihn dann nicht nach oben geschickt?«

»Er möchte Ihnen das Schreiben wahrscheinlich persönlich geben.«

Nicht einmal Charles' Brief konnte mich aus meinem Versteck herauslocken. Aber plötzlich dachte ich: Warum sollte ich nicht Jay als letzten Rettungsanker benutzen? Er war klug und in manchen Dingen sehr zuverlässig, er war erfahren und war vielleicht schon einmal auf einen Fall wie den meinen gestoßen. Natürlich brauchte ich ihm nicht zu sagen, daß ich selbst von solch seltsamen Vorstellungen heimgesucht wurde. Ich könnte vorgeben, daß eine Freundin solche Probleme hätte. Ja, eine Freundin befürchtete, verrückt zu werden.

»Ich kann Mr. Cook jetzt nicht empfangen«, sagte ich zu Cora. Ich sah schrecklich aus, mit herabhängenden Haaren und rotgeweinten Augen. »Sag ihm, daß ich ihm mitteilen werde, wann er mich sprechen kann.«

Je länger ich über Jay nachdachte, desto größer wurde meine Hoffnung. Ich hatte das Gefühl, daß ich wenig zu verlieren hatte.

Aber ich wollte allein mit ihm sprechen und nicht hier in dieser einschüchternden Atmosphäre. Ich dachte, wenn wir uns irgendwo an einem öffentlichen Ort treffen würden, könnte ich unbefangener mit ihm reden. Aber zuerst mußte ich Cage um Erlaubnis fragen. Es scheint mir jetzt seltsam, daß ich mich angesichts meiner Panik noch an die gesellschaftlichen Konventionen hielt. Eine verheiratete Frau traf sich nicht mit einem Mann, egal, ob er verheiratet oder Junggeselle war, an einem öffentlichen Ort, ohne vorher ihren Gatten um Erlaubnis zu bitten.

»Natürlich kannst du mit Jay zu Mittag essen«, sagte Cage. »Es wird dir guttun, aus dem Haus zu kommen. Du siehst in letzter Zeit etwas blaß aus.«

Er hatte es also bemerkt.

»Das St. Francis ist ein hübsches Restaurant«, schlug er vor. »Warum geht ihr nicht dorthin?«

»Ja, ja, das St. Francis. Ich werde Jay schreiben und ihm Bescheid geben.«

Wir trafen uns in dem großen, luxuriös eingerichteten Foyer. »Adelaide!« rief er, nahm meine Hand und lächelte, während mich seine dunklen Augen prüfend anschauten.

»Ich bin froh, daß Sie gekommen sind, Jay«, sagte ich.

Die Hotelhalle war mit Gepäckträgern vollgestopft, die hin und her eilten, mit ankommenden und abfahrenden Reisenden, mit schreienden Kindern, die sich an ihre aufgeregten Mütter klammerten, und Männern, die in kleinen Gruppen herumstanden und sich unterhielten.

»Hier kann ich keinen klaren Gedanken fassen«, meinte Jay und nahm mich beim Arm. »Und ich wette, daß es im Restaurant kaum ruhiger sein wird. Warum gehen wir nicht die Straße hinunter zu Gobey und probieren seinen gekochten Fisch?«

»Nun, ich weiß nicht . . .«, sagte ich und schaute mich um.

»Es ist schon in Ordnung. Wir brauchen kein Séparée zu nehmen, sondern können einfach in einer der Nischen sitzen, wo uns alle neugierigen Augen bestens sehen können.«

»Wenn Sie der Meinung sind, daß dies ein Ort für Damen . . .«

»Sicherlich.«

Das Gobey stellte sich wirklich als viel ruhiger heraus, wenn das Lokal auch nicht so elegant wie das St. Francis war.

Obwohl das Essen delikat war, hatte ich wenig Appetit, so daß ich von allem nur ein paar Bissen probierte. Jay, der herzhaft zugriff, machte keine Bemerkung darüber, und ich war ihm für sein Schweigen dankbar. Ich wollte Zeit gewinnen, um meine Gedanken und Worte zurechtlegen zu können.

»Haben Sie gar nicht die Absicht, mich nach dem Brief zu fragen?« fragte Jay Cook plötzlich, als er seinen Teller beiseite schob und nach seinem Weinglas griff.

Eine leichte Röte wärmte meine Wangen. »Ich wollte Sie nicht beim Essen stören, Jay.« Ich hatte Charles' Brief ganz vergessen. Mein eigenes Problem war so groß geworden, daß es alles andere verdrängte. »Kann ich ihn jetzt lesen?«

Es war ein langer Brief, der viele Geschäftsunternehmungen detailliert beschrieb, aber die größte Neuigkeit war, daß ihm seine Frau einen Sohn geboren hatte. Sie hatten ihn nach Papa Ward genannt. Ein Sohn, dachte ich, und er hatte mir, seiner Schwester, nicht geschrieben. War er mir immer noch böse?

»Ich bin sicher, daß Sie bald selbst einen Brief bekommen werden«, sagte Jay, als könnte er Gedanken lesen. »Meiner kam nur ein wenig früher.«

»Ja, sicherlich.« Ich faltete den Brief sorgfältig zusammen und gab ihn Jay zurück. Charles und ich waren einmal so gute Freunde gewesen. Wie war es möglich, daß sich zwei Geschwister so weit voneinander entfernten? Aber wenn meine Ehe mit Cage der Grund für diese Entfremdung zwischen Charles und mir war – ich bereute trotzdem nichts.

»Hätten Sie gern etwas Obst?« fragte Jay.

»Nein, danke, Jay. Das Essen war ausgezeichnet.«

»Ja, nicht wahr?« Er winkte dem Ober. »Charles scheint es ziemlich gut zu gehen.«

»Ich bin froh darüber. Ich werde ihm schreiben und ihm gratulieren.«

Der Ober kam und räumte den Tisch ab. Jay bestellte einen Brandy.

»Sie können rauchen, wenn Sie wollen«, sagte ich, da ich wußte, daß er nach dem Essen eine Zigarre zu genießen pflegte.

»Wie nett Sie geworden sind, Adelaide!« meinte Jay.

»Ich bin immer schon freundlich gewesen«, erwiderte ich und lächelte. »Sie haben das nur nie bemerkt.«

»Vielleicht.«

Der Ober kam mit dem Brandy zurück. Jay hatte sich eine Zigarre angezündet und beobachtete mich durch die Rauchkringel. Ich starrte meine gefalteten Hände auf meinem Schoß an und wünschte, daß ich mir auch einen Brandy bestellt hätte. Er hätte mir vielleicht etwas Mut gemacht.

»Was ist los, Adelaide?« fragte Jay, als das Schweigen zwischen uns langsam peinlich wurde. »Es bedrückt Sie doch irgend etwas. Heraus damit!«

»Nun«, sagte ich und räusperte mich. »Nun, ich dachte, ich könnte Sie um Rat fragen. Es geht um eine meiner Freundinnen. Ich werde Ihnen nicht sagen, wer es ist, denn sie hat mir aufgetragen, ihren Namen nicht zu nennen. Es ist eine heikle Angelegenheit. Ich selbst kann ihr nicht helfen, aber vielleicht schaffen Sie es.«

»Sie schmeicheln mir, Adelaide, aber ich werde mein Bestes tun. Was ist denn das für eine – heikle Angelegenheit?«

Das Glitzern in seinen Augen und sein Ton verunsicherten mich einigermaßen.

»Es ist nicht, was Sie glauben«, sagte ich und wurde rot.

Er zog die Brauen hoch. »Und was glaube ich denn?«

»Oh, benehmen Sie sich doch, Jay!« stieß ich verzweifelt hervor.

Sofort verschwand das Glitzern in seinem Blick, und sein Gesicht wurde ernst. »Es tut mir leid. Sie sind aufgeregt, nicht wahr? Diese Freundin bedeutet Ihnen sehr viel?«

»Ja. Sie – sie steht mir sehr nahe. Und, Jay – sie glaubt, daß sie den Verstand verliert.« Ich hatte nicht beabsichtigt, auf diese Weise mit der Tür ins Haus zu fallen, aber vielleicht war es gut so.

»Erzählen Sie«, forderte er mich auf.

Ich fing mit der Katze an und beschrieb dann das Verschwinden und Wiederauftauchen des Nähkorbes. Ich erzählte ihm von den Formen, die sich veränderten, dem Gefühl der Verwirrung, der Angst, den Depressionen.

»Ist es eine verheiratete Frau?«

»Ja – ja, sie ist verheiratet.«

»Und sie hat ihrem Mann nichts davon erzählt?«

»Nun – nein, sie wollte ihn nicht damit belästigen.« Der fragende Blick blieb in seinen Augen, als ich hinzufügte: »Aber sie hat einen Arzt aufgesucht, und er konnte ihr nicht helfen.«

Er lehnte sich in seinem Stuhl zurück und studierte eine Zeitlang das Ende der Zigarre. »Wie alt ist sie?«

»Oh – noch nicht dreißig.«

Er klopfte die Asche von seiner Zigarre und nahm einen tiefen

Zug. »Könnten diese Freundin vielleicht Sie sein, Adelaide?« fragte er beiläufig.

»Oh – nein! Nein!«

Er beugte sich vor und sagte mit Nachdruck: »Sie *sind* es, nicht wahr?«

»Jay . . .« Ich biß mir auf die Lippen, als mir große Tränen in die Augen stiegen.

»Ich habe es mir gedacht.«

Ich begann blindlings in meiner Tasche nach einem Taschentuch zu kramen. Warum mußte er so direkt sein? Warum konnte er mein Theater nicht tolerieren?

»Weinen Sie nicht«, sagte er leise. »Ich weiß, daß meine Direktheit verletzend ist, aber es ist viel besser, ehrlich zu sein, als sich gegenseitig im unklaren zu lassen.«

Ich schüttelte meinen gesenkten Kopf. »Ich schäme mich so«, flüsterte ich.

»Das brauchen Sie nicht, Adelaide. Weinen Sie nicht. Hier, trinken Sie einen Schluck Brandy.«

»Nein – bitte!« Ich biß mir wieder auf die Lippen. »Es tut mir leid, daß ich Sie belästigt habe. Ich hasse es, in der Öffentlichkeit eine Närrin aus mir zu machen.«

»Ich schere mich nicht darum, was die anderen denken«, entgegnete er mit leiser, ärgerlicher Stimme. »Das sollten Sie wissen. Ich mag es einfach nicht, wenn Sie so unglücklich sind. Und es ist so unnötig. Ich bin sicher, daß es für Ihr Problem eine Lösung gibt. Wenn wir es untersuchen, werden wir sicher eine ganz logische Erklärung für die Veränderungen finden, die Sie für Entgleisungen Ihres Verstandes halten. Vielleicht hat sich Octavia ein Spiel daraus gemacht.«

»Ich – ich . . .« Ich putzte meine Nase, dann fing ich noch einmal von vorn an. »Daran habe ich auch schon gedacht. Und Martha war mir noch verdächtiger. Aber die beiden sind für eine Woche weggefahren, und an diesem unheimlichen Zustand hat sich trotzdem nichts geändert. Ich – ich habe dafür nur eine einzige Erklärung . . .«

»Wie absurd, Adelaide, wie lächerlich! Sie sind die letzte auf dieser Welt, die verrückt werden würde. Ich habe nie eine Frau gekannt, die so vernünftig und praktisch war. Ihre Leidenschaft für Cage ist Ihre einzige Verirrung.«

»Aber warum – warum sollte ich dieses Gefühl haben?«

»Ich glaube, es war eine streunende Katze, die blitzschnell

hinein- und hinausgeschlüpft ist. Ich würde mir um die Katze keine Sorgen machen. Aber Sie haben es getan und sich dadurch in dem großen, düsteren Haus in einen Zustand hineingesteigert, in dem Sie sich alle möglichen seltsamen Dinge eingebildet haben. Der Verstand ist sehr stark, Adelaide. Wenn er einmal einen Weg eingeschlagen hat, läuft er wie eine außer Kontrolle geratene Maschine immer weiter, rennt mit immer größerer Geschwindigkeit bis zum Zusammenbruch.«

»Und Sie glauben, daß dies der Grund für meine schreckliche Angst ist? Daß ich mir alles mögliche einbilde, weil ich glaube, daß ich – daß ich verrückt werde?«

»Wahrscheinlich ist es so, Adelaide. Warum versuchen Sie nicht, das alles für eine Weile zu vergessen?«

»Das habe ich schon versucht, Jay. Aber . . .«

»Aber nicht energisch genug. Probieren Sie es noch einmal ernsthaft, hm? Ich bin sicher, daß es funktionieren wird.«

Seine Worte klangen so überzeugend, daß ich nicht umhin konnte, daran zu glauben. Ich begann wieder die Hoffnung zu schöpfen, daß ich mich von diesen schrecklichen Halluzinationen würde befreien können.

»Sie sehen schon viel besser aus«, sagte er und drückte meine Hand.

Er hob sein Glas, und sekundenlang wirkten seine Augen überrascht, als er etwas hinter meinem Rücken betrachtete.

Mein Instinkt warnte mich davor, mich umzudrehen. Aber ich tat es trotzdem.

Cage kam aus einem der Séparées, Arm in Arm mit Mrs. Walters.

Er sah uns sofort. Es blieb keine Zeit für einen Rückzug. Der erstaunte Blick auf seinem Gesicht wurde von einem Lächeln abgelöst. Er ließ Mrs. Walters stehen und begann sich einen Weg an unseren Tisch zu bahnen.

Fanny Walters – in einem Séparée . . .

Ich weiß nicht, was mich aufrecht hielt, was mich stocksteif dasitzen ließ. Meine Angst, verrückt zu werden, erschien mir belanglos, verglichen mit dem, was ich jetzt fühlte. Es war, als ob mir eine ungeheure Macht einen Schlag in den Magen versetzt hätte. Alles in mir krümmte sich vor Schmerz. Ich wollte schreien, aber ich saß nur da, mit einem ausdruckslosen Gesicht.

»Meine liebe Adelaide!« sagte Cage, nahm meine kalte, starre

Hand und führte sie an seine Lippen. »Was für eine nette Überraschung!«

Das St. Francis ist ein hübsches Restaurant, hatte er gesagt.

»Ja, nicht wahr?« hörte ich mich tonlos antworten.

Das St. Francis, das weit genug vom Gobey in der Sutter Street entfernt lag.

»Und Jay!« sagte er und schüttelte Jays Hand. »Ich habe dich ja seit einer Ewigkeit nicht mehr gesehen. Wie geht es dir?«

»Es ging mir nie besser«, antwortete Jay.

»Also, ihr beide habt euch entschlossen, das Gobey auszuprobieren.« Cage strahlte. »Ein wunderbares Essen.«

»Ja, nicht wahr?« sagte ich.

Das St. Francis – und er hatte vorgehabt, mit ihr hierher zu gehen. In ein Séparée.

»Mrs. Walters hatte mich wegen eines Geschäftes um Rat gefragt«, sagte Cage. »Und wir hatten beschlossen, die Angelegenheit während des Mittagessens zu besprechen.«

»Wie schön«, meinte ich.

»Mrs. Walters läßt einen schönen Gruß ausrichten«, fuhr er fort. »Sie hatte es leider eilig. Nun, Adelaide, ich muß ins Büro zurück. Bis später, Liebling. Auf Wiedersehen, Jay.«

Während des langen Schweigens, das nun folgte, schaute ich Jay nicht in die Augen. Ich starrte an die Wand hinter seinem Kopf.

»Man muß es Cage lassen«, bemerkte er schließlich, »daß er ein elegantes *sang froid* an den Tag legt. Nicht viele Männer hätten solch eine kompromittierende Situation so kühl gemeistert.«

Ich sagte nichts. Ich wünschte, daß ich betrunken wäre, daß ich tot wäre.

»Wenigstens wurde er nicht in einer noch kompromittierenderen Situation ertappt«, fuhr Jay fort.

Ich bewegte meinen Mund, aber kein Laut kam heraus.

»Adelaide . . .« In plötzlicher Zerknirschung streckte er eine Hand aus und berührte meinen Arm. »Es tut mir leid, daß das passieren mußte.«

»Hat er – ist er . . .?« Ich konnte nicht weitersprechen. Er hatte gesagt, daß er während all dieser Nächte aus geschäftlichen Gründen in der Stadt bleiben müßte. In all diesen Nächten, wo ich allein oder mit einer unzugänglichen Octavia an dem langen Tisch in dem riesigen Eßzimmer saß, all die Nächte, in denen ich wach lag, bis ich seinen Schlüssel im Schloß und seine Schritte auf der Treppe hörte.

»Sie bedeutet ihm nichts. Sie ist – nun, sie ist einfach nur irgendeine Frau.«

Eine schwarze Grube schien sich vor mir aufzutun. »Da – da sind noch andere?«

»Meine Liebe, vor Ihrer Hochzeit muß Ihnen doch klar gewesen sein, daß es für einen Mann wie Cage schwierig sein würde, treu zu sein.«

»Nein!« schrie ich. Es konnte nicht wahr sein. Es war ganz harmlos. Cage und Mrs. Walters hatten über Geschäfte gesprochen, sie hatten ein Séparée genommen, weil sie nicht belauscht werden wollten. Nicht Cage. Er war treu, er war ehrbar. »Nein!« Aber all diese einsamen Nächte säten Zweifel und wachsende Eifersucht in meine Seele.

»Es tut mir leid«, wiederholte Jay. Er nannte keine Namen, um mich zu überzeugen. Er wußte Bescheid. Jeder wußte es. Und die Frau war immer die letzte, die es erfuhr.

»Wie lange – geht das schon so?« stammelte ich.

»Nicht sehr lange«, sagte er.

O Gott, dachte ich, nicht sehr lange. Wir waren noch kein Jahr lang verheiratet. Langweilte ich ihn denn schon – oder war er nie in mich verliebt gewesen, hatte er mich nie als ihm ebenbürtig betrachtet? Manchen Ehefrauen war es egal, ob ihr Mann mit anderen schlief, Frauen, die den körperlichen Aspekt der Ehe als geschmacklos empfanden, Frauen, die keine Kinder haben wollten. Aber wenn es diesen Frauen egal war – mir war es nicht egal. Ich konnte den Gedanken nicht ertragen, daß eine andere Frau in Cages Armen lag, daß er eine andere Frau küßte, daß sie ihn liebkoste. Es schmerzte. Es schmerzte entsetzlich.

»Adelaide, meine Liebe, ich hasse es, Sie so unglücklich zu sehen. Sie müssen das nicht ertragen. Verlassen Sie ihn! Quälen Sie sich nicht! Verlassen Sie ihn, er verdient Sie nicht.«

Mrs. Walters, die Cage mit ihren riesigen blauen Augen anhimmelte ... Die Frauen hatten ihn immer als attraktiv empfunden. Sie hatten sich um ihn geschart, wohin er auch ging. Aber er mußte die Gunst nicht annehmen, er mußte keine Affären haben. Er mußte sie nicht ermutigen, nicht mit ihnen in Séparées gehen ...

»Adelaide, er hat Ihnen genügend Gründe für eine Trennung gegeben.«

»Eine Trennung? O nein, Jay, nein!« Sollte ich ihn Mrs. Walters überlassen? Das würde ich niemals fertigbringen. Jay verstand das nicht. Ich liebte Cage. Es schmerzte, aber ich liebte ihn. Trotz allem, trotz meiner Enttäuschung liebte ich ihn immer noch. »Ich – ich würde niemals an so etwas denken.«

Und ich wußte, daß ich Cage nie mit dem konfrontieren würde, was Jay mir gesagt hatte. Ich wußte, daß ich ihm vergeben und ihn weiterhin lieben würde – egal, was geschehen würde. Ich würde weiterhin glauben, daß eines Tages irgendwie alles in Ordnung kommen würde.

25

An diesem Abend entschuldigte sich Cage. Er gestand mir zwar keine Untreue ein – dieses Wort kam niemals über seine Lippen. Aber er spürte sicher, daß ich mich verraten fühlte, und er wollte es wiedergutmachen.

»Ich möchte dir keinen einzigen Augenblick des Schmerzes oder der Verlegenheit bereiten, nicht um alles in der Welt«, gelobte er und schaute mir dabei tief in die Augen. »Und ich verspreche, daß ich von jetzt an jede geschäftliche Angelegenheit mit einer Frau, und wenn sie neunzig sein sollte, in meinem Büro erledigen werde.«

»Es war wirklich ein kleiner Schock für mich, du mußt verstehen . . .«

»Meine Liebe, natürlich.« Er nahm meine Hand und liebkoste sie. »Und ich kann dich nicht dafür tadeln, wenn du das Schlimmste annimmst. Glaub mir, Adelaide, Liebling, es wird nie wieder passieren. Das verspreche ich.«

Er war sehr lieb zu mir. Er brachte mir Blumen und eine wunderschöne Halskette mit dazu passenden Ohrringen. Sehr teuer. Und er küßte mich so zärtlich, nicht nur einmal, sondern sehr oft. Später liebte er mich, und als ich in seinen Armen lag, schmiegte ich meinen Kopf unter sein Kinn und seufzte glücklich. Ich hatte ihn zurückgewonnen. Cage war mein Mann. Ich liebte ihn, und das war das Wichtigste in meinem Leben. Wie gut, daß ich ihm keine Szene gemacht hatte, wie gut, daß ich Jays Vorschlag nicht befolgt und eine Trennung verlangt hatte. Eine Trennung! Allein schon der Gedanke ließ mich erschauern.

Cage kam jetzt jeden Abend zum Essen nach Hause. Er versuchte mir ein neues Geschäftsunternehmen zu erklären, aber ich verstand fast kein Wort. Er sah so gut aus. Ich saß am Eßtisch, in seinen Anblick versunken.

Auch Octavia schien jetzt glücklicher zu sein, wo sie ihren Stiefvater öfter zu Gesicht bekam. Und ich war glücklich, die beiden zusammen zu sehen, war glücklich zu erleben, wie Cage ein liebevoller Vater und Ehemann wurde.

Diese glückliche Häuslichkeit, dieses Gefühl, eine Familie zu sein, dauerte ganze zweieinhalb Wochen. Dann fing Cage an, wieder auszubleiben, zuerst einmal, dann zwei-, dreimal in der Woche. »Geschäfte«, sagte er, und ich fragte nicht weiter. Mein Herz krampfte sich zusammen, aber ich sagte kein Wort. Wenn ich ihm begegnete, sah er blaß aus. Und er begann wieder viel zu trinken. Außerdem schaute er mir nur noch selten in die Augen.

Sehr schnell geriet auch ich wieder in den alten Zustand. Die gleichen Ängste suchten mich wieder heim. Octavia blieb verschlossen, und auch Martha und ich sprachen nur selten miteinander. Ich war allein, ganz allein, und ich hatte nicht die Kraft, irgendwohin zu gehen, einen Besuch zu machen oder am Nachmittag zum Einkaufen in die Stadt zu fahren. Die Dinge fingen wieder an, ihre Form zu verändern, zu verschwinden und wieder aufzutauchen. Ich hörte seltsame Geräusche in der Nacht, Stimmen, Harmonikaklänge. Ich hatte keine Ahnung, woher diese Geräusche kamen. Existierten sie nur in meinem Kopf? Jay hatte gesagt, daß ich mich nicht um meine Vorstellungen kümmern sollte. Aber es war sehr leicht für ihn, solche Ratschläge zu geben. Er mußte nicht in diesem Haus leben. Er mußte nicht lange Stunden hier allein verbringen. Er hielt nicht vor einer Tür inne, weil er Angst davor hatte, sie aufzumachen. Er mußte nicht in das Eßzimmer gehen und erleben, wie aus einer Glaslampe eine Porzellanlampe geworden war. Er hatte sich nie in seinem Leben gefürchtet. Er dachte, es wäre nur eine Frage der Selbstkontrolle.

Der Herbst kam, und jeder neue goldene Tag war kürzer als der vorhergehende. Die Nächte wurden länger. Wie graute mir vor diesen Nächten, diesen erleuchteten langen Korridoren, vor den Spiegeln, die das flackernde Licht zurückwarfen, und vor den dunklen, leeren Zimmern, in denen der Wind in den Dachbalken knarrte . . . Wie haßte ich das Rascheln des trockenen Laubes, das der Wind auf dem Gartenweg vor sich hertrieb . . .

Eines Nachmittags kam Clara Shelby zu Besuch.

»Wo sind Sie die ganze Zeit gewesen?« fragte sie und nahm ihren Hut ab. Sie roch nach Lavendel, und ich freute mich, sie zu sehen. »Meine Liebe, sind Sie krank gewesen?«

»Nein, eigentlich nicht«, antwortete ich. »Ich war in letzter Zeit nur nicht so recht auf dem Damm.«

»Sie erwarten doch kein Baby?« fragte sie und musterte meine Figur.

»Nein – ich bin ziemlich sicher, daß das nicht der Fall ist. Hätten Sie gern etwas Tee?«

»Bitte.«

Ich klingelte nach Cora.

»Wie geht es Cage?« fragte Clara. »Ich habe ihn in den letzten Wochen nur selten gesehen.«

»Oh, er ist sehr beschäftigt«, sagte ich vorsichtig. Sie könnte mir vielleicht Dinge erzählen, die ich lieber nicht hören wollte. Warum war ich nur so froh gewesen, sie zu sehen? Ich wünschte mir plötzlich, daß sie nicht gekommen wäre.

»Wir organisieren einen Wohltätigkeitsbasar«, berichtete Clara. »Um Geld für ein Krankenhaus aufzutreiben. Und ich dachte, daß Sie vielleicht helfen könnten.«

»Das würde ich gern tun«, sagte ich. Warum hatte ich ihr nur Tee angeboten? Das würde ihren Abschied nur hinauszögern. »Doch ich fürchte, daß es mir nicht gut genug geht.«

»Nun – ich werde Sie nicht dazu drängen. Sie sind schrecklich dünn geworden und auch etwas nervös. Haben Sie schon einen Arzt aufgesucht?«

»Ja. Dr. Johnson. Er hat gesagt, daß es an den Nerven liegt, und er hat mir ein Beruhigungsmittel verschrieben.«

»Oh, sie verschreiben heutzutage für alles Beruhigungsmittel – und viel Schlaf. Da ich Sie nirgends sehe, nehme ich an, daß Sie der Ruhe pflegen.«

»O ja.« Jetzt kommt es, dachte ich und hielt den Atem an.

»Es ist schade, daß Sie uns nicht helfen können. Aber vielleicht wollen Sie etwas für den Basar spenden – etwas, das Sie nicht mehr mögen und das vielleicht jemand kaufen würde.«

Ich dachte sofort an die Uhr aus der Bibliothek. »Ja, ich habe tatsächlich eine Uhr, die ziemlich wertvoll sein soll. Sie ist oben auf dem Speicher.«

Cora kam herein. »Cora, bringen Sie bitte Tee und einige dieser kleinen Brötchen, die Doreen so gut zubereitet. Und – Cora, ach, es ist schon gut.« Ich entschloß mich plötzlich, die Uhr selbst zu holen. Es würde einige Zeit in Anspruch nehmen und Clara weniger Zeit lassen, über Cage zu sprechen.

»Es wird nur ein paar Minuten dauern«, sagte ich zu Clara, als Cora wieder hinausgegangen war. »Die Uhr ist oben. Sie haben doch nichts dagegen, wenn ich rasch hinauflaufe?«

»Aber nein.«

Ich eilte die Stufen hinauf, nahm den Schlüsselbund aus einer Schublade, ging wieder aus dem Zimmer und den Korridor hinunter zu der kleinen Treppe. Ich stieg bis zum dritten Stock hinauf. Ich war hier nur einmal zuvor mit Martha gewesen, um einige Stühle für unseren Ball auszusuchen. Der dritte Stock bestand nur aus einem langen Korridor. Es lagen keine Teppiche auf dem Boden, und die Fenster hatten keine Vorhänge. Ich kam zum ersten Türmchen, und nachdem ich mehrere Schlüssel ausprobiert hatte, fand ich den richtigen. Das kegelförmige Zimmer mit der spitz zulaufenden Decke war leer. Das zweite Türmchen war voller alter Möbel, und ich entdeckte die Uhr auf einem Regal. Ich kletterte auf einen wackeligen Stuhl und nahm sie herunter. Dann schaute ich mich noch nach etwas anderem um, das ich spenden könnte. Vielleicht würde sich die eine oder andere Lampe eignen, wenn man sie saubermachte. Es gab da auch noch ein großes Gemälde, eine Meereslandschaft, die sich möglicherweise gut verkaufen ließ.

Ich inspizierte das Gemälde gerade, als die Tür hinter mir in den Angeln quietschte. Ich drehte mich gerade noch rechtzeitig um, so daß ich sehen konnte, wie die Tür mit einem leisen Klicken zufiel. Ich starrte einen Augenblick lang verwirrt auf die Tür, und dann hörte ich ein Geräusch, das mir das Herz bis zum Hals schlagen ließ.

Es war der metallische Klang eines Schlüssels, der sich im Schloß drehte.

Ich rannte zur Tür. »Wer ist da?« rief ich. »Wer ist da? Bist du es, Cora? Lucinda?« Und als niemand antwortete, schrie ich: »Octavia?« Aber meine Stieftochter war nicht zu Hause. Sie war mit Martha zum Einkaufen gegangen.

Ich rüttelte am Türknauf. »Wer ist das? Laß mich hinaus! Laß mich sofort hinaus! Gandy, bist du es?«

Ich hielt inne und lauschte. Kein Geräusch war auf der anderen Seite der Tür zu hören.

Ich drehte wieder am Knauf herum und rüttelte an der Tür. Sie war verschlossen. Aber wie konnte das sein? Wie konnte sich ein

Schlüssel von selbst herumdrehen und mich einschließen? Ich hätte den Schlüsselbund nicht in der offenen Tür hängen lassen sollen. Ich hätte überhaupt nicht hier heraufkommen, sondern Cora beauftragen sollen, die Uhr zu holen. Oh – was für ein Dummkopf war ich doch gewesen! Und jetzt war ich eingesperrt.

Mach dich nicht verrückt, sagte ich mir, mach dich bloß nicht verrückt. Clara wird dich nach einer Weile vermissen und jemanden heraufschicken. Aber es war unmöglich, ruhig zu bleiben, weil ich nur zu genau wußte, daß sich der Schlüssel nicht von allein im Schloß gedreht haben konnte. Und es war niemand dagewesen. Ich hatte keinen Atem gehört, keine Schritte, nichts. Nur dieses Klicken. Großer Gott . . .

Aber nein – nein, ich darf einfach nicht daran denken. Es wäre so einfach, verrückt zu werden. Ich fing an, in dem schmalen Raum wie ein gefangenes Tier auf und ab zu laufen. Warum kam niemand? Ich ging wieder zur Tür und rüttelte am Knauf. »Hallo, ich bin hier! Hier! Kann mich jemand hören? Bitte . . .« Ich sank auf meine Knie. Vielleicht konnte ich den Schlüssel zurückdrehen. Ich fand eine Haarnadel, aber meine Hände zitterten so sehr, daß ich allein schon eine Minute brauchte, um sie in das Schlüsselloch zu stecken.

Da, fast . . . Der Schlüssel schlüpfte aus dem pinzettenartigen Griff der Haarnadel. Meine Hände waren ganz naß vor Schweiß, und ich mußte sie an meinem Rock abwischen. Dann versuchte ich es noch einmal. Wieder gelang es mir beinahe. Plötzlich fiel der Schlüsselbund auf der anderen Seite mit einem metallischen Klang auf den Boden.

Ich lehnte meinen Kopf an die Tür und kämpfte mit den Tränen, aber sie rannen mir trotzdem langsam über die Wangen. Ein Kloß steckte in meiner Kehle. Besser weinen als verrückt werden. Aber das Zimmer wurde dunkler. Bald würde es Abend und dann Nacht sein. Nacht bedeutete Dunkelheit, die Leere des Nichts, und die Dinge um mich herum würden ihre Form verändern. Der Wind würde stärker blasen und im Gebälk knarren. Und ich würde noch immer hier sein, weil Clara mich ganz vergessen hatte, weil Cage in der Stadt war und die Angestellten sich nicht um mich kümmerten. Es könnte Morgen werden, vielleicht sogar ein ganzer Tag vergehen, bevor jemand in den Türmchen nach mir suchen würde. Und wenn sie endlich kommen würden, würden sie eine außer Rand und Band geratene Frau vorfinden.

Ich sprang auf und fing wieder an, gegen die Tür zu klopfen

und mit rauher Stimme um Hilfe zu rufen. Von Grauen erfaßt, schlug ich mit Händen und Füßen an die Tür und schrie mir fast die Seele aus dem Leib.

Plötzlich ging die Tür ohne Warnung auf. Ich fiel nach vorn, taumelte, versuchte in der Luft Halt zu finden und fiel auf die Knie. Ich stützte mich keuchend und mit hängendem Kopf auf meine Hände. Zu benommen war ich, um mich zu fragen, wie eine verschlossene Tür so plötzlich aufgehen konnte. Ich war viel zu erleichtert, um etwas anderes zu tun, als nach Atem zu ringen. Ich blieb auf meinen Knien liegen und atmete tief ein und aus, schob das gelöste Haar aus meinen Augen und steckte es hinter die Ohren. Und dann fiel die Tür hinter mir leise ins Schloß, es war ein Geräusch, das mir einen Schauer über den Rücken jagte.

Ich sprang auf. Ohne nach rechts oder links zu schauen, rannte ich den Gang hinunter. Ich fand die Treppe, stolperte hinunter und rannte, ohne Halt zu machen, den mit Teppichen ausgelegten Korridor entlang. Plötzlich tauchte der Rücken eines Mannes vor mir auf. Ich mußte einen leichten Schrei ausgestoßen haben, aber ich war mir dessen nicht bewußt. Der Mann drehte sich um. Es war Cage. Das letzte, woran ich mich erinnerte, war der überraschte Ausdruck auf seinem Gesicht.

Ich wurde ins Bett gesteckt, und Dr. Johnson wurde gerufen. Er kam innerhalb einer Stunde an, sein Gesicht war leicht gerötet, und er war ganz außer Atem, als ob er gelaufen wäre. Er war bestürzt darüber, daß ich in Ohnmacht gefallen war, und fragte, ob ich die Pillen genommen hätte, die er mir verschrieben hatte. Als ich verneinte und ihm erklären wollte, was passiert war, winkte er nur ab und sagte: »Unsinn, es sind nur die Nerven, sage ich Ihnen.« Er gab mir eine weitere Flasche mit Pillen und verbot mir aufzustehen.

Als er weggegangen war, kam Cage herein. Er wirkte unruhig und verstört, wie er so am Bettrand saß und sich mit beiden Händen durch die Haare fuhr. »Es ist schrecklich, dich so zu sehen«, sagte er, und mir wurde klar, daß ich das erstemal seit unserer Heirat mit einer Unpäßlichkeit im Bett lag. Cage konnte Krankheiten nicht ausstehen, weder bei sich selbst noch bei anderen. Er wollte jeden gesund und munter sehen.

»Es wird mir bald bessergehen«, versicherte ich. »Es war nur – es war nur solch eine Qual, und ich . . .«

»Was für eine Qual?« unterbrach er mich. »Wovon sprichst du denn?«

»Oh . . . Hat Dr. Johnson dir denn nichts gesagt? Ich war in dem Türmchen eingeschlossen, oben auf dem Speicher.«

»Im Türmchen eingeschlossen?«

»Ja, ich bin hinaufgegangen, um für Claras Wohltätigkeitsbasar eine Uhr zu holen. Hat sie denn nichts erwähnt?«

»Sie sagte etwas von einer Uhr, aber ich hatte keine Ahnung, daß du auf den Speicher gegangen warst. Ich bin um vier Uhr dreißig nach Hause gekommen und traf sie im Wohnzimmer an. Sie trank gerade Tee, und ich war erst fünf Minuten da, als sie meinte, sie könnte nicht länger warten und müßte gehen.«

»Aber hast du es denn nicht seltsam gefunden, daß ich meinen Gast einfach so zurückließ und nicht wiederkam?«

»Ich hatte einfach zuviel im Kopf, um an irgend etwas zu denken, besonders, wenn es mir im Moment unwichtig erschien.« Er war verärgert, und diesmal versuchte ich einmal nicht, ihn zu besänftigen. Unwichtig! Ich dachte an den modrigen Geruch, den klagenden Wind, die dunklen Schatten, die in dem engen Raum immer enger an mich herangerückt waren und mich zu ersticken gedroht hatten, das Gefühl, gefangen zu sein, und meine zunehmende Hysterie.

»Jemand hat mich eingesperrt«, sagte ich und schluckte krampfhaft. »Die Tür ist zugefallen, und der Schlüssel wurde im Schloß herumgedreht.«

Er schaute mich ungläubig an. »Ich kann mir nicht vorstellen – wie du dann wieder da herausgekommen bist?«

Ich wußte, daß er dies fragen würde, und war darauf vorbereitet. »Wer es auch gewesen sein mag, er ist zurückgekommen und hat die Tür aufgeschlossen.«

»Aber warum sollte denn jemand so etwas Verrücktes machen?«

»Das weiß ich nicht«, sagte ich leise. Ich wußte es wirklich nicht. Es ergab einfach keinen Sinn. Ich wußte nicht, ob mich irgend jemand eingesperrt hatte. Mein Verstand hätte mich wieder zum Narren halten können. Vielleicht war die Tür nie verschlossen gewesen. Vielleicht hatte sie der Wind zugeworfen, und ich hatte gedacht . . .

Aber das konnte ich Cage nicht sagen.

»Ich werde mit den Dienstboten sprechen.« Er stand auf, beugte sich vor und gab mir einen flüchtigen Kuß. »Paß auf dich auf, Liebling. Wenn du etwas brauchst, dann läute nach Martha. Ich werde dich heute nicht mehr stören.«

Aber ich wollte gestört werden. Ich wollte, daß er zu mir kam, seinen Arm um mich legte, mir sagte, daß ich nichts zu fürchten brauchte, daß er für mich sorgen und daß alles gut werden würde.

Ich saß im kleinen Salon, als ich das dunkle Echo des Klopfers an der Eingangstür hörte. Schritte klangen auf, eine Tür öffnete sich. Eine männliche Stimme befahl: »Sagen Sie Mrs. Norwood, daß ich hier bin.«

Es war Jay. Drei Tage waren seit meinem schrecklichen Erlebnis auf dem Speicher vergangen. Ich fühlte mich körperlich etwas kräftiger, aber meine geistige Verfassung ließ noch zu wünschen übrig. Cage war nicht zu unserem Bett zurückgekommen. Er sagte, daß ich schneller gesund würde, wenn ich allein schlief. Ich wollte ihm sagen, daß es genau umgekehrt wäre, daß ich ihn brauchte, aber ich konnte nicht die richtigen Worte finden. Ich fühlte mich verletzt und zurückgewiesen, und inzwischen hatte ich auch Angst, daß unsere Ehe zerbrechen würde – Angst, daß mir noch einmal etwas Ähnliches geschehen würde – o Gott – und daß ich beim nächstenmal das Pech haben würde, nicht wieder befreit zu werden.

Ich wollte Jay nicht sehen. Es würde nur wie damals im Gobey sein, als er mir gesagt hatte, ich müßte mich zusammenreißen. Ich brauchte niemanden, der mich aufmunterte. Ich brauchte niemanden – außer Cage.

Martha machte die Tür auf. »Mr. Cook ist hier«, meldete sie.

»Sagen Sie ihm . . .«

Aber er schaute bereits über ihre Schulter. »Danke, Martha.«

Sie zögerte kurz, aber er lächelte sie höflich an, und sie ging hinaus. Jay schloß die Tür leise hinter ihr.

»Ich bin nicht in der Stimmung, Besuch zu empfangen«, sagte ich ärgerlich.

»Das weiß ich. Deshalb bin ich da. Ich habe Cage getroffen, und er erzählte mir, daß Sie unter Migräne leiden. Was ist los? Wieder das gleiche Problem?«

»Ich weiß nicht, warum . . .«

»Ist es das?« fragte er mit einer weicheren Stimme als gewöhnlich.

Als ich nicht antwortete, setzte er sich neben mich auf das Sofa. »Sie können mir alles erzählen.« Er ergriff meine Hand. Ich schaute in seine dunklen Augen und empfand seinen offenen Blick beruhigend. Ich weiß nicht, warum. Aber es hatte etwas mit der verläßlichen Stärke zu tun, die er ausstrahlte, mit seinen breiten Schultern und seinen kräftigen Händen.

»Jay . . .« Meine Stimme schwankte, und mein Widerstand schmolz unter seinem sanften Blick dahin.

»Es ist schon alles in Ordnung«, beruhigte er mich.

»Sie müssen verstehen . . .« Ich schluckte, als mir plötzlich Tränen in die Augen traten. »Ich weiß einfach nicht, ob es nur meine Einbildung ist oder ob wirklich etwas geschehen ist. Es war so schwer zu denken – zu erkennen, was ich tun sollte . . .«

»Erzählen Sie mir alles von Anfang an, meine Liebe.«

Ich faltete meine Hände und versuchte meine Fassung wiederzugewinnen. Dann berichtete ich von Claras Besuch. Ich schilderte, wie ich auf den Speicher gegangen und im Türmchen eingeschlossen gewesen war. Als ich geendet hatte, fragte er: »Die Dienstboten?«

»Sie leugnen, überhaupt nach oben gegangen zu sein. Martha und Octavia waren nicht da. Sie sind erst um sechs Uhr nach Hause gekommen. Clara ging, wie ich höre, um vier Uhr fünfunddreißig, fünf Minuten, nachdem Cage gekommen war.«

»Wann sind Sie auf den Speicher gegangen?«

»Oh – ungefähr um vier Uhr fünfzehn.«

Dann war also Cage im Haus, als Sie nach der Uhr suchten?«

»Ja. Aber das wußte er nicht.«

Jays Augen verengten sich. »Wirklich nicht?«

»Was versuchen Sie anzudeuten?« fragte ich. »Sie können doch nicht meinen . . . Nein, das ist doch absolut lächerlich! Cage würde nie . . .«

»Ich habe das nicht behauptet, Adelaide.« Er ließ meine Hand los und stand auf.

»Ich mag nicht, daß Sie auch nur die geringste Anspielung machen . . .«

Er ging zum Kaminsims und starrte auf das darüberhängende Porträt, ein kleines Kind, das einen Apfel hielt. »Hat Ihnen Ihr Mann gesagt, wo er in den letzten zwei Wochen zahlreiche Nächte verbracht hat?«

Meine Wangen wurden knallrot. »Wenn Sie gekommen sind, um mir üble Klatschgeschichten zu erzählen . . .«

»Adelaide, Adelaide!« Er drehte sich um und schaute mir vorwurfsvoll ins Gesicht. »Ich würde es nie erwähnen, wenn ich mir nicht um Sie Sorgen machen würde. Cage sucht wieder diese Mrs. Walters auf, aber das wird Sie sicher nicht überraschen?«

»Doch!« log ich. »Doch, es überrascht mich, weil es nicht stimmt!«

Er zuckte mit den Schultern. »Nun gut. Wie Sie wollen. Aber das ist noch nicht alles. Er hat ziemlich viel Geld verloren. Irgendeine geschäftliche Aktion ist schiefgegangen. Und er spielt auch wieder.«

»Nun – und wenn schon?« Mein Herz hatte sich zusammengekrampft. Es war mir egal, ob Cage spielte – wenn es nur Fanny Walters nicht gegeben hätte. »Was geht Sie das an?«

»Ich nehme an, daß es Ihr Geld ist, mit dem er spielt. Es ist Ihr Geld, das er verliert.«

»Und wenn schon?« wiederholte ich gereizt. »Ist das Ihre Angelegenheit?«

»Cage ist mir gleichgültig – aber Sie sind es nicht. Verstehen Sie doch – ich will nicht, daß Ihnen etwas zustößt.« Er kam zum Sofa zurück. »Es gibt noch etwas, das Sie wissen sollten. Mrs. Walters läßt sich von ihrem Mann scheiden. Sie ist nicht nur eine Schlampe, sondern auch noch eine reiche Frau. Sie besitzt mehrere extravagante Bordelle in der Stadt und soll Geld wie Heu scheffeln.«

»Ich kann nicht verstehen . . .«

»Sie könnte Ambitionen haben, Adelaide. Sie könnte den Ehrgeiz haben, Mrs. Norwood zu werden.«

»Aber das ist – das ist verrückt!«

»Wirklich? Ich weiß, daß Sie sagen werden, Cage ist schon verheiratet. Aber denken Sie daran, Adelaide, wie schnell einer Frau etwas passieren kann. Eine Frau könnte verrückt werden und sogar Selbstmord begehen. Eine Frau kann . . .«

»Hören Sie auf!« Ich sprang auf. »Ich bin es nicht, die verrückt wird – Sie sind es! Verschwinden Sie! Raus!« Und als er keine Anstalten machte zu gehen, schrie ich: »Nun, worauf warten Sie noch?«

Er zuckte mit den Schultern. »Schon gut, ich gehe. Wenn Sie mich brauchen . . .«

»Verschwinden Sie!«

Ich stand wie versteinert da, bis ich die Tür ins Schloß fallen hörte. Dann sank ich, von Verzweiflung überwältigt, auf das Sofa, vergrub mein Gesicht in den Händen und weinte.

Cage und ich frühstückten gerade am nächsten Morgen, als Martha ein Briefchen hereinbrachte. »Es ist von Clara Shelby«, sagte ich zu Cage. »Sie will am nächsten Mittwoch ein Mittagessen geben. ›Bitte, kommen Sie doch!‹«, las ich laut vor.

»Willst du hingehen?« fragte Cage.

»Nein – ich glaube nicht. Ich fühle mich nicht wohl genug.«

»Ich finde, daß du hingehen solltest«, sagte er. »Es wird dir guttun, ein bißchen hinauszukommen.«

»Aber . . .«

»Es wird deine Wangen wieder etwas rosiger färben, wenn du zur Abwechslung mit jemand anderem als mit mir sprichst. Außerdem wäre Clara sehr enttäuscht, wenn du die Einladung ablehnen würdest. Warum schreibst du ihr nicht, daß du kommen wirst?«

Ich war erfreut, daß er Clara endlich als meine Freundin anerkannt hatte, und so sagte ich: »Ja, gut.«

»Vielleicht kann dich Gandy hinfahren.«

»Ich werde den kleinen Wagen nehmen«, sagte ich. »Es macht mir nichts aus, allein zu fahren. Clara wohnt ja nicht weit weg.«

Als ich am nächsten Mittwoch fertig war und abfahren wollte, war Gandy unauffindbar. Also ging Cage hinaus, um die Kutsche aus dem Stall zu holen.

Ein paar Minuten später kam er vorgefahren. Er küßte mich zum Abschied und half mir in den Wagen. »Amüsier dich gut, meine Liebe«, sagte er. Ich erinnere mich an sein Lächeln, an den Wind, der sein Haar zerzauste, und an seine Hand, die mir nachwinkte.

Als das Pferd die Auffahrt hinuntertrabte, die Einfahrt durchschritt und sich dann nach links wendete, ergriff mich eine seltsame Besorgnis. Es war, als ob ich zu einem unwillkommenen Schicksal gezogen würde. Eine Schwere lag auf meinen Schultern, und eine dunkle Wolke schien über meinem Kopf zu schweben. Es ist nur eine Stimmung, sagte ich mir und versuchte sie abzuschütteln, ein vorübergehender Zustand, der bald vorbei sein wird.

Aber als wir die Hügelkuppe erreicht hatten, verstärkte sich das Gefühl und erfüllte mich mit einer bösen Vorahnung. Ich hatte den verzweifelten Wunsch, das Gefährt zu wenden und zurückzukehren. Aber was würde Cage sagen? Ich konnte mir nichts ausdenken, was meine Handlungsweise vernünftig erscheinen ließe, und er würde sich über mich ärgern. So fuhr ich weiter.

Als der Wagen den Hügel hinunterrollte, überkam mich wieder dieses schreckliche Gefühl, daß irgend etwas nicht stimmte. Unfähig, meiner aufsteigenden Panik Einhalt zu gebieten, rief ich: »Hoh!« und zog an den Zügeln.

Und zu meinem Schrecken rissen die Zügel vom Zaum und baumelten wirkungslos in meinen Händen.

Sekundenlang konnte ich keinen Ton hervorbringen. Doch dann schrie ich: »Hoh, Hoh!« Aber das Pferd, das sich frei fühlte und die Panik in meiner Stimme erkannte, fiel in einen Galopp. Mit angelegten Ohren sprengte es die Straße hinunter, so daß die Steine und der Staub hinter seinen Hufen aufwirbelten. Der Wagen holperte und schwankte hin und her. Ich wurde von einer Seite auf die andere geworfen. Es gelang mir, den Rand der Tür zu fassen, und ich klammerte mich verzweifelt daran fest. »Halt!« schrie ich. Doch meine Stimme verklang ungehört in dem vorbeisausenden Fahrtwind. Das Pferd lief immer schneller, da es wegen des hinter ihm ratternden Wagens in Panik geriet. Ich mußte sterben, hier, jetzt, in diesem Augenblick stürzte ich in die Vergessenheit.

Die Tür flog auf, ich sah Fanny Walters' hübsches Gesicht, ich sah, wie Cage lächelte, und dann erinnerte ich mich an nichts mehr.

26

Es war Nacht. Eine abgeschirmte Lampe stand auf dem Tisch neben meinem Bett. Octavia saß daneben und las in einem Buch. Sie hatte nie zuvor mein Schlafzimmer betreten, und sie so ruhig neben mir sitzen zu sehen, kam mir so unwahrscheinlich vor, daß ich zu träumen glaubte. Ich mußte geseufzt oder einen Ton von mir gegeben haben, denn sie schaute auf.

»Tante Adelaide!« rief sie, durchaus nicht traumgemäß. »Du bist wach. Papa wird das wissen wollen.« Sie legte das Buch beiseite und stand auf.

»Ich bin durstig«, flüsterte ich und wunderte mich über meine seltsam rauhe Stimme. Ich schien in Schmerz gehüllt zu sein. Jeder Muskel und jeder Nerv von der großen Zehe bis zum Kopf taten mir weh.

»Ja, ja, natürlich.« Sie verschwand für ein paar Sekunden,

und ich hörte Porzellan klicken und das weiche Gurgeln von Wasser.

»Hier – ich helfe dir«, sagte sie, beugte sich vor und schob ihren Arm unter meinen Nacken. Gott! Wie mein Kopf schmerzte. Das Wasser war kühl und labte meine trockene Kehle.

»Papa wird froh sein, daß du wieder bei Bewußtsein bist«, sagte sie. »Und Dr. Johnson! Er sagte, daß du Glück gehabt hast. Du hast dir nur einen Arm gebrochen, während du . . . Nun, es hätte viel schlimmer ausgehen können.«

»Schlimmer?« flüsterte ich und starrte sie an.

»Erinnerst du dich nicht, Tante Adelaide?«

»Doch.« Ich schloß die Augen, um die plötzliche Erinnerung an diese schrecklich wilde Fahrt zu verdrängen.

»Papa hat mir aufgetragen, daß ich ihn gleich rufen soll, wenn du die Augen aufschlägst.«

»Nein – bitte.« Ich streckte meine Hand aus und zupfte an ihrem Rock. »Ich möchte jetzt niemanden sehen.«

Sie schaute zu mir herunter und biß sich auf die Lippen. »Hier ist eine Glocke – für alle Fälle.«

»Ja – danke.«

Sie warf mir einen letzten verwirrten Blick zu und ging hinaus. Als die Tür zufiel, flackerte die Lampe. Ich schloß meine Augen und ließ meinen Verstand wandern.

Ich war dem Tod sehr nahe gekommen. War es ein Unfall gewesen? Cage hatte den Wagen vorgefahren. Hatte er die lockeren Zügel nicht bemerkt? »Er hat eine Menge Geld verloren«, hatte Jay gesagt. »Er spielt jetzt wieder.« Angenommen, er . . .

Aber nein, wie konnte ich nur auf einen solchen Gedanken kommen? Cage liebte mich doch!

Aber in meinem Innersten wußte ich, daß das nicht stimmte. Er hatte nie gesagt, daß er mich liebte. Das war eine harte Tatsache, an der nicht zu rütteln war. Er hatte niemals gesagt, daß er mich liebe. Niemals. Weder bei unserer Hochzeit noch in den Nächten, als ich in seinen Armen gelegen hatte. Er liebte mich nicht. Jay hatte angedeutet, daß Cage nicht fähig wäre, eine Frau zu lieben. Ich wußte es nicht. Vielleicht liebte er Fanny Walters.

Es war zu schmerzhaft, sich damit auseinanderzusetzen. Ich darf darüber nicht nachdenken, sagte ich mir. Ich werde darüber nachdenken, wenn ich mich besser fühle. Aber ich *mußte jetzt* darüber nachdenken. Ich konnte Cage nicht für immer von mir fernhalten.

Einmal angenommen, Cage liebte mich nicht, angenommen, er hatte mich wegen meines Geldes geheiratet – aber bedeutete das dann, daß er mich ganz bewußt loswerden wollte? War dies nicht vielleicht ein wenig weit hergeholt? Etwas abwegig?

Ich überdachte noch einmal all die Vorfälle, die mir so hart zugesetzt hatten, und überlegte gerade, ob Cage nicht vielleicht doch eine Rolle dabei gespielt haben könnte, als es an der Tür klopfte. »Adelaide?« Ich kniff die Augen zu und gab vor zu schlafen.

Ich hörte, wie sich die Tür leise öffnete und wieder schloß. Dann erklangen schwere Schritte. Jemand stand direkt über mir. Es war Cage. Der Tabak- und Whiskygeruch sagte mir alles. Ich hielt meine Augen fest geschlossen – aber welch eine ungeheure Anstrengung kostete mich das! Wie schwer viel es mir doch, normal zu atmen und meine Arme und Beine ruhig zu halten. Ich hatte solche Angst. Was würde er tun? Was wollte er? Auf meinen Lidern fühlte ich seinen Schatten, ich fühlte, wie er sich über mich beugte und mir ins Gesicht schaute. Lieber Gott, dachte ich, im nächsten Augenblick werde ich losschreien. *Er wird mich töten, er wird mich töten, und keiner wird es wissen. Er hat Lillith getötet, und jetzt wird er mich töten.*

Ich fühlte seine Hand auf dem Kissen unter meinem Kopf. Ein kalter Schauer jagte mir den Rücken hinunter. Würde es etwas helfen, die Augen aufzumachen, zu schreien, zu bitten, um mein Leben zu flehen? Er hob mich hoch, sein Arm lag unter meinem Nacken, zog das Kissen nach oben. Wollte er mich ermorden? Sollte ich meinem Mörder in die Augen schauen? O Cage . . .

Er ließ meinen Kopf wieder hinabsinken, und ich fühlte das kühle Kissen unter mir. Er stand einen Augenblick da, dann wurde der dunkle Schatten über meinen Lidern noch schwärzer, und ich wußte, daß er die Lampe gelöscht hatte. Ich hielt meinen Atem an, wartete. Dann hörte ich, wie sich seine Schritte entfernten, wie die Tür auf und zu ging, und konnte endlich aufatmen.

Lange lag ich da und starrte in das Dunkel. Meine Augen flossen über von Tränen, bitteren Tränen, die mir die Wangen hinunterliefen. Hatte mich Cage wirklich töten wollen und es dann doch nicht getan? War er davor zurückgeschreckt, mit bloßen Händen einen Mord zu begehen? Ich wußte es nicht. Ich wußte nur, daß ich nicht mehr so weiterleben konnte. Morgen würde ich Tildy schreiben.

Am nächsten Morgen kam Dr. Johnson, um nach mir zu sehen.

»Sie müssen alles tun, um wieder zu Kräften zu kommen.« sagte er. »Denn Sie werden jetzt für zwei essen müssen.«

»Was?«

»Meine Liebe, haben Sie es noch nicht geahnt? Sie bekommen ein Baby.«

Ich starrte ihn an. »Nein«, sagte ich. »Nein.«

»Doch, doch, Mrs. Nordwood. Ich würde sagen, seit ungefähr drei Monaten. Wie durch ein Wunder ist bei Ihrem Unfall keine Fehlgeburt ausgelöst worden. Ich kann es mir nicht erklären. Aber man fand Sie auf einem weichen Sandhaufen, der den Aufprall milderte. Ja, meine Liebe, Schrammen und Schnitte und dieser gebrochene Arm – aber das Kind haben Sie behalten.«

Das Kind behalten. Ein Wunder. Ich war so vor den Kopf gestoßen, daß es eine Weile dauerte, bis ich die Neuigkeit begriff, und sogar dann konnte ich es nicht glauben. Unmöglich. Ein Kind? Tränen traten mir in die Augen. Ich hatte mir so lange ein Kind gewünscht, so viele Jahre lang, sogar schon damals, als ich mit Barnabas verheiratet gewesen war. Aber jetzt . . .

»Sind Sie sicher?« fragte ich. Es war zu spät für Kinder, zu spät.

»Natürlich bin ich sicher. Und ich habe bereits Ihren Mann informiert. Sie haben doch hoffentlich nichts dagegen. Er ist überglücklich. Sein erstes Kind, sagt er.«

Cage. War er glücklich, oder war es nur Verstellung? Ich kam zu dem Schluß, daß es Verstellung war. Es könnte nun schwieriger für ihn werden, mich loszuwerden, eine schwangere Frau. Oder würde es leichter sein?

»Ich hätte nicht gedacht, daß er sich Kinder wünschte«, murmelte ich.

»Natürlich tut er das. Alle Männer wünschen sich Kinder.«

»Wirklich?« fragte ich.

»Ich muß schon sagen, Sie benehmen sich sehr seltsam«, meinte Dr. Johnson vorwurfsvoll.

»Vielleicht – vielleicht, weil ich auf einmal Heimweh habe. Ich vermisse meine Familie in Virginia. Meine Tante, meine Neffen. Ich hatte daran gedacht, eine Reise zu machen.«

»Das kommt gar nicht in Frage!« rief er. »Völlig ausgeschlossen! Wollen Sie das Kind doch noch verlieren? Ich habe Ihnen gerade erklärt, wie knapp Sie einer Fehlgeburt entkommen sind. Eine solche Reise – ich kann dafür keine Verantwortung übernehmen.«

Wie konnte ich ihm nur sagen, daß ich dachte, mein Mann wollte mich töten, wollte mich um den Verstand bringen? Angesichts meiner früheren Klagen würde er mich für verrückt halten. Er würde mich irgendwohin bringen lassen, vielleicht in eine Anstalt, würde mir das Baby wegnehmen. Wollte ich das?

Nein, dachte ich. Und plötzlich wurde mir klar, was mir das Baby bedeutete. Plötzlich – wollte ich es. Ich wünschte es mir von ganzem Herzen und war bereit, alles dafür zu ertragen, Angst, Schmerz und sogar die Gefangenschaft in diesem gespenstischen Haus.

»Nun?« fragte Dr. Johnson und wartete auf eine Erklärung für mein seltsames Verhalten.

»Natürlich haben Sie recht«, sagte ich und schenkte ihm ein kurzes Lächeln. »Ich werde nicht abreisen. Es war dumm von mir, es überhaupt in Betracht zu ziehen.«

»So ist es recht«, sagte Dr. Johnson und tätschelte meinen Arm. »Ihr Mann hat die ganze Zeit geduldig draußen gewartet.« Er stand auf und ging zur Tür. »Sie können jetzt hereinkommen!«

Cage wirkte sehr verlegen und trotzdem irgendwie aufgeregt, fast glücklich.

»Adelaide!« rief er und kam mit ausgestreckten Armen auf mich zu. »Adelaide, mein Liebling!« Er beugte sich vor und küßte mich auf die Stirn, auf die Wangen und die Lippen. »Du kannst dir gar nicht vorstellen . . .« Er setzte sich auf den Bettrand, nahm meine Hände und küßte jeden einzelnen Finger. »Mein Liebling, wenn du nur wüßtest, welche Sorgen ich mir gemacht habe. Und alles war meine Schuld. Ich hätte dich nie alleine fahren lassen dürfen, niemals.«

Er strich das Haar aus meiner Stirn und küßte mich wieder. Es war eine so zärtliche Geste, daß ich einen Klumpen in der Kehle verspürte. Wenn er es ernst meinte, wenn er . . .

»Cage . . .«

»Still, Kleines!« Er legte einen Finger auf meine Lippen. »Ich will nicht, daß du mir vergibst. Es war meine Schuld, und als ich herausfand, daß du – daß wir – o Adelaide!« Ein verräterischer Glanz trat in seine Augen. Eine Träne? Tat es ihm wirklich leid?

»Ich werde ein neues Leben anfangen. Jeden Abend zu Hause sein, stocknüchtern. Das verspreche ich, Adelaide. Ich schwöre es.«

Hatte ich diese Worte nicht schon einmal gehört? Aber niemand in der ganzen Welt konnte sie mit solch einer Überzeugungskraft aussprechen wie er.

»Cage, ich dachte . . .«

»Ich weiß, mein Liebling, und mit Recht. Ja, ich habe dich vernachlässigt. Aber das ist vorbei. Niemand liegt mir mehr am Herzen als du. Und unser Kind – ein Junge, hoffe ich.« Er grinste selbst wie ein Junge, und mein Herz schmolz dahin. Oh, warum mußte er nur so attraktiv sein? Warum hatte *ihm* Gott nur so viel Charme verliehen und *mir* diese Leichtgläubigkeit?

»Ich werde gut für dich sorgen, Liebling«, versprach er.

Glaubte ich ihm? Hatte ich überhaupt eine Wahl? Wenn er nur diese drei Worte sagen würde: ›*Ich liebe dich.*‹ Dann würde alles wieder in Ordnung sein. Ich sehnte mich nach diesen Worten wie ein durstiger Reisender in der Wüste nach Wasser. Aber er sagte nur: »Ich möchte, daß du alle Anweisungen von Dr. Johnson genau befolgst. Ich möchte, daß du alles hast, was du brauchst – alles, was du dir wünschst. Wir werden einen schönen Jungen bekommen. Meinst du nicht auch, Liebling?«

»Ja, Cage – ganz sicher.«

Wieder war er sehr lieb, so lieb, daß ich dachte, ich hätte mir nur eingebildet, daß er mich loswerden wollte, um Fanny Walters heiraten zu können. Schließlich hatte Jay mir diese Idee in den Kopf gesetzt. Ich war zunächst mißtrauisch. Aber als die Wochen vergingen und Cage immer noch jede Nacht nach Hause kam und kleine Geschenke mitbrachte, begannen meine Zweifel zu schwinden.

Als sich meine Figur veränderte, ging ich nicht mehr aus dem Haus. Ich stickte, strickte und las viel. Wir hatten keine Gäste. Nicht einmal Clara Shelby kam zu Besuch. Meine Gedanken konzentrierten sich ganz auf das Kind, und ich blühte richtig auf.

Doch eines Tages erhielt meine Ausgeglichenheit einen schweren Schlag. Ich saß gerade in einen Mantel gehüllt im Garten, denn das Wetter war bereits kühl geworden, als ich nach oben sah und bemerkte, wie mich Octavia von einem Fenster aus beobachtete. Ich war zu weit weg, um ihren Gesichtsausdruck zu erkennen, aber weil sie so schnell verschwand, vermutete ich, daß sie nicht ertappt werden wollte. Ich konnte mir nicht vorstellen, warum. Von der kurzen Zeit nach meinem Unfall einmal abgesehen, hatte sie sich nie wieder die Mühe gemacht, freundlich zu sein. Vielleicht hatte ich mir diese schnelle Bewegung nur eingebildet, vielleicht war sie nur am Fenster vorbeigegangen und hatte zufällig hinausgeschaut.

Trotzdem begann ich ihr mehr Beachtung zu schenken. Und zu meiner Überraschung bemerkte ich, daß immer, wenn wir zusammen in einem Zimmer waren, ihre Augen auf mir hafteten. Sie sagte nie etwas, sondern starrte mich nur an. Manchmal tauchte sie zu seltsamen Zeiten auf der Treppe oder im Gang auf, und einmal erwischte ich sie dabei, wie sie gerade aus meinem Zimmer kam.

Ich war zu erstaunt, um etwas zu sagen. So war sie es, die das Wort ergriff. »Tante Adelaide, ich wollte mir eine Haarnadel ausborgen. Meine scheinen alle verschwunden zu sein.«

»Du hättest fragen können«, sagte ich.

»Ja – ich weiß.«

»Hast du eine gefunden?«

»Gefunden? Oh, eine Nadel . . . Nein.«

»Dann komm herein.«

Die Papiere auf meinem Schreibtisch waren durcheinander geraten, die Fläschchen auf meinem Toilettentisch verschoben, nur ein wenig, aber es genügte, um mir klarzumachen, daß Octavia meine Sachen durchstöbert hatte. Ich war wütend. »Du besitzt die Frechheit, die Nerven . . .« Ich schluckte. »Ich jedenfalls würde mir nicht die Freiheit nehmen, dein Zimmer zu durchsuchen, egal, wie dringend ich eine Haarnadel bräuchte.«

Sie wurde rot. »Es tut mir leid«, murmelte sie.

Ich sagte nichts, sondern schaute sie nur an, und sie sah mir trotzig in die Augen. Dann fragte ich tonlos: »Was hast du gesucht? Erzähl mir bloß nicht, daß es eine Haarnadel war!«

Sie biß sich auf die Lippen und schwieg.

»Vielleicht sollte ich den Inhalt meines Schmuckkästchens überprüfen.«

Ihre Wangen färbten sich noch dunkler, aber der trotzige Blick wich nicht aus ihren Augen. »Ich habe meinen eigenen Schmuck«, sagte sie. »Ich habe den Schmuck meiner Mutter. Warum sollte ich deinen wollen?«

»Ja, warum? Was hast du dann gesucht?« Ich machte eine Schublade auf, in der die Papiere durchwühlt worden waren. »Sagst du es mir freiwillig, oder muß ich dich dazu zwingen?«

»Wozu willst du mich zwingen?« fragte sie mit einer Unschuldsmiene.

Mein erster Impuls war, ihr eine Ohrfeige zu geben. Dieses

unverschämte kleine Ding! Aber ich wollte mich nicht auf eine Rangelei einlassen, nicht in meinem Zustand.

Ich drehte mich auf dem Absatz um, ging zur Tür, schloß sie ab und steckte den Schlüssel in meine Tasche. Dann kam ich zurück und setzte mich auf einen Stuhl. »Du kannst dich genausogut auch hinsetzen. Weil du das Zimmer nicht verlassen wirst, bevor du mir nicht gesagt hast, was du hier wolltest.«

Sie hob überrascht die Brauen.

»Du siehst«, sagte ich und strich die Falten meines Kleides über meinem gewölbten Bauch glatt. »Ich bin nicht mehr ganz die gleiche Person, die in dieses Haus gekommen ist. Ich habe keine Angst vor dir, Octavia, und ich habe auch keine Angst mehr vor Martha, vor niemandem.«

Ich fühlte mich stark, sehr stark, denn ich würde einen Sohn gebären, Cages Erben.

»Wirst du es mir jetzt sagen?«

Sie setzte sich nicht, aber ein Teil ihres feindseligen Trotzes war aus ihren Augen verschwunden.

»Ich könnte deinen Vater bitten, dich zum Reden zu bringen. Vielleicht würde er dich nicht mehr aus dem Haus lassen – oder er würde dich zurück ins Internat schicken.«

»Nein . . .«

»Nun? Was willst du? Versuchst du herauszufinden, ob ich geheime Liebesbriefe besitze?«

»Ja.«

Ich lächelte. »Nun, das ist wirklich nicht viel besser als die Haarnadel, oder?«

»Es ist überhaupt nicht komisch. Ich versuche den Mörder meiner Mutter zu finden.«

»In meinem Schreibtisch?« fragte ich ungläubig.

»Ich suche einen Briefwechsel. Ich suche einen Hinweis . . .« Sie biß sich auf die Lippen.

Ich starrte sie an. »Verstehe ich dich richtig, meine Liebe? Du verdächtigst *mich,* deine Mutter ermordet zu haben?«

»Ja.«

Ich hatte Octavia niemals für besonders klug gehalten, aber jetzt fragte ich mich, ob sie wenigstens eine durchschnittliche Intelligenz besaß.

»Deine Mutter ist gestorben, meine Liebe«, sagte ich so ruhig wie möglich, »als ich noch in Virginia lebte.«

»Aber du hättest einen Mörder dingen können«, erwiderte sie. »Du hättest Geld schicken können.«

Ich versuchte das zu verdauen. »Ich hätte jemanden bezahlen sollen, der deine Mutter töten würde? Aber warum denn?«

»Weil du in Papa verliebt warst, weil . . .« Ihr Gesicht wurde knallrot. »Weil du ihn haben wolltest.«

Das enthielt immerhin ein Körnchen Wahrheit. Ja, ich war in Cage verliebt gewesen, aber ihre Anschuldigung war trotzdem so absurd, daß man fast darüber lachen konnte. Aber nicht ganz. »Wie lange bildest du dir das schon ein?«

»Ich habe eigentlich nicht viel darüber nachgedacht bis letzte Woche, als . . .« Sie brach ab.

»Als was?« Ich wartete. »Hat dir Martha diese Idee in den Kopf gesetzt?«

»Nein. Schau mich nicht so an! Ich sage dir, daß sie es nicht getan hat.«

Ich akzeptierte das, obwohl ich meine Zweifel hatte. »Du glaubst also, daß ich einen Mörder gedungen habe, um deinen Vater heiraten zu können. Meine liebe Octavia, hat dir denn niemand gesagt, daß ich zu dieser Zeit bereits verheiratet war?«

Ich konnte sehen, daß sie das verblüffte. Sie zögerte ein wenig, bevor sie antwortete: »Nein – aber . . .« Sie schaute mir direkt in die Augen. »Aber ich sehe nicht, welche Bedeutung das haben sollte.«

Gott schütze mich, dachte ich und wollte sie schütteln, bis ihre Zähne klapperten. Dieses dumme Ding! »Mein Mann ist im Krieg gestorben«, sagte ich und beherrschte mich mühsam. »Ich hatte ihn sehr gern. Wir waren glücklich. Und ich hätte eher sterben wollen, als ihm ein Haar zu krümmen.«

Sie sagte nichts, sondern stand nur da und starrte mich mit großen Augen an.

»Ich habe nie mit deinem Vater korrespondiert, als er in San Francisco lebte«, erklärte ich.

»Du hast mit deinem Bruder Charles korrespondiert. Er war in San Francisco.«

Aber ihre Stimme klang nicht mehr so bissig wie zuvor, und ich bemerkte zu meiner Überraschung, daß sie den Tränen nahe war.

»Das ist wahr, und ich habe nicht die geringsten Zweifel, daß du die zwei Briefe gelesen hast, die er geschrieben hat, seit ich hier bin.«

Sie schwieg. Ihre Augen wurden immer größer, und eine Träne

klebte an ihren Wimpern. Ich konnte ihr nicht mehr böse sein. Sie war so jung und verletzlich und hatte bereits einen Skandal mitgemacht, sich viel bösartiges Geschwätz anhören müssen, das einen viel älteren Menschen hätte zermürben können. Ihre Mutter, eine Prostituierte, war in den Armen ihres Liebhabers erschossen worden. Es gab keine Möglichkeit, diese häßlichen Tatsachen zu mildern. Die Gerichtsverhandlung hatte sie offengelegt. Wie konnte ich es ihr übelnehmen, wenn sie wenigstens wissen wollte, wer der Mörder ihrer Mutter war? Wie konnte ich sie dafür tadeln, daß sie auch noch nach der abwegigsten Theorie griff?

»Was haben dir diese Briefe verraten?« fragte ich mit weicherer Stimme.

»Nichts.« Die Träne lief ihr langsam die Wange hinunter, aber sie machte keine Anstalten, sie wegzuwischen.

»Octavia . . .«

Noch eine Träne.

»Kind – Kind . . .« Diese stillen Tränen rührten mich.

»Du glaubst mir, Liebes?«

Die Tränen flossen nun in Strömen. Ich stand von meinem Stuhl auf und streckte ihr impulsiv meine Arme entgegen. Mit einem unterdrückten Seufzen flüchtete sie sich hinein.

Am nächsten Morgen führte ich ein langes Gespräch mit Martha. Sie leugnete heftig, in irgendeiner Weise angedeutet zu haben, daß ich die Schuld an Lilliths Tod trüge.

»Ich spreche nie mit ihr über ihre Mutter. Sie weiß das. Nach der Gerichtsverhandlung sagte ich zu ihr, daß sie alles vergessen solle, daß es aus und vorbei wäre.«

»Octavia ist ein sehr unglückliches Kind.«

»Ja – unglücklich, obwohl sie dafür überhaupt keinen Grund hätte«, sagte Martha mit einer Spur von Bitterkeit. »Sie lebt in einem wunderschönen Haus, mußte in ihrem ganzen Leben keinen Tag lang arbeiten, mußte nie hungern oder ihren Körper für einen Bissen Brot verkaufen. Ich finde nicht, daß sie das Recht hat, unglücklich zu sein.«

Sie saß ein paar Minuten da und dachte mit herabgezogenen Mundwinkeln nach. Sie sah alt und müde aus. Tiefe Falten zeichneten sich auf ihrem Gesicht ab, Falten, die ich nie zuvor gesehen hatte. Ich fragte mich, wie alt sie wohl sein mochte.

»Ich habe ihr gesagt«, fuhr Martha fort, »daß sie in Schwierigkeiten geraten würde, wenn sie weiterhin nach dem Mörder ihrer Mutter sucht.«

»Ein Mann hat ihre Mutter getötet?«

Sie warf mir einen leeren Blick zu.

»Martha! Wissen Sie, wer Lillith getötet hat?«

»Das haben Sie mich schon einmal gefragt.«

»Aber Sie haben meine Frage nie beantwortet. Wissen Sie es?«

Sie seufzte – es war ein Seufzer, der ganz tief aus ihrem Herzen kam. »Ja, ich weiß es. Er ist ein gefährlicher Mann. Aber der Teufel selbst könnte mich nicht dazu bringen, seinen Namen auszusprechen.«

»Aber – Sie müssen es sagen . . .«

»Ich muß überhaupt nichts.«

War es Cage gewesen? Ich wollte sie danach fragen. Aber ich wußte, daß sie es mir niemals verraten würde.

27

Mein Sohn wurde am Abend des 18. Juni 1868 geboren. Wir nannten ihn Lewis Cage, Lewis Cage Norwood II. Es war ein wunderschönes Kind. Ich konnte gar nicht begreifen, wie wunderschön es war, ein Kind, das ich zur Welt gebracht hatte – ich, dieses häßliche Entlein.

Auch Cage meinte, daß er nie ein hübscheres Baby gesehen hatte. Als er sich über das schlafende Kind beugte, stand ihm eine überschwengliche Freude im Gesicht geschrieben. Ich fragte mich, wie ich mich jemals mit dem Gedanken getragen haben konnte, daß er mich umbringen wollte. Hatte ich jemals vor ihm Angst gehabt, vor dem Haus, vor Martha, hatte ich einmal Angst gehabt, meinen Verstand, mein Leben zu verlieren? Es schien alles so verschwommen zu sein, schon so lange her, daß ich das Gefühl hatte, es wäre einer Romanfigur passiert und nicht Adelaide Norwood.

Während der folgenden Wochen und Monate lebte ich in einer Art Euphorie. Zur Taufe des kleinen Cage gaben wir ein wunderbares Fest. Jetzt, wo sich Cage als ein achtenswerter Familienvater erwiesen hatte, verzieh ihm die Gesellschaft seine früheren Verstöße und überschwemmte uns mit Einladungen. Ich schien meine Schüchternheit verloren zu haben. Ich lachte viel, und die

Leute sagten, daß ich wie verwandelt wäre. Jay Cook meinte das auch. Er war natürlich zur Taufe gekommen – wir hatten über hundert Leute eingeladen. Und ich sah ihn eines Tages wieder, als Cage und ich ins Theater gingen.

Das Baby gedieh prächtig. Wir hatten ein Kindermädchen für es eingestellt, eine Miß Yardley. Octavia und ich kamen seit der Szene in meinem Schlafzimmer besser miteinander aus. Sie war jetzt nicht mehr so gleichgültig und phlegmatisch, sondern wirkte richtig glücklich. Sie lächelte oft vor sich hin, summte Lieder oder starrte einfach verträumt ins Leere.

Lange Zeit wollte ich einfach nicht zur Kenntnis nehmen, daß Cage wieder zu trinken angefangen hatte, daß er jetzt wieder öfter beim Abendessen fehlte. Aber am meisten verschloß ich meine Augen vor der entsetzlichen Tatsache, daß sich unsere finanzielle Lage verändert hatte, daß sich unbezahlte Rechnungen stapelten und wir langsam, aber unvermeidlich in Schulden gerieten.

Ich wollte mit Cage und dem Baby in meinem Traumland leben und durch nichts aus meiner gemütlichen Häuslichkeit aufgeschreckt werden. Und es wäre noch lange so weitergegangen, wenn nicht eines Nachmittags Octavia aufgeregt zu mir gekommen wäre.

»Martha sagt, daß ich nicht mehr in meinen Singverein gehen darf«, sagte sie mit roten Wangen und blitzenden Augen.

»Aber warum sollte sie denn etwas dagegen haben?«

»Sie sagt, daß ich zu oft von zu Hause weg bin.«

»Ich kann nichts Schlimmes daran finden, wenn man ein paar Abende in der Woche mit einer Gruppe von jungen Damen und Herren verbringt.« Wir waren in meinem Schlafzimmer, und ich spielte gerade mit dem Baby.

»Ich möchte, daß du mit Martha sprichst«, sagte Octavia.

»Du weißt, daß meine Worte bei Martha nicht viel Gewicht haben. Warum bittest du nicht deinen Vater darum?«

»Er hat mir gesagt, daß er zu beschäftigt ist und ich mich an dich wenden soll.«

Ich seufzte. »Nun, gut. Ich werde sehen, was sich machen läßt.«

»Wann?« fragte sie ungeduldig. »Ich werde in einer Stunde beim Singen erwartet. Und Martha sagt, daß ich den Wagen nicht haben kann und zu Fuß laufen müßte.«

Ich stand auf. »Ich werde mit ihr reden.«

Ich läutete nach Martha, und nach ein paar Minuten hörte ich sie die Treppe heraufkommen. »Sie wird dir alles mögliche erzählen«, sagte Octavia schnell. »Alle möglichen Lügen.«

Martha klopfte und kam in das Zimmer. Ihr Gesicht verdunkelte sich, als sie das Mädchen sah. Sie fingen beide gleichzeitig zu sprechen an.

»So – du bist also hinter meinem Rücken hierhergekommen.«

»Ich kann hingehen, wohin ich will, du hast kein . . .«

»Sei still! Du verzogenes . . .«

Ich versuchte mich einzumischen, aber sie beachteten mich überhaupt nicht und wurden immer lauter, bis sie sich schließlich wütend anschrien. Ich stand daneben und fühlte mich abgestoßen und verärgert. Ich haßte Streit. In dieser Angelegenheit glich ich meinem Mann. Ich wollte, daß um mich herum alles harmonisch war. Ich überlegte mir schon, ob ich das Baby nehmen und sie ihrem Zank überlassen sollte, als die beiden innehielten, um Luft zu schnappen.

»Wartet!« rief ich, bevor sie ihren Machtkampf wieder begannen. »Laßt mich auch mal ein Wörtchen mitreden. Ich kann das nicht ertragen. Octavia, vielleicht sollten Martha und ich die Angelegenheit lieber allein besprechen.«

»Nein, nicht ohne mich«, sagte das Mädchen trotzig. »Wenn ich nicht dabei bin, kann ich mich nicht verteidigen.«

»Also gut. Dann bleib, aber es fällt mir schwer, mich bei dem Geschrei verständlich zu machen.«

»Ich werde leise sein«, versprach Octavia. »Aber ich kann es nicht ertragen, wenn jeder meiner Schritte beobachtet wird.«

Als Martha sie jetzt anstarrte, wurden ihre Augen so hart wie Steine. »Weil du lügst«, preßte sie zwischen den Zähnen hervor. »Du lügst – wie gedruckt. Du weißt das ganz genau. Du hast diesen Mann getroffen, nicht wahr?«

»Wen? Welchen Mann?« fragte Octavia.

»Ich kenne seinen Namen nicht, weil du es mir nicht sagst. Aber es ist der gleiche Mann, den du zuvor schon getroffen hast, bevor dich dein Papa zur Schule geschickt hat.«

»Ich habe nie . . . Es ist nicht wahr!«

»Es ist wahr. Und ich werde es beweisen, und wenn es das letzte ist, was ich tue. Ist er verheiratet? Ist es ein verheirateter Mann, und kann er deshalb nicht wie ein Gentleman vorsprechen, oder ist es ein heruntergekommener Kerl, ein verlotterter . . .«

»Nein!« kreischte Octavia. Sie starrte uns mit großen Augen an, dann brach sie in Tränen aus.

»Was habe ich gesagt?« rief Martha verärgert. »Hatte ich nicht recht? Ich hätte es wissen sollen. Der Abschaum . . .«

»Das ist er nicht – ich liebe ihn!« jammerte Octavia. »Ich liebe ihn! Ich habe nie jemanden in meinem Leben so sehr geliebt wie ihn. Er bedeutet mir alles. O Gott – kannst du das nicht verstehen?«

Dieser aus dem Herzen kommende uralte Schrei . . . ›Kannst du das nicht verstehen?‹ Wie gut kannte ich ihn doch. Diese scheinbare blinde Gleichgültigkeit der anderen gegenüber den eigenen tiefen Nöten, gegenüber der Angst und der Verzweiflung . . . Ich erinnerte mich daran, wie ich noch ein Mädchen gewesen war und wegen meiner Liebe bittere Tränen vergossen hatte und wie sehr ich mir gewünscht hatte, jemanden zu haben, der mich verstand. Wie hätte ich Octavias Schmerz nicht nachempfinden sollen?

Ich ging zu ihr und legte meine Arme um ihre zitternden Schultern. »Aber, aber, meine Liebe«, beruhigte ich sie. »Wir werden uns schon etwas einfallen lassen. Wenn – wenn dein junger Mann anständig ist, wenn er dich liebt – könnte er dann nicht in das Haus kommen und sich deinem Vater vorstellen, wie es sich gehört?«

»Er – er sagt, daß er das möchte.« Sie hob ihr tränenverschmiertes Gesicht. »Aber er meint, Papa würde ihn nicht mögen, weil er älter ist als ich.«

»Älter? Wieviel älter?«

»Er ist fünfunddreißig.«

»Nun . . .« Nach kurzer Überlegung sagte ich: »Das ist ein bißchen alt für dich, aber immer noch kein Grund, warum er sich nicht vorstellen sollte. Wie hast du ihn kennengelernt, mein Liebes?«

»Ich habe ihn bei einem Tanztee getroffen. Eine Freundin hat uns miteinander bekannt gemacht.«

Martha rief plötzlich: »Das ist nicht wahr! Er hat dich auf der Straße aufgelesen! Das hat er getan. Du – du Hure!« Sie trat einen Schritt vor und hob die Hand, um Octavia zu schlagen, aber das Mädchen sprang geschickt zur Seite.

»Beschimpf mich nicht, Martha – wage es nicht!«

Herausfordernd schauten sie sich ins Gesicht. Der kleine Cage Lewis begann zu krähen.

»Wer ist dieser Mann?« fragte ich ruhig.

»Er heißt Barry Holden«, antwortete Octavia.

»Holden?« Martha schaute mich fragend an.

»Der Name ist mir nicht bekannt«, sagte ich.

»Er *ist* ein Gentleman«, behauptete Octavia. »Er kleidet sich gut und lebt im besten Apartment im St. Francis. Und er hat nie versucht – nie versucht, unschicklich zu werden. Er will mich heiraten. Und ich liebe ihn«, fügte sie zitternd hinzu.

»Das kann ich mir denken, mein Liebes«, sagte ich. »Aber du weißt, daß eine Heirat nicht in Frage kommt, wenn er sich deinem Vater nicht vorstellt. Und dein Vater muß ihn natürlich akzeptieren.«

»Oh – Papa wird ihn gern haben«, meinte sie zuversichtlich. »Barry ist so – so liebenswürdig. Und er ist reich. Er ist durchaus fähig, für mich zu sorgen.«

Marthas Augen verengten sich. »Ich habe nie von ihm gehört. Was macht dieser Barry Holden?«

»Er ist im Bankgeschäft tätig«, erklärte Octavia.

»Wie sieht er aus?«

»Schön, o Martha, so schön. Er hat dunkelbraunes Haar und braune Augen. Er hat breite Schultern und eine sehr männliche Figur. Wenn du ihn nur sehen könntest, dann würdest du ihn bestimmt für einen guten Fang halten.«

Martha schwieg, und ich sagte: »Wenn er zu schüchtern ist, um deinem Vater einen Besuch abzustatten, Octavia, dann werde ich Cage bitten, Mr. Holden einzuladen. Inzwischen halte ich es jedoch für klug, wenn du ihn nicht sehen würdest.«

Sie blinzelte erstaunt. »Ihn nicht sehen?« jammerte sie. »O nein, er wartet auf mich – jetzt.«

»Wenn er dich liebt«, sagte ich, »macht es ihm nichts aus zu warten.«

»Aber *mir* macht es etwas aus, Tante Adelaide . . .«

»Es tut mir leid.«

»Oh!« rief sie mit vor Wut geröteten Wangen. »Wie kannst du nur! Wie könnt ihr nur so grausam sein. Ihr seid beide Ungeheuer, alle beide!«

»Octavia . . .«

»Ihr seid grausam!« Sie wirbelte herum und rannte aus dem Zimmer.

Die Tür, die krachend ins Schloß fiel, erschreckte das Baby, und es fing zu schreien an. Ich nahm es auf die Arme, und Martha sagte: »Octavia ist Mr. Cage egal. Es ist ihm egal, was mit ihr passiert.«

»Das stimmt nicht«, sagte ich und versuchte den kleinen Lewis Cage zu beruhigen. »Sie wissen, wie stolz er immer auf sie war.«

»Jetzt hat er einen Sohn . . .«

»O Martha!« schalt ich, aber ich erschauerte unwillkürlich. Nur Gott wußte, was durch ihren Kopf ging. Wenn sie es sich nun in den Kopf gesetzt hatte, das Baby nicht zu mögen – was würde sie dann tun?

»Ich werde nicht auf Mr. Cage warten«, sagte sie. »Morgen werde ich diesen Barry Holden aufsuchen. Ich werde sehen, was für ein Mann das ist.«

»Ja«, stimmte ich zu. »Vielleicht sollten Sie das machen.«

Als Cage von Barry Holden erfuhr, sagte er, daß auch ihm der Name unbekannt wäre. »Und ich kenne fast jeden, der im Bankgeschäft von einiger Bedeutung ist.«

»Sie ist siebzehn und scheint entschlossen zu sein, diesen Holden zu heiraten.«

»Ich werde dem Mann schreiben. Sagtest du nicht, daß er im St. Francis wohnt? Ich werde ihm morgen eine Nachricht schicken. Erinnere mich daran.«

Aber am Morgen hatte es Cage sehr eilig. Er war verabredet, und es war schon spät. »Ich werde heute etwas später heimkommen«, sagte er und gab mir einen schnellen, gedankenverlorenen Kuß auf die Wange.

Gegen Abend war ich in meinem Zimmer und versuchte mich ein wenig zu entspannen. Plötzlich, als ich still dasaß, überkam mich wieder das alte Gefühl, daß mich jemand beobachtete. Aber es war niemand da, niemand außer mir und dem schlafenden Baby. Außerdem lag das doch alles hinter mir, ermahnte ich mich. Die irrationale Angst, die kalten, feuchten Hände und die plötzliche Feuchtigkeit auf meiner Stirn – das war Vergangenheit. Ich war eine zufriedene Hausfrau und eine ruhige Mutter geworden.

Doch da ertönte ein Klicken.

Mein Herz klopfte wie rasend. Warum nur? Es war lächerlich. Ich stand auf, ging zum Fenster und schob die Vorhänge beiseite. Man konnte jetzt nichts mehr außer dicken Nebelschwaden und dem verschwommenen Umriß eines Baumes sehen. Es war Viertel nach sechs, und es wurde schnell Nacht. Eine unheimliche Stille erfüllte das Haus. Wo war Martha? Und wo steckten die anderen?

Ich ging zur Tür, machte sie auf und schaute hinaus. Die Gaslampen waren noch nicht angezündet worden, und der lange Gang lag im Dunkeln. Plötzlich hörte ich ein weiteres schwaches Geräusch, anders als vorhin. Ich lauschte mit angehaltenem Atem. Ein unterdrücktes Stöhnen klang auf. Ich lief zum Treppenabsatz. Als ich über das Geländer blickte, sah ich eine verkrümmte Gestalt am Fuß der Treppe liegen.

»Martha?« rief ich. »Martha!«

Die Antwort war ein weiteres Stöhnen.

Ich eilte die Stufen hinunter. Sie lag auf dem Rücken, einen Arm ausgestreckt, den Hals seltsam verrenkt. »Was ist passiert?« rief ich und kniete mich neben sie. Sie war schwer verletzt.

Ihre geschlossenen Lider zuckten. Dann machte sie die Augen auf und versuchte zu sprechen. Sie versuchte verzweifelt, mir etwas zu sagen, aber es gelang ihr nicht.

»Nicht«, sagte ich. »Quälen Sie sich nicht. Ich werde Gandy beauftragen, den Doktor zu holen.«

»Holden«, flüsterte sie. »Holden – ein schlechter Mensch. Er – er . . .« Sie machte die Augen wieder zu.

»Lucinda!« schrie ich. »Lucinda!«

»Nicht«, sagte Martha mit schwacher Stimme. Ihre Hand packte mein Handgelenk, wobei sich ihre Nägel in meine Haut gruben. »Sie müssen sie – müssen sie aufhalten – Octavia. Er ist – er ist der Teufel. Er stieß . . .« Sie stöhnte, und ihre Kehle bewegte sich krampfhaft, als sie schluckte.

»Er hat Sie gestoßen – wo? Wie? Wer? Barry Holden?« Ich war verwirrt und fast verrückt vor Angst.

»Er stieß mich – die Treppe . . .«

»Welche Treppe? Doch nicht hier! Was meinen Sie denn?«

Sie murmelte etwas in ihrem fieberhaften Schmerz.

»Lucinda!« schrie ich.

»Ich bin hier, Madam!« rief sie und rannte in die Halle. »Oh – mein Gott!«

»Steh nicht so einfältig herum, sondern schick Gandy zu Dr. Johnson. Beeile dich!

Martha, ich werde Ihnen etwas Weinbrand holen.« Sie umklammerte noch immer mein Handgelenk, und ich versuchte ihre Finger zu lösen. Aber sie hielt mich fest, mit einer Kraft, die mich in Erstaunen versetzte.

»Nein – kein Weinbrand – Octavia . . . Halten Sie sie auf. Ich habe ihrer Mutter versprochen . . .« Ihre Zunge glitt über ihre trockenen Lippen. »Ich habe ihrer Mutter versprochen – sie war so wie meine Mama, sanft, hübsch und hilflos . . .« Zwei Tränen rollten über ihre Wangen. »Ich – ich habe gesagt, daß ich für sie sorgen würde. Octavia – und Sie müssen sie – sie aufhalten – jetzt!« Sie keuchte.

»Ich werde Gandy sagen, daß er Sie in Ihr Bett bringen soll.«

»Nein, Miß Adelaide, nein.« Sie hatte mich nie zuvor Miß Adelaide genannt. »Halten Sie Octavia zurück, bitte, Miß Adelaide . . . Ich habe Sie nie verletzen wollen . . . Und jetzt müssen Sie – müssen Sie sie aufhalten.«

Ich rannte zu Octavias Tür, und als auf mein Klopfen keine Antwort kam, machte ich sie auf und ging hinein. Das Zimmer war ganz dunkel. »Octavia?« Stille. Ich tastete mich zum Tisch vor und fand ein Zündholz. Das Licht flackerte auf, und ich zündete eine Lampe an. Octavia war nicht hier. Ich suchte sie überall, und als ich gerade gehen wollte, entdeckte ich die Nachricht auf ihrem Kopfkissen.

Sie war kurz. ›Lieber Papa‹, lautete sie. ›Wenn Du dies erhältst, werde ich Mrs. Barry Holden sein. Bitte, verzeih mir, Papa, aber ich liebe ihn, und er liebt mich, und wir wollten nicht warten. Octavia.‹

28

Martha starb, bevor der Arzt ankam. Sie starb, ohne ein weiteres Wort gesprochen zu haben.

»Sie muß die Treppe hinuntergestürzt sein«, stellte Dr. Johnson fest.

»Ja«, sagte ich.

Ein Unfall.

»Sie muß diese Treppen hundertmal hinauf- und hinuntergegangen sein«, murmelte ich.

Wie seltsam, daß sie tot war. Ich empfand eine seltsame Leere, seltsam, weil ich sie nie richtig gemocht hatte. Sogar in letzter Zeit, als sie ein wenig weicher geworden zu sein schien, hatte ich mich in ihrer Anwesenheit nicht wohl gefühlt. Und doch bewunderte ich ihren unbeugsamen Stolz, ihre Sorge um Octavia und ihre Treue zu Cage, als er sie gebraucht hatte.

Sie war in den Tod gestürzt . . .

»Ich habe sie nie verstanden«, sagte ich. Hatte sie Lillith wirklich so gern gehabt? ›Sie war der erste Mensch, der mich anständig behandelt hat‹, hatte sie gesagt. ›So wie meine eigene Mama . . .‹ Ihre eigene Mama, ihr eigenes Leben. Ich konnte jetzt sehen, daß sie tief empfinden konnte. Es war eine Empfindsamkeit gewesen, die ich nicht ausgelotet hatte. Es tat mir jetzt leid, daß ich es nicht versucht hatte.

»Traurig – traurig«, sagte Dr. Johnson.

Wir warteten im Wohnzimmer darauf, daß Gandy mit Cage zurückkam. Armer Cage. Zwei schockierende Neuigkeiten erwarteten ihn – Marthas Tod und Octavias plötzliches Verschwinden.

Ich zitterte. Warum brauchte Cage nur so lange? Gandy war jetzt fast zwei Stunden lang weg. Ich versuchte nicht daran zu denken, daß Martha tot war, versuchte nicht an Octavias leeres Zimmer zu denken.

Aber es hatte keinen Zweck.

Etwas stimmte nicht, stimmte überhaupt nicht. Diese Unfälle . . . Ich dachte daran, wie ich auf dem Speicher eingesperrt gewesen war, wie ich Cage dafür verantwortlich gemacht hatte, wie ich mich später davon überzeugt hatte, daß er unschuldig war. War es ein Zufall gewesen? War es ein Unfall gewesen, als das Pferd durchgegangen war? Was war in diesem verrückten Haus ein Unfall und was nicht? Ich hatte das Gefühl, daß hinter diesen seltsamen Ereignissen ein teuflischer Plan steckte, ein teuflisches Netz, das sich über uns allen zusammenzog. Es war ein irrationales Gefühl, das alles durchdrang. Das Haus hatte irgendwie von Anfang an unter einem schlechten Stern gestanden. Es war nicht für unser Glück bestimmt gewesen, sondern für Tragödien, für den Tod.

Das Gefühl des drohenden Unheils war so stark, daß ich aufstand und hinaufging, ohne den schlafenden Doktor zu wecken, um nach dem kleinen Cage zu schauen. Er schlief mit einem seligen Ausdruck auf seinem dicken rosa Gesicht. Ich beugte mich gerade über die Wiege, als ich die Eingangstür zufallen hörte. Cage! Ich deckte das Baby hastig zu, küßte es leicht auf die Lider und eilte aus dem Zimmer.

Cage wirkte gespenstisch mit seinem kreideweißen Gesicht. »Wie ist das passiert?« fragte er, als ich die Treppe hinunterstieg.

»Sie ist gestürzt – das vermuten wir, weil sie niemand gesehen hat«, antwortete ich. »Und Octavia – ich weiß nicht . . . Sie muß irgendwie aus dem Haus geschlüpft sein.«

»Ich brauche etwas zu trinken«, sagte Cage und schob sich an mir vorbei.

Ich folgte ihm. »Dr. Johnson ist noch hier. Er schläft im Wohnzimmer.«

Cage nahm einen großen Schluck aus seinem Glas. »Ich nehme an, er hat ihren Tod als Unfall bezeichnet?«

»Ja.«

»Schrecklich!« Er schüttelte den Kopf.

Ein kurzes Schweigen entstand. Dann fragte ich: »Was sollen wir Octavias wegen unternehmen? Sollen wir zur Polizei gehen?«

»Zur Polizei?« rief er schockiert. »Großer Gott, nein! Ich habe die Polizei gründlich satt. Ich werde einen Privatdetektiv engagieren. Eggerd – das ist ein guter Mann. Wenn irgend jemand Octavia und diesen Kerl finden kann, dann ist es Eggerd.«

Aber Eggerd hatte nicht viel Glück.

Nach zehn Tagen erstattete er uns in der Bibliothek Bericht. Er schien jedes Hotel, jede Pension, jeden Saloon, jedes Wirtshaus und jeden privaten Klub in der Stadt und der Umgebung überprüft zu haben. Ohne Erfolg hatte er den Bahnhof und den Hafen überwacht. Keiner hatte einen Mann mit einem Mädchen gesehen, auf das Octavias Beschreibung zutraf. Kein einziger Hinweis konnte gefunden werden. Das Paar schien sich einfach in Luft aufgelöst zu haben. Cage befahl Eggerd jedoch, weiterhin die Augen offen zu halten.

Drei Wochen vergingen, und dann kam eines Nachmittags ein kleiner chinesischer Junge und klopfte an der Eingangstür. Er sagte Lucinda, daß er Martha sprechen wollte. Ich hörte zufällig seine Stimme und sah nach, was er wollte.

»Sie – Martha Browne?« fragte er mit starkem Akzent.

Als ich ihm sagte, daß ich die Dame des Hauses und Martha tot wäre, starrte er mich an. »Ich habe einen Brief für sie«, sagte er und hielt ein schmutziges Stück Papier hoch. »Aber ich darf ihn nur ihr geben.«

»Das ist schon in Ordnung. Ich nehme ihn.« Und als er das Papier hinter seinem Rücken versteckte, fügte ich schnell hinzu: »Ich werde dir dafür einen Dollar schenken.« Er wartete, bis Lucinda den Dollar geholt und in seine schmutzige Hand gesteckt hatte, bevor er die Nachricht herausrückte. Dann drehte er sich um und rannte davon.

»Warte!« rief ich. Aber er lief bereits die Auffahrt hinunter.

Der Brief war von Octavia.

›*Liebe Martha,*
ich hoffe aus ganzem Herzen, daß Dich dieses Schreiben erreicht. Du hast so recht gehabt, liebe Martha. Wie kannst Du mir jemals verzeihen? Wie kann ich mir jemals selbst verzeihen? Ich habe einen schrecklichen Fehler gemacht – er ist ein Teufel! Er ist – aber ich kann ihn nicht beschreiben, ich kann die Worte dafür nicht finden. Er wird mich nicht gehen lassen. Er sagt, daß ich ein Teil seiner Rache bin. Welche Rache? Du mußt wissen – er ist ein Verrückter. Verrückt! Oh, was habe ich nur getan? Ich kann Papa nicht bitten, hierherzukommen, denn Barry hat gedroht, ihn sofort zu töten. Also mußt Du *kommen, Martha, meine Liebe,* Du mußt! *Ich kann Dir nicht genau sagen, wo ich bin, aber ich glaube, daß ich mich in Chinatown aufhalte. Barry ist oft weg. Die Frau, die mir das Essen bringt, ist eine Chinesin, und von meinem Fenster aus kann ich ein großes Ladenfenster mit chinesischer Schrift sehen. Drei große Laternen hängen darüber, rot, grün und blau. Bitte, komm, Martha, bitte.* Du mußt. *Er hält mich gefangen, und ich habe solche Angst. Er sagt, er wird mich töten. Um Gottes willen, bitte, Martha, hilf mir!*

Octavia.‹

Ich las den Brief noch einmal durch und überlegte, was ich tun sollte. Das Vernünftigste wäre gewesen, Gandy damit zu beauftragen, Cage oder Eggerd zu suchen und in das Chinesenviertel zu schicken. Aber Gandy hatte einen steifen Rücken, und Octavias Brief wirkte so verzweifelt, daß ich keinen Aufschub dulden konnte. So entschloß ich mich, selbst nach dem Mädchen zu suchen. Ich sagte Lucinda, daß ich bald zurück käme (rückblikkend kann ich nur noch staunen, daß ich das damals für möglich gehalten hatte), warf mir einen Mantel um und fuhr los. Es war elf Uhr, ein kühler, nebeliger Morgen, und eine steife Brise wehte von der Bay herauf. Mit Gandys Hilfe spannte ich den Wagen an, überprüfte zweimal die Zügel, um sicherzugehen, daß sie sich diesmal nicht wieder lösen konnten. Ich hatte eine ungefähre Vorstellung davon, wo sich Chinatown befand. Es war kein allzu großes Viertel, und Octavia hatte den Laden ziemlich gut beschrieben.

Aber als ich über die Hügelkuppe fuhr, erfaßte mich ein heftiges Unbehagen. War es klug, allein ins Chinesenviertel zu fahren? Octavia hatte geschrieben, daß Barry Holden oft weg wäre – aber wenn er gerade da war? Würde er versuchen, uns beiden etwas anzutun? Er würde es nicht wagen, dachte ich immer wieder. Aber er hatte es gewagt, mit Octavia zu verschwinden, der Tochter (oder Stieftochter) eines herausragenden Mitglieds der Gesellschaft, warum sollte er davor zurückschrekken, Octavia oder mich zu verletzen?

Sollte ich Cage informieren? Ich würde ihn zuerst suchen müssen, denn er war nicht immer in seinem Büro. Und Octavia hatte in ihrem Brief davor gewarnt, daß Barry Holden entschlossen wäre, Cage zu töten. Warum? Sie hatte ihn als verrückt bezeichnet. Sein Haß Cage gegenüber war ein Rätsel, und so erkannte ich, daß ich es nicht riskieren konnte, meinen Mann hineinzuziehen. Und ich hatte nicht die leiseste Vorstellung, wo ich Eggerd finden könnte.

Aber was für ein Dummkopf war ich doch, so allein und unbewaffnet loszuziehen . . .

Als ich die Marktstraße überquerte, kam mir Jay in den Sinn. Ich versuchte die seltsame Tatsache zu vergessen, daß ich immer, wenn ich in einer Klemme war, an Jay denken mußte. Ich entschied von einem Moment auf den anderen, daß er genau der Mann wäre, der Octavia aus dieser prekären Situation befreien konnte. Er würde mir diese Bitte nicht abschlagen. Er würde mir niemals seine Hilfe verweigern.

Ja, ich würde mich an Jay Cook wenden. Ich wollte nicht zur Polizei gehen. Ich wollte keinen öffentlichen Skandal riskieren, denn Octavia hatte in ihrem Brief nicht erwähnt, daß Barry Holden sie geheiratet hätte. Wenn die Schwatztanten hören sollten, daß sie mit einem Mann weggelaufen war, dann wäre sie für ihr ganzes Leben als Hure gebrandmarkt. Sie war zu jung dafür, und sie verdiente es eigentlich auch nicht. Die Liebe hatte sie blind gemacht. Ich wußte nur zu gut, wie das geschehen konnte.

Zu meinem großen Schrecken war Jay Cook jedoch nicht an seinem Arbeitsplatz. »Ist er zu Hause?« fragte ich den Angestellten.

»Nein, Madam. Er ist auf die andere Seite der Bay nach Oakland gefahren. Ich weiß nicht, wann ich ihn zurückerwarten kann. Spätabends, vielleicht erst morgen früh.«

Ich stand da und biß mir auf die Lippen. Konnte ich warten? Was wäre, wenn Octavia sich in diesem Moment in Gefahr befand? Was – wenn sie zu entkommen versuchte und Holden sie tötete?

»Würden Sie gern eine Nachricht hinterlassen?« fragte der Angestellte.

»Ich weiß nicht . . .«

Ich fragte mich, ob Octavia mir soviel bedeutete, und schämte mich sofort dafür. Sie war so jung, sie war in Schwierigkeiten und hatte niemandem etwas getan. Wieder überlegte ich, ob ich vielleicht versuchen sollte, Cage zu finden. Die Zeit verging, es war schon halb zwei, und bald würde es zwei Uhr sein. Wie schrecklich würde ich mich fühlen, wenn Octavia wegen meiner Trödelei etwas zustoßen sollte!

»Haben Sie Bleistift und Papier?« fragte ich.

Er erfüllte meinen Wunsch, und ich schrieb schnell auf, was passiert war, beschrieb den Geschäftseingang, die drei Laternen und bat Jay zu kommen, falls er früher als erwartet zurückkehren sollte.

Dann ging ich hinaus, stieg in meinen Wagen und war entschlossen, keine Angst zu haben, entschlossen, die Oberhand über Barry Holden zu gewinnen. Vielleicht hatte Octavia übertrieben, vielleicht bluffte dieser Barry nur und brauchte nur eine feste Hand, die Androhung einer Strafe, um Octavia gehen zu lassen.

Ich erreichte das Chinesenviertel. Mein Pferd und der Wagen drängten sich durch die verstopften Straßen. Wir fuhren an einem Laden nach dem anderen vorbei. Einige waren kaum größer als Schachteln und besaßen winzige Eingänge. Und obwohl ich aufmerksam nach rechts und links schaute, konnte ich den von Octavia beschriebenen Laden nirgends finden.

Jetzt gelangte ich an eine Ecke und ließ das Pferd in eine kleinere Seitenstraße einbiegen. Hier war die Straße im wahrsten Sinne des Wortes verlassen. Sie war ganz in eine Stille getaucht, die eine geheimnisvolle Aura schuf. Ich fragte mich, ob die Straße wohl eine Sackgasse wäre, als ich einen Mann aus einem Eingang kommen sah. Es war der Eingang zu einem großen Laden, vor dessen hohen Fenstern drei Laternen hingen, eine blaue, grüne und eine rote.

Ich hielt den Wagen an und betrachtete die seltsamen, schwarzen Zeichen auf den Laternen.

Octavia hatte gesagt, sie könne den Laden von ihrem Fenster aus sehen. Das bedeutete, daß sie auf der anderen Seite der Straße sein mußte. Ich drehte mich um, betrachtete die andere Seite. Ein Laden und darüber ausdruckslose Fenster, deren Vorhänge zugezogen waren.

Als ich das heruntergekommene Gebäude musterte, kam eine junge Chinesin mit einem kleinen weinenden Kind vorbei. Sie blieb neben dem Wagen stehen und starrte zu mir herauf, ein dünnes Mädchen mit einem vernarbten Gesicht. »Hallo«, sagte ich. Sie wiegte das Kind und starrte mich weiter an.

»Wissen Sie, ob da ein junges Mädchen auf der anderen Seite der Straße wohnt?« fragte ich. »Weiße Haut – dunkles Haar?«

Die Frau sagte etwas, das ich nicht verstand. Das Kind starrte mich aus seinen schwarzen, mandelförmigen Augen an.

Ich schaute wieder zu den Fenstern hinauf und dachte einen Augenblick daran, nach Octavia zu rufen. Aber meine Erziehung ließ mich schweigen. Man schrie nicht wie eine Fischverkäuferin in einer öffentlichen Straße.

Ich band das Pferd an einem Pfosten fest und überquerte die enge Straße, spähte durch das schmutzige Ladenfenster, auf eine Schnur mit Trockenfischen. Hinter den Fischen sah ich Tische und Stühle. Ein Café – aber ich konnte keine Bewegung wahrnehmen, keine Kunden, keinen Koch oder Ober.

An einer Ladenseite befand sich eine baufällige Treppe. Mit einer Hand hob ich meine Röcke hoch und stieg dann hinauf. Die Stufen wackelten unter meinen Füßen, und ein- oder zweimal erschrak ich so sehr, daß mir das Herz bis zum Hals schlug. Als ich den Treppenabsatz erreichte, machte ich die Tür auf und betrat einen kleinen, nur schwach erleuchteten Gang, von dem mehrere Türen abgingen. Ich fragte mich gerade, an welche Tür ich klopfen sollte, als ich hörte, wie leise ein Name gerufen wurde.

»Martha?«

Es war Octavia! »Octavia?«

»Ja – ja«, kam es leise, von einem Seufzen unterbrochen. »Wer ist da?«

»Tante Adelaide. Liebes, wo bist du?«

»Hier – hier herüben.«

Ich ging zu der entfernteren Tür und drehte am Knauf. Die Tür war natürlich verschlossen. Wie dumm von mir, das nicht zu bedenken! »Gott sei Dank, du bist da«, hörte ich Octavia sagen.

»Mein Liebes, bist du in Ordnung?«

»Ja – ja. Konnte Martha nicht kommen?«

»Nein, Liebes. Sie ist . . . Es geht ihr nicht gut.« Es war besser, ihr später die schlechte Nachricht mitzuteilen. Jetzt war kaum der richtige Zeitpunkt dafür. »Wie kann ich dich herauslassen?«

»Ich glaube, daß er den Schlüssel auf einen Sims über der Tür legt.« Ihre Stimme klang, als wäre sie sehr weit weg. »Schau nach, und wenn er nicht da ist, dann wirst du zum Wirt gehen müssen, obwohl ich glaube . . .«

»Warte!« rief ich, als ich auf dem schmutzigen Türsims den Schlüssel fand. »Ich habe ihn!«

Mit zitternden Fingern schloß ich die Tür auf und ging hinein.

Staubiges Sonnenlicht drang durch einen Vorhangspalt und erhellte ein spärlich eingerichtetes Zimmer, ein Bett, eine Kommode, eine Truhe und einen Stuhl. Octavia saß auf dem Stuhl, und erst als sich meine Augen an das Halbdunkel gewöhnt hatten, erkannte ich, daß sie darauf festgebunden war.

»Octavia!« Ich rannte zu ihr hin.

Tränen rannen über ihr Gesicht. Ich küßte sie, und sie seufzte tief, als sie ihre Wange an meine lehnte. »Gott sei Dank! Gott sei Dank, du bist gekommen!«

Ich band ihre Arme, die hinter der Stuhllehne gefesselt waren, los, dann ihre Knöchel. Sie war auch geknebelt gewesen, hatte es jedoch geschafft, sich davon zu befreien. Der Knebel hing jetzt lose um ihren Hals, und ich nahm ihn ab.

»Welches Biest hat dir das angetan?« fragte ich wütend und versuchte etwas Wärme in ihre kalten, steifen Arme zu massieren.

»Ich weiß nicht, ich weiß nicht. O Tante Adelaide, was bin ich doch für eine dumme Gans gewesen! Als Martha, du und Papa . . .« Ihre Stimme versagte.

»Weine nicht, Liebes. Du wirst gleich frei sein.«

»In der Minute, in der uns der Priester zu Mann und Frau machte, war er wie verwandelt.« Ich sah jetzt, daß sie einen Ring trug. »Wie kann nur ein Mann in einer Minute sagen, daß er dich mehr als sein eigenes Leben liebt und dich in der nächsten so abgrundtief hassen? Oh, Tante Adelaide, ich habe alles kaputt gemacht, alles . . .«

»Aber, aber – kannst du gehen?«

»Meine Füße . . . Ich kann sie nicht fühlen.«

Ich kniete nieder und begann ihre Knöchel zu massieren.

»Er sagt, er will Rache nehmen«, berichtete Octavia leise. »Ich weiß nicht, was er damit meint, aber er lacht nur, wenn ich ihn frage. Er ist ein Ungeheuer.«

»Gib mir den anderen Fuß, Liebes.« Sie streckte ihn aus. »Wie hast du die Nachricht herausgeschmuggelt?«

»Die Frau, die das Essen brachte . . . Ich habe sie mit meiner goldenen Brosche bestochen. Barry hat sie nicht vermißt. Oh – Tante Adelaide . . .«

Plötzlich knarrte die Tür hinter uns. Ich hielt inne, meine Hände auf Octavias Fuß. Sie starrte angstvoll über meine Schulter. Keiner von uns sagte ein Wort, keiner bewegte sich. Es war, als wären wir beide versteinert, ich auf meinen Knien und sie auf dem Stuhl. Es war so still, daß ich uns atmen hören konnte.

Die Tür knarrte wieder, und mein Herz schlug wie rasend. Dann war wieder alles still. Wir warteten.

Plötzlich fing unten im Laden ein Mann zu sprechen an, es war eine weit entfernte Stimme, die in einer mir unverständlichen Sprache redete. Dann verstummte er, und die schreckliche Stille umgab uns wieder wie ein schwarzer Vorhang. Octavia konnte ihre angsterfüllten Augen nicht von der Tür wenden.

Nach einer Ewigkeit, wie es schien, quietschten wieder die Angeln. Immer noch auf meinen Knien, drehte ich mich um. Die Tür war halb offen. ›Wer ist da?‹ wollte ich schreien, brachte aber keinen Laut hervor. Ich hatte zuviel Angst vor der Antwort. Wer außer Barry Holden konnte es denn schon sein? Es war seine gemeine Art, uns zu quälen. Octavia stöhnte fast unhörbar, schlüpfte vom Stuhl auf den Boden und legte ihre Arme um mich.

»Er wird mich töten«, flüsterte sie. »Er wird uns beide töten.« Ich konnte ihren wilden Herzschlag durch das Kleid hindurch fühlen.

Der Geruch von verbranntem Essen begann das Zimmer zu füllen. Unten bereiteten die Chinesen ihr Abendessen vor. Sollte ich schreien, nach ihnen rufen? Aber sie würden nicht kommen, es waren Fremde. Ich hatte soviel Angst, daß ich nicht klar denken konnte. Der Geruch von Verbranntem hatte eine Erinnerung in mir aufsteigen lassen, eine Erinnerung, die ich tief verdrängt hatte, die Erinnerung an den Tag, an dem ich vom Feldrand aus auf die rauchende Asche des Hayley-Hauses geblickt hatte, an den Tag, als mir die Haare zu Berge gestanden hatten, weil ich *wußte*, daß mich jemand beobachtete, mit kalten, unmenschlichen Augen.

Und jetzt würde etwas Schreckliches passieren, und ich konnte nichts dagegen tun. Wir warteten und starrten auf die Tür. Und eben dieses Warten peinigte uns am meisten, die Erwartung des schrecklichen Unbekannten.

Octavia schluchzte und barg ihren Kopf an meiner Schulter. Warum kam er nicht herein? Warum brachte er es nicht zu Ende? Wenn er uns erschießen wollte, warum zeigte er sich uns dann nicht mit der Waffe in der Hand? *Alles* war besser als diese schreiende Stille.

Ich weiß nicht, wie lange wir beide da kauerten. Die Tür hatte sich die ganze Zeit nicht bewegt. Kein Ton kam aus der Dunkelheit. War er weg, fragte ich mich gerade, als ich schnelle, schwere Schritte auf der Treppe hörte. Jemand kam herauf. Octavia hob den Kopf. Ich atmete tief ein. Und im nächsten Augenblick flog die Tür auf, und Jay Cook stand da. Er hatte keinen Hut auf, seine Krawatte war verrutscht, und sein dunkles Haar fiel ihm über die Augen.

»Adelaide! Ist alles in Ordnung?«

Ich hatte nicht die Kraft zu sprechen, nicht einmal zu rufen, aber ich schenkte ihm ein schwaches, zitterndes Lächeln.

29

Octavia schwieg auf dem ganzen Heimweg. Aber als wir das Haus erreichten und Cora versehentlich verriet, daß Martha tot war, wurde meine Stieftochter hysterisch. Sie weinte, lachte und schrie so sehr, daß sich Jay gezwungen sah, sie zu schlagen. Cora und ich brachten die schluchzende Octavia zu Bett, und dann schickte ich Gandy zu Cage und Dr. Johnson.

Jay und ich warteten im Wohnzimmer. Ich hatte seit dem Frühstück nichts gegessen, aber ich hatte keinen Hunger. Ich war so erschöpft, daß ich im Sitzen hätte einschlafen können.

»Sie sehen sehr mitgenommen aus«, sagte Jay. »Möchten Sie ein Glas Branntwein?«

»Nein, danke. Ich möchte nichts.«

Er schwieg eine Weile. »Es war leichtsinnig von Ihnen, allein dorthin zu fahren«, meinte er schließlich verärgert.

»Ja, ich weiß«, stimmte ich zu und hoffte, daß wir uns nicht streiten würden.

Seine Augen blitzten mich an.

»Sie sind böse auf mich«, sagte ich. »Und ich habe mich noch gar nicht richtig bedankt . . .«

»Ich will Ihren Dank nicht«, unterbrach er mich. »Ich will, daß Sie endlich anfangen, Ihren Verstand zu benutzen, besonders wenn die Gefahr besteht, daß Sie ihn verlieren könnten. Ist Ihnen nie die Idee gekommen, daß Sie in eine Falle laufen könnten?«

»Eine Falle? Sie meinen, daß Octavia vielleicht absichtlich . . .?«

»Nicht freiwillig, aber sie hätte diesen Brief gezwungenermaßen schreiben können.«

»Er war an Martha und nicht an mich gerichtet.«

»Aber Sie sind hingefahren, und Cage, wenn er da gewesen wäre, hätte vielleicht dasselbe getan. Übrigens – warum war er nicht dort?«

»Weil er es nicht wußte«, sagte ich müde. »Ich habe es ihm nicht gesagt. In dem Brief stand, daß Barry Holden ihn töten würde.«

»Und Sie haben ihn geschützt, indem Sie selbst hingefahren sind? Oh, Sie sind ein Dummkopf, ein viel größerer, als ich zuerst gedacht hatte. Ich frage mich, wie er sich wohl fühlt, wenn er erfährt, daß er von einer Frau geschützt worden ist.«

»Warum müssen Sie alles so verdrehen?« fragte ich bitter. »Natürlich wird er sich darüber ärgern. Aber was vorbei ist, ist vorbei.«

»Sie sind zwar nicht zu ihm gegangen, aber Sie haben mich um Hilfe gebeten. Glauben Sie, daß ihm das gefallen wird?«

»Er wird schimpfen, aber keine Szene machen. Cage macht keine Szenen – oder denkt immer das Schlimmste wie Sie.«

»Nein? Er kann sich nicht vorstellen, daß Sie sich mit einem anderen Mann anfreunden? Daß Sie ihn vielleicht mit ins Bett nehmen?«

»Sie sind unverschämt«, sagte ich voller Abscheu.

»Er ist nicht eifersüchtig, oder? Aber wie sollte er es auch sein? Sie sind so blind . . .«

»Ich liebe ihn!«

»Ah – ja. Liebe. Und er liebt Sie.«

Ich schwieg.

»Er liebt Sie so sehr, daß es ihm egal ist, ob Sie zu mir kommen, wenn es Ihnen schlechtgeht.«

Ich hielt mir die Ohren zu. »Es tut mir leid, daß ich Sie jemals um irgend etwas gebeten habe, es tut mir leid, daß ich eine Nachricht hinterlassen habe. Außerdem verspreche ich, daß ich es nie wieder tun werde. Oh, ich weiß, ich habe das schon früher einmal gesagt, aber dieses Mal meine ich es auch!« Ich stand auf, um hinauszugehen.

»Adelaide . . .« Er trat mir in den Weg, und sein Gesicht hatte keinen spöttischen Ausdruck mehr. »Nein – bitte, gehen Sie nicht. Es tut mir leid. Es war nicht richtig, Sie zu ärgern. Bitte, warten Sie.«

»Ich bin müde, Jay, und . . .«

»Bitte! Ich entschuldige mich – ehrlich. Ich *bin* ein ungehobelter Kerl. Ich gebe es zu. Es gelingt mir immer, Sie zu verärgern – Gott weiß warum – wo es doch das letzte ist, was ich eigentlich will. Vielleicht mache ich es, weil ich eigentlich auf mich selbst wütend bin – weil ich genauso von Ihnen betört bin wie Sie von Cage. Und es ist so hoffnungslos.«

Ich stand da und starrte auf sein Hemd, weil ich nicht wußte, was ich sagen sollte. Es klang so aufrichtig. Meinte er es ernst?

»Wenn ich nur ein bißchen Verstand hätte«, fuhr er fort, »würde ich nichts mit Ihnen zu tun haben, würde ich von hier weggehen und Sie nie wieder sehen. Ich habe sogar daran gedacht zu heiraten.« Er lachte bitter.

Ich schaute schnell zu ihm hoch.

»Hätten Sie etwas dagegen?« fragte er.

»Natürlich nicht. Ich würde Ihnen alles Gute wünschen«, sagte ich, und meine Augen wichen seinem ernsten, dunklen Blick aus.

»Tatsächlich!« Er ergriff meine Hände und hielt sie fest. »Wenn ich daran denke, wie Sie ausgesehen haben, als ich Sie vor einer Stunde gefunden habe. Auf den Boden gekauert – so voller Angst, mit schneeweißem Gesicht . . .«

Ich dachte auch daran. Ich hatte es vergessen, den Schrecken aus meinem müden Gedächtnis wischen wollen, aber jetzt kam alles zurück, wie der Schwall einer kalten, tödlichen Flut, die knarrende Tür, die schreckliche Stille, der Geruch von verbranntem Essen, das angespannte Warten . . . Ich vergaß meine Wut über Jay, als ich mich an diese schreckliche Angst erinnerte, und wurde unwillkürlich von einem Zittern gepackt.

Jay nahm mich in seine Arme. Die Notwendigkeit, mich zu widersetzen, war mir dunkel bewußt, aber das Gefühl der Angst war in meiner Erinnerung so stark, daß ich nicht die Kraft hatte, ihn zurückzustoßen. Seine harten, muskulösen und starken Arme waren wie ein Zufluchtsort, der mich mit einer lebendigen Stärke, einer verläßlich schützenden und zugleich zärtlichen Wärme umgab. Ich war durch so viele Schrecknisse gegangen, daß ich dieses Gefühl der Sicherheit brauchte. Ich wollte mich sicher fühlen können und keine Angst mehr haben müssen. Ich wollte von jemandem gehalten werden, der stark und kräftig genug war, um die dunklen Schatten im Zaum zu halten.

»Adelaide«, flüsterte er in mein Haar. »Adelaide.« Er schob mein Kinn zurück. Seine Augen waren dunkel wie die Nacht. Dann waren seine Lippen auf den meinen. Zuerst küßte er mich ganz weich, dann härter, drängender, leidenschaftlicher und hungriger.

»Nein«, hörte ich mich stöhnen, sogar als ich die Hitze in mein Gesicht steigen fühlte, als mein Wille dahinschmolz und mich eine schreckliche, angenehme Schwäche ergriff, die meine Knie weich werden ließ.

»Du magst es«, sagte er und hob seinen Kopf hoch. »Du magst es. Gib es zu! Gib zu, daß du noch nie so geküßt worden bist. Dieser alte Mann, den du zuerst geheiratet hast, dann Cage . . .«

Bei der Nennung von Cages Namen wurde mein Verstand plötzlich klar, und ich schob ihn zurück.

»Laß mich los!« rief ich.

Aber er hielt mich fest. »Gib es zu!« Seine Augen blitzten, und sein Mund näherte sich wieder dem meinen.

Ich schlug ihn und traf ihn mit meiner ganzen Entrüstung und Wut, die ich besaß.

Er ließ mich los und trat zurück, während seine Hand an sein Kinn faßte. Er atmete schwer.

»Ich könnte dich umbringen!« schrie ich. »Schämst du dich überhaupt nicht?«

»Nein«, sagte er. »Wenn es dich betrifft, nicht.«

»Wenn du mich noch einmal anrührst, werde ich schreien. Ich werde so laut schreien . . .«

Aber er faßte mich nicht mehr an, und ich schrie nicht, denn in diesem Augenblick hörten wir in der Auffahrt das Knarren von Wagenrädern. Cage und Dr. Johnson waren gleichzeitig angekommen.

Wir saßen wieder im Wohnzimmer, und Jay debattierte mit Cage.

»Ich kann nicht zur Polizei gehen«, sagte Cage. »Ist dir nicht klar, daß das alles nur schlimmer machen würde? Verstehst du nicht, was Octavia schon alles gelitten hat – daß ein Skandal sie vernichten würde? Sie ist jetzt voller Angst und behauptet, ihr einziger Wunsch sei es, Barry Holden so schnell wie möglich zu vergessen.«

»Aber warum soll man ihn einfach laufenlassen?« fragte Jay. »Er hat Octavia gegen ihren Willen gefangengehalten und gedroht, sie *und* dich zu töten. Er scheint ein gefährlicher Mann zu sein. Ich rate dir wirklich, ihn anzuzeigen.«

Cage seufzte. »Wozu soll das schon gut sein? Er ist ihr Mann, und vor dem Gesetz hat er das Recht, seine Frau bei sich zu behalten – ob mit oder gegen ihren Willen.«

»Aber er hat nicht das Recht, sie ihrer Freiheit zu berauben und gleichzeitig ihr und seinem Schwiegervater den Tod anzudrohen.«

Sie argumentierten weiter, bis Cage schließlich nachgab. »Also gut. Wie du meinst. Ich werde am Morgen zur Polizei gehen. Aber ich muß am Nachmittag nach Sacramento. Ich habe eine wichtige Verabredung, die ich einfach nicht aufschieben kann.«

Man verhaftete Barry Holden zwei Tage, nachdem Cage Anzeige erstattet hatte. Cage war zu der Zeit noch in Sacramento, aber Jay ging zur Polizei, als er von der Verhaftung informiert wurde. Später kam er zu uns ins Haus und berichtete, was sich ereignet hatte.

»Sie haben ihn laufenlassen«, sagte er angeekelt. »Der Mann behauptete, daß er Octavia nie etwas angetan hätte. ›Meine Frau hat einen ausgeprägten Sinn für Theater‹, hatte er gesagt.«

»Das ist nicht wahr«, bestritt ich heftig. »Ich habe sie ganz verängstigt und gefesselt vorgefunden, auf einem Stuhl.«

»Er behauptet, daß Octavia die ganze ›Gefangenschaft‹ nur inszeniert hat.«

»Er ist ein Lügner«, sagte ich.

»Das würde mich nicht wundern. Er ist ein sehr gewandter, städtischer Mann. Ganz anders als ich erwartet hatte.«

»Du kennst ihn? Du weißt etwas über ihn?«

»Nur sehr wenig. Aber ich habe heute eine interessante Neuigkeit über diesen Barry Holden erfahren. Ich habe entdeckt, daß er unter verschiedenen Namen versucht hat, Cage systematisch seines Besitzes zu berauben. Er hat zwar nichts unternommen, wofür er gesetzlich belangt werden könnte. Aber er hat Aktien geschickt manipuliert und Cage in fragwürdige Geschäfte gelockt, bei denen er gewonnen und Cage verloren hat.«

»Aber wie kann das möglich sein?« rief ich schockiert.

»Cage ist leichtgläubig. Außerdem hat Cage sicher keine Ahnung, daß Barry andere Männer dazu benutzt hat, um Cages Talfahrt zu inszenieren. Du mußt auch wissen, daß euer Haus an Barry verschrieben ist. Dieser Schurke besitzt sogar die Frechheit, damit zu prahlen.«

»Das verstehe ich nicht«, sagte ich verstört und angsterfüllt. »Warum hat er das getan? Warum nur?«

»Aus irgendeinem Grund hegt er einen unerbittlichen Haß gegen Cage. Ich habe keine Ahnung, warum. Und er sagt kein Sterbenswörtchen darüber. Ich glaube, daß er Octavia geheiratet hat, um sich an Cage zu rächen. Er hat es nicht geleugnet, als ich ihn dessen bezichtigte. Er sagte kein Wort, sondern lächelte nur. Es war das schrecklichste Lächeln, das ich jemals gesehen habe.«

»Und Cage kennt ihn nicht?«

»Er hat ihn nie gesehen oder getroffen. Und ich auch nicht, bis gestern. Sehr wenige Leute kennen Barry Holden. Er zieht es vor, im dunkeln seine Fäden zu spinnen.«

Cage kam am gleichen Nachmittag nach Hause. Als ich ihn mit Jays Neuigkeiten konfrontierte, brach er zusammen und gestand, daß er nach Sacramento gefahren war, um in einer letzten verzweifelten Anstrengung Geld aufzutreiben.

»Ich weiß nicht, wie es passiert ist, Adelaide.« Er schüttelte seinen Kopf. »Ich hatte solch wundervolle Pläne, aber irgendwie schienen sie alle zu mißlingen. Wenn ich mir vorstelle, daß Barry Holden hinter all dem steckte . . .« Er fuhr sich mit beiden Händen durch das Haar. »Ich verstehe das nicht.«

Es war Nacht, und ich saß am Ankleidetisch in unserem Schlafzimmer. Cage stand mit einem Glas Whisky in der Hand am Fenster. Er sah elend aus.

»Kann man denn gar nichts machen?« Ich wollte ihm helfen. Ich hätte alles getan, um diesen unglückseligen Gesichtsausdruck verschwinden zu lassen.

»Ich muß mich direkt an Barry Holden wenden. Es ist meine einzige Chance.«

»Und du meinst, er würde zuhören? Jay sagt . . .«

»Was weiß Jay schon?« unterbrach er mich. »Natürlich wird Holden zuhören. Er wird davon profitieren, wenn ich das Geld aufbringen kann, das ich ihm schulde. Schließlich ist er ein Geschäftsmann, und Geld wird ihm lieber sein als das Haus.«

›Welches Geld?‹ wollte ich fragen, wenn jeder deine Bitte um ein Darlehen abgelehnt hat. Aber ich sagte nichts.

»Ich muß Holden diplomatisch angehen, ganz ruhig und ohne Wut.« Cage starrte in sein Glas. »Ich darf nicht erwähnen, daß er mein Schwiegersohn ist. Ich darf Octavia da nicht hineinziehen.«

»Aber sie sagte, daß er gedroht hat, dich zu töten.«

»Oh – ja – das. Es war sehr wahrscheinlich nur eine Bemerkung, die er in der Hitze eines Streits gemacht hat. Octavia hat sicher das gleiche getan und gedroht, daß ich *ihn* töten würde, wenn er sie nicht anständig behandelte. Ich gebe nicht viel auf solche Sprüche. Er hat mich nie persönlich bedroht. Adelaide, ich habe vor, ihn hierher zum Abendessen einzuladen.«

Ich starrte ihn an. »Hierher – in unser Haus! Aber, Cage, du mußt verrückt sein.«

»Überhaupt nicht, mein Liebling. Ich glaube, nicht einmal er wagt es, den Gastgeber an seinem eigenen Tisch zu töten.«

»Er hat Octavia auf einen Stuhl gebunden – er . . .«

»Ich habe nicht gesagt, daß ich sein Verhalten billige. Mein Gott, für was für einen Schuft hältst du mich? Nein, ich habe nicht die Absicht, seine schändliche Behandlung Octavias zu übersehen, aber darum werde ich mich *hinterher* kümmern, wenn wir eine finanzielle Einigung erzielt haben.«

Octavia war verständlicherweise wütend. Cage versuchte sie zu beruhigen. »Unser Haus steht auf dem Spiel, Liebling. Mein Haus – und das deine. Und sprich bitte nicht von Ehre. Dieses verrückte Haus ist unsere Ehre – ohne es werden wir kein Zuhause haben und uns nirgends in der Gesellschaft mehr sehen lassen können. Wenn wir das Haus gerettet haben, werde ich alles versuchen, um deine Heirat annullieren zu lassen, wenn du das möchtest. Du brauchst keine Angst zu haben, daß ich dich dazu zwingen werde, gegen deinen Willen mit diesem Mann zu leben.«

»Das will ich auch hoffen«, sagte sie entrüstet. »Und du kannst sicher sein, daß ich ihn meiden werde wie die Pest.«

Octavia mußte jedoch irgendwelche Hintergedanken gehabt haben, denn ein paar Tage später äußerte sie zu meiner Verwunderung den Wunsch, bei dem Abendessen anwesend zu sein.

»Aber warum denn?«

»Ich will nicht, daß er glaubt, ich verstecke mich vor ihm«, antwortete sie und fügte hinzu: »Du brauchst dir keine Sorgen zu machen. Ich werde mich zu benehmen wissen, ich werde mich so verhalten, als ob nichts geschehen wäre.«

Aber da war etwas in ihren Augen, dem ich nicht ganz traute, eine Grimmigkeit, die mich beunruhigte.

Es sollte ein kleines Abendessen werden. Der einzige Gast außer Barry Holden war Jay Cook.

Es war ein klarer, kühler Abend. Um sieben waren wir alle im Wohnzimmer versammelt und warteten nicht ohne Angst auf Barry Holden. Er kam zu spät. Cage schritt durch das Zimmer wie ein eingesperrter Luchs. Ich konnte sehen, wie schwer es ihm fiel, nicht mehr als das eine Glas Alkohol zu trinken, das er sich selbst zugestanden hatte. Er wollte einen klaren Kopf behalten, hatte er gesagt, aber der Schweiß brach auf seiner Stirn aus, und seine Ruhelosigkeit steckte auch uns an. Octavia saß neben mir, mit gefalteten Händen, großen Augen und einem entschlossenen Mund. Ich versuchte gelassen zu bleiben, nippte an meinem Sherry und versuchte Konversation zu machen, worauf niemand einging. Sogar Jay war ungewöhnlich schweigsam. Er rauchte eine Zigarre mit zurückgelehntem Kopf, und seine Augen blinzelten durch den Rauch. Ich trank noch etwas Sherry und begann zu zittern.

Um halb acht hörte man in der Auffahrt Räder knirschen, und eine Minute später kündigte Gandy unseren Gast an. »Führ ihn herein«, sagte Cage, ohne sich von seinem Platz zu rühren.

Die Tür ging auf, und er kam herein, ein Mann mit rotbraunen Haaren, genau, wie es Octavia beschrieben hatte. Und im nächsten Moment sprang ich vor Überraschung auf.

Ich starrte ihn an. Wir sahen einander in die Augen. Unglaublich!

»Aber – das ist Bernard West, nicht wahr?« rief ich. »Der Soldat der Nordstaaten.« Das Haar war dunkler, aber die haselnußbraunen Augen, die gekrümmte Nase und das ausgeprägte Kinn waren dasselbe. Es war das Gesicht des Mannes, dessen Kopf ich vor vielen, vielen Jahren verbunden hatte. »Aber – aber Sie haben Ihren Namen gewechselt.«

»Ja, das habe ich«, antwortete er und verbeugte sich. »Aber ich bin dieser Soldat, Madam.«

Ein kurzes, drückendes Schweigen entstand. Cage schaute mich verwirrt an.

»Es war im Krieg«, erklärte ich hastig. »Auf Beech Arbor, als sie – die blau Uniformierten – die Verwundeten hereinbrachten.«

»Zu meinem Glück«, sagte unser Gast und wandte sich an

Cage, »sind wir uns jetzt endlich begegnet. Und Mr. Jay Cook . . .« Er machte eine leichte Verbeugung in seine Richtung. »Ich hatte, glaube ich, schon das Vergnügen – auf dem Polizeirevier, oder? Ja, natürlich. Und meine charmante Frau!« Er machte eine tiefe Verbeugung, mit einer Hand vor dem weißen Rüschenhemd.

Octavia starrte ihn finster an, sagte aber nichts.

Cage, der deutlich verwirrt war, sagte: »Sind wir uns schon einmal begegnet?«

»Ja, aber das ist schon eine Ewigkeit her. O ja, wir sind uns schon einmal über den Weg gelaufen.« Er lächelte, und ich konnte verstehen, was Jay Cook gemeint hatte. Es *war* ein schreckliches Lächeln. »Wir sind uns schon einmal begegnet.«

Die Worte enthielten eine versteckte Bedeutung. Welche? Was bedeutete das alles? Die Namen? Bernard West – Barry Holden?

»Ich scheine mich nicht daran zu erinnern«, sagte Cage.

»Dann werde ich Ihrer Erinnerung gerne ein wenig auf die Sprünge helfen, aber zuerst wäre es vielleicht angebracht, mir etwas zu trinken anzubieten.«

»Aber natürlich. Entschuldigen Sie bitte. Whisky? Weinbrand?«

»Ich hätte gerne etwas Whisky.«

Bernard West – Barry Holden. Aber warum? *Warum nur?* Ich erinnerte mich jetzt, daß er sogar auf Beech Arbor, als er hilflos und krank dagelegen hatte, daß er sogar damals seltsam kalt gewirkt hatte, wie ein Mann, der von einer inneren Macht getrieben wurde. Er hatte geleugnet, aus Virginia zu stammen, und es war mir schon damals als Lüge erschienen. Er hatte sich damals hinter einer Maske verborgen, wie er es auch jetzt tat. Warum? Wer war er?

»Exzellent«, sagte Bernard West alias Holden und nippte an seinem Whisky. »Sie haben einen guten Geschmack, Mr. Norwood. Aber das war ja schon immer der Fall.«

»Danke«, sagte Cage und goß sich selbst ein zweites Glas ein. Aus dem leichten Zittern seiner Hand konnte ich erkennen, daß er eine heroische Anstrengung machte, sich selbst in den Griff zu bekommen, und ich wollte zu ihm gehen, ihn in meinen Arm nehmen und ihm sagen, daß alles gut werden würde.

Jay Cook, der noch nicht gesprochen hatte, sagte plötzlich: »Mr. Holden – oder Mr. West – Sie sprechen in Rätseln. Warum legen Sie nicht einfach die Karten auf den Tisch, anstatt sich hinter dieser dramatischen Geheimnistuerei zu verbergen?«

»Es wird nicht lange ein Geheimnis bleiben. Ich habe seit so vielen Jahren auf diese Nacht hingearbeitet. Sie können sich gar nicht vorstellen, wie viele, Mr. Cook.«

»Nein«, sagte Jay kurz.

Als Barry Holden sich auf einen Stuhl setzte, entstand eine kurze Pause. »Ich weiß, warum Sie mich in Ihr Haus geladen haben, zu diesem Abendessen, sozusagen in den Schoß Ihrer reizenden Familie, Mr. Norwood. Aber ich muß Ihnen jetzt sagen, daß es eine vergebliche Geste war. Es gibt keinen Ausweg, überhaupt keinen. Ich habe die Absicht, die Hypothek für verfallen zu erklären.«

»Aber . . .«, begann Cage. »Sie haben noch gar nicht gehört . . .«

»Was gehört? Sie haben keinen Dollar, den Sie Ihr eigen nennen können. Ihr Kredit ist ohnehin überzogen. Ich wüßte keine einzige Seele, die Ihnen das Geld für eine Mahlzeit leihen würde.«

»Wenn Sie mir Zeit gäben . . .«

»Zeit wofür?«

»Mr. Cook hat versprochen . . .«

»Ja, Mr. Cook. Ich weiß zufällig, daß Mr. Cook den größten Teil seines Geldes in eine Lieferung aus dem Fernen Osten investiert hat – und diese wird den Hafen nicht vor drei Monaten erreichen. Ich kann nicht länger warten. Nein – ich bin nicht mehr so geduldig wie früher. Ja, ich habe meine Geduld verloren, und ich beabsichtige, dieses Haus in meinen Besitz zu bringen.« Er machte eine Pause und setzte dieses schreckliche Lächeln auf. »Ich will es nur haben, um es mitsamt meiner lieben Frau Octavia niederzubrennen.«

»Das kann doch nicht Ihre Absicht sein«, sagte Cage entsetzt.

»Oh, *genau das* habe ich vor. Ich habe es schon seit langer, langer Zeit vor, wie ich Ihnen gerade gesagt habe. Ja, es ist mein Ziel gewesen, Sie, Mr. Lewis Cage Norwood, zu vernichten. Weil Ihre Frau mir einmal das Leben gerettet hat, werde ich sie und ihr Kind verschonen – aus Großzügigkeit und Achtung, aber ich fürchte, der kleine Wurm wird keinen Cent bekommen.«

»Sie sind verrückt!« explodierte Cage. »Verrückt! Ich sehe keinen Sinn in dieser – dieser . . .«

»Nein? Das glaube ich. Aber die Antwort ist ganz einfach.« Er beugte sich vor. »Rache, Mr. Norwood!« Seine Augen glühten wie brennende Kohlen. Ich hatte nie einen so teuflischen Blick gesehen. »Rache!«

»Rache wofür?« wollte Cage wissen.

»Rache. Einfach Rache. Ich möchte, daß Sie versuchen, sich zu erinnern, Mr. Lewis Cage Norwood. Ich möchte, daß Sie sich nach Virginia zurückversetzen, an den James River. Ungefähr vor siebzehn Jahren . . . Erinnern Sie sich an Corinne Hayley?«

Cage starrte ihn verständnislos an.

Aber ich erinnerte mich daran. Wie konnte Cage es nur vergessen haben? Die Frau mit den rotbraunen Haaren und den herausfordernden Augen, Corinne Hayley, die Frau, wegen der Cage sich duelliert hatte. Ich erinnerte mich an den nebligen Morgen, die tropfenden Bäume, die Sonne, die über dem Horizont aufstieg, die Pistolen, der Knall der Schüsse . . .

»Corinne Hayley«, fuhr unser Gast mit messerscharfer Stimme fort. »Ihr Mann hieß Noah. Und Sie haben ihn ermordet. Sie haben ihn in Baker's Wood erschossen.«

»Baker's Wood«, murmelte Cage. »Ah, ja!« Sein Gesicht erhellte sich! »Ich erinnere mich jetzt. Ein Duell. Natürlich. Nun ja, ich habe Noah Hayley erschossen – aber es geschah bei einem fairen Kampf vor Zeugen. Er hätte mich genauso leicht töten können wie ich ihn.«

»Nein! Das stimmt nicht! Ich behaupte, daß es unfair war. Sie haben geschossen, bevor noch zu Ende gezählt war. Sie haben ihn betrogen!«

Cage wurde ganz steif, und im nächsten Moment sprang er auf.

»Sie . . . Sie . . .« Er stürzte sich auf Holden, aber Jay warf sich zwischen die zwei Männer. »Sie – Sie Schuft!« schrie Cage und versuchte an Jays Schulter vorbeizukommen. »Ich habe vieles in meinem Leben gemacht, aber das habe ich nie getan. *Niemals*! Wie können Sie es wagen, mich einen Betrüger zu nennen.«

»Beruhige dich«, forderte Jay und packte Cages geballte Hände. »So kommen wir nicht weiter. Cage, mach gute Miene zum bösen Spiel. Hier, laß mich dein Glas neu füllen.«

Cage sank in den Stuhl zurück. Unser Gast beobachtete ihn ruhig, ohne zu sprechen. Als Jay meinem Mann einen weiteren Whisky eingeschenkt hatte, fragte Cage: »Wer, um alles in der Welt, sind Sie?«

»Haben Sie es noch nicht erraten? Ich bin Bart Hayley, Noahs ältester Sohn.«

»Bart? Aber ich dachte, die Hayleys – alle . . .«

»Daß sie alle im Feuer umgekommen sind? Nein. Gott, das Schicksal, was auch immer, hat mich verschont. An jenem Abend war ich zum Haus meines Onkels gegangen, um ihn bei der Saat um Hilfe zu bitten. Ich bin über Nacht geblieben und so dem Feuer entkommen. Der verkohlte Körper, den man in der Asche gefunden und für den meinen gehalten hatte, gehörte einem jungen Mann meines Alters, einem entlaufenen Sklaven.« Sein Mund verzog sich spöttisch. »Es ist fast lachhaft, daß ein Schwarzer mit einem Weißen verwechselt wurde. Vielleicht habe ich deshalb für die Nordstaaten gekämpft, um seinen Tod wiedergutzumachen. Aber ich habe überlebt. Ich lebte und gelangte zu Wohlstand.« Wieder waren seine Augen haßerfüllt. »Ich hatte immer das Gefühl, daß meine Mutter das Feuer selbst entfacht hatte, um Selbstmord zu begehen. Sie war ruiniert, müssen Sie wissen, mehr ruiniert, Mr. Norwood, als Sie es jemals sein können.«

»Es war ein faires Duell«, wiederholte Cage dickköpfig.

Aber Bart Hayley hörte nicht darauf. Er sprach mit hartem Gesicht weiter. »Ich war damals siebzehn Jahre alt. Siebzehn, ein Junge, der an einem Morgen zum Mann wurde. Siebzehn – und ich hatte mich entschlossen, Sie zu töten, Mr. Norwood.«

»Nach all dieser Zeit?«

»Ja, nach all dieser Zeit«, sagte Bart Hayley bitter. »Ich bin Ihnen gefolgt. Ich war arm, aber ich bin Ihnen gefolgt. Sie sind nach New Orleans gegangen – und ich war auch bald dort.«

New Orleans. Ich erinnerte mich an die großen Hoffnungen, mit denen ich in den schmutzigen, überfüllten Hafen von New Orleans an Land gegangen war, an den Regen, Cages Zimmer, das jugendliche Geständnis, seine Verlegenheit, das Warten in dem Stuhl, die Tür, die sich langsam hinter mir geöffnet hatte, und dann der plötzliche Schuß . . .

»Dieser Schuß!« rief ich. »Sie haben auf mich geschossen!«

Bart Hayley neigte seinen Kopf vor. »Entschuldigen Sie tausendmal. Da ich jung und hastig war, habe ich mir nicht genügend Zeit genommen, genau hinzuschauen. Aber das ist jetzt egal, oder? Ich wollte Ihnen nie Schaden zufügen, Mrs. Norwood. Ich versuchte, es für Sie hier im Haus unerträglich zu machen, damit Sie weggehen würden und damit nicht in Gefahr gerieten.«

»Unglaublich.« hörte ich mich selbst gestelzt sagen. »Unglaublich. Sie wollen doch nicht sagen, daß Sie die ganzen Sachen verstellt haben, die Katze, der Nähkorb . . .?«

»Doch, aber ich habe nicht mit Ihrem Dickkopf gerechnet.«

»Dickkopf!« rief Jay Cook. »Oh, mein Gott. Sie haben ja keine Ahnung, was diese Frau durchgemacht hat! Ich könnte Ihnen den Hals umdrehen.«

Und Cage erhob sich und verlangte zu wissen: »Was ist los? Worum geht es?«

»Wartet – beide, bitte«, bat ich. »Ich will das hören. Ich *muß* das hören. Mr. Hayley, wenn Sie es waren, wie Sie sagen, wie haben Sie das arrangiert? Wie haben Sie eine Katze in das Haus geschmuggelt? Wie haben Sie ein Objekt mit einem anderen ersetzt? Und das Türmchen . . . Haben Sie mich eingeschlossen?« Es war solch eine Erleichterung, endlich zu erfahren, daß mir mein Verstand nicht falsch mitgespielt hatte.

»Ja«, antwortete er. »Ich habe das kleine Versteckspiel aus einem glücklichen Zufall arrangieren können. Der Architekt dieses Hauses, ein Morris Sandborne – Sie erinnern sich an ihn, Mr. Norwood? Aber natürlich. Nun, Mr. Sandborne hat mir in die Pläne des Hauses Einsicht gewährt, in *seine* Pläne. Außer der in Auftrag gegebenen geheimen Treppe und dem Geheimgang scheint er auf eigene Faust noch weitere Geheimgänge gebaut zu haben. Er sagte, daß er das getan habe, um eine Strukturtheorie zu testen, und glaubte keinen Schaden damit anzurichten. Ich selbst hielt den Mann für ein wenig exzentrisch, wenn nicht gar für verrückt. Jedenfalls ist dieses Haus mit Gängen und Geheimtüren durchzogen, die nur ihm bekannt waren.«

Geheimgänge! Jetzt verstand ich alles. Ich verstand, warum ich sogar nach dem Vernageln der Türen das Gefühl gehabt hatte, beobachtet zu werden, daß mir überall Augen folgten, wo ich auch sitzen mochte und wohin immer ich auch ging.

»Ich konnte kommen und gehen, wie ich wollte«, prahlte er. »Ich hatte von Anfang an Zugang zu diesem Haus.«

Cage starrte ihn ungläubig an. »Mein Gott – dann waren Sie es, der Lillith getötet hat.« Er war sichtlich schockiert.

Octavia, die neben mir saß, unterdrückte ein Keuchen.

»Ja«, gab unser Gast ruhig zu. »Ich habe Ihre erste Frau und ihren Geliebten erschossen.«

»*Sie* . . .«, flüsterte Octavia und erstickte fast an dem Wort. Ich legte meine Hand auf ihren Arm, um sie zurückzuhalten.

Bart Hayley ignorierte sie und fuhr fort: »Sie müssen wissen,

Mr. Norwood, daß ich den Mann mit Ihnen verwechselt habe. Ich habe die beiden versehentlich erschossen, was mir später leid getan hat. Selbst wenn Sie es gewesen wären, so fand ich, daß es ein zu gnadenvoller Tod gewesen wäre. Danach beschloß ich vorsichtiger vorzugehen und mir eine ausgewähltere Rache zu überlegen. Geschäfte, die fehlschlugen, und Spiele mit gezinkten Karten, bei denen Sie große Summen verlieren sollten. Zugegeben, ich habe Fehler gemacht. Ich muß Sie noch einmal um Verzeihung bitten, Mrs. Norwood. Ich hatte keine Ahnung, daß Sie an besagtem Tag jenen Wagen benutzen wollten.«

Wie man eine giftige Schlange beobachtet, so schauten wir ihn alle an.

»Ich bin wie Sie, Mr. Norwood, nach dem Krieg nach San Francisco gekommen«, sagte er. »Und ich bin reich geworden. Ich habe viel Geld verdient. Das ist in dieser Stadt sehr leicht, wenn man es sich in den Kopf gesetzt hat, aber ich habe meinen Lebenszweck nicht aus den Augen verloren. Ich wollte, daß Sie leiden, Mr. Norwood, daß Sie sehr lange leiden. Als man Sie vor Gericht stellte, hatte ich Bedenken, aber Sie wurden freigesprochen – und mir überlassen.«

Octavia konnte sich nicht mehr beherrschen und rief: »Sie haben sie getötet! Sie haben meine Mutter getötet! Sie haben den Geheimgang benutzt – deshalb hat Martha Sie nie gesehen.«

»Ich glaube, daß sie mich gesehen hat, aber ich bin mir nicht sicher. Jedenfalls habe ich sie gewarnt, ja, ich habe sie gewarnt. Ich habe ihr gesagt, daß ich ihr den Hals umdrehen würde, wie diese Voodoobande es mit den Hähnen bei den schwarzen Riten tat, wenn sie mich auch nur mit einem Sterbenswörtchen erwähnen würde.«

Martha hatte es gewußt, Martha hatte es gesehen, aber Martha hatte Angst gehabt. Kein anderer hatte sie in solche Angst versetzen können. Sie hatte guten Grund, vor Barry Holden – Bart Hayley – Angst zu haben.

»Sie – Sie haben sie die Treppe hinuntergestoßen«, sagte ich mit vor Abscheu gebrochener Stimme. »Sie haben diese Frau getötet . . .«

»Ja. Sie hatte mir keine andere Wahl gelassen. Als ich ihre wertvolle Octavia nahm, drohte sie alles zu verraten. Nun – wie konnte ich das zulassen?«

Jay, der die ganze Zeit ruhig eine Zigarre geraucht hatte, beugte sich plötzlich vor und drückte die Zigarre im Aschenbecher aus.

»Wenn ich eine Bemerkung machen darf, Mr. Hayley«, sagte er. »So sind Sie ein Mann mit großer Unverfrorenheit. Was läßt Sie glauben, daß wir Ihre verschiedenen Geständnisse unbeachtet lassen und uns nicht damit an die Polizei wenden werden? Es sind hier vier Zeugen. Vier gegen einen.«

»Sehr gut«, antwortete Bart Hayley. »Vier Leute. Sie werden zur Polizei gehen, und was wird sie sehen? Octavia, meine unzufriedene Frau, Mr. und Mrs. Norwood, drei Leute, die guten Grund haben, mich falsch anzuklagen, wenn man bedenkt, was sie gewinnen würden, wenn ich hängen sollte – dieses Haus ohne jede Hypothek. Und wie steht es mit dem vierten dieser Zeugen? Sie, als guter Freund der Familie, werden jede Lüge erzählen, um der Familie zu helfen. Sie glauben doch wohl nicht, daß ich mich auch nur eine Minute lang in eine gefährliche Lage begeben würde, ohne mich zuerst zu versichern, daß mir nichts passieren kann. Ich habe mindestens ein halbes Dutzend Zeugen, die bei der Heiligen Bibel schwören würden, daß ich an dem Tag, an dem Mrs. Norwood und ihr Geliebter getötet wurden, daß ich an diesem Tag in Sacramento war. So gehen Sie ruhig zur Polizei. Die Hälfte von den Zeugen stehen übrigens in meinem Sold.«

Niemand sagte etwas. Das überwältigende Selbstbewußtsein des Mannes war erschreckend. Wir saßen nur da und starrten ihn an.

»Aus Rache«, sagte ich verächtlich und brach damit das Schweigen. »Auch aus Rache an Octavia? Einem unschuldigen Kind?«

»Ja, Octavia«, sagte er mit harter Stimme. »Was bedeutet sie mir? Ich habe Mutter, Vater, Schwester und Bruder verloren – für die Laune eines reichen Mannes, eine Verführung, an die er sich nicht einmal erinnern konnte. Nun – Octavia war *meine* Laune. Ich hätte sie nicht heiraten müssen, aber ich fand es recht amüsant, der Schwiegersohn einer Hure zu werden – auch wenn sie tot ist – und gleichzeitig mit einer der besten Familien aus Virginia verwandt zu sein.«

Sein Lächeln war nur eine Grimasse, eine schreckliche Maskerade. Dieser Mann war ein Fanatiker, ein Verrückter, so viele Jahre lang getrieben von einer verzehrenden Leidenschaft, die auf dem falschen Urteil eines siebzehnjährigen Jungen beruhte, verblendet aus Kummer über den Tod seines Vaters.

»So . . .« Cage atmete tief aus. »Jetzt haben Sie also Ihre Rache.

Wenn Sie auf Begleichung der Hypothek bestehen, haben Sie mich völlig ruiniert.«

»Das war meine Absicht.«

»War?«

»Ich habe seit – seit diesem Abend eigentlich eine bessere Idee. Ich schlage ein Duell vor. Schauen Sie nicht so überrascht, ja, ein Duell, jetzt, heute abend. Der Sieger bekommt alles.«

»Heute abend?« sagte Cage überrascht.

»Sie können das doch nicht ernst meinen!« rief ich.

»Ich meine immer alles ernst, Mrs. Norwood.«

»Aber – es ist dunkel«, protestierte ich. »Man kann nichts sehen.«

»Oben ist doch ein Ballsaal, oder, Mr. Norwood?«

»Ja«, antwortete Cage.

Entsetzt schrie ich: »Nein! Das dürfen Sie nicht! Er ist mein Mann. Cage ist . . .«

»Zuviel Alkohol hat seine Hand unruhig werden lassen, nicht wahr?« unterbrach Bart Hayley mich höhnisch. »Um so besser für mich. Weigern Sie sich, Mr. Norwood?«

»Sicher nicht! Ein Gentleman verweigert nie eine Herausforderung.«

»Cage!«

»Ruhig, Adelaide. Dieser Mann will ein Duell, und er soll es haben. Nennen Sie die Waffen, Mr. Hayley!«

Cage schien sich verändert zu haben. Einen Moment lang schien er ziemlich Angst gehabt zu haben, wie wir andern auch, aber jetzt zeigte er aufrechte Schultern. Hier war etwas Greifbares, und er konnte einen erkennbaren Gegner bekämpfen. Cage war etwas dicker geworden, seine Taille war nicht mehr schlank, und sein Gesicht hatte seine gesunde Bräune verloren, aber er war immer noch der schönste, der tapferste Mann, den ich kannte.

»Pistolen«, sagte Bart Hayley.

Als Jay wegging, um sie zu holen, sagte Cage: »Adelaide, du und Octavia, ihr werdet hierbleiben.«

»O Cage – nein«, bat ich. »Du verlangst etwas Unmögliches.«

»Ein Duell ist nichts für Frauen.«

»Ich bin deine Frau!« Ich schüttelte den Kopf. »Hier unwissend zu sitzen und zu warten! Wie kannst du so etwas von mir verlangen? Bitte, Cage – bitte . . .«

Octavia bat mit kreideweißem Gesicht: »Papa . . .«

Jay kam in das Zimmer zurück, und Cage sagte: »Die Frauen

bestehen darauf, anwesend zu sein. Ich bin dagegen. Was meinst du?«

Ich schaute Jay flehend an.

»Wenn sie wollen«, sagte er nach einer langen Pause. »Ich kann nichts Schlimmes dabei finden.«

»Oh, danke, Jay!« rief ich.

»Da ist noch etwas anderes, das wir regeln müssen, bevor wir fortschreiten«, sagte Jay. »Mr. Hayley, ich hielte es für klug, wenn wir eine schriftliche Bestätigung hätten, daß im Falle Ihres – nun Verlierens, die Hypothek automatisch gestrichen ist.«

»Aber sicher«, antwortete Hayley.

Jay brachte Tinte und Papier aus der Bibliothek, und Bart Hayley schrieb eine kurze Notiz und setzte sein Siegel darauf.

Octavia und ich standen auf und gingen in die Halle. Die Männer folgten uns. Wir stiegen schweigend die Treppen hinauf.

Der Ballsaal roch muffig und war dunkel wie ein schwarzes Loch. Jay Cook zündete die Gaslampen an, eine nach der anderen, dann auch die Kerzen im Leuchter. Der riesige, verlassene und staubige Saal wirkte seltsam in dem hellen Glanz des Lichts.

»Sind Sie sicher, daß Sie dies wollen?« fragte Jay Cook den bleichen Bart Hayley grimmig.

Octavia und ich deckten zwei Stühle ab und setzten uns. Jay holte einen kleinen Tisch und legte den Pistolenkasten darauf. Als er den Deckel öffnete, rief er: »Eine ist weg!«

»Zeig her«, sagte Cage. »Tatsächlich. Ich kann mir nicht vorstellen, wo sie ist. Der Kasten war nicht verschlossen. Ich hätte nicht gedacht, daß jemand sie stehlen würde.« Er schaute auf Bart Hayley.

»Warum sollte ich eine Ihrer Pistolen nehmen, wenn ich zwei Dutzend mit dem Kleingeld in meiner Hosentasche kaufen kann?« Er klimperte mit den Münzen in seiner Tasche. »Nun, haben Sie vielleicht noch ein Paar griffbereit? Wenn nicht, können wir Mr. Cook in die Stadt reiten lassen.«

»Ich habe noch ein Paar«, sagte Cage. »Es liegt in einer Schreibtischschublade im Arbeitszimmer.«

»Ich werde sie holen«, erbot sich Jay.

Bart Hayley setzte sich am anderen Ende des Zimmers. Octavia starrte ihn finster an, sagte aber nichts. »Cage«, sagte ich und stand auf. »Willst du dich nicht anders besinnen? Bitte – mir zuliebe, für den kleinen Cage.«

Er lächelte traurig. »Nein, ich kann nicht.« Er tätschelte meine

Hand. »Komm her – Ich will dir etwas sagen.« Er führte mich weg von Octavia, zu einem entfernten Fenster. Der Vorhang war vorgezogen, aber ich wußte, daß die Nacht draußen dunkel war, dunkel und kalt wie ein Grabmal, eine Nacht ohne Sterne oder Mond. Ich empfand diese schreckliche Angst in meinem Herzen. »Cage – du darfst nicht.«

»Es ist zu spät dafür, Liebling«, sagte er. »Ich bitte dich um Verzeihung. Vergib mir alles, was ich falsch gemacht habe.«

»Nein, Cage, ich will nicht zuhören. Ich will nicht!« Er wollte ein Geständnis machen. Geständnisse waren für die Sterbenden. Und ich wollte nicht, daß er starb.

»Adelaide – bitte – mach es nicht noch schwerer für mich. Aber – keine Tränen, mein Liebling. Ich liebe dich, Adelaide, mein Geliebtes. Ich liebe dich. Nun habe ich es gesagt. Etwas, das ich schon lange sagen wollte.«

Er liebte mich! Er sprach noch weiter, aber seine Worte trafen auf taube Ohren. Er liebte mich! Wie hatte ich mich nach diesen drei Worten gesehnt – in New Orleans, in Richmond und in meiner Hochzeitsnacht. Er liebte mich. Und doch konnte ich jetzt nur diesen Schrecken fühlen, nicht das Glück und die Freude, sondern nur diese schreckliche Ahnung einer Tragödie.

»Cage – zum . . .«

»Still!« Er beugte sich vor und küßte mich auf die Lippen. Ich klammerte mich an ihn und wollte ihn nicht gehen lassen. Aber er löste meine Arme von seinem Hals und sagte: »Jay ist hier.«

Ich saß wieder neben Octavia. Die Männer standen Rücken an Rücken. Ich sah sie durch einen Tränenschleier. Es war alles schon einmal dagewesen, alles, die Angst in meinem Bauch, die Unfähigkeit, meine Augen abzuwenden. Cage riskierte sein Leben. *Haltet sie!* schrie mein Verstand. *Oh, haltet sie doch auf!*

Jeder machte seine zehn Schritte. Es war ein großer Raum, ein Ballsaal mit glitzernden und funkelnden Leuchtern, ein Raum für den Tanz, für Fröhlichkeit und nicht für den Tod. Ich ergriff Octavias Arm, aber sie schüttelte mich ab.

Sie waren stehengeblieben, drehten sich um und schauten sich in das Gesicht. Jay Cook fing an, mit klarer Stimme zu zählen: »Eins – zwei – drei . . .«

Plötzlich peitschte ein Schuß durch die Stille. Ein scharfer Geruch durchzog die Luft, und dann sah ich durch den Rauch, wie Bart Hayley mit der Waffe in der Hand und einem triumphierenden Blick plötzlich zusammenbrach und mit einem dumpfen Geräusch auf den Boden stürzte.

»Mein Gott!« schrie Cage. Aber er schaute nicht auf Bart. Er starrte auf Octavia. Sie hatte eine Pistole und zielte noch immer dahin, wo Bart noch vor einem Moment gestanden hatte. »Mein Gott! Was hast du getan?«

Cage lief zu Hayley hinüber. Er kniete sich hin. Sogar von meinem Platz aus konnte ich Bart Hayley sehen. Ich sah alles so deutlich, daß ich das Bild bis zu meinem Tod nicht vergessen werde. Ich sah, wie er die Hand mit seiner Waffe hob, und wußte sofort, daß jetzt geschehen würde, worauf alle vergangenen Ereignisse hinauslaufen sollten, daß dies der Plan war, den dieses verrückte Haus für uns geschmiedet hatte. Das Netz des Schicksals und Gottes Wille . . .

Ich schrie im selben Augenblick, als Hayleys Pistole losging.

30

Cage starb sofort. Bart Hayley, alias Bernard West, alias Barry Holden starb ein paar Minuten später.

Ich blieb sehr ruhig. Ich schrie nicht, und ich weinte auch nicht. Wie betäubt kniete ich an Cages Seite.

»Wir werden sagen, daß sie sich gegenseitig im Duell erschossen haben«, hörte ich Jays Stimme wie aus weiter Ferne sagen. »Wir müssen Octavia schützen. Nichts kann uns den Toten wiederbringen.«

»Ja«, sagte ich. »Ja.«

Jemand saß auf dem Boden und weinte leise. Es war Octavia. Sie hatte Hayley getötet und damit auch ihren Stiefvater, ja, sie hatte Cage so sicher getötet, als ob sie ihm die Kugel selbst durch das Herz gejagt hätte. Aber ich war nicht böse. Ich fühlte überhaupt nichts.

»Das wollte ich nicht«, jammerte sie. »Ich wollte nicht, daß Papa stirbt. Ich wollte Barry beim Essen töten. Ich hätte es im Eßzimmer tun sollen. Aber – aber ich konnte nicht, konnte es einfach nicht.«

Jay zog sie auf die Füße. »Aber, mein Liebling, faß dich wieder. Wenn die Polizei kommt, wirst du sagen, daß du zwei Schüsse gehört hast, daß die Männer sich gegenseitig getötet hätten. Verstehst du mich? Kein Wort über eine dritte Pistole!«

Über ihre Wangen liefen die Tränen, und sie nickte stumm.

Ich sah, wie Jay die Waffe aus Cages schlaffer Hand nahm und durch die Pistole ersetzte, mit der Octavia geschossen hatte.

Cora war erschienen und führte das weinende Mädchen hinaus. Ich weiß nicht, warum ich nicht weinte, aber keine Träne befeuchtete meine Augen. Jay half mir auf die Beine. »Du siehst aus wie der Tod«, sagte er. »Komm, setz dich.«

»Ich will mich nicht setzen«, sagte ich mit einer kalten, mechanischen Stimme. »Ich werde gleich hier, wo ich bin, zusammenbrechen, aber ich werde mich nicht setzen.«

Wenn ich doch nur den Schmerz fühlen könnte, wenn ich doch statt dieser schrecklichen Leere nur irgend etwas in meinem Innern fühlen könnte.

»Du kannst hier nicht bleiben«, sagte Jay. »Komm, ich bringe dich in dein Zimmer.«

»Faß mich nicht an!« schrie ich plötzlich. »Faß mich nicht an!« Die Decke stürzte ein, die Wände fielen auf mich herab, und der Boden tat sich vor mir auf und bildete vor meinen Füßen einen Abgrund. »Mörder! Ihr seid alle Mörder!«

Und dann weinte, schrie und lachte ich, lachte so laut, weil mich der Schmerz umzubringen drohte. Ich sah, wie sich Jays Hand hob, und fühlte, wie mich der Schmerz seines Schlages traf – und dann nichts.

Jetzt war alles überstanden. Die Fragen der Polizei, das Begräbnis, die Kondolenz von Freunden und Bekannten, die langen Stunden, in denen ich immer wieder hörte: »Meine Liebe, es tut mir so leid, so entsetzlich leid.«

»Und er war noch so jung.«

»Armer kleiner Lewis Cage.«

»Meine Liebe, was werden Sie jetzt machen?«

Warum fragten mich die Leute dauernd, was ich machen würde, wo ich doch nur in Ruhe gelassen werden wollte, wo ich doch nur nach oben gehen und alleine trauern wollte?

Aber jetzt waren sie weg. Die Vorhänge waren morgens, mittags und abends zugezogen. Ich wollte es nicht anders. Ich wollte nicht wissen, wieviel Uhr es war. Octavia war zu den Shelbys gezogen, und ich war mit den Angestellten und dem kleinen Lewis Cage allein. Ich verbrachte die langen Tage in dem kleinen Wohnzimmer und starrte auf eine angefangene

Stickerei auf meinem Schoß, während ich dem Klang des Windes in den Bäumen draußen lauschte.

Eines Nachmittags kam Jay. »Ich habe mit den Leuten in der Bank gesprochen«, sagte er. »Die Bescheinigung, die Hayley hinterlassen hat, ist ungültig.«

»Ungültig?« fragte ich entsetzt. »Aber wie ist das möglich?«

»Keine Zeugen – keine unbefangenen Zeugen, führen sie an. Und weil Hayley keinen Erben hat, ist das Haus jetzt in das Eigentum der Bank übergegangen. Sie wollen jedoch nichts übereilen und werden dich darin wohnen lassen, bis du andere Pläne machen kannst.«

»Andere Pläne?« wiederholte ich und setzte mich plötzlich kerzengerade auf. »Ich habe keine anderen Pläne. Ich will in diesem Haus hier leben. Ich will, daß dies immer mein Zuhause ist.«

»Aber Adelaide, meine Liebe, das ist doch krankhaft. Du hast dieses Haus nie gemocht. Du hast hier in San Francisco Freunde, die dir immer wieder ihre Gastfreundschaft angeboten haben. Du kannst nicht hierbleiben und vor dich hinbrüten. Und eines Tages wirst du vielleicht wieder heiraten wollen.«

»Heiraten!« rief ich verächtlich.

»Ich weiß, daß es noch zu früh ist, daran zu denken und davon zu sprechen. Aber . . .«

»Ich werde nie wieder heiraten.« Ich schaute auf meine Hände und den dicken Goldring, den Cage vor fast drei Jahren auf meinen Finger gesteckt hatte. Ich erinnerte mich an mein ekstatisches Lächeln, als er den Schleier gehoben und mich geküßt hatte. Cage, o Cage!

»Ich will in diesem Haus bleiben. Dies ist Cages Zuhause und damit auch mein Zuhause. Du mußt verstehen . . .« Ich versuchte den Klumpen in meinem Hals hinunterzuschlucken. »Ich habe erst kurz vor seinem Tod erkannt, wie unfair ich gewesen bin. Er hat mich geliebt, Jay. Er hat das in jener Nacht gesagt. Er liebte mich, und ich habe ihm mißtraut. Ich kann nicht weg von hier. Es wäre wie Verrat. Ich kann dieses Haus nicht verlassen. Es ist alles, was ich von ihm habe.«

Er war eine Weile still. Er schaute auf mich, auf die dahinter liegende Wand und wieder auf mich. Dann stand er auf und ging zum Fenster, zog die Vorhänge auseinander und starrte in den Garten hinaus. Als er schließlich wieder sprach, redete er mit einer leisen, emotionslosen Stimme: »Ich will mit dir nicht streiten, Adelaide, nicht in solch einer Zeit. Aber du sprichst so oft von Liebe, daß ich mich manchmal frage, ob du überhaupt weißt, was das ist.« Er drehte sich um. »Du sagst, daß du Cage geliebt hast und es immer noch tust. Aber ist es die Liebe einer Frau – oder noch immer die eines kleinen Mädchens, das von dem Bild eines hübschen Kavaliers auf einem reinrassigen Pferd geblendet ist?«

»Wenn du vorhast, Cage schlecht zu machen . . .«

Er hielt seine Hände hoch. »Ich mache Cage nicht schlecht – Ich habe es nie getan. Ich bringe nur Tatsachen vor. Und ich glaube nicht, daß er selbst vor dir verbergen wollte, was für ein Mensch er war. Du wolltest es einfach nicht sehen – und das war *sicher* nicht seine Schuld. Du hast mich einmal gefragt, ob er Lillith geliebt hat, und ich habe dir gesagt, ja, soweit er überhaupt jemanden lieben konnte. Denk darüber nach, Adelaide.«

»Aber ich bin nicht Lillith«, sagte ich ärgerlich. »Ich verstehe nicht, wie du mich mit ihr vergleichen kannst.«

Er seufzte tief. »Du hast mich nicht verstanden. Aber du hast ja immer ein besonderes Talent für Selbsttäuschung bewiesen.« Er kam zu mir und schaute mich mit dunklen, nachdenklichen Augen an. »Du weißt, daß ich dich seit langem liebe. Und es ist nicht die Liebe eines Jungen, sondern die eines Mannes. Du weißt, daß ich alles dafür geben würde, dich zu haben, daß es Zeiten gab, wo ich Cage hätte töten können, weil – ach, egal!« Er holte tief Luft. »Ich will dich heiraten – nein, schreck nicht zurück! Ich weiß, daß es zu früh ist. Ich hätte warten sollen. Man macht einer Witwe, deren Mann kaum im Grab ist, keinen Antrag. Aber ich *mache* dir einen Heiratsantrag. Denk darüber nach. Das ist alles, was ich möchte. Überleg es dir.«

»Es hat keinen Zweck, Jay. Ich habe dir gesagt, was ich davon halte. Ich werde nie wieder heiraten.«

»Oh, doch. Du wirst. Du bist eine zu leidenschaftliche Frau, um keinen Mann im Bett zu haben.«

»Aber . . .«

»Du bist dir dessen nicht bewußt. Es wäre zu vulgär, es dir selbst einzugestehen. Ordentlich und sauber, das ist das Gesicht, das du ganz bewußt aufsetzt. Aber ich *weiß* es.«

Seine Augen blitzten. »Ich kann es in deinen Augen sehen, wenn du wütend wirst. Ich kann spüren, wie sich dieser Gefühlssturm zusammenbraut, der kaum zurückgehalten werden kann . . .«

»Nein!« schrie ich verängstigt und wütend. »Nein!«

»Doch, doch.« Er beugte sich vor und zog mich auf die Füße.

»Wenn du mich nicht losläßt, werde ich schreien . . .«

Aber sein Mund lag schon auf meinem Mund, der Atem blieb mir aus, und sein leidenschaftlicher Kuß ließ meine Knie weich werden und sandte einen wilden Schauer durch meine Adern. Ich wehrte mich nicht. Ich konnte überhaupt nicht denken, mein Verstand und mein Wille hatten mich im Stich gelassen. Er drückte mich immer fester an sich, und plötzlich merkte ich, daß auch er zitterte.

Ich riß mich los, und als er mich zurückhalten wollte, schlug ich ihn.

»Mein Gott!« rief er. »Du widerspenstiges Weib!«

»Raus!« schrie ich mit knallrotem Gesicht, schockiert, verwirrt und wütend. »Raus! Ich sage es zum letztenmal. Raus.«

Er starrte mich lange an, ohne sich zu bewegen. Dabei blitzten seine Augen, und er atmete schwer. »Also gut«, sagte er schließlich mit geballten Händen. »Nichts weiter. Ich bin fertig und werde gehen. Und du bleibst dann hier – allein – allein mit dem kleinen Lewis Cage – in diesem Mausoleum, diesem Grab. Ich verspreche, daß ich dich nie mehr belästigen werde.«

Einen Augenblick später hörte ich die Tür zuschlagen.

In diesem Winter regnete es sehr viel, fast unaufhörlich. Die Leute besuchten mich immer weniger und schließlich überhaupt nicht mehr. Ich vermißte sie nicht. Ich pflegte meine Einsamkeit und Abgeschlossenheit und trug meinen Schmerz wie ein härenes Kleid. Ich sah nur die Dienstboten Lucinda und Gandy, und manche Tage vergingen, ohne daß ich mehr als ein oder zwei Worte mit ihnen gewechselt hätte. Da war natürlich der kleine Cage, der immer größer wurde. Er schlief, aß, lächelte und winkte mit seinen pummeligen Armen und krähte fröhlich, wenn ich zurücklächelte. Wenn er nicht gewesen wäre, ich wäre vielleicht völlig verrückt geworden.

Dann kam eines Nachmittags Octavia mit einem jungen Mann namens Ted Miller vorbei. Sie hatte ihn bei den Shelbys kennengelernt, und sie wirkte sehr glücklich. Bevor sie es noch aussprach, wußte ich, daß sie beide verliebt waren.

»Wir wollen heiraten«, sagte Ted und lächelte zu der strahlenden Octavia hinunter.

»Meine Lieben – ich gratuliere euch«, sagte ich erfreut, erfreut vor allem wegen der Veränderung, die in Octavia vorgegangen war. Sie war erwachsen geworden.

Sie blieben zum Tee. Ich hatte so lange keine Besucher mehr gehabt, daß ich dieses Gefühl schon ganz vergessen hatte. Es tat mir jedoch gut, endlich wieder mit anderen Menschen zu sprechen.

»Wir haben unsere Hochzeit im Juni geplant. Es soll nur eine kleine werden – ein paar Freunde, sonst niemand«, sagte Ted. »Die Shelbys wollen die Hochzeit ausrichten und einen kleinen Empfang danach geben.«

»Wie lieb von Clara«, sagte ich, denn Cage hatte so wenig Geld hinterlassen, daß ich für Octavia nicht einmal das kleinste Hochzeitsfest hätte arrangieren können.

»Ja, Sie haben gute Freunde«, sagte Ted. »Besonders Jay Cook. Was für eine großartige Geste, die Hypothek auf Ihrem Haus zu bezahlen, damit Sie weiter darin leben können!«

»Wie, bitte?« fragte ich scharf. »Was haben Sie gesagt?«

»Die Hypothek – Jay Cook hat sie eingelöst«, antwortete Ted. »Habe ich etwas verraten? Vielleicht sollten Sie das nicht wissen? Oh, ich meine . . .« Er schien wirklich betroffen zu sein.

»Es ist schon in Ordnung«, erwiderte ich. »Ich bin froh, daß Sie es mir gesagt haben.«

Als sie wieder gegangen waren, saß ich lange gedankenverloren in dem verdunkelten Zimmer. Ich erinnerte mich an die Zeit, als Jay mich aus New Orleans zu Tante Tildy gebracht hatte, wie mich seine Neckereien böse, aber nicht selbstkritisch gemacht hatten. Ich erinnerte mich an die Zeiten, wo ich lieber ihn als Cage um Hilfe gebeten hatte und wie es mir immer leichter erschienen war, mit Jay als mit Cage über meine größten Schwierigkeiten zu sprechen. Ich erinnerte mich an seine Berührung, an seinen Kuß . . . Ich wollte mich nicht daran erinnern, aber ich tat es trotzdem. Er liebt mich, hatte er gesagt, wie ein Mann.

Und ich dachte an Cage. Zum erstenmal sah ich ihn so, wie er wirklich gewesen war. Ich betrachtete ihn nicht als einen Teil von mir, als meinen Traumgeliebten, sondern erkannte endlich seinen wahren Charakter. Und das Bild war nicht allzu erfreulich. Er hatte getrunken, gespielt und sich mit zahllosen Frauen eingelassen. Und er hatte gelogen. Vielleicht hatte er nicht anders sein können. Vielleicht war er einfach so gewesen. Was hatte Jay gesagt? »Ich glaube nicht, daß er vor dir verbergen wollte, was für ein Mensch er war – aber du wolltest es einfach nicht sehen.«

Ja, ich hatte es nicht sehen wollen. Aber ich sah es jetzt. Diese letzte Geste Jays, wie er stillschweigend die Hypothek bezahlt hatte – diese Geste hatte mir gezeigt, wie selbstlos Liebe sein konnte. Die Liebe eines erwachsenen Mannes. Und ich hatte sie wegwerfen wollen. Wofür? Für eine falsche Erinnerung. Für den Wunsch, den Rest meines Lebens in einem muffigen Haus zu verbringen. In einem Mausoleum, wie es Jay genannt hatte, in einem Grab. Wollte ich wirklich zu den lebendigen Toten gehören?

Ich stand auf und ging in die Halle. Wie ruhig es war, wie düster und schwermütig . . . Ich stieg die Treppe hinauf, zuerst langsam, dann immer schneller, bis ich schließlich rannte. Zwei Stufen nahm ich auf einmal, atemlos, aber lachend kam ich oben an.

In dieser Nacht schrieb ich einen langen Brief an Jay.

Es sind zwei Jahre seit jenem Nachmittag vergangen, als mir auf einmal alles klargeworden ist, als ich die Größe meiner Selbsttäuschung erkannt hatte und sie ebenso deutlich sehen konnte wie die Steine in einem kristallklaren Bach. Und seit einem Jahr und drei Monaten bin ich Mrs. Jay Cook. Ein Jahr und drei Monate sind verstrichen, seit ich erfahren habe, was wirkliches Glück ist, was wahre Liebe und eine gute Ehe bedeuten. Bald wird der kleine Lewis Cage einen Bruder oder eine Schwester haben. Ich glaube, daß er sich darüber freuen wird, denn es ist ein großzügiges und liebevolles Kind. Jay hat uns im South Park ein Haus gekauft. Es liegt unterhalb des Hügels, auf dem mein früheres Heim war, und es ist ein hübsches Wohnhaus im englischen Stil, mit weißen Fensterläden und einem schmiedeeisernen Zaun. Wenn ich mich aus einem der oberen Fenster beuge, kann ich über den Baumwipfeln die Schornsteine der ›Dummheit‹ sehen.

Das Haus steht jetzt leer. Keiner hat darin gewohnt, seit ich mit Lewis Cage in meinen Armen weggegangen bin. Es ist ein geheimnisvoller Ort mit zerbrochenen Fenstern und wildwuchernden Ranken auf den fleckigen Fensterbrettern. Und trotz der Verwüstungen der Zeit und dem Wüten des Windes, des Regens und der Sonne bleibt es großartig in seiner Überladenheit und wirkt außergewöhnlich stolz. Das passende Monument für einen Mann, für eine Liebe, die gestorben ist, als ich erwachsen wurde, ein Symbol für Cages und auch meine Dummheit . . .